rowohlt

Steinunn Sigurdardóttir

Die Liebe der Fische

Roman

Aus dem Isländischen von
Coletta Bürling

Rowohlt

Die Originalausgabe erschien 1993
unter dem Titel «Ástin fiskanna» bei
Idunn, Reykjavík. Die deutsche Ausgabe
folgt der Neuauflage von 2001 bei
Mál og menning, Reykjavík

1. Auflage Januar 2006

Satz aus der Janson PostScript
(InDesign) von hanseatenSatz-bremen, Bremen
Druck und Bindung Clausen & Bosse, Leck
Printed in Germany
ISBN 3 498 06367 7

Dieses Buch ist
Gudrún Sigurdardóttir
gewidmet

«Die Liebe der Fische ist
kalt wie sie selbst.»
Jónas Hallgrímsson, nach Cuvier

Gestern traf ich auf dem Laugavegur Hans Örlygsson. Er hat abgenommen, was ihm meines Erachtens besser steht. Ich grüßte den Mann, tat aber so, als hätte ich es eilig. Acht Monate ist es her, seit ich ihn zuletzt flüchtig sah, ebenfalls auf dem Laugavegur, und fast ein halbes Jahr, seit er in der Nacht vor Silvester das letzte Mal anrief.

Es war eigentlich nicht meine Absicht gewesen, Erinnerungen heraufzubeschwören, sondern ich wollte, da meine Kollegen wie immer freitags ausgiebig Mittag essen gegangen waren, in Ruhe Korrekturfahnen lesen, alte indische Liebesgedichte, an deren Übersetzung ich seit einigen Jahren herumfeile.

Ich habe bereits Arbeitshaltung angenommen und den Stift gezückt, als ich feststelle, dass die Hibiskuspflanzen auf dem Fensterbrett traurig aussehen, also mache ich mich daran, sie zu gießen und vertrocknete Knospen und verwelkte Blüten abzupflücken. Vom Katzentummelplatz, einem länglichen Hinterhof mit kaputten Wäschestangen, dringt das Jaulen einer rolligen Katze aus dem üppig wuchernden, frischen Ampfer. Ich lungere immer noch am Fenster herum und sehe, wie sich ein zottiger Schwanz aus einem durchhängenden Kinderwagen windet, der in der hintersten Ecke bei der verwitternden Treppe steht. Diese Treppe an dem Anbau eines schmalen Wellblechhauses, das schon lange abgerissen werden sollte, führt zu keiner Tür. Für mich wäre die Aussicht bedeutend ärmer ohne dieses hässliche kleine Haus, und wenn es nach meinen Wünschen ginge, dürfte es genauso lange dort stehen bleiben wie ich am Fenster, um es anzuschauen.

Ich habe nicht die geringste Lust, mir wieder die Fahnen vorzuknöpfen. Stattdessen hole ich mir trockenen Sherry aus dem Kühlschrank und nutze die Ruhe im Büro dazu, um auf Schreibmaschinenpapier herumzukritzeln, verschiedene Versionen einer Almhütte im Schweizer Stil, mit Herzchen in den Fensterläden, und dabei die Geschichte von Hans Örlygsson, der gestern auf dem Laugavegur so merkwürdig dreinblickte, Revue passieren zu lassen. Diese Geschichte ist zu Ende; sie begann vor drei Jahren zu genau dieser Jahreszeit, um die Wahrheit zu sagen, sogar auf den Tag genau, und zwar ungefähr so:

Ich war tagsüber allein, denn meine Freunde arbeiteten außer Haus. Die Wohnung, die im Dachgeschoss eines Schlösschens lag, hatte kleine Fenster. In Gedanken nannte ich mein Haus eine Filiale des Hauptschlosses,

das dunkel und riesig auf dem Berg thronte. Ich betrachtete es stundenlang aus meinem Küchenfenster. Es wirkte wie eine Fortsetzung des Felsens, auf dem es ruhte, aber anders behauen als dieser Untergrund und aus etwas hellerem Gestein. Bei Nässe glänzte der kohlrabenschwarze Felsen und sah aus wie Obsidian.
Seit meiner Ankunft hatte ich vor, das Schloss von innen zu besichtigen. An einem Tag hatte ich zweiunddreißig Stufen geschafft, doch dann machte ich kehrt, weil es mir zu sonnig war, um in ein Schloss zu gehen. Gleichzeitig dachte ich, wie unlogisch das sei, da ich doch selbst derzeit in so etwas wie einem Schlösschen wohnte.
Vormittags befasste ich mich manchmal mit indischen Liebesgedichten und hatte spaßeshalber angefangen, sie zu übersetzen. Nachmittags durchstreifte ich die Stadt und besuchte Museen: wenn die Sonne nicht schien. Einmal vertiefte ich mich eine ganze Woche lang tagtäglich in Tizians Bild von den drei Menschenaltern. Die rote Farbe im Kleid des jungen Mädchens, das unter einem Baum sitzt und sich mit seinem Liebhaber unterhält, hatte ich nie zuvor gesehen. Manchmal versuchte ich, vor dem Einschlafen an diese Farbe zu denken, denn ich wollte von ihr träumen. Morgens konnte ich mich jedoch nie daran erinnern, dass sie sich in der Dunkelkammer des Schlafs hatte entwickeln lassen.
Das Merkwürdige war, dass ich Heimweh hatte. Ich war oft im Ausland gewesen, und das hier war eine neue Erfahrung. Der Blick aus meinem Schlafzim-

mer ging auf die Eisenbahngeleise, und abends vor dem Schlafengehen beobachtete ich die vorbeifahrenden Züge, wie sie in die Ferne schweiften. Und um die Wahrheit zu sagen, ich sehnte mich fort mit diesen Zügen. Ich wäre am liebsten früher nach Hause gefahren, aber es fiel mir nicht ein, das in die Tat umzusetzen, zumal meine Freunde sehr erstaunt gewesen wären.

Daheim in Island war der Frühling spät gekommen, alle warteten ungeduldig auf besseres Wetter. Als der Sommer dann endlich kam, brach er plötzlich herein, und seitdem war es ununterbrochen schön gewesen. Es war alles andere als ein typisch isländischer Sommer, diese Jahreszeit, die normalerweise in Schüben Einzug hält, mit ausgiebigen Rückschlägen dazwischen. Ich hatte angefangen, jeden zweiten Tag meine Mutter anzurufen, um nach dem Wetter zu fragen. Es war ihrer Stimme anzuhören, dass ihr das verdächtig vorkam, trotzdem ließ sie sich höflicherweise nichts anmerken, sagte aber jedes Mal, dass letzten Endes nicht das Wetter besser, sondern die Ozonschicht dünner geworden sei. Spielt es eine Rolle, woher das Gute kommt?, fragte ich einmal, worauf Mama entgegnete: Ich weiß nicht, was ich dazu sagen soll, und etwas gezwungen lachte.

Manchmal saß ich in einem Straßencafé zu Füßen des Schlosses, trank schlechten Kaffee und gab vor, das Leben und Treiben auf der Straße zu beobachten: dralle Flaschenkinder und ihre Mütter, denen man ansah, dass sie viel draußen waren, einen rothaarigen Straßenmusikanten, der *Streets of London* sang, japanische

Touristen mit Videokameras und eine etwas verwachsene Frau, die Rosen verkaufte. Meist jedoch betrachtete ich den Berg unterhalb des Schlosses, wo winzige weiße Blumen aus Felsnischen sprossen, und tagelang dachte ich unentwegt an Skaftafell. Ich sehnte mich danach, dort zu wandern, auf dem Weg ins Tal der Morsá, obwohl mir klar war, dass es dort jetzt nicht so friedlich sein würde wie im Frühsommer oder im Herbst, sondern alles voller Leute, Zelte und Autos wäre. Ich wollte bei Sonnenschein das Birkenlaub an einem Bach im lauen Sommerwind funkeln sehen, darüber und ringsherum das ewige Eis des Vatnajökull, so gewaltig, dass es eigentlich mehrere Gletscher sind, die verschiedene Namen haben. Das Auge dürstete nach blauem Storchschnabel am Hang, umgeben von Gesträuch, das man in Island Wald nennt. Diesem bescheidenen Wald setzen reißende Gletscherflüsse auf ihrer labyrinthischen Bahn über den schwarzen Sander zu, der in hafenloser Küste endet. Dort waren Schiffe gestrandet und ausländische Seeleute tot an Land getrieben worden, doch manchmal konnten einige gerettet werden und zeugten dann Kinder mit den Frauen der Gegend. Diese riesige Sandfläche war die reinste Nekropolis mit Schiffsrümpfen aus unterschiedlichsten Zeiten. Wikingerschiffe mit klaffenden Drachenmäulern ruhten dort, Wracks von Schonern und Trawlern, die zu Beginn des zwanzigsten Jahrhunderts dort gestrandet waren. Und der Sander barg einen Schatz ohnegleichen, ein holländisches, mit Goldbarren und chinesischem Porzellan beladenes Flaggschiff aus dem

siebzehnten Jahrhundert, das darauf wartete, am Jüngsten Tag vom unterirdischen Stapel gelassen zu werden, falls nicht Abenteurer eher zuschlügen und es mit allem, was dazugehörte, höben.
Ich saß mit hängenden Schultern an einem kleinen runden Tisch und schaute zu dem steil aufragenden Felsen hoch, der sich weiter oben in eine Festung verwandelte, und ich hatte das Gefühl, dass ein Tag bei den so eigenartig leuchtenden Sommerblümchen: Hornveilchen, Glockenblumen, Knabenkraut, dass ein solcher Tag ein Glückstag werden müsste, ein Meilenstein von einem Tag; dass Wünsche, die mir noch gar nicht bewusst waren, sich einer nach dem anderen erfüllen würden, falls es mir vergönnt wäre, auf einem Stein an einem Bach zu sitzen und seinen Lauf eine kurze Strecke mitzuverfolgen, der durch das Wassernetz des Sanders hindurch schließlich im gleichen gewaltigen Brunnen endet. Ein Goldregenpfeifer würde zu meinen Füßen tirilieren, Bachstelzen würden herumturteln und lauthals zwitschern. Ich stieße vielleicht auf einen seltenen Farn, auf Triebe, die direkt aus Felsen sprießen, und auf isländischen Wacholder, der im Schutz von Birken und Weiden gedeiht. Ich bat nur um diesen einen Tag an diesem einen Ort, auch wenn Kreaturen aus aller Herren Länder stören würden. Damit müsste man sich abfinden. Dort würde ich sein und mich auf einer kleinen Lichtung ausruhen wollen, solange der kurzlebige Hochsommer andauerte, um dann dem Bach weiter nach oben zu folgen, steil bergan, so nah wie möglich an den Glet-

scher heran, diese unendliche, gleißend weiße Weite, dieses Land im Lande, das ich am besten aus der Luft kannte.

Ich hatte ihn schon einmal getroffen, erinnerte mich aber nicht an seinen Namen. Er erkannte mich sofort, als wir uns beim Schlosstor über den Weg liefen, und sagte: Entschuldigung, bist du nicht Samanta, und ich erwiderte: Ja, so heiße ich, nach einer englischen Freundin meiner Mutter. Sie lebt nicht mehr.

Er lächelte, am intensivsten mit den Augen, und sagte, dass er Hans Örlygsson heiße.

Ich weiß, sagte ich, denn im gleichen Moment erinnerte ich mich daran und wurde knallrot, weil ich einem unbekannten Mann meinen Namen erklärt hatte.

Vielleicht schaffe ich es diesmal, sagte ich. Beim ersten Mal habe ich kehrtgemacht, ich hatte keine Lust, bei Sonne in ein Schloss zu gehen.

Die scheint bestimmt noch, wenn wir wieder herauskommen, sagte er und bestand darauf, den Eintritt für mich zu bezahlen.

Wir verbrachten ziemlich lange Zeit drinnen, obwohl es dort am helllichten Tag so dämmerig und kalt war, wie es das nur in Schlössern sein kann. Und dann dieser Geruch, den ich nicht zu beschreiben vermag, der aber bestimmt vor vielen Jahrhunderten genauso war, als es noch echte Bewohner gab, nicht so flüchtige vorbeihetzende Schatten wie wir.

Wir taten so, als würden wir alles ausgiebig besichtigen, aber die meiste Zeit redeten wir über Gott und die Welt, und ich wusste zum Schluss nicht viel mehr

als vorher über dieses gewaltige Werk von Menschenhand, das ich schon so lange von innen hatte sehen wollen.
Hans erfuhr, dass ich bei meinen Freunden in der Mansardenwohnung eines Schlösschens wohnte. Nennt man das auch Mansarde in einem Schloss?, fragte er.
Keine Ahnung, sagte ich. Mit fällt nichts Besseres ein.
Und aus einem der Bullaugen hinaus, wie Hans sie so treffend bezeichnete, konnte ich ihm zeigen, wo ich wohnte. Er war fasziniert.
Ich erkundigte mich, was ihn hierher verschlagen hatte, und es stellte sich heraus, dass er an einem Computerlehrgang für Führungskräfte teilnahm, der noch zwei Tage dauern sollte.
Als er mich danach fragte, erklärte ich, dass ich hauptsächlich Urlaub machte, und beeilte mich dann zu sagen: Im übrigen feile ich vormittags so zum Vergnügen an Gedichtübersetzungen herum.
Und was für Gedichte sind das?, fragte er prompt.
Ach, indische Liebesgedichte.
Und ich fügte noch hinzu: Alte.
Er schien nicht so recht zu wissen, was er davon halten sollte.
Wir verstummten, und es endete damit, dass ich sagte: Eigentlich soll ich noch zwei Wochen länger bleiben, und das mache ich natürlich, aber ich habe Heimweh wie ein Kind. Ich sehne mich nach Skaftafell, wahrscheinlich spinne ich.
Das glaube ich aber nicht. Ich wäre auch wahnsinnig gern dort, aber ich habe wahrscheinlich auch eine et-

was bessere Entschuldigung, denn als Kind habe ich dort acht Jahre lang den Sommer auf einem Bauernhof verbracht.
Es gibt keine großartigere Gegend.
Aber sie ist auch unwahrscheinlich abgelegen. Ich musste entweder mit dem Flugzeug nach Fagurhólsmyri oder mit dem Schiff nach Höfn. Den ganzen Winter über habe ich mich auf den Sommer dort gefreut, und sofort nach den Prüfungen ging es los.
Du wolltest damals sicher Bauer werden?
Ja, am liebsten. Aber ich fand die Zukunftsaussichten nicht gerade rosig, deswegen habe ich mich ins Business gestürzt.
Es goss in Strömen, als wir herauskamen. Wir rannten ohne Regenschirm die zweiundsiebzig Stufen hinunter und flüchteten, ohne uns abzusprechen, in die nächstbeste Kneipe. Sie hieß *Vollgas*. Die Weinkarte war gut, Hans bestellte ein Glas sündhaft teuren Bordeaux, nachdem er sie intensiv studiert hatte. Ich tat es ihm nach und bestellte dasselbe. Wir waren durchnässt vom Regen, und ich sah, wie sich ein Regentropfen hinter seinem Ohr entlangschlich und unter den Kragen seines blauen Hemdes kullerte. Die Haut war ein wenig fettig und völlig ohne Falten. Wir stießen mit dem Wein an, den er gewählt hatte.
Ich konnte es mir nicht verkneifen, ihn mit seiner falschen Wetterprophezeiung zu necken. Dass er behauptet hatte, die Sonne würde noch scheinen, wenn wir wieder aus dem Schloss kämen.
Das Risiko muss man auf sich nehmen, wenn man ein

Schloss besichtigt, sagte Hans und lächelte, diesmal mit dem ganzen Gesicht. Seine tief liegenden Augen wurden zu schmalen Schlitzen, schwer zu sagen, welche Farbe sie hatten.

Er wollte mehr über mich wissen, aber ich hatte keine Lust, mehr zu erzählen. Er erfuhr nur, dass ich in einem Verlag arbeitete und allein lebte, nachdem eine Beziehung vor zwei Jahren in die Brüche gegangen war. Neunundzwanzig Jahre, genau wie er. Ich selbst stellte keine persönlichen Fragen, aber als er ein Mädchen erwähnte, dessen Namen ich kannte, überlegte ich, ob sie zusammen sein könnten. Im gleichen Moment entsann ich mich, dass ihr Vater eine große Importfirma besaß, in der Hans arbeitete.

Es war schon nach sieben, und Hans beschloss, dass wir zusammen essen gehen sollten. Der Regen hatte inzwischen aufgehört, dennoch bestand Hans darauf, mit dem Taxi zu einem Lokal zu fahren, das er kannte. Es hieß *Die Schwarze Rose.* Irgendwie zögerte ich und suchte nach einer Ausrede, war aber nicht schnell genug, denn Hans hatte das Taxi bestellt, bevor ich irgendwelche Einwände machen konnte.

Die *Schwarze Rose* liegt am Ritterplatz, wo Engel mit vergoldeten Trompeten auf spitzen Giebeln thronen. An manchen Tagen hatte ich dort allein in einem Lokal gesessen, das *Der Jüngste Tag* hieß, und auf den Platz hinausgeblickt, wo ein Ritter in voller Rüstung und mit Turnierlanze auf seinem Pferd saß. Es war heiß, und leicht gekleidete Frauen in hochhackigen Schuhen hatten sich bei ihren Männern untergehakt,

weil sie wegen des Kopfsteinpflasters ziemlich unsicher auf den Beinen waren.
Wir stiegen fünfundzwanzig Stufen hinunter. In den alten, fensterlosen Gewölben war es dunkel und unangenehm kühl. Kerzen brannten in vielarmigen schmiedeeisernen Leuchtern, und auch auf den klobigen Eichentischen standen Kerzenhalter. Auf jedem Tisch stand eine schmale Zinnvase mit einer Rose, die aber nicht schwarz war, wie es zum Namen des Restaurants gepasst hätte, sondern weiß. Wir wurden zu einem Tisch in einer kleinen Nische geführt, auf dem sich ebenfalls eine brennende Kerze und eine Rose befanden, aber diese war orangefarben. Es war meine Lieblingsfarbe bei Rosen, und ich erwähnte das.
Das ist roter als rot, sagte Hans.
Weil es nicht rot ist, erwiderte ich.
Mir fiel plötzlich ein, dass ich meinen Freunden Bescheid sagen musste, also ging ich telefonieren und holte bei der Gelegenheit meinen Seidenschal aus der Garderobe, denn mir war nicht allzu warm. Als ich zurückkam, stand eine Flasche Champagner im silbernen Kübel auf dem Tisch.
Du lieber Himmel.
Du hast dich verraten und gesagt, dass Champagner dein Lieblingsgetränk ist.
Er hatte einen Dom Perignon ausgesucht, das Beste, was ich je getrunken hatte, aber mir würde nicht im Traum einfallen, so etwas in einem Restaurant zu bestellen. Wenn Hans Örlygsson so verschwenderisch veranlagt war, durfte er diese Rechnung allein bezah-

len. Den Champagner trank ich mit der größten Selbstverständlichkeit, aber in heimlichem Glücksrausch.
Es ging schon auf Mitternacht zu, als wir wieder draußen auf dem Ritterplatz standen. Hans wollte mich nach Hause begleiten. Ich sagte, das sei nicht notwendig, aber er war dagegen, dass ich so spät in der Nacht allein unterwegs war.
Es hatte einen Regenschauer gegeben, während wir aßen, und das Kopfsteinpflaster auf dem Platz war rutschig wegen der Nässe. Ich griff zur Sicherheit nach seinem Ellbogen. Er nahm das ganz gelassen und versuchte nicht, sich diese Berührung zunutze zu machen. Sobald wir uns wieder auf neuzeitlichem Trottoir bewegten, gab ich ihn frei.
Das Schloss auf dem Bergrücken thronte über uns. Es war angestrahlt und wirkte noch eindrucksvoller als bei Tageslicht: ein überzeugender Schauplatz großer und finsterer Machenschaften. Ich erzählte ihm, dass ich häufig nur da säße und aus meinem kleinen Schloss auf das große schaute. Ich sagte auch, und das entsprach der Wahrheit, dass ich aus meinem Schlafzimmerfenster heraus die Eisenbahnzüge beobachtete und dass mich jedes Mal die große Versuchung überkäme, vor lauter Heimweh den nächstbesten Zug Richtung Norden zu nehmen.
Und warum machst du dich nicht einfach auf den Weg?
Nein, ich fahre erst in einem halben Monat, genau wie geplant.
Es hat doch keinen Sinn, sich herumzuquälen, wenn

man sich nicht mehr wohlfühlt. Wir könnten mit derselben Maschine fliegen, wenn du jetzt abreist.
Darauf habe ich ihm nie eine Antwort gegeben. Was hätte ich auch sagen sollen?
Als wir beim Gartentor ankamen, nahmen die Pfauen uns in Empfang. Hans bestaunte diese prächtigen Rad schlagenden Vögel, und ich erklärte ihm, dass es anscheinend in Mode war, so etwas im Garten zu haben, obwohl es eigentlich unverständlich sei, denn sie hätten die üble Eigenschaft, sich über die Blumenbeete herzumachen, und zwar gründlich. Er ging mit mir bis zur Haustür, und die Pfauen marschierten hinter uns her wie bei Lirum, Larum, Löffelstiel. Direkt beim Eingang wuchsen hohe orangefarbene Rosen, ich brach eine ab und sagte:
Guck mal, das ist genau die gleiche Farbe.
Als ob sie in Flammen stünden, sagte Hans.
Ich reichte ihm die Rose und wünschte ihm eine gute Nacht. Der Mond trat aus den Wolken, und sein Licht fiel auf Hans. Ich zuckte zusammen, als er auf einmal moosgrün im Gesicht war und rosa Haare hatte. Er beugte sich vor und wollte mich auf die Wange küssen, aber da ich unwillkürlich zurückschreckte, landete der Kuss in meinem Nacken.
Du bist grün im Gesicht, sagte ich.
Du auch. Das macht der Mond.
Zwei Gespenster auf abendlicher Runde, sagte ich. Komm gut nach Hause.
Während ich die Tür zuschloss, hörte ich, wie sich das Rascheln von Pfauenfedern mit dem Geräusch seiner

Schritte vermischte. Ich tat mir keinen Zwang an und blickte ihm nach. Hans mit der Rose, die, wie er gesagt hatte, roter war als rot, war schon beim Gartentor, und die Pfauen standen wie Wachposten zu beiden Seiten. Es kam mir so vor, als ob sie sich verneigten, erst der eine, dann der andere, im gleichen Augenblick, als der Mann zum Tor hinausging.

Meine Freunde waren bereits schlafen gegangen, also begab ich mich gleich nach oben in mein Zimmer. Ich putzte mir die Zähne und setzte mich in meinem weißen Leinennachthemd ans Fenster. Ein sehr langer Zug rasselte vorbei, die Abteile voll mit schlafenden Menschen oder Leuten, die auf ihre Ellbogen gestützt Zeitung lasen. Nicht auszuschließen, dass man sich in einem dieser Abteile liebte. Mir ging durch den Kopf, dass das ein ganz schön ruckliges Vergnügen sein könnte, wenn der Zug über Weichen ratterte, unversehens beschleunigte oder die Geschwindigkeit drosselte.

Nichts geschieht in dem Augenblick, wo es geschieht. Alles geschieht erst im Nachhinein. Ich war nicht zuvor am Abend mit Hans Örlygsson essen gewesen, sondern das geschah erst jetzt, ich sah den Mann in einem klaren Licht, wie attraktiv er war und wie flott er wirkte. Erst jetzt registrierte ich, dass er das Rotweinglas so hielt, als sei es ein Museumsstück. Er fasste es am Stiel, fest und gleichzeitig behutsam, und beäugte das Glas wie eine Wahrsagerin ihre Kristallkugel. Tatsächlich hatte er auch ein paar orakelhafte Sätze über den Wein von sich gegeben und sich dabei so ausgedrückt, als wäre er ein lebendiges Wesen mit Zukunftsperspektiven.

Ich wollte diese Gedanken gern loswerden und ging deshalb ins Bett, kuschelte mich zurecht und zog mir das Plumeau über den Kopf. Meine Freunde hatten dafür gesorgt, dass mir ein Doppelbett zur Verfügung stand, die Bettwäsche war aus Damast. Die Farbe war ein schwer zu definierendes Blau und erinnerte am ehesten an Islandblau, das ich nirgendwo anders als am Himmel zu Hause gesehen habe, vor allem im Frühling, wenn die Wiesen schon saftig grün sind, aber in den zerfurchten Berghängen noch Schneewehen liegen. Und ich sehnte mich nach Hause, wo es jetzt mitten in der Nacht atemfrisch und hell war, statt dieser schweren, dunklen Feuchtigkeit hier heute Abend. Das Wetter ist überall degeneriert, nur nicht in Island. Daheim lehrt uns das Wetter zu leben und hält uns geistig bei der Stange. *Út vil ek.* In Island ist es nie zu heiß, um etwas zu unternehmen, zu wandern, zu joggen oder zu denken. Ohne lästiges und gemeingefährliches Ungeziefer.

Ich konnte nicht einschlafen, deswegen tappte ich nach unten in die große Wohnung meiner Freunde und schlich aus lauter Rücksicht auf Zehenspitzen, denn aus dem offenen Schlafzimmer hörte ich distinguiertes Röcheln und leise Schnarcher. Ich konnte meine Blicke nicht von den weißen Lilien in der viereckigen Glasvase abwenden, die auf dem Wohnzimmertisch stand, einem antiken Stück aus massiver Eiche. Meine Freunde pflegten zu sagen, dass in ihren Räume wegen der Höhe nur langstielige Blumenarrangements zur Geltung kämen.

Ich holte mir ein Glas trockenen Weißwein aus dem Kühlschrank, setzte mich aufs Sofa und schaute – auf weiß gekalkte Wände, auf eine riesige Anrichte, ebenfalls aus massiver Eiche – alles erlesen und vollkommen harmonisch. Von dort, wo ich saß, sah man das erleuchtete Hauptschloss, das aber jetzt näher gerückt zu sein schien. Ich durfte nicht vergessen, dankbar dafür zu sein, dass ich Freunde hatte, die so exklusiv wohnten und mir gestatteten, das mit ihnen zu genießen. Mir kam der Gedanke, dass Hans Örlygsson sich in dieser Umgebung gut ausgenommen hätte, er war genauso kraftvoll und harmonisch wie sie.

Ich trank den Weißwein aus, der seltsam süßlich schmeckte, obwohl er angeblich trocken sein sollte. Dann zog ich mich nach oben zurück, kroch unter das Oberbett mit isländischen Eiderdaunen und islandblauem Bezug und streckte mich behaglich aus. Mir war es immer am liebsten, allein im Bett zu schlafen. Und ehrlich gesagt hatte es ganz den Anschein, als sei ich für ein Singledasein prädestiniert. Ich vermisste es nicht, mit jemandem zusammenzuleben. Ich lebte mein eigenes Leben, ruhig und besonnen, den Blick klar nach vorn gerichtet. Mir fehlte nichts, und ich war nicht auf der Suche nach etwas Besonderem. Das Leben war vielleicht nicht unbedingt amüsant, aber es ist ja schließlich auch nicht erstrebenswert, ein Leben zu führen, das gemeinhin als amüsant gilt. Es ist erstrebenswert, das seelische Gleichgewicht zu halten,

mit Freunden über alles und nichts zu reden, bei schönem Wetter mit einer Tasse Kaffee im Freien zu sitzen und sich den Kopf über irgendwelche Verrücktheiten zu zerbrechen. Selbstverständlich gibt es so etwas wie ein amüsantes Leben überhaupt nicht. Einige tun zwar so, als sei bei ihnen alles ungeheuer amüsant, und es gelingt ihnen sogar, strahlend und überzeugt zu schauspielern, aber niemand traut sich, der Tatsache ins Auge zu blicken, dass die schönen Stunden des Lebens unendlich wenige sind. Ich hege den Verdacht, dass die Selbstmordrate bedrohlich ansteigen würde, wenn die Leute sich klar machten, wie selten das Leben wirklich amüsant ist. Und daran ist kaum etwas zu ändern. So wie das Leben arrangiert ist, liegt vieles im Argen. Es macht keinen besonderen Spaß, sich um eine Familie zu kümmern, aber es macht genauso wenig Spaß, allein zu sein und sich nur um sich selbst zu kümmern. Am besten hat man einen Liebhaber, was allerdings auch meist mehr Leid als Freud mit sich bringt und kaum je von Dauer ist. Entweder hauen sie ab, oder man macht sich selbst aus dem Staub. Sonst verwandeln sie sich bloß in Lebenspartner oder Ehemänner, und schon geht's los mit der Kümmerei. Erst recht, wenn Kinder kommen. Ach.
Im Grunde genommen muss ich auch gar nicht über so etwas nachdenken, denn mir war bislang niemand Besonderes über den Weg gelaufen. Und weil es so vieles gab, das mich persönlich beschäftigte, hatte ich keine Lust, andere da zu sehr zu involvieren. Ich hatte so viel Interessantes vor, Projekte, die mir viel bedeu-

teten, tagsüber rackerte ich mich ab, und nachts ruhte mein Körper in Frieden, ohne dass es ihn nach einem anderen Körper gelüstete.

Als ich am nächsten Morgen aufwachte, waren meine Freunde bereits zur Arbeit gegangen. Ich frühstückte unten, weil sie es so wollten. Als ich auf die großen weißen Lilien blickte, erinnerte ich mich an *Roisin dubh*, *Die Schwarze Rose*, ein irisches Volkslied, das ich kenne. Es konnte vorkommen, dass ich die Platte immer wieder spielte. Ein depressiver Freund von mir hat es einmal das traurigste Lied der Welt genannt und hinzugefügt: Das Ende aller Rosen. Ich bin allerdings nie dazu gekommen, ihn zu fragen, ob dieses merkwürdige Ende aller Rosen ein Zitat ist. Falls ich Hans Örlygsson irgendwann einmal wiedertreffe, werde ich mich daran zu erinnern versuchen, dass der Name des Lokals, in dem wir Dom Perignon tranken und Hummer aßen, auch der Titel eines irischen Volkslieds ist, *Roisin dubh*, das ich manchmal wieder und wieder auflege.

Ich ging in die Telefonzelle an der Ecke, rief Mama an und erfuhr, dass die Hitzewelle immer noch anhielt. Papa und sie waren am Wochenende im Sommerhaus am Álftavatn gewesen, erstaunlicherweise ganz allein. Es sei einfach herrlich gewesen, was nicht zuletzt darauf zurückzuführen war, dass der Garten so phantastisch gedeihe. Die Zuchtversuche mit den Birken hätten derartige Erfolge gezeitigt, dass sie jetzt fast so schnell wie Pappeln hochschössen.

Sie hatten eine Gans gebraten und ein unglaublich gutes Exemplar erwischt. Mama hatte beim Ausnehmen sofort bemerkt, dass sich dieses Tier optimal ernährt hatte, nämlich von Thymian und anderen passenden Kräutern. Sie hatten einen Spaziergang gemacht, während die Gans im Ofen schmorte und die Innereien im Topf vor sich hin köchelten. Allenthalben waren sie über Heerscharen von neugeborenen Lämmern gestolpert, die sich bei dem herrlichen Wetter unter Aufsicht ihrer Mütter auf den Wiesen tummelten und vor lauter Fröhlichkeit so lautstark blökten, dass es in den Bergen widerhallte.

Als wir wieder zum Haus zurückkamen, stieg uns der köstliche Essensgeruch schon von weitem in die Nase. Dein Vater sagte, so wie die Kochdüfte durch die ganze Gegend zögen, könnten wir froh und dankbar sein, dass nicht die Leute von nah und fern herbeiströmten, um an diesen Gaumenfreuden teilzuhaben. Und während wir auf der Veranda einen Campari Soda tranken, wurde es auf einmal völlig windstill. Der See sah wie Glas aus. Ich glaube, das war der schönste Tag, den ich je erlebt habe, Samanta, und habe ich doch deren viele gesehen.

Ich möchte nach Hause, Mama.

Dann mach dich doch auf den Weg.

Ich muss aber noch einen halben Monat bleiben.

Das kannst du doch bestimmt regeln.

Ich bin es nicht gewöhnt, im Sommer ins Ausland zu fahren. Ich begreife nicht, wie mir so etwas einfallen konnte.

Auf dem Weg zurück kam mir auf einmal zu Bewusst-

sein, dass Mama das Ozonloch mit keinem Wort mehr erwähnt hatte.
Ich ging nach oben in mein Zimmer und machte mich wieder an die Gedichte. Es war schwierig, sich zu konzentrieren. Ich sehnte mich nicht nach der Windstille, die Mama geschildert hatte, sondern nach durch und durch isländischem Sturm und strahlendem Sonnenschein, nach Wind, der in Gräsern und Labkraut wütet, Weiden umbiegt und Wasser kräuselt, damit daraus Rutschen für rosa Fische werden und verwegene Luftwellen für weißflügelige Vögel.
… und habe ich doch deren viele gesehen. Das war kitschig. Mama redete normalerweise nicht so. Allerdings gehörten Mama und Papa zu den Menschen, die tatsächlich den Eindruck erwecken, dass ihr Leben amüsant ist. Sie strahlten vor Lebensfreude, zumindest im Beisein anderer, und bei ihnen war immer etwas los. Sogar im Urlaub nahmen sie sich große Dinge vor, sie machten sich am Sommerhaus und im Garten zu schaffen oder luden massenweise Leute ein, um in der winzigen Küche anspruchsvolle Gerichte zu kochen. Immer zu Scherzen aufgelegt. Und sie konnten nicht einmal allein ins Sommerhaus fahren, ohne mindestens eine komplette Gans zu braten, die streng genommen für fünf Personen reichen würde, und dazu eine knifflige Sauce.
Ich würde auch gern mit meinem Mann in ein Sommerhaus fahren, so ich denn einen hätte, und mich in eine Mulde kuscheln, Äpfel knabbern und zwischendurch Wasser aus einer kalten Quelle trinken. Niemals

würde ich Gäste einladen oder halbtägige Wanderungen unternehmen, endlos in Haus und Garten herumwerkeln, stundenlang kochen und zwischendurch spülen. Ich würde schlicht und ergreifend Handwerker beauftragen, und sei's auch nur, um die Veranda zu streichen, frei nach dem Motto: Was du heut magst nicht besorgen, lass von andren machen morgen.
Und dann dachte ich an den Campari Soda auf der Veranda. Vielleicht hatten Mama und Papa ja wirklich diese Viertelstunde genossen, als der Wind sich legte und sie einfach dasaßen, über den See blickten und diesen Sommertrank zu sich nahmen, der ihr Lieblingsgetränk war. Vielleicht war es ja ein und dasselbe, ein amüsantes Leben zu inszenieren und eines zu haben. Vielleicht war die Schauspielerei *The Real Thing*, vielleicht kam man ganz einfach nicht näher an den Kern der Sache heran, und in den allerbesten Momenten wurde das Spiel zu dem, was es vorgab zu sein.
«Du Hirschkuh mit den Mandelaugen, deiner Brüste Rund berauschet mich.» Keine besonders gelungene Zeile, klang wie ein Abklatsch aus dem Hohenlied. Stillos und stümperhaft. Unten klingelte das Telefon. Ich ging meist nicht an den Apparat. Wieso sollte ich es jetzt auf einmal tun? Ich bewund're die Rundungen deiner Brüste. Missglückter Versuch von Binnenreim.
Ich legte das blöde Zeug zur Seite und ging unter die Dusche. Während ich mir die Haare föhnte, versuchte ich zu entscheiden, was ich an diesem Tag mit mir anfangen wollte. So viel stand fest, ich hatte keine Lust, noch länger im Haus herumzuhängen, obwohl ich nor-

malerweise erst am späten Nachmittag in die Stadt ging. Das Badezimmerfenster lag auf derselben Seite wie das Schlafzimmerfenster, und während ich mir die Haare bürstete, beobachtete ich, wie zwei Züge einander begegneten. Der eine war so lang, dass er kein Ende zu nehmen schien, auf dem Weg nach Süden, das war die Richtung zum Flughafen, der andere bestand aus nur drei Waggons. Unten klingelte wieder das Telefon. Ich sprang im Bademantel nach unten und schnappte mir den Hörer.

Wie hast du die Nummer herausgekriegt?

Das war kein Problem. Du hast mir gestern Abend gesagt, wie deine Freunde heißen. Sie stehen im Telefonbuch.

Bist du nicht bei deiner Fortbildung?

Doch, aber ich bin um fünf Uhr fertig. Können wir uns dann treffen?

Das passt mir leider gar nicht. Da habe ich etwas vor. (Das war eine Lüge.)

Kannst du das nicht verschieben?

Nein.

Ich war drauf und dran, ihm von dem Volkslied zu erzählen, das *Die Schwarze Rose* heißt, weil es gut sein konnte, dass ich ihn erst nach Monaten oder womöglich Jahren wiedersehen würde. Aber dann fand ich es albern, doch ein anderes Gesprächsthema fiel mir nicht ein. Das machte auch gar nichts, denn Hans Örlygsson bestritt das Gespräch. Ihm fällt immer etwas ein. Manchmal wird so was als geistreich bezeichnet und ist zumindest auf Island eher typisch für ältere Leute, nicht für die jüngere Generation. Plötzlich beschlich mich der Verdacht, dass er einen in der Krone hatte. Beim Mittagessen hätte er die Gelegenheit gehabt, sich das eine oder andere Glas zu genehmigen. Offensichtlich fehlte es ihm diesbezüglich nicht an Routine. Seinem Aussehen nach war er in jeder Hinsicht ein Mann der Tat, groß und forsch, mit hellem Haarschopf und leicht geröteten Wangen. Irgendwie erinnerte er an einen Pseudowikinger in einer Kinoklamotte.

Nach dem Telefongespräch nahm ich mir viel Zeit, Gesicht und Hals mit Feuchtigkeitscreme zu bearbeiten und den Körper mit einer exquisit duftenden Lotion einzureiben, die meine Freunde mir geschenkt hatten. Dann machte ich sorgfältig das Bett und räumte das Zimmer auf, obwohl es nicht nötig war. Ich feilte mir gerade die Fingernägel, als es an der Haustür klingelte. Ich hatte nicht vor, zur Tür zu gehen. Das war bestimmt nicht für mich.

Dann beschloss ich, aus dem Wohnzimmerfenster unten nachzusehen, wer da war. Es war Hans. Er klingelte noch einmal. Ich ging wieder nach oben ins Schlafzimmer, setzte mich aufs Bett und fuhr fort, mir die Nägel breit zu feilen. Ich finde das schöner als spitz zulaufende Nägel.

Ich konnte es mir nicht verkneifen, noch einmal ins Wohnzimmer zu gehen und rauszugucken. Hans war schon am Tor. Der eine Pfau streckte seinen Kopf aus einem Gebüsch hervor. Man hätte meinen können, dass er hinter dem Mann herspionierte, die Federn im Krönchen sahen wie winzige Sendeantennen aus.

Hätte Hans sich in diesem Augenblick umgedreht, hätte er mich am Fenster erblickt, in einem schwarzseidenen Hausmantel, der dem Mann meiner Freundin gehörte.

Das Hochdruckgebiet, das einen ganzen Monat lang penetrant über Island geschwebt hatte, löste sich in Wohlgefallen auf oder wechselte den Standort, als ich nach Hause kam. Jetzt herrschten eiskalte Tiefs vor, Sturm und Regen, sechs Grad über null. Den ganzen Sommer über war überhaupt nicht daran zu denken, nach Skaftafell zu fahren. Ich telefonierte manchmal mit meinen Freunden. Bei ihnen war ungewöhnlich schönes Wetter. Die wichtigste Neuigkeit war, dass der männliche Pfau unter ein Auto gekommen und das Weibchen im Laufe einer Woche vor Kummer dahingesiecht und gestorben war. Das war mir gleichgültig, denn für meinen Geschmack hatten diese Vögel nie in diesen Garten gepasst. Da meinen Freunden die Tiere aber ans Herz gewachsen waren, bekundete ich meine Anteilnahme. Jetzt wäre ich gern wieder bei ihnen gewesen, in der Mansarde des kleinen Schlösschens, und ich dachte an alles, was ich während meines Aufenthalts in dieser Stadt verpasst hatte, wie ich die Zeit vertrödelt hatte, indem ich ganz allein scheußlichen Kaffee in mich hineinschlürfte und dabei den Felsen anstarrte, der sich nach oben hin in ein altes Mauerwerk von Menschenhand verwandelte.

Ende Oktober war ich am Flughafen in Keflavík, um Mama und Papa abzuholen, die aus Wien zurückkamen. Durch die Sichtscheibe hielt ich Ausschau nach ihnen, als Hans Örlygsson die Rolltreppe herunterkam. Im gleichen Moment erblickte er mich, denn ich hatte keine Zeit, hinter den Umstehenden Deckung zu suchen. Er winkte so, als hätte er mit mir gerechnet, als wäre ich gekommen, um ihn abzuholen. Ich winkte aus Versehen zurück, und dann verschwand er im Duty-free-Laden.

Kurz darauf kamen Mama und Papa die Treppe herunter. Ich winkte ihnen zu, setzte mich auf eine Bank und wartete. Ich musste an den Regentropfen denken, der im *Vollgas* am Ohr eines unbekannten Mannes entlangkullerte, unter den Kragen eines himmelblauen Hemds.

Hans kam als Erster durch den Zoll, er trug ein Boardcase und eine wohlgefüllte Plastiktüte aus dem Duty-free-Laden. Ich fand, dass er nicht lange gebraucht hatte, um zu entscheiden, was er kaufen sollte. Er kam schnurstracks auf mich zu und sagte: Grüß dich, und danke für unser letztes Beisammensein.

Grüß dich ebenfalls, und willkommen daheim. Woher kommst du diesmal?

Ich war zwei Tage in Kopenhagen.

Dann bist du mit derselben Maschine wie meine Eltern geflogen. Sie kommen allerdings aus Wien.

Hans setzte sich zu mir auf die Bank, und seine Hand berührte meine. Sein heller Anzug erinnerte an eine Safari-Montur. Er war ziemlich betrunken, hielt sich aber gut und redete über alles Mögliche. Und war amüsant, amüsant.

Ich war erstaunt, wie lange Papa und Mama brauchten,

und ich begann, mir Sorgen zu machen, dass Hans den Zubringerbus verpassen würde und wir gezwungen wären, ihn mit in die Stadt zu nehmen. Ich sprang auf, als sie endlich erschienen, und begrüßte sie überschwänglich mit Küssen und Umarmungen. Hans stand ebenfalls auf und hielt sich bescheiden im Hintergrund, um ihnen dann formell die Hand zu geben.

Ich übernahm Papas Gepäckwagen und sagte zu Hans: Also bis demnächst, und marschierte los. Ich hörte, wie Mama und Papa sich etwas verwirrt von ihm verabschiedeten, dann kamen sie hinter mir her.

Kaum saßen wir im Auto, sagte Mama: Na, du hattest es ja vielleicht eilig, mein Schatz, und dann fragte sie mit eigenartiger Betonung, wer das gewesen sei.

Ich weiß es kaum, sagte ich. Ich hab ihn erst einmal getroffen.

Nanu, es hatte aber ganz den Anschein, als würdet ihr euch ziemlich gut kennen.

Dafür kann ich nichts.

Ein attraktiver Mann, sagte mein Vater.

Er hatte eine Fahne, sagte meine Mutter.

Dieser Mann geht mich nichts an. Wie war's in Wien?

Ja, sie waren in der Staatsoper gewesen, wo José van Damm den Don Giovanni gesungen hatte und Agnes Baltsa die Donna Anna, und im Musikverein hatte Sinopoli Mozart-Sinfonien dirigiert, und sie waren so froh, dass sie sich diesen alten Traum endlich erfüllt hatten; ihrer Meinung nach hatte ich viel verpasst, weil ich nicht mitgefahren war. Da fiel mir ein, dass ich, falls ich mitgefahren wäre, Hans in Kastrup getroffen

hätte und wir in derselben Maschine nach Island geflogen wären.
Mama sagte, dass ich phantastisch aussähe, und darüber freute ich mich, denn Mama hat einen Blick für so was. Und die beiden selbst wirkten wie neugeboren und sahen aus wie die jüngsten Großeltern der Welt.
Als wir in ihrer Wohnung in der Hörgshlíd angekommen waren, wärmte ich das Essen auf, das ich vorbereitet hatte. Sie lobten mich über den grünen Klee und sagten, was für eine fabelhafte Tochter ich sei. Nach erneutem Geplauder über Wien entstand eine kleine Pause. Bis Mama urplötzlich fragte:
Hätten wir ihm nicht anbieten sollen, ihn mit in die Stadt zu nehmen?
Mitnehmen? Wen denn?
Den Mann auf dem Flughafen.
Du scheinst ja richtig einen Narren an ihm gefressen zu haben.
Siehst du dich denn überhaupt nicht nach passenden Bekanntschaften um, liebe Samanta?
Nein, ich seh mir höchstens auf die Zehen.
Komm mir doch nicht immer mit solchen Ausflüchten, Liebling. Es ist nicht gut, wenn man es zu lange hinauszögert, eine Familie zu gründen.
Wer sagt denn, dass ich eine Familie gründen möchte?
Das kannst du doch nicht auf dir sitzen lassen, dass unser Familienzweig mit dir ausstirbt, meinte Papa.
Das geht auf euer eigenes Konto, schließlich habt ihr nur mich in die Welt gesetzt.
Du warst so vollkommen, meine liebe Samanta, dass

wir uns nicht getraut haben, weitere Kinder zu bekommen. Und wir hatten auch gar keine Zeit dazu. Besser, nur ein Kind zu haben und sich ordentlich darum zu kümmern, als mehrere, die man vernachlässigt.
Da gibt's aber doch auch so was wie einen Mittelweg.
Als ich zu mir nach Hause kam, war es halb zwölf. Papa hatte mich zurückgebracht, denn ich hatte zu viel Rotwein getrunken. Papa ist immer maßvoll.
Kaum war ich zur Tür hereingekommen, als das Telefon zu läuten begann. Es war Hans Örlygsson.
Du rufst zu spät an, sagte ich. Normalerweise schlafe ich um diese Zeit schon längst.
Aber jetzt schläfst du noch nicht. Ich habe es heute Abend auch schon früher probiert.
Er hatte noch mehr geladen und sprach ziemlich schleppend. Dann war Schweigen. Ich hatte nicht vor, mich in irgendeiner Form zu was auch immer zu äußern.
Du warst zu Hause, sagte er schließlich.
Nein, ich war bei Mama und Papa.
Du warst zu Hause in deinem Schlösschen, als ich im Sommer geklingelt habe.
Ich weiß nicht, wovon du redest.
Ich hab dich zwar nicht am Fenster gesehen, aber ich habe dich gespürt. Jemand hat mir nachgeschaut, als ich wegging.
Du hast mich bestimmt mit einem Pfau verwechselt. Gute Nacht. Ich legte auf.
Ich ging ins Bad, um mir die Zähne zu putzen und mich abzuschminken. Ich hatte noch nicht einmal die

Waschlotion aus dem Gesicht entfernt, als das Telefon wieder klingelte. Ich glaubte zu wissen, wer das war, und riss den Stecker aus der Dose, ohne zu antworten.
Im November, Dezember und Januar fielen Unmengen Schnee vom Himmel herunter. Ich bekam eine neue Aufgabe, nämlich eine kleine Cousine von mir einmal in der Woche zur Musikschule zu bringen. Ihre Eltern wohnten ganz in meiner Nähe auf dem Raudarárstígur, und ich stapfte mit der Kleinen und ihrer Gitarre die Grettisgata entlang zum Klapparstígur. In der einen Hand trug ich die Gitarre, mit der anderen hielt ich die Kleine bei der Hand gepackt. Die Schneehaufen zu beiden Seiten der Straße türmten sich so hoch, dass wir alle Mühe hatten, vorwärts zu kommen, und fast bei jedem Gang legten wir uns wegen der Glätte mindestens einmal auf die Nase. Es endete damit, dass ich mir Spikes zulegte, obwohl die meiner Meinung nach eigentlich mehr zu alten Damen mit Osteoporose passen.
Der Januar war schon fortgeschritten, als ich auf einer solchen Expedition mit der kleinen Cousine plötzlich Hans Örlygsson erblickte. Er schaute aus dem Fenster eines Hauses am Klapparstígur, das in einer beeindruckend hässlichen Farbe angestrichen war, Mama hätte sie Kotzgrün genannt. Hans ließ die rosa getüpfelte Gardine fallen und zog sich hastig vom Fenster zurück. So wie ich ihn kannte, passte so ein Rückzieher gar nicht zu ihm. Ich spielte mit dem Gedanken, ihn ein bisschen zu necken und einfach zu klingeln, das geschähe ihm recht. Aber ich bin zu wohlerzogen für Scherze dieser Art.

Als ich wieder zu Hause war, schlug ich im Telefonbuch den Namen des Mädchens nach, das er erwähnt hatte, als wir uns das erste Mal trafen, in einer Stadt im Ausland. Und es passte, sie wohnte auf dem Klapparstígur. Was für eine Farbkombination.

Im Februar, März und April schloss sich der schlimmste Winter seit Menschengedenken an. Ich war bleich und unnahbar, verwünschte das Unland Island und vermied sogar die Gesellschaft meiner Eltern, die regelmäßig Langlauf betrieben und sich weder von Unwettern noch Nebel abschrecken ließen, es sei denn, wenn beides in Kombination auftrat. Die seltenen Male, wo wir uns trafen, zog ich ziemlich heftig über das Land im Allgemeinen und über das Wetter im Besonderen her. Das hätte ich lieber lassen sollen, denn jetzt versuchten sie mit aller Macht, mich zum Skilaufen zu überreden. Es machte die Sache auch keineswegs besser, dass sie mich manchmal anzüglich fragten, ob ich denn wirklich nicht Ausschau hielte. Für mich hatte es ganz den Anschein, als säßen sie auf heißen Kohlen, weil ich keinen Mann abkriegte.

Im Mai war meines Bleibens in Island nicht länger, und ich buchte ganz spontan eine Reise nach Portugal, wo ich einen ganzen Monat in einem Fischerdörfchen nördlich von Oporto verbrachte. Die Touristen dort waren in der Mehrzahl Engländer, höfliche und reizende Pensionäre. Manchmal nahm ich zusammen mit einem Ehepaar aus Surrey den Five o'clock tea in einem englischen Restaurant ein. Sie hießen Iris und John, und nach einer Woche boten sie mir an, sie einfach Iris und John zu nennen. Sie zeigten mir Fotos von ihren Enkelkindern, und ich lauschte ihren Erzählungen von den Luftangriffen auf London während des Zweiten Weltkriegs. Ich hatte viel darüber gelesen, aber es ist eben etwas ganz anderes, Bücher zu wälzen, als Berichte aus dem Munde von Leuten zu hören, die so etwas mitgemacht haben. Manchmal kommt es mir so vor, als hätte ich vielleicht mehr Zeit darauf verwenden sollen, mit unmittelbar Betroffenen zu sprechen, als mir nur Informationen aus Büchern zu beschaffen. Aber mit Leuten zu sprechen ist häufig so umständlich. Ein Buch braucht man nur zu öffnen, um dann gezielt die Seiten umzublättern.

In der letzten Woche stießen meine kleine Cousine mit der Gitarre und ihre Eltern zu mir. Eine ganze Woche lang lagen wir zu viert am Strand, ohne groß etwas zu unternehmen; uns stand nicht der Sinn nach Sightseeing. Aber wir besuchten die besten Restaurants in der Umgebung, und abends gingen wir meist nach dem Essen hinunter zum Strand, um uns den Sonnenuntergang anzusehen, und wir hatten immer eine gute Flasche Wein dabei. Einmal nahm ich die Gitarre für meine kleine Cousine mit, trug sie diesmal über Sanddünen anstatt Schneewehen, und sie spielte eine melancholische spanische Romanze, und zwar erstaunlich gut, obwohl die kleinen Finger kaum den Steg zu umspannen vermochten. Mir fiel *Die Schwarze Rose* ein und das Ende aller Rosen, wie mein depressiver Freund sich ausgedrückt hatte; aus irgendwelchen Gründen dachte ich auch an die Pfauen, die sich vor Hans verneigten, als er zum Gartentor hinausging, nachdem er mich nach Hause gebracht hatte. Die hatte ja wirklich ein jähes Ende ereilt. Die kleine Cousine spielte die Romanze noch einmal, und eine feuerrote Sonne tauchte im Atlantik unter, während wir eine Flasche edlen portugiesischen Rotweins, Jahrgang 1979, leerten.

Ich wollte nicht nach Hause, aber es gab keine Möglichkeit, meinen Urlaub zu verlängern. Missmutig schleppte ich mich ins Flugzeug und schlummerte sofort ein. Ich wollte kein Essen und schlief die ganze Zeit, bis wir uns Island näherten, das im Abendsonnenschein unter uns lag. Die Insel breitete sich unter uns aus, Gletscher, steinige Wüsten und Seen. Beim Anflug auf Keflavík sahen wir nicht nur Skjaldbreidur, sondern auch Snæfellsjökull, und ich stellte mir vor, sie wären ein Ehepaar und die Berge dazwischen die Nachkommen, die auch einmal zu Gletschern würden, wenn sie groß und kalt genug geworden wären.

Papa und Mama nahmen mich auf dem Flughafen in Empfang. Sie kamen mir braun gebrannter als ich selbst vor, was durch ihre sommerlich weiße Kleidung noch betont wurde. Man hätte meinen können, sie kämen aus dem sonnigen Süden und nicht ich. Mama hatte ein Essen mit drei Gängen gekocht: Miesmuscheln in Weißweinsauce, dann in Rotwein, Olivenöl, Knoblauch, Wacholder und Thymian marinierte Lammkeule und zur Krönung des Ganzen selbst gemachtes Eis. Als ich bemerkte, was für ein Festmahl das gewesen sei, entgegnete Papa, nichts sei gut genug, um die verlorene Tochter willkommen zu heißen. Es war schon neun, aber es war immer noch warm genug, um den Kaffee auf dem Balkon zu trinken. Snæfellsjökull strahlte, und die ganze Bergkette der Halbinsel war schneeweiß, obwohl es bereits Juni war. Die Sonne schlängelte sich gelenkig durch Ebereschenlaub, Glanzweide und vorwitzige Feuerlilien, und man würde sie noch ein paar Stunden genießen können.

Auf einmal wurde mir bewusst, dass der Tag kommen könnte, da mich niemand mehr vom Flughafen abholte, und ich hätte gern etwas Nettes zu Papa und Mama gesagt, um ihnen zu zeigen, dass ich all das, was sie für mich taten, zu schätzen wusste. Mir fiel aber nichts anderes ein, als das Essen zu loben und den Garten und ihnen zu sagen, wie phantastisch sie aussähen. Mama erwiderte daraufhin, dass ich noch nie so hübsch ausgesehen hätte, so braun, mit von der Sonne hellgoldenem Haar, und wie gut mir diese leuchtend blaue Farbe des Kleides stehe und mit den Augen korrespondiere.

Papa fuhr mich nach Hause zum Raudarárstígur. Wie ein geölter Blitz schoss er mit meinen Koffern, die ich kaum heben konnte, die Treppen hinauf. Ich gab ihm zum Abschied einen Kuss, streichelte ihm die glatte, frisch rasierte Wange und schaute ihm nach, wie er in seinem weißen Sportpullover die Treppe hinuntersprang.

Mein Wohnzimmer war in strahlendes Sonnenlicht getaucht, violette Usambaraveilchen blühten das Fensterbrett entlang, nirgends auch nur ein Stäubchen, und auf dem Couchtisch stand eine eckige Glasvase mit neun orangeroten Rosen. Hier hatte meine Mutter alles unter Kontrolle gehabt, meine Blumen besser versorgt als ich selbst und gründlicher geputzt, als ich es tat. Und Rosen spendiert. Mama gehört zu den Frauen, die immer an alles denken und es immer schaffen, alles perfekt zu erledigen. Papa ist genauso. Ich selbst habe keine Lust, alles perfekt zu machen, nur manches. Im Verlag genieße ich den Ruf, super sorgfältig und organisiert zu sein, sowohl im Lektorieren von Manuskripten als auch bei Fahnenkorrekturen. Eine unentbehrliche und gut bezahlte Arbeitskraft, eine, die eigentlich baldmöglichst Cheflektorin werden sollte, je eher, je besser. Falls sie daran interessiert wäre. Aber da besteht keine Gefahr. Es ist einfach gut so, wie es ist.

Ich öffnete den einen Koffer, zog das handgestickte Nachthemd hervor, das ich in Portugal gekauft hatte, und eine Flasche von dem Wein, den wir abends am Strand getrunken hatten, als meine kleine Cousine die spanische Romanze auf der Gitarre spielte. Normalerweise mache ich für mich allein keine Flasche auf, aber diese entkorkte ich jetzt und holte mir ein dickbauchiges Rotweinglas mit eingraviertem Stern. Meine Gläser wohnen in einem Büfettschrank, der die italienische Version eines Macintosh-Möbels ist. Als ich einschenken wollte, sah ich, dass es etwas schmierig war, und holte mir ein anderes Glas. Der Wein war hervorragend, vielleicht sogar noch besser als in meiner Erinnerung, oder diese Flasche war ganz einfach besser.

Ich schreckte hoch, als es klingelte, lief zur Tür und

drückte den Türöffner, ohne mich in der Gegensprechanlage zu vergewissern, wer da unterwegs war. Dann machte ich die Wohnungstür auf und wankte verwirrt zum Sofa. Es war drei Uhr nachts, es war dämmrig draußen. Ich hatte ein paar Stunden geschlafen.
Hans Örlygsson trat forsch ein, stand in der Wohnzimmertür und paffte an einer halb gerauchten Zigarette, die in dem Halbdämmer bedrohlich aufglimmte. Als Nächstes machte er Licht, ohne den Schalter suchen zu müssen, und ich, gerade aufgewacht, sah Sterne. Als die Augen sich sich an die Helligkeit gewöhnt hatten, stellte ich fest, dass er neue Jeans trug, einen blaugrauen Wollpullover mit Zopfmuster und ein himmelblaues Hemd darunter, dazu schwarze Wanderschuhe. Er zog sie aus, immer noch an der Wohnzimmertür, die Zigarette in den Mundwinkel geklemmt. Dann kam er und setzte sich zu mir aufs Sofa. Seine Hand streifte die meine. Er drückte die Zigarette in meinem Kristallaschenbecher aus, ohne zu fragen, wie es sonst meine Gäste zu tun pflegten, ob das ein Aschenbecher sei.
Ich habe dich im letzten Winter gesehen, sagte er. Ist das Mädchen mit der Gitarre deine Tochter?
Nein. Ich habe keine Tochter.
Du hast gedeckt, sagte er und meinte wohl die beiden Rotweingläser.
Kann ich dir etwas anbieten?
Nein, danke, ich hab selbst was dabei. Er fasste sich durch den Ausschnitt unter den Pullover und fischte einen silbernen Flachmann aus der Hemdtasche.

Hast du Lust auf Glenlivet?
Ja, danke. Ich nahm einen Schluck aus dem Flachmann.
Er zog den Pullover aus und legte ihn auf die Lehne des Sofas. Dann trank er einen ordentlichen Schluck und steckte das Teil wieder in die Brusttasche.
Juckt dich das Ding nicht am Herzen?, fragte ich.
Er lachte und sagte nichts.
Und woher kommst du?, fragte ich, da mir sein Aufzug reichlich ungewöhnlich vorkam.
Ich bin heute den Skjaldbreidur rauf und dann wieder runter, und jetzt komme ich von Gudmundur.
Das mit Gudmundur war ein eigenartiger Gesprächsbeitrag. Woher sollte ich wissen, wer Gudmundur war?
Ich habe Skjaldbreidur heute Nachmittag aus dem Flugzeug gesehen, wir sind drübergeflogen.
Da war ich wohl auf dem Weg nach oben.
Und er beschrieb die Unternehmung; das Wetter, die Wanderung, die Form des Berges aus der Nähe, das Gestein, den Vogelgesang. Der Mann ist geistreich, das muss man ihm lassen. Es macht Spaß, auf dem Sofa zu sitzen und ihn reden zu hören. Er drückt sich gut aus, weiß Bescheid und ist ausgesprochen redselig. Er kann sogar Vogellaute nachahmen.
Was er von mir hielt, wusste ich nicht. Aber voriges Jahr im Ausland hatte er etwas Merkwürdiges zu mir gesagt. Er war auf meine Persönlichkeit zu sprechen gekommen. Eigentlich verstehe ich nicht so recht, was mit diesem Wort gemeint ist, und auf jeden Fall war es

etwas ganz Neues, dass ein Mann eine Meinung zu meiner Persönlichkeit hatte. Mir waren etliche positive Bemerkungen über meine Nase zu Ohren gekommen, die von der eher kurzen isländischen Sorte ist, mit leichter Himmelfahrtstendenz, aber trotzdem ziemlich stilrein. Worte fielen über meine Hände, von denen ich selbst auch zugeben muss, dass sie schön sind, keine komischen winzigen Frauenhände, sondern große Hände mit langen und nicht zu schmalen Fingern. Auch über meine Haare ist Diverses gesagt worden. Ich trug die Haare lang. Nicht manchmal kurz und manchmal lang, sondern immer lang, schon seit meiner Jugend. Mir war jedoch klar, dass ich es bald abschneiden lassen müsste, denn alternde Frauen mit langen Haaren wirken lächerlich. Mama würde sie siebzigjährige Kinderstars nennen.

Darf ich?, sagte er auf einmal mitten in der Beschreibung der Wanderung und griff nach seinem Pullover.

Ich kapierte nicht, worauf er hinauswollte, deswegen fragte er: Ist dir nicht kalt?

Doch. Weil ich eingeschlafen bin.

Er legte mir den Skjaldbreidur-Pullover um die Schultern und arrangierte ihn sorgfältig.

Ich rückte von ihm ab und fragte, ob er nicht doch etwas Rotwein wolle. Und fügte hinzu: Diese Sorte habe ich abends am Strand getrunken.

In Portugal. Ja, danke, lass mich mal probieren.

Ich füllte sein Glas bis zum Stern und fragte, wieso er eigentlich wüsste, dass ich in Portugal gewesen sei. Er hatte selbstverständlich bei mir in der Arbeit angerufen. Was wollte dieser Mann? Der eine Freundin hatte, deren Vater sein Boss war, und der wiederholt den Versuch gemacht hatte, ungeladen bei mir einzudringen. Was wollen Männer? Ich prostete ihm zu und die bauchigen Gläser erklangen. Mir war klar, dass es das Beste wäre, ihn vor die Tür zu setzen, wusste aber gleichzeitig, dass ich das nicht tun würde, zumindest nicht diesmal.

Gut, dass du die Bergtour heil überstanden hast.

Der Mann sah übertrieben gepflegt aus, eigentlich klang es wie ein Witz, dass er behauptete, direkt von einer Bergbesteigung zu kommen. Er ähnelte einem männlichen Model auf einem einsamen Gipfel in einer Camel-Anzeige, war aber aus dem Grunde nicht ganz überzeugend, weil die Jeans zu neu waren und knarrten. Vermutlich erinnerte er mich in erster Linie an ein kleines Bürschchen, das am ersten Schultag in funkelnagelneue Klamotten gesteckt worden war.

Auf meine Bemerkung mit dem Berg antwortete er nicht, sondern betrachtete die orangeroten Rosen und erinnerte mich daran, dass ich ihm im vergangenen Jahr eine solche gegeben hatte, an der Tür des kleinen Schlösschens, in dem ich wohnte. Vor einem Jahr, genau auf den Tag. Das hier war also ein Mann, der Daten im Kopf behielt. Deutet das nicht auf verborgene Sentimentalität?

Ich war damals betrunken.

Ich musste sie an der Blüte anfassen, um mich nicht an ihr zu stechen.

Das war dann wohl eine etwas zweifelhafte Gabe.

Du kannst sagen, was du willst, das ist roter als rot, erklärte er, indem er die Rosen fixierte.
Weil es nicht rot ist, entgegnete ich, genau wie damals.
Draußen war es jetzt taghell, und in meinem Garten hinter dem Haus eskalierten die Koloraturtriller der Drosseln. Sogar ein Goldregenpfeifer ließ sich auf dem Rasen nieder und sang sowohl sein fröhliches Dirrindí als auch sein wehmütiges Di-dííí. Ich konnte mich nicht erinnern, das schon mal gehört zu haben.
Ich sah, dass sich seine Blicke auf den geöffneten Koffer richteten und das neue gestickte Nachthemd, das zuoberst lag. Über Sinn und Zweck seines Besuchs oder etwaiges Interesse an mir war ihm nichts anzumerken. Er saß bloß da und redete, ich weiß nicht, worüber, aber so viel steht fest, witzig war er, und ich hoffentlich auch. Zumindest gab ich mir alle Mühe und beobachtete heimlich das eine oder andere, beispielsweise wie er das Glas hielt, so als sei es ein goldener Kelch, wie er den Wein mit Kennermiene beäugte und auf der Zunge zergehen ließ, und ich stellte fest, dass ich seine Angewohnheiten richtig in Erinnerung behalten hatte.
Hans entdeckte auf einmal, dass man aus dem Wohnzimmer in den Garten gehen konnte. Er nahm meine Hand und führte mich auf den Balkon hinaus und die Treppe hinunter. Der Garten war nicht besonders gepflegt, dennoch wuchs dort so allerlei. Immer noch war die Zeit der flammend roten langbeinigen Tulpen, und gerade aufgesprungene Löwenzähne leuchte-

ten sonnengelb an der Hauswand. Hans fragte mich nach dem einzigen immergrünen Baum im Garten. Er ist ungewöhnlich schön und wurde sogar schon für Gartenfachzeitschriften fotografiert. Ich sagte, es sei eine Blautanne, die fünfhundert Jahre alt werden könne.

Ich hatte gedacht, wir wären wieder auf dem Weg ins Haus, doch auf einmal befanden wir uns unter der großen Eberesche, die mein Schlafzimmerfenster beschattete. Dort hielt Hans abrupt inne und küsste mich mitten auf den Mund, so unbefangen, als würde er einen Bekannten auf der Straße grüßen. Der silberne Flachmann drückte mir unangenehm gegen die Brust, aber er merkte das sofort und drehte sich etwas weg, sodass wir Seite an Seite standen. Auf diese Weise küssten wir uns lange, lange, wie seitlich zusammengewachsene siamesische Zwillinge, unter der Eberesche in meinem Garten am Raudarárstígur.

Als wir wieder hineingingen, ließ nichts in Hans' Verhalten den Schluss zu, dass wir beim Rundgang durch den Garten irgendeiner anderen Beschäftigung nachgegangen wären, als ein wenig Unkraut zu zupfen. Er trat gemessenen Schritts ins Haus, ohne mich zu berühren oder mir Blicke zuzuwerfen, die man als vielsagend hätte bezeichnen können, gar nicht zu reden von mehr. Mitten im Wohnzimmer blieb er stehen, ging zum Tisch und trank formvollendet aus seinem Rotweinglas. Anschließend schickte er sich an, die handgeschmiedete Treppe zu erklimmen, die zu meinem Schlafzimmer führt.

Ich fand das ziemlich dreist von ihm, und so ging ich ins Bad und putzte mir ausgiebig die Zähne, schminkte mich ab, trug die Nachtcreme auf und bürstete mir anschließend die Haare, fünfzigmal. Dann setzte ich mich aufs Sofa und nippte am Rotwein, der aber nach der Zahnpasta nicht schmeckte. Zu guter Letzt stapfte ich die handgeschmiedete Treppe hoch, um herauszufinden, was der Mann dort oben trieb. Er hatte es sich unter meinem Oberbett gemütlich gemacht, hatte sich zumindest oben herum ausgezogen und las in einem Buch. Es waren die indischen Liebesgedichte aus dem sechzehnten Jahrhundert.

Ein interessantes Buch, sagte er.

Ich bin immer noch dabei, es zu übersetzen, du erinnerst dich?

Ich bezweifle nicht, dass dir das gut von der Hand gehen wird.

Ich legte mich neben ihn, in meinem blauen Kleid, auf das Oberbett. Ich trug eine schwere Silberkette und einen Seidenschal.

Woran denkst du gerade?, fragte ich.

Ich denke gar nicht, sagte er und nahm meinen Schal.

Was kostet so was?, fragte er dann. Seine Augen hafteten auf der silbernen Kette.

Ich antwortete ihm nicht, weil er den Nagel auf den Kopf getroffen hatte. Es war ein sündhaft teures antikes Stück, das den Monatslohn eines Arbeiters gekostet hatte, und ich schämte mich halbwegs dafür, mir diesen Luxus geleistet zu haben.

Hans zog mich aus und bedurfte dabei keiner Hilfe,

und dann waren wir zum ersten Mal zusammen. Das nahm viel Zeit in Anspruch. Ich ging nicht zur Arbeit, und er verpasste diverse Flugzeugverbindungen. Tags darauf musste er nämlich in Akureyri sein und war gezwungen, in der Nacht mit dem Auto nach Norden zu fahren, anstatt zu fliegen. Ich hätte gut noch länger blaumachen und mit ihm fahren können, aber ich ließ es bleiben. Ich wollte ihn lieber allein im Auto auf der Landstraße wissen, während die Sonne endlich unterging, nachdem sie lange gebraucht hatte, um die Flughöhe zu senken und die Fjorde, die Hans umkurvte, mit einem violettroten Schimmer zu überziehen. Irgendwo unterwegs würde er anhalten, wahrscheinlich bei einem Birkenwäldchen, und den Reiseproviant zu sich nehmen, den ich ihm eingepackt hatte, und dabei würde er das gerade aufgesprungene Birkenlaub betrachten, rötlich im Schein der nächtlichen Sonne, und dem Bach lauschen, denn auf jeden Fall würde er bei einem Bach halten oder vielleicht einem Fluss. Ich wollte nicht mit ihm fahren, ich wollte ihn ganz allein unterwegs wissen, auf alle möglichen Berge und zackigen Zinnen blickend, während mein Geist über den Wassern schwebte, oder vielleicht auch nur über dem Beifahrersitz; so war ich ihm viel näher, als wenn ich in eigener Person neben ihm gesessen hätte, und es war viel intensiver in der Trennung, als wenn wir unterwegs angehalten und uns von Herzen, Fleisch und Blut geliebt hätten, so wie nur wir es vermochten, von dem Augenblick an, da wir damit angefangen hatten.

Nichts geschieht in dem Augenblick, wo es geschieht. Alles geschieht erst im Nachhinein, bis auf das, was bereits geschehen ist, wenn es geschieht. Ich war allein zu Hause und saß auf dem Sofa, auf dem Hans und ich gesessen hatten, und jetzt erst geschah, was in der Morgenfrühe geschehen war.
Dieser unser erster Morgen und Tag kamen mir wie eine überragende Leistung vor, die wahrscheinlich kaum je von anderen erreicht worden war. Und was jetzt zeitgleich geschah, war ebenfalls eine Leistung, ein Rekord im Getrenntsein: dass ich es übers Herz gebracht hatte, ihn allein in seinem blauen Sportwagen hinaus in die Sommernacht auf der Straße in den Norden zu schicken.
Ein Traum ging aber damit nicht in Erfüllung, denn ich erträumte mir gar nichts. Das Einzige, wonach ich mich lange und heiß gesehnt hatte, war, in Skaftafell zu sein, als ich im Jahr zuvor im Ausland war. Nein, ohne Wünsche gibt es keine Wunschträume. Trotzdem schien ich da auf etwas gestoßen zu sein, was meiner Meinung nach kaum vielen Menschen widerfahren sein konnte. Aber selbst wenn mir etwas widerfahren war, stand es keinesfalls fest, ob es Hans genauso ging. Es hatte zwar den Anschein, als sei das der Fall, aber mir war klar, dass es keine Garantie dafür gab.
Ich fand es beinahe beängstigend, dass sich solche denkwürdigen Dinge so unversehens ereignen können. Aber ich war von Herzen froh, obwohl alles so plötzlich kam, oder vielleicht, weil es so plötzlich kam, und

ich war dankbar. Sonst ist es eigentlich nicht meine Art, dankbar zu sein. Ich glaube, dass Leute, die wie ich aufgewachsen sind, nicht unbedingt auf dieser Linie liegen. Sie finden eher alles selbstverständlich.
Ich ging in den Garten, um die Eberesche zu betrachten, wo Küsse in siamesischer Position zur Ausführung gelangten. Ich überlegte, dass Hans jetzt vielleicht die unzähligen Hügel im Vatnsdalur erreicht hätte und in seinem blauen Sportwagen durch diese eigenartige Landschaft hetzte, allein auf der Straße, in einer Staubwolke, die er selbst produzierte; jetzt ginge die Sonne wieder auf, eine rund um die Uhr beschäftigte Kugel in dieser hochsommerlichen Zeit.
Es ging auf Weihnachten zu, als ich Hans Örlygsson das nächste Mal traf, abends unter einer Laterne in der Tryggvagata. Er war mit einem anderen Mann zusammen, und sie hatten ganz schön einen in der Krone. Es war ihnen anzusehen, dass sie weihnachtlichem Glühwein ausgiebig zugesprochen hatten.
Ich bedankte mich nach isländischem Brauch für unser letztes Zusammensein, aber das war ein Schlag ins Wasser; er bedankte sich zwar ebenfalls, aber so, als wären wir uns das letzte Mal bei einem Kindergeburtstag begegnet. Der ist völlig abgestumpft gegen alles, dachte ich, als er mir seinen Freund Gudmundur vorstellte.
Seid ihr in der Zwischenzeit mal wieder auf Skjaldbreidur gewesen?, fragte ich.
Gudmundur war ausgesprochen verblüfft, als Hans erklärte, dass das wohl bald wieder auf dem Plan stünde. Es sei einfach unvorstellbar und unvergesslich gewe-

sen. Sein Freund starrte ihn verwundert an. Scharfe Schneeschauer gingen auf uns nieder, und da ich nicht besonders warm angezogen war, verabschiedete ich mich hastig, aber höflich von den feuchtfröhlichen Herrschaften. Es kam mir fast so vor, als würden Hans' Mundwinkel enttäuscht zucken.

Meinen Fiat hatte ich in der Nähe der Würstchenbude *Bæjarins bestu* geparkt, und während ich einstieg, sah ich, dass die beiden sich trotz des widrigen Wetters in die Würstchenschlange eingereiht hatten. Ich stellte fest, dass ich meinen Mantel schief geknöpft hatte. Das war mir peinlich, denn ich war mir sicher, dass es diesem aufmerksamen Mann nicht entgangen war.

Zu Hause am Raudarárstígur zog ich als Erstes den Telefonstecker aus der Dose. Kurz nachdem ich zu Bett gegangen war, meldete sich die Türklingel einige Male, aber ich kümmerte mich nicht darum.

Ein Januar mit sehr wechselhaftem Wetter war schon weit fortgeschritten, als es ihm zum zweiten Mal gelang, zu mir in meine Wohnung vorzudringen. Es geschah auf die gleiche Weise wie beim ersten Mal. Ich war auf dem Sofa vor dem Fernseher eingenickt, und wieder drückte ich mitten in der Nacht den Türöffner, ohne mich zu vergewissern, wer da war.

Natürlich konnte bei klirrendem Frost, Vollmond und fast vollzähliger Sternenparade niemand anderes als er da draußen unterwegs sein. Auf den Ästen der Bäume lag dicker Schnee und pappte so fest, dass man berechtigte Zweifel haben konnte, ob er jemals wieder abtauen würde. Der sattgelbe Mond hing in der funkeln-

den Blautanne. Hans blickte in den Garten und sagte nichts, deswegen erklärte ich, dass der große Baum mit dem Mond darin fünfhundert Jahre alt werden könne. Er sah mich an, was er sonst ziemlich selten tut, und sagte: Daran erinnere ich mich.
Trinkt man bei dir in der Arbeit immer noch Glühwein?, fragte ich, denn Hans hatte einiges intus, obwohl er sich wie immer gut hielt.
Du hast bestimmt was Besseres im Haus, wie ich dich kenne.
Ich bot ihm Champagner an, da ich aus irgendwelchen Gründen eine Flasche kalt gestellt hatte. Er war sehr beeindruckt von meiner Haushaltsführung. Dann hielt er einen langen Vortrag über einen Verein, in dem er den Vorsitz führte, die Dussel GmbH, dekliniert wie Schussel. Das war der kleinste Verein im ganzen Land, er bestand nämlich nur aus drei offiziellen Mitgliedern. Hans sagte, dass das nicht auf Mangel an Dusseln zurückzuführen sei, sondern es würden ausschließlich absolute Profis in dieser Disziplin aufgenommen, Leute, von denen man sagen könne, was Dussligeres gebe es nicht. Der Vorsitz in diesem Verein rotierte, je nachdem, durch was für dusslige Großtaten die Mitglieder sich jeweils verdient machten.
Und jetzt bist du Vorsitzender.
Ja, erwiderte er und blickte etwas merkwürdig drein.
Er begutachtete das Champagnerglas gründlich, was er gern durfte, denn es war ein solides Glas aus edlem Kristall.
Und du hast den Sprung gewagt und geheiratet, sagte

ich. Diese wissenswerte Information hatte ich der Zeitung entnommen.

Er blickte noch merkwürdiger drein, das musste man ihm lassen, und sagte dann: Jeder rettet sich, so gut er kann.

Ich sah ihn an und nahm mir vor, tags darauf über diesen orakelhaften Ausspruch nachzudenken, obwohl ein Tag dafür wahrscheinlich kaum ausreichen würde. Was meinte der Mann eigentlich? Dass er wegen Geld geheiratet hatte?

Nicht zum ersten Mal überlegte ich, ob wir tatsächlich einen Morgen und einen Tag bis zum Abend im gleichen Bett gewesen waren. Niemand, der etwas Ähnliches erlebt hatte wie ich damals, hätte einige Monate später eine andere Person heiraten können. Es sei denn, alles, was geschieht, ist komplett belanglos, sogar das, was die wichtigste Rolle spielt, was das Leben lebenswert macht, wie es so schön heißt. Und falls sogar das belanglos ist, ist dann das Leben überhaupt wert, gelebt zu werden?

Ich stieß mit Hans an, und er wechselte das Thema. Er erzählte von Skaftafell und von den Sommern seiner Kindheit, von dem, was er als Junge dort gemacht hatte, im Kuhstall und außerhalb. Er redete über Gletscherleuchten, Birkenwälder und den glitzernden, sich verästelnden Strom auf dem Sander bei Sonnenaufgang, und ich erinnerte mich daran, was für ein Heimweh ich hatte, als ich ihn zum ersten Mal in dieser ausländischen Stadt traf, vor anderthalb Jahren, und wie ich mich damals nach Skaftafell gesehnt hatte und trotzdem immer noch nicht da gewesen war; wie sehr ich an diese Reise geglaubt hatte, die ich nie unternahm.

Ich ließ ihn reden und trank Champagner, der mich wie immer euphorisch werden ließ, obwohl ich versuchte, mir nichts anmerken zu lassen. Aber einmal kicherte ich hemmungslos, als er eine seiner witzigen Bemerkungen machte, und ich hatte den Eindruck, dass er erschrak.

Als ich fand, dass es an der Zeit war, stand ich auf und sah, dass er mich ein wenig hilflos anblickte. Du findest dich zurecht, erklärte ich und machte ein paar Schritte auf meine handgeschmiedete Treppe zu.

Ich sollte natürlich nicht mehr sündigen, sagte er schuldbewusst, kam aber direkt hinter mir her nach oben.

Ich setzte mich aufs Bett, er kniete zu meinen Füßen nieder und küsste mit emsigen Lippen, auf und nieder, nach allen Regeln der Kunst, und vernachlässigte auch die Zehen nicht.

Er zog sich aus, und ich schaute zu, wie mein liebster Körper der ganzen Welt zum Vorschein kam. Meinetwegen hätte mich der Schlag treffen können, aber erst hinterher.

Ein Stern segelte am Fenster vorbei, und der Mond sauste durch die Wolken, als ich aus dem Bett stieg und das Fenster öffnete. Eiskalte Luft floss herein, tief in die Lungen, und ich rang nach Atem. Ich nahm an, dass mein Liebhaber nach den vorangegangenen Aktivitäten schlummerte, aber er stand auf, trat zu mir, umarmte mich und sagte: Du bist sternenhell. Ich weiß, was er damit meinte, denn Sterne und Mond arbeiteten Hand in Hand, um uns mit dem Schimmer der Januarnacht zu beleuchten. Wir standen in der kalten Luft, rührten uns nicht vom Fleck und atmeten einander an, in die Halsbeuge, und er spielte mit meinen langen Haaren, die er sich ums Handgelenk und die Hand wickelte.

Wie kommst du vorwärts?

Er schüttelte den Kopf und sagte: Weder vorwärts noch rückwärts.

Als wir zu guter Letzt völlig ausgekühlt wieder ins Bett krochen, begann er, mich zu wärmen und so leidenschaftlich und umsichtig zu formen, als wäre ich eine lebendige Skulptur, die es mit den Händen zu gestalten galt. Das war viel Arbeit, und als sie vollendet war, schliefen wir, glaube ich, beide im selben Moment ein.

Ich kam zu mir und lag in sehr origineller Schlafposition halbwegs oben auf dem Mann. Er spürte, dass ich wach war, und streichelte mir Rücken und Nacken, bis zum Scheitel.

Ich beeilte mich, Hans Örlygsson in meiner Erinnerung festzuhalten, wie er da im Halb- oder Tiefschlaf lag; das energische Kinn, das aber nicht energisch genug war, um mir aus dem Weg zu gehen – ich verzieh dem Kinn. Ich drückte zarte Küsse auf seine Lippen, die nach der Kussorgie müde waren; die Unterlippe war auch ungeküsst viel kräftiger als die obere. Ich streifte die gewölbte Stirn mit meinen Lippen, und ich prägte mir seinen Gesichtsausdruck ein, von dem

Mama sagen würde, er sei heiter, aber wenn man mich fragte, wären mir wahrscheinlich zuerst andere Ausdrücke eingefallen. Das helle Haar war kürzer als früher und etwas dunkler als zu der Zeit, da wir uns auf der Burgtreppe begegnet waren.

Und ich nutzte die Gelegenheit, bestimmt die letzte, seinen Körper zu streicheln, Brust, Schultern und Augenlider zu küssen und mich dicht an den kompakten Körper zu schmiegen, mit dem weichen Flaum auf den Schenkeln, an den Beinen, und zu spüren, wie er mich angemessen fest und angemessen sanft umarmte, das gehört nämlich zu den vielen Dingen, auf die er spezialisiert ist.

Ich spürte, dass er wach war, aber er blieb ganz ruhig liegen, während unsere Körper im Takt atmeten, um sich zu verabschieden. Dann kam der Augenblick, wo er mich losließ und unter unseren achtlos hingeworfenen Kleidern nach seiner Armbanduhr suchte. Ich sah, dass er erschrak, als er auf die Uhr schaute.

Er zog sich hastig an, und wieder bewunderte ich seinen schönen Körper, der genauso war, wie er zu sein hatte, um mein ganz spezielles Wohlgefallen zu erregen. Als er angezogen war, stellte ich mich ins Bett, um mich von ihm zu verabschieden, streichelte seine Haare, während er mich umarmte und den Kopf an meine Brust legte. Er sah zu mir hoch und lächelte. Dann setzte ich mich aufs Bett, und er ließ sich noch einmal bei mir nieder, einen winzigen Augenblick, und drückte meine Hände, wie um mich zu trösten.

Als er ins Wohnzimmer hinunterging, war ich nicht

traurig, sondern dankbar, dass es mir vergönnt gewesen war, mich in der dichten Umarmung von Hans Örlygsson zu vergessen, und dafür, dass ich im Traum auf ihm schlafen durfte. Ich durfte jetzt nicht denken: Es war selten und kurz, sondern ich musste denken: Das war ein Privileg, ein unverdientes. Gleichzeitig dämmerte es mir, dass diese tiefe Dankbarkeit ein unbekanntes Gefühl für mich war, und es kam mir so vor, als hätte das vielleicht nichts Gutes zu bedeuten.

Als er den Mantel angezogen hatte und unten zur Tür hinausging, hätte ich am liebsten zu ihm gesagt: Du bist mein neunzehnter Liebhaber, aber du bist bei weitem der Beste, auch wenn alle gut waren. Doch das hätte merkwürdig geklungen und ist selbstverständlich etwas, was man nicht laut sagen kann.

Ich dachte darüber nach, während ich hörte, wie er die Stufen vor dem Haus hinunterging. Ich streckte mich aus und zog mir das Bett über den Kopf. Trotzdem hallten seine Schritte noch lange auf dem Bürgersteig nach, und ich dachte daran, dass er nicht lange nach unserem Junimorgen und -tag geheiratet hatte. Keine zwei Menschen hätten einander näher sein können, als wir es gewesen waren, wenn man es bedenkt, schon gleich damals im Ausland, und dann noch einmal einen Morgen und den Tag, der nach dem ersten Morgen kam, und nun die vergangene Nacht. Er hatte über irgendeine Rose gesagt, dass sie roter als rot sei, und ich begriff, weshalb: weil sie nicht rot war. Genau das galt auch für unsere Liebe: Sie war heißer als heiß, weil sie nicht heiß war. Diese Liebe war so kalt, dass wir ganz und gar zueinander fanden. Wenn die Liebe zu heiß ist, verhindert die Glut, dass sich Körper und Seelen einander annähern. Aber kalte Liebe ist wahrscheinlich außerordentlich riskant, weil sie nicht schlecht wird, und unsere Liebe befindet sich dazu noch in einem luftdicht abgeschlossenen Raum.

Der Winter verging, das Frühjahr, der Sommer, und auch der Herbst war schon fast vorbei. Es hatte sehr viel geregnet. Ich war immer auf dem Sprung ins Ausland oder aufs Land, aber aus diesen Reisen wurde nie etwas.

Im Oktober ruft Hans mitten in der Nacht an. Nachts bin ich schläfrig, und ich ziehe den Stecker aus der Dose. Es vergeht keine Viertelstunde, bis er an der Tür klingelt. Ich nehme den Hörer der Gegensprechanlage ab. Er sagt: So geht es einfach nicht. Ich hänge geräuschvoll auf. Mal was Neues, den Hörer einer Gegensprechanlage auf die Gabel zu knallen.

Tags darauf sah ich ihn mittags auf dem Laugavegur mit seiner Frau. Sie erwartete ein Kind und strahlte, wie es nur schwangere Frauen können. An ihrer Seite war der Mann, der es acht Stunden vorher darauf angelegt hatte, zu mir hereinzukommen. Ich winkte ihm fröhlich zu. Er winkte zurück, aber nicht fröhlich. Die Frau grüßte ich nicht, denn ich kenne sie nicht.

In der Nacht schlief ich schlecht. Ich träumte Blödsinn, verfolgte einen Nerz über einem Misthaufen, und Papa und ich landeten auf der Flucht vor einer Mordkolonne blutüberströmt in einer Lavaspalte. Als ich erwachte und aus dem Fenster blickte, war ich mir nicht sicher, ob ich noch träumte, denn draußen war alles weiß. Nach der ersten Tasse Kaffee dämmerte es mir, dass daran nichts Seltsames war. Jetzt hatte die Jahreszeit Einzug gehalten, da man auf alle Sorten Wetter gefasst sein musste.

Der erste Schnee hatte die Einwohner von Reykjavík wie immer völlig überrascht. Auf dem Weg ins Schwimmbad sah ich drei Zusammenstöße. Auf dem Parkplatz beim Schwimmbad vergnügte ich mich wie ein Kind damit, auf einer gefrorenen Pfütze herumzutrampeln. Ein Mann, der gerade einen großen schwarzen Jeep abschloss, blickte sich um, als das Eis krachte, und sah mich, die erwachsene Person, verwundert an.

Ich testete gerade meine Lungen beim Tauchschwimmen, als ich einen so heftigen Tritt in die Seite bekam, dass ich aufgeben musste. Ich schoss hustend an die Oberfläche, und der Treter tauchte kurz danach auf. Er nahm seine Schwimmbrille ab und entschuldigte sich. Es war der Mann, der mich bei der Pfütze ertappt hatte. Er war schwarzhaarig, aber schon etwas meliert. Ein schöner Mann mit einem Gesicht, das gut zu einem romantischen Dichter gepasst hätte, der sich vor Liebesqualen verzehrt; dunkle, traurige Mandelaugen mit langen Wimpern, eine leicht gebogene Nase, eher dicke, herzförmige Lippen und nach unten weisende Mundwinkel. Er hatte eine auffällige gelblich braune Hautfarbe.

Mitten im Wasser redeten wir miteinander, als würden wir uns schon ewige Zeiten kennen. Wir gingen auf den Septemberregen ein, den Oktoberschnee und den leichten Frost am Morgen. Er sagte, für ihn sei der Winteranfang damit verbunden, dass wie heute der erste Schnee auf der Esja liege. Er verriet mir plötzlich, dass er Erlingur heiße und auch wisse, wer ich sei, und im gleichen Atemzug fragte er, ob er mich heute Abend zum Essen einladen dürfe. Ich sagte sofort ja, falls es ihm nichts ausmache, dass ich an Krücken daherkäme. Er lächelte ein knappes Lächeln – wie eine Lampe, die ganz schnell an- und ausgemacht wird. Ein sympathischer Mann, sympathisch. Das steht ihm auf dem Skalp geschrieben, hätte Mama gesagt.

Erst nach dem Cocktail stellte ich fest, dass Gudmundur, der Freund meines Liebhabers, am übernächsten Tisch saß. Dir entkommt man nicht so leicht, dachte ich, du bist überall, willst überall dabei sein. Genauso war es, du hattest dir einfach zum Ziel gesetzt, dich in mein Innerstes zu drängen, und jetzt ganz unerwartet mit Hilfe deines Freundes.

Ich grüßte Gudmundur, als sich die Gelegenheit dazu bot, und sah, dass seine Frau mir durch ihre dicken Brillengläser hindurch Blicke zuwarf. Der Mann war reichlich verlegen. Er sieht eigentlich ziemlich merkwürdig aus, ist groß und schlank und hat lange, schmale Arme, schräg liegende Augen und hohe Geheimratsecken. Er erinnert an einen bedächtigen Chinesen und ist das genaue Gegenteil seines Freundes Hans Örlygsson, der sich einen Bürstenschnitt zugelegt hat und aussieht wie ein Draufgänger mit künstlerischem Touch, vielleicht wie eine Kombination aus Testpilot und Dichter in einer Person.

Erlingur und ich verbrachten den Abend damit, Muscheln aufzuknacken. Der Freund am übernächsten Tisch störte mich nicht, ich genoss es schadenfroh und hoffte nur, dass Hans Örlygsson in Windeseile erführe, womit ich mir so die Zeit vertrieb.
Ich fuhr mit zu Erlingur nach Hause. Er wohnt in einem großen Haus am Kvisthagi, und zwischen den Villen an der Ægisída hindurch hat er sogar einen Blick aufs Meer. An diesem Abend stürmte es, und zwei lange krumme Äste an einer alten Eberesche schlugen gegen das Küchenfenster. Das Laub, das sich noch gehalten hatte, war blassbraun und ziemlich mitgenommen. In der Ferne sah man weiße Wogenkämme und die Lichter von drei Schiffen, die am Horizont dümpelten.
Im Wohnzimmer hingen zwei Gemälde von Kjarval, beides Lava-Motive, und das eine mit derartigen Moospolstern, dass man sich am liebsten hineingelegt hätte, um darin zu verschwinden, ohne Angst vor Geistern, bösen oder guten. Ich hatte einmal von dem Helden in einem Roman gehört, der in ein Gemälde hineinsterben wollte, Vermeers Ansicht von Delft. Das Bild faszinierte mich zwar auch, als ich es im Museum betrachtete, aber es waren diese Moospolster, in die hinein ich verschwinden wollte, das war bestimmt angenehmer, als sich in ein Dorf versetzen zu lassen.
Erlingur war geschieden und hatte zwei halbwüchsige Kinder. Seine Frau hatte ihn betrogen, fast von Anfang an, und nicht immer mit demselben Mann. Sie trank. Er nannte sie eine Frau für besondere Gelegenheiten. Er hatte sie geliebt, war aber jetzt angeblich darüber

hinweg. Er zeigte mir ein Bild von ihr, auf dem sie zwanzig war. Diese dunkle, feine Frau sah aus wie die leibhaftige Unschuld, und wie um das zu betonen, trug sie ein ziseliertes Silberkreuz mit einem schweren gelben Stein um den Hals. Plötzlich bemerkte ich, dass sich diese Frau und Erlingur auffällig ähnlich sahen, sie hatte den gleichen Gesichtsausdruck, die gleichen Mandelaugen, die gleiche gelblich braune Hautfarbe.

Wie heißt sie?

Sie heißt Halla.

Erlingur bot exquisiten Cognac an und redete lange darüber, dass er aufgehört habe, sie zu lieben – dass er sich Sorgen wegen der Kinder mache. Ihre Mutter sei ständig krank. Ihre Krankheitsgeschichte bekam ich in allen Einzelheiten zu hören. Dazu brauchte er geschlagene fünfundvierzig Minuten, eine ganze Seminarstunde. Ich fand es erstaunlich, wie viel er über diese Frau redete. Aber womöglich hatte er nie die Gelegenheit gehabt, mit jemand anderem als mir über sie zu reden. Was aber merkwürdig war, denn die Scheidung lag schon fünf Jahre zurück. Ich wäre gern gegangen, fand es aber höflicher abzuwarten. Gleichzeitig überlegte ich, wie dieser Mann wohl in jüngeren Jahren, so um die zwanzig, gewesen sein mochte? Traurig, immer etwas traurig, aber wohl nicht so sehr wie jetzt. Manchmal hat es den Anschein, als würden die Menschen für etwas bestraft. Er dafür, dass er eine debile Frau liebte und die Sache immer noch nicht ganz ausgestanden war.

Sie hat einen anderen Mann geliebt und tut es immer

noch. Sie kann ihn nicht vergessen, und er gibt sie auch nicht frei, obwohl er nichts mit ihr vorhat, er nutzt nur ihre Schwäche aus. Und das alles haben die Kinder mit ansehen müssen. Ich glaube nicht, dass sie noch lange zu leben hat.
Solche Menschen leben häufig am längsten.
Er sah mich an und wechselte die Farbe, soweit das bei Leuten mit seiner Hautfarbe überhaupt möglich ist.
Das verstehst du nicht, sagte er.
Ich hörte, wie die Zweige immer heftiger gegen die Scheibe schlugen, ich sah es nicht, auch nicht das weite, öde Meer vor dem Fenster, ich sah keine Wellenkämme mehr oder Positionslichter. Im Wohnzimmer brannte nur ein einziges Licht, von einer Stehlampe in der Ecke kam weiße, kalte Helligkeit. Ich griff nach einer kleinen Bronzestatuette, eine altägyptische Katze mit einem Ring im Ohr, und streichelte sie. Dann ging ich. Tags darauf rief Erlingur mich im Verlag an. Ohne Umschweife schlug er vor, einen Ausflug nach Thingvellir zu machen, und ich fand die Idee gar nicht übel. Auf der Mosfellsheidi konnte man deutlich merken, dass die Zeit der Autoausflüge vorbei war, wir begegneten keinem einzigen Wagen. In Thingvellir hatten die Herbstfarben bereits das Zeitliche gesegnet, kahle Birken duckten sich und bereiteten sich auf Schnee und Stürme vor. Vereinzelte Blätter baumelten noch an den Zweigen, kaum konnte man die Farbe definieren. Das Heidekraut war braun wie die Erde, und bei verhangenem Wetter und Windstille wirkten die Berge grau und matt. Wir unternahmen einen langen

Spaziergang in Richtung Hrafnabjörg, pflückten gefrorene Blaubeeren und aßen sie. Erlingur meinte, dass sie gefroren nicht schlechter seien als frisch. Ich fand das merkwürdig.

Erlingur war ziemlich gut aufgelegt. Er trug einen schwarzen Daunenanorak mit pelzbesetzter Kapuze und teure gefütterte Lederhandschuhe. Man hätte ihn für einen etwas eigenbrötlerischen Millionär halten können, der nicht auffallen will und sich am liebsten in unberührter Natur aufhält, auch wenn er dafür die Kälte in Islands nördlichen Breiten in Kauf nehmen muss. Erlingur erzählte einen Witz auf dem Ausflug, einen ziemlich guten, und ich musste mich ganz schön anstrengen, um sein eigenartiges Lächeln zu erwischen, das im gleichen Augenblick erstirbt, in dem es aufkommt.

Einen Monat später lernte ich seine Kinder kennen, Gyda und Bergur, sechzehn und vierzehn Jahre alt. Dem Foto nach zu urteilen, sah Gyda ihrer Mutter ähnlich. Bergur erinnerte weder an seinen Vater noch an seine Mutter, er hatte helles Haar und war etwas pausbäckig. Mir fiel auf, dass er die gleiche Haarfarbe hatte wie Hans Örlygsson und eine ganz ähnliche Figur. Die Kinder waren sehr zurückhaltend, intelligent und manierlich. Bergur wirkte bei näherem Hinsehen etwas hilflos, was man nur an den Augen ablesen konnte, die eine sehr eigenartige Farbe haben, braun und grün, und an Augen gewisser Katzen erinnern.

Zwischen Weihnachten und Neujahr kam es dazu, dass ich bei Erlingur am Kvisthagi übernachtete. Wir saßen wie so oft zuvor auf dem grauen Ledersofa und hatten eine ganze Weile nichts gesagt. Er legte seine Hand auf meinen Bauch. Ich blieb ruhig sitzen, stand dann auf, nahm ihn bei der Hand und führte ihn ins Schlafzimmer.

Am nächsten Abend, es war der Abend vor Silvester, war ich in meiner eigenen Wohnung am Raudarárstígur und wischte die Böden. Hans rief an. Ich wollte auflegen, war aber nicht reaktionsschnell genug oder brachte es nicht übers Herz. Hans hatte ziemlich einen in der Krone und redete viel über seinen Verein, die Dussel GmbH. Er hatte den Vorsitz abgeben müssen, weil er in letzter Zeit in Sachen Dussligkeit nicht mehr so erfolgreich gewesen war wie seine beiden Freunde. Ich sagte, Gudmundur sehe mir nicht gerade danach aus, dass er Dummheiten mache, aber Hans erklärte, dass stille Wasser tief seien. Er redete unablässig und war so unerhört witzig, dass es mir fast schon zu viel wurde; ich dankte dem Himmel dafür, dass ich nichts mit diesem Telefonmenschen am Hut hatte. Gleichzeitig verspürte ich merkwürdigerweise Mitleid mit diesem Mann, der mitten in der Nacht nichts Besseres zu tun wusste, als mich anzurufen, nach all der Zeit, die verstrichen war, fast ein ganzes Jahr, und wie merkwürdig das alles war, und was denn eigentlich mit ihm los war.

Ich wollte vermeiden, dass er mir jetzt auf die Bude rückte, wie es nach solchen nächtlichen Anrufen manchmal der Fall gewesen war. Deshalb fragte ich nach dem Baby. Wie beabsichtigt, nahm ihm das ziemlich den Wind aus den Segeln. Es war im Oktober zur Welt gekommen.

Das Gespräch brach etwas abrupt ab, und Hans kam nicht wie sonst, um die Türklingel zu bearbeiten. Mir kam es nicht ganz geheuer vor, dass er ausgerechnet an dem Tag nach meiner ersten Nacht mit Erlingur von sich hören ließ.

Papa und Mama bekamen Wind davon, dass ich mir einen Liebhaber zugelegt hatte. Mama war bestens informiert, denn ihre Schwester ist als Informantin über das Privatleben sämtlicher Einwohner von Reykjavík vom Beginn des Ersten Weltkriegs an unfehlbar. Papa und Mama waren ziemlich beunruhigt, doch als zivilisierte Menschen sagten sie wenig. Meine Mutter machte aber einmal den Versuch, unter vier Augen mit mir zu reden, als ich bei ihnen in der Hörgshlíd zu Besuch war. Sie sagte, es sei selbstverständlich nicht ihre Absicht, sich in meine Angelegenheiten einzumischen, aber Freunde und Angehörige sähen manchmal ziemlich deutlich, wo der Schuh drücke, schließlich stehe man sich ja so nahe. Sie hoffe nur, dass Erlingur und ich nicht zusammenzögen. Es sei schließlich kein Scherz, auf einmal zwei Teenager am Hals zu haben, außerdem sei Erlingur zu alt für mich und zudem geschädigt durch eine lange und schwierige Beziehung zu einer Frau, bei der mehr als eine Schraube locker sei. Außerdem sei er depressiv veranlagt und es sei alles andere als amüsant, mit solchen Leuten zu tun zu haben.

Es können doch nicht alle so putzmunter sein wie du und Papa, sagte ich.

Jetzt wurde meine Mutter ärgerlich und riet mir dringend, die Sache genau zu überlegen. Weder ich noch andere hätten mehr als ein Leben zur Verfügung, und man trage eine große Verantwortung, nicht zuletzt sich selbst gegenüber, dieses Leben gut in den Griff zu bekommen. Sie sagte, dass ich mit Erlingur nicht glücklich werden würde.

Das Wort Glück begreife ich nicht, es währt doch immer nur ein paar kurze Momente, in einem Leben vielleicht insgesamt zwei Abende und alle Jubeljahre mal fünf bis zehn Minuten, und dann vielleicht noch eine Hand voll Augenblicke. Glück des langen und breiten ist ein Klischee aus amerikanischen Filmen.

Dein Papa und ich sind glücklich. Mama war jetzt feuerrot im Gesicht und richtig wütend.

Das bestreite ich ja gar nicht. Vielleicht sprechen wir aber nicht über die gleiche Sache. Ich begreife Wörter wie Seelenfrieden und dass man sich einigermaßen wohl fühlt. Aber ein Wort wie Glück begreife ich nicht.

Dir muss irgendetwas Schlimmes passiert sein, liebe Samanta. Was war eigentlich mit dem jungen Mann am Flughafen, diesem Hans Geirlaugsson?

Ich lachte, weil Mama den Namen des Liebhabers so falsch auf die Reihe gekriegt hatte.

Sie sah mich erstaunt an, aber ich hatte keine Lust, sie zu korrigieren, und sagte: Lass uns einfach hoffen, dass mir was passiert ist. Es wäre ja noch schöner, wenn man lebte, ohne dass was passiert.

Entschuldige, Samanta, dass ich das Thema zur Sprache gebracht habe. Ich habe doch nur dich.

Das ist purer Egoismus von dir. Du willst unbedingt Enkelkinder haben, in denen etwas von deinen eigenen Genen steckt.
Das fand Mama witzig und lachte. Dann sagte sie, sie mache sich selbstverständlich Hoffnungen auf richtige Enkelkinder, und fügte hinzu, dass ich doch wohl das Zeug dazu hätte, selbst welche zu produzieren.
Ich es nicht nobler, sich solcher Kinder anzunehmen, denen eine Mutter fehlt?
Die Mutter dieser Kinder ist aber noch am Leben, auch wenn sie mitunter komplett weggetreten ist. Über solchen Menschen schwebt so was wie ein Verhängnis. Du bedenkst doch wohl hoffentlich, dass du selbst darüber entscheidest, ob du im Licht oder im Schatten lebst.
Papa kam von der Arbeit nach Hause. Er wirkte viel gedrückter als normalerweise und sah aus, als wäre er in wenigen Wochen um Jahre gealtert. Seltsam, dass sie sich wegen mir und Erlingur solche Sorgen machten. Als ob das so furchtbar wäre. Was hatten sie eigentlich? Der Mann war zuvorkommend und wohlhabend, sympathisch, liebenswürdig, er war charakterlich in Ordnung und ein guter Liebhaber, wobei sich Letzteres natürlich ihrer Kenntnis entzog.
Erlingur drängte darauf, dass ich zu ihm zog. Anfang April vermietete ich meine Wohnung und zog mit einem Teil meiner Sachen in das Haus am Kvisthagi. Den Rest stellte ich bei Papa und Mama unter: das Dux-Doppelbett, das gelbbraune Wildledersofa, die Anrichte und ein paar Stühle, denn ich brachte

es nicht übers Herz, mich von meinem Hausrat zu trennen. Den Fiat verkaufte ich aber, schließlich besaß Erlingur zwei imponierende Straßenkreuzer und plädierte dafür, dass ich die kleine Klapperkiste abstieße.

Als der Umzug über die Bühne war und ich am Raudarárstígur den letzten Durchgang mit dem Wischlappen machte, ertappte ich mich dabei, wie ich die Eberesche im Garten betrachtete, Kulisse für Liebende, die wie siamesische Zwillinge seitlich zusammengewachsen waren, beim ersten Kuss vor zwei Jahren. Damals war der Baum dicht belaubt gewesen, jetzt schützte ihn weder Laub noch Schnee. In der Blautanne, in der einmal der Mond gehangen hatte, als der Liebhaber zu Besuch war, saß eine winterliche Rotdrossel, die nichts zu singen hatte. Es war eine Erleichterung, auszuziehen und nicht mehr diese unvergänglichen Mahnmale vor Augen zu haben.

Ein paar Tage später musste Halla ins Krankenhaus, um sich einer Gebärmutteroperation zu unterziehen. Währenddessen zogen Gyda und Bergur zu uns, und sie besuchten die Mutter täglich mit ihrem Vater. Einmal trafen sie den anderen Mann dort an, der mit einem Arm voller unglaublich großer roter Rosen gekommen war. Erlingur spekulierte lange darüber, wo er die Blumen herhatte, und redete anschließend unentwegt über Halla, in Vergangenheit, Gegenwart und Zukunft.

Es war nicht unangenehm, Gyda und Bergur um sich zu haben, aber die Arbeit im Haus nahm erhebliche

Ausmaße an. Ich hatte das Gefühl, meine Arbeit beim Verlag zu vernachlässigen, und entsann mich, wie sehr ich mich immer dagegen gesträubt hatte, mich um eine Familie kümmern zu müssen. Und jetzt steckte ich bis zum Hals drin: einkaufen, putzen, kochen, Wäsche waschen, und das alles für eine Familie, die ich nicht selbst produziert, sondern von einer alkoholisierten Unbekannten geerbt hatte. Gleichzeitig war mir aber bewusst, dass Gyda und Bergur mich viel mehr brauchten als irgendwelche ungeborenen Kinder. Sie fühlten sich bald zu mir hingezogen, eigentlich merkwürdig, denn ich richtete nur selten das Wort an sie. Beide zeigten mir auf unterschiedliche Weise, dass sie Vertrauen zu mir hatten. Bergur steckte mir heimlich eine Zeichnung von Leuten beim Heumachen zu, die sich in einer Annonce für eine Molkerei gut ausgenommen hätte. Gyda las gerade Gudbergur Bergssons *Die Maus, die schlich* und wollte mit mir darüber reden.

Eines Sonntags lud ich Papa und Mama zum Essen ein. Sie versuchten sich normal zu geben, witzig und munter, aber sie wirkten enorm gezwungen, und Papas Witze gingen total daneben. Mama verfiel wieder in ihre alte Unsitte, leicht zu schnüffeln. Das macht sie immer, wenn sie nervös ist und viel auf dem Spiel steht. Ich bewunderte Erlingur, der sich nicht das Geringste anmerken ließ und vollkommen gelassen den perfekten Gastgeber spielte. Gyda und Bergur hingegen spürten, was die Glocke geschlagen hatte, ihnen war kaum ein Wort zu entlocken. Ich fand es unglaublich, dass Papa und Mama schlicht und ergreifend am Boden zerstört waren, weil ich mit einem vorzeigbaren Mann zusammenlebte, der sich außerdem so gut stand.

Das Telefon klingelt. Gefragt wird nach Samanta Einarsdóttir. Ich sage, dass ich nicht zu Hause bin. Nanu, spreche ich denn nicht mit ihr? Nein, Samanta ist nicht da, sage ich und lege auf.

Es ist nur allzu wahr, dass ich nicht dort sein möchte, wo ich bin. Ich möchte in Portugal sein, wo ich vor zwei Jahren am Strand lag und abends im Sand saß, während meine kleine Nichte mir etwas auf der Gitarre vorspielte. Ich sehne mich nach der Zeit zurück, bevor Hans Örlygsson in mein Leben einbrach. Wahrscheinlich werde ich nie begreifen, worum es eigentlich in dieser Sache geht, und ich kenne den Mann nicht. Ich bin mir nicht einmal sicher, ob ich ihn überhaupt akzeptieren könnte, wenn ich ihn kennen würde. Sein Gesichtsausdruck gestern auf dem Laugavegur war schon reichlich seltsam.

Ich habe keine Lust zu warten, bis meine Kollegen aus der langen Mittagspause zurückkommen. Ein halbes Glas Sherry ist noch ungetrunken, aber das Getränk ist mittlerweile lauwarm und schmeckt nicht mehr, sodass ich den Rest ins Waschbecken kippe. Drei voll gekritzelte Blätter kommen in meine Tasche, schweizerische Almhütten, die ich skizziert habe, eine nach der

anderen. Im Grunde genommen würde es eher zu mir passen, sie in den Papierkorb zu werfen.
Ich drehe eine Runde durch mein Büro. Obwohl ich nicht zu denen gehöre, die sich am Wochenende Arbeit mit nach Hause nehmen, sammle ich die Korrekturfahnen von meinen Gedichtübersetzungen zusammen und stecke sie ebenfalls in die Tasche. Manchmal habe ich die Gedichte dafür verantwortlich gemacht, dass Hans Örlygsson mich so aus der Bahn geworfen hat. Don Quichotte ist übergeschnappt, weil er zu viele Ritterromane gelesen hat, dadurch verstellte sich sein Blick auf die Realität. Vielleicht habe ich zu viele indische Liebesgedichte gelesen.
Ich trödele herum und schminke mich, zupfe mir Flusen ab, als hätte ich etwas vor, bei dem es besonders darauf ankäme, makel- und flusenlos zu sein. Die Mühe, mich sorgfältig zu kämmen, kann ich mir allerdings sparen, denn ich habe mir die Haare radikal kurz schneiden lassen und werde von meinen Kollegen Sinead O'Connor genannt.
Auf dem Weg nach draußen stolpere ich über die Türschwelle und lande längelang auf dem Bürgersteig, zu Füßen von Passanten und Hunden. Eine Hand wird mir gereicht. Ich richte mich auf, und niemand anderes als Hans Örlygsson steht in Lebensgröße auf dem Laugavegur vor mir, zum zweiten Mal innerhalb von zwei Tagen.
Mir wird augenblicklich klar, dass das ein Hinterhalt ist, denn der blaue Sportwagen parkt direkt vor dem Verlag. Da hat er Glück, mich zu erwischen, denn frei-

tags höre ich normalerweise um halb drei auf, und jetzt ist es gerade mal halb zwei.
Nachdem er mir auf die Beine geholfen hat, wird aus dem Hinterhalt eine Entführung. Hans stößt mich praktisch ins Auto und knallt die Tür zu. Aber vielleicht habe ich, weil ich so perplex war, auch nicht genug Widerstand geleistet.
Ich will nicht mit dir im Auto gesehen werden. Ich bin mit jemandem liiert.
Er sagt, dass es nicht weit sei.
Er fährt zur Skúlagata hinunter und am Meer entlang aus der Stadt heraus. Ich schweige penetrant, lege mir das Halstuch um den Kopf und binde es unter dem Kinn zusammen, damit weniger Gefahr besteht, dass mich jemand erkennt.
Bei Ártúnsbrekka weise ich ihn darauf hin, dass wir gesehen werden könnten. Dabei blicke ich in ein Gesicht, das ich besser kenne als andere, obwohl ich ihm relativ selten nahe war. Es ist markant geschnitten, mit hohen Wangenknochen, tief liegenden Augen, je nach Beleuchtung blau oder grau, präzis gerader Nase, kantigem Kinn und einer kräftigen Unterlippe.
Das Steuer hält er so, als wäre es aus Gold und mit Diamanten besetzt. Die Hand kenne ich wie meine eigene. Sie ist fleischig und breit, aber die Finger sind lang und laufen spitz zu. Das klingt irgendwie inkongruent, aber trotzdem passt es zusammen, und ich finde sie schön.
Du wirst geschnappt, wenn du so schnell fährst.
Soll das eine Beschwerde sein? Fühlst du dich nicht wohl bei mir Auto?

Ich hatte nicht vor, einen Ausflug zu machen. Es ist ganz schön unverschämt, Leute einfach so von der Straße wegzuholen.
Aber mein Zorn ist längst verraucht, innerlich lache ich über diesen verrückten Einfall und ziehe mir das Tuch bis über die Augen, um die Spritztour noch absurder zu machen.
Wo willst du eigentlich hin?
Nach Kjalarnes.
Wo es ewig windet.
Wo wir hinfahren, ist es geschützt.
In der Saltvík-Bucht biegen wir von der Hauptstraße ab und fahren das kurze Stück zum Meer hinunter. Als ich aussteige, fliegt mir das Seidentuch vom Kopf, und Hans rennt hinterher. Es ist feuerrot mit knallblauen Blumen. Komisch, es da zwischen von der Brandung geschliffenen Steinen liegen zu sehen. Hans schüttelt es aus, obwohl kein Schmutz daran ist, und legt es mir um den Hals. Er kann sich nicht beherrschen, mir bei der Gelegenheit über den Kopf zu streicheln, und sagt: Du hättest es nicht abschneiden lassen dürfen. Es ist viel zu kurz.
Er macht eine ganz betrübte Miene und sieht mich an wie jemanden, der einen dicken Verband um den Kopf trägt.
Gegen den Wind ankämpfend, steuern wir auf ein rostrotes Holzhaus zu, das am leicht ansteigenden Ufer liegt. Der blaue Zaun drum herum ist kaputt, und auf dem Grundstück hinter dem Haus wächst nichts außer einer krummen, von Salz und Sonne ausgemergel-

ten Kiefer. Ich bin erstaunt darüber, dass sie sich hier in dieser Salzluft überhaupt gehalten hat. Das Häuschen selber könnte aus einem Heidi-Buch stammen, es gibt sogar Fensterläden mit ausgeschnittenen Herzen. Wer weiß, vielleicht bimmeln Kuhglocken, wenn man hineingeht. Aber die Umgebung erinnert nicht gerade an die Alpen, dieser kahle Hang am aufgewühlten Meer mit Aussicht auf die Hallgrímskirche und den formschönen Kegel von Keilir.

Auf einmal fällt mir wieder ein, was ich in der Tasche habe. Drei Seiten voller Almhütten, die ich während der Mittagspause gezeichnet habe, während ich die Geschichte mit Hans Revue passieren ließ. Vielleicht bin ich auf dem besten Weg, clairvoyant zu werden. Ich muss unwillkürlich laut lachen, und mein Begleiter schaut mich verwundert an.

Drinnen riecht es muffig, offensichtlich ist den ganzen Winter über niemand hier gewesen. Auf den Fensterbänken liegen tote Fliegen, aber auf den geschnitzten Möbeln aus Kiefernholz ist kein Stäubchen zu sehen. So nahe am Meer staubt es natürlich weniger. Diese Hütte, die eine überaus perfekte Kulisse für *The Sound of Music* abgegeben hätte, ist mit Requisiten voll gestopft, die nicht in diesen Film hineinpassen; geschliffenes Geröll, Muscheln, Seeigel. An der Wand hinter dem Sofa hängt ein Plakat mit isländischen Fischen: Heilbutt, Seeteufel, Wittling. Im Fenster, das aufs Meer hinausgeht, hängen dutzendweise getrocknete Rosen. Alter und Sonne haben sie ganz dunkel werden lassen, und mir geht durch den Kopf, dass Hans und ich von unbarmherzigen schwarzen Rosen verfolgt werden. Ich erinnere mich, dass ich ihm nie von *Roisin dubh* und diesem merkwürdigen Kommentar vom Ende aller Rosen erzählt habe, aber jetzt ist weder die Zeit dazu noch der Ort. Ich sage also nichts und betrachte das interessante Interieur, darunter Fischnetze und Schwimmkugeln, die am Fenster hängen, dicht bei den verschrumpelten Rosen.

Du warst ja gestern auf dem Laugavegur ziemlich kurz angebunden, sagt er auf einmal in die Stille hinein.

Ich hatte es eilig. Und was zum Teufel willst du eigentlich nach all dieser Zeit von mir?

Anderthalb Jahre, kommt es wie aus der Pistole geschossen, und dann wieder Schweigen, während er sich damit abmüht, Feuer im Kamin zu entfachen. Das ist allerdings auch angezeigt, denn hier drinnen friert man fast noch mehr als draußen. Ich trete ans Feuer und versuche mich nach Seemannsart warm zu klopfen, sowohl um mich zu wärmen als auch um den Chauffeur zu amüsieren. Er findet ein paar alte Teebeutel, die seiner Meinung nach noch verwendet werden können, und wirft den Gasherd an, um Wasser zu kochen.

Mein Freund, warum führst du mich in eine solch erbärmliche Almhütte?

Wir suchen nach verlorenen Pergamenten, kontert er rasch, belesener, als ich gedacht hatte.

Daraus kann aber nie ein Buch werden.

Wir sitzen auf einem abgewetzten Sofa mit naturfarbenem Bezug und trinken Tee. Uns ist wie allen Menschen, die an einem offenen Feuer sitzen, vorn glühend

heiß und hinten eiskalt. Hans stellt die Tasse ab und streichelt mir über den Kopf, behutsam, behutsam, so als hätte ich mich gestoßen und es gälte zu untersuchen, ob die Hirnschale eingedellt ist. Er sieht so bekümmert aus, dass ich am liebsten losheulen würde.
Es ist so kurz, dass es schon fast sticht.
Alternde Frauen sehen so komisch aus mit langen Haaren. Es steht ihnen nicht.
Hör bloß auf mit Altern.
Ich bin zweiunddreißig. Als wir uns kennen gelernt haben, war ich nur neunundzwanzig.
Seine Augen verschwimmen, und er erklärt, mich nicht vergessen zu können, obwohl er es liebend gern täte und wer weiß was versucht hätte, und er habe keine Ahnung, was das sei. Er bittet mich, ihm zu verzeihen, wie er sich verhalten hat.
Ganz ruhig spricht er, schaut mich an und schaut mich nicht an. Er legt seine Hand auf meine und liebkost meinen Handrücken und die Finger. Es ist wie ein Traum, auf einmal tatsächlich mit ihm zusammen zu sein, denn ich muss gestehen, das er jeden Tag in meinen Gedanken ist.
Ich sage, dass ich ihn ebenfalls nicht vergessen könne und ebenfalls nicht wisse, was das sei; allerdings sei mir inzwischen klar, wo alles angefangen habe, in der Kneipe mit dem komischen Namen, wo wir Rotwein tranken. Sie hieß *Vollgas*, und dort hat diese Geschichte ihren Anfang genommen: Es war einmal ein Regentropfen, der heimlich unter den Kragen eines himmelblauen Hemdes kullerte.

Es ist etwas Neues, mit Hans über Gefühle zu reden, und es wirkt sich physisch eigenartig aus. Auf festem Boden ist es mir bislang nie so vorgekommen, als schwebte ich in der Luft, und zwar kurz vor der Landung. Der Luftdruck sinkt, Ohren blockiert, der Körper wird in Polster gedrückt. Trotzdem ist es eher eine lange Landung zu Wasser als zu Lande, mit Wellenrauschen, Möwengekreisch und Salzluft.

Bei so einem Gespräch kommt nichts heraus, aber trotzdem ist es gut zu reden; es hätte bereits früher stattfinden sollen, obwohl es wahrscheinlich auch nichts geändert hätte. Hans breitet seine Seele aus und liest daraus wie aus einem Buch. Er überlegt, ob dergleichen häufig vorkommt. Ich kann nicht umhin zu lächeln und sage, dass ich es nicht weiß. Er gibt offen zu, erstaunt zu sein, dass ich mit Erlingur zusammen bin. Er hat also die richtigen Schlüsse gezogen, was bei mir los war, und ist so unverschämt, wie es manchmal seine Angewohnheit ist, und so egoistisch auch, enttäuscht zu sein, weil ich mit einem Mann zusammenlebe, und selbst sind ihm sämtliche Hände gebunden. Ich bin mir dessen bewusst, aber mir ist es egal, denn ich bin so stolz auf diese eiskalte Liebe, die von der Luft lebt und sich weigert, ihr Leben auszuhauchen, auch wenn sie nicht existieren darf.

Wem gehört dieses Heidi-Häuschen?

Meinem besten Freund.

Das muss dann wohl Gudmundur sein.

Er fragt mich nach Erlingur, und ich sage, dass er ein guter Mann ist und dass ich dieser neuen Beziehung eine Chance geben will.

Seltsamerweise habe ich nicht das Gefühl, dass er aus Neugier oder Eifersucht fragt, sondern ganz einfach, weil er mich gern hat. Ich habe ihn nie nach seiner Frau gefragt und gedenke auch nicht, das jetzt zu tun. Im Zweifelsfall läge es wohl näher, nach dem Kind zu fragen. Es ist eine simple Tatsache, dass dieser Mann, der hier an meiner Seite sitzt, als würde er nirgendwo anders hingehören, dass dieser Mann, den ich am besten finde, ein neugeborenes Kind mit irgendeiner anderen Frau hat. Ich wiederum habe zwei halbwüchsige Kinder mit meinem Lebenspartner und seiner früheren Frau, die er nicht aufhören kann zu lieben, egal, was er sagt, da braucht man sich nichts vorzumachen. So langsam hängt einem all das, bei dem man sich nichts vorzumachen braucht, zum Hals heraus.
Wir haben fast eine ganze Stunde miteinander verbracht. Inzwischen ist es hier drinnen warm geworden, und trotz prasselnden Feuers und anbrandender Wellen, trotz unserer leisen Stimmen und kreischender Möwen am Spülsaum und zweier zwitschernder Bachstelzen neben der Hütte herrscht großes Schweigen. Die Vögel hüpfen auf die Fensterbank, wippen mit dem Schwanz, sind weg und plötzlich wieder da, bestens eingeübte Auftritte in einem Vogel-Marionettentheater.
Hans knöpft meine Strickjacke auf. Ganz entgegen meiner Gewohnheit habe ich nichts darunter an.
Beim letzten Mal warst du richtig vermummt mit wollenem Leibchen und Unterhemd.

Damals war Winter.

Davor, beim ersten Mal, hattest du einen kobaltblauen Spitzen-BH an, und du warst kaffeebraun und hattest lange helle Haare. Das war der denkwürdigste Morgen, den ich je erlebt habe, und der Tag danach auch, und auf der langen Fahrt nach Norden konnte ich an nichts anderes denken als an dich. Unterwegs habe ich an der Norðurá bei wunderbar mildem Wetter gepicknickt, und ich sah kein einziges Auto, keine Menschen, ich sah nur einen einzigen Goldregenpfeifer, der mir ganz nahe kam und sein inniges, wehmütiges Di-díií sang, aber der Rest der Strophe fehlte.

Das war die Fahrt, die ich mir vorgestellt hatte, ich war mir aber nicht ganz sicher gewesen.

Ich hätte nie gedacht, dass er so reden könnte, dass ein Mann, der normalerweise nie etwas ernst nimmt, es sich plötzlich einfallen lassen könnte, alles zuzugeben und die Karten auf den Tisch zu legen, wenn man am wenigsten darauf gefasst ist. Seine Männlichkeit in anderer Hinsicht kenne ich nur zu gut, aber diese Art von Männlichkeit überrascht mich. Ich sehe einen neuen Mann und habe neuen Grund, ihn zu bewundern.

Im gleichen Augenblick wird mir klar, dass er mich wie ein Andenken eingepackt, sorgfältig verschnürt und mit einer Schleife dekoriert hat. Ich bin seine Vergangenheit, auch wenn er mich heute entführt hat. Diese Entführung dient dazu, das Geschehene endgültig zu besiegeln, es geht nicht darum, das Blatt zu wenden,

wie es sich für Entführungen eigentlich gehört. Eine Wende ist ganz einfach vollkommen ausgeschlossen. Er ist in die Maschen eines Netzes verstrickt, das er sich sorgsam selbst geknüpft hat.
Wir legen uns aufs Sofa, und Hans hält mich so in seinen Armen, wie ich mir in meinen Träumen vorgestellt habe, dass er es vielleicht noch einmal tun würde; er ist damit beschäftigt, mich zu streicheln und zu formen wie eine Skulptur aus Fleisch, Knochen und Blut. Ich bitte ihn, damit aufzuhören, obwohl es fast nicht möglich ist.
Hans versteht, dass so etwas tabu ist, und knüpft ganz gehorsam meine Strickjacke wieder zu, nicht ohne mir zum Abschied die Schultern zu küssen. Sehr ausführlich, kein Fleckchen wird ausgespart, und das ist gut so, denn er wird gewiss keine weitere Möglichkeit haben, es irgendwann noch besser zu machen.
Wir schieben es nicht auf die lange Bank, wieder in die Stadt zu fahren, damit Erlingur nicht anfängt, sich Gedanken zu machen. Am Grafarholt-Hügel schrecke ich zusammen, weil es mir so vorkommt, als sei Erlingurs weißer Mercedes vor uns. Ich bitte Hans, mich in dem Gewerbegebiet unten am Meer abzusetzen, damit ich von da aus den Bus nehmen kann. Er hält bei einem Schrotthaufen, über dem gierige Möwen herumflattern, als ob das Gerümpel ein gefundenes Fressen wäre.
Hans streichelt mir die Wange und sagt, dass mir diese Frisur gut steht, weil so mehr von meinem Gesicht zu sehen ist, ich hätte nur so wunderschönes Haar gehabt,

dass es wirklich schade sei. Wieder breitet sich diese bekümmerte Miene aus, und ich muss mich wirklich zusammenreißen, um nicht in Tränen auszubrechen. In meiner Verzweiflung entfährt mir eine banale Frage: Was machen wir bloß? Er sagt, er weiß es nicht, wir sollen abwarten.

Niemand weiß besser als ich, dass wir gar nichts tun können, und am allerwenigsten wird es helfen abzuwarten, denn die Zeit wird an unserer Situation nichts ändern können. Ich sage, dass der Bus gleich da ist, und betrachte noch einmal intensiv das liebe Antlitz, bevor ich einen zarten Kuss auf seinen Mund drücke. Dann wende ich mich ab und gehe das Stückchen bis zur Haltestelle. Hans fährt los, und noch lange höre ich seinen Sportwagen, bevor sich das Geräusch mit dem übrigen Verkehrslärm vermischt.

Ich brauche nicht lange auf den Bus zu warten. Ein alter Mann in schmutzigem Mantel, der ungefähr in der Mitte des Wagens sitzt, ist der einzige Passagier. Ich setze mich ganz nach hinten und schaue auf die Birken zwischen Miklubraut und Sudurlandsbraut, mit den fast aufgesprungenen, filigranen Laubblättern an Zweigen, die sich heftig im Wind bewegen. Ich sitze starr auf meinem Platz am Fenster. Es ist, als hätte ein Troll nach mir gegriffen und hielte mich umklammert. Wenn er den Griff lockert, habe ich das Gefühl, ich schwanke wie eine Birke im Sturm, und das passt, ich sitze da wie mit Schlagseite. Das renkt sich vielleicht wieder ein, sagt der alte Mann, der sich über die Schulter zu mir umschaut, und da wird mir klar, dass ich

zur Seite gekippt bin und angefangen habe, im Bus zu heulen.
Sicher ist es natürlich nicht, fügt er hinzu.
Er hat buschige Augenbrauen und winzige leuchtende, tief liegende Augen. Sicher, sein Mantel ist schmutzig, aber ansonsten sieht er ordentlich aus. Der Bart ist gestutzt, die Brauen auch. Ich habe plötzlich das Gefühl, dass er Hans Örlygsson im Alter gleicht.
Wie ist es bei dir gegangen?, frage ich.
Das siehst du doch, erwidert er.
Ich drehe mich zum Fenster und kann kaum glauben, dass ich auf dem Weg zu Erlingur und Halla mit dem silbernen Kreuz bin. Eine Weile sitze ich gerade, als hätten die Trollhände wieder Besitz von mir ergriffen, aber als sie sich lockern, kippe ich in einem Anfall von was auch immer gleich wieder zur Seite. Der Mann an der Gegensprechanlage sagte: So geht es einfach nicht. Und ich knallte den Hörer auf die Gabel. Etwas anderes wäre nicht in Frage gekommen. Alles war zu spät, obwohl ich es in dem Augenblick noch nicht so genau wusste, ich begriff es erst am nächsten Tag, als ich ihn auf dem Laugavegur mit einer schwangeren Frau sah. In Wirklichkeit war es von Anfang an zu spät gewesen, weil alles erst im Inneren geschieht, nachdem es geschehen ist.
Erlingur ist noch trübseliger als gewöhnlich, als ich um halb sechs auftauche. Normalerweise bin ich freitags schon viel eher zu Hause. Ich gebe vor, mit Hildur Kaffee trinken gegangen zu sein, und bitte ihn um Entschuldigung, dass ich meiner Meldepflicht nicht nach-

gekommen bin. Er lächelt so knapp wie immer, aber ich sehe, dass da etwas nicht stimmt. Er hat das Bild von Halla betrachtet, es ist verrückt worden.
An der Eberesche sehe ich, dass sich der Wind gedreht hat, kann aber trotzdem nicht sagen, woher er weht. Es ist, als käme er aus allen Richtungen, um die jungen Blätter des Baums in der Luft und am Fenster zu zerfetzen und zu grünem Staub zu pulverisieren, der durch die Atmosphäre treibt und mitten am Tag eine Stadt im sonnigen Süden verfinstert.
Die fetten Tropfen prasseln in den Böen so dicht auf die Scheiben, dass sie mit dem Regen im Garten und den Wellen des Meeres zusammenfließen. Jetzt sieht man nicht mehr, was Fenster ist und was Meer.
Ich wollte Erlingur sagen, wie merkwürdig Glas ist, diese flüssige Materie, an der man sich schneiden kann. Aber ich bin nicht in der Verfassung, Konversation zu machen, also schütze ich Kopfschmerzen vor, obwohl das Wort kaum zutrifft. Ich wolle mich hinlegen, wahrscheinlich hätte ich mich mit irgendwas angesteckt. Erlingur müsse sich nötigenfalls selber ums Kochen kümmern. Er schweigt, ein wenig trotzig um die Mundwinkel.
Das Merkwürdige ist, dass ich in dem Augenblick, in dem mein Kopf das Kissen berührt, einschlafe. Ich träume von Hans in Boxershorts, herzförmige Seifenblasen produzierend, ich selbst bin ganz nackt und lache über meinen Einfall, und ich träume, dass wir uns beide um Weihnachten herum an einem karibischen Strand mit Delphinen tummeln. Wir lassen uns von ei-

ner Welle hinaustragen und klettern auf den Rücken eines Delphins, drei weitere zum Wechseln schwimmen neben uns her. Er trägt uns vom Land weg, und nach einiger Zeit hat sich alles in nichts aufgelöst, Sonne, Wolken, Boot und Schären, Wellen, nur ein riesiger spiegelglatter Ozean, ein Delphin und wir zwei auf seinem Rücken.

Das Telefon weckt mich, und ich bin schneller als Erlingur. Halla ist dran und lallt: Er liebt nur mich und kann nichts dagegen machen. Damit musst du leben. Das ändert sich auch nicht, wenn ich sterbe und mir die Gebärmutter rausgenommen worden ist.

Sie legt auf. Erlingur erscheint in der Tür und fragt, wer das war. Ich sage: Halla in Fahrt.

Er schaut mich so vorwurfsvoll an, dass man meinen könnte, ich sei im Delirium tremens, geht sofort ans Telefon im Flur und ruft zurück. Ich möchte schreien: Du kannst auch von hier drinnen mit ihr sprechen, mir ist es egal, was ihr redet, aber ich habe keine Lust, den Mund zu öffnen.

Kaum hat Erlingur angefangen zu telefonieren, bin ich schon wieder eingeschlafen. Mir kommt es so vor, als ob er mich viel, viel später weckt, um mir zu sagen, dass er zu ihr muss. Sie wolle Hand an sich legen.

Aha, jetzt geht's also aufs Ganze, sage ich und drehe mich zur Wand.

Jetzt träume ich von dem Häuschen auf Kjalarnes im Hochsommer. Es befindet sich am selben Ort wie in der Realität, aber die kahle Uferböschung ist zu einer Blumenwiese aus *The Sound of Music* geworden. Hans

Örlygsson und ich residieren dort mit Kaffeemaschine, Fernseher und Edelweiß. Die Farben des Traums sind wie auf einer Fotografie aus den fünfziger Jahren, und ich sehe mir den Traum an, befinde mich gleichzeitig aber auch mittendrin, in einem züchtigen Badeanzug. Hans und ich küssen uns auf den Felsen am Meer und schauen hinüber nach Reykjavík, bei knalliger Sonne ist die Sicht gut. Wir sind einerseits etwas schüchtern, andererseits aber auch nicht. Wir berühren uns zart und lächeln wie zwei kleine Mädchen, die gerade den ersten Schneidezahn verloren haben.

Als ich aufwache, finde ich es ungerecht, dass wir nur im Traum zusammen sein dürfen. Ich entsteige einem menschenleeren Bett und erforsche das dunkle, dunkle Meer unter dem hellen Abendhimmel. Es hat aufgeklart, der Wind hat sich fast vollkommen gelegt, und die Esche lässt tropfnass die Zweige hängen.

Ich bin froh, dass Erlingur nicht zu Hause ist, lasse Wasser in die Badewanne ein und betrachte mich im großen Spiegel. Bei diesem Licht zumindest ist der Körper weiß und glänzend anzusehen, braune Brustwarzen auf Brüsten, die wie kleine Kugeln sind, ein knackiger Po. Das ist der Körper, den Hans begehrt und höchstwahrscheinlich von Anfang an begehrt hat, sonst hätte er wohl nicht im In- und Ausland so häufig angeklopft.

Ich begebe mich ins duftende Fichtennadelschaumbad und genehmige mir ein Tröpfchen von Erlingurs exquisitem Cognac aus der Flasche, die seit dem ersten Abend, den ich bei ihm zu Hause verbrachte, nicht angerührt worden ist. Das große Cognacglas steht auf dem Badewannenrand, bis mir einfällt, es halb ins Wasser zu tauchen, um den Cognac auf die richtige Temperatur zu bringen.

Ich bin froh, dass ich allein im Haus sein darf. Allein zu Hause in diesem Gespensterhaus, wo spukige Zweige an Scheiben klopfen und Partner-Zombies gespenstisch besoffene Phantome lieben.

Das Telefon klingelt, und ich schaffe es, mir den Hörer zu angeln, weil ich den Apparat in die Badezimmertür gezogen habe.

Es ist Hans, der sich inzwischen vielleicht das eine oder andere Gläschen genehmigt hat. Er bedankt sich für den Nachmittag, als hätten wir am Nationalfeiertag mit Fähnchen und Luftballons an einer Parade teilgenommen und würden uns nicht aus unglücklicher Liebe verzehren.

Ich bedanke mich lachend und produziere mit der freien Hand ein Plätschern.

Bist du in der Badewanne?

Ja.

Ich komme sofort.

Lieber nicht.

Du bist allein zu Haus.

Das werde ich nicht lange sein.

Du bist im Bad. Ich muss einfach kommen.

Komm nicht.

Ich füge hinzu: Ich liebe dich.

Das habe ich nie zuvor gesagt, nicht zu ihm, und er variiert es in einer anderen Tonlage: Ich liebe dich.

Und nach dem, was er mir heute gesagt hat, in einer Hütte auf Kjalarnes, die eigentlich kaum existieren kann, weiß ich jetzt endlich ganz sicher, dass es ganz einfach die Wahrheit ist, ich bin seine große Liebe, und er kann sich nicht dagegen wehren, ich bin seine kalte Liebe, so kalt und fein, dass sie fortbestehen wird, solange es den Gletscher gibt.

Er legt abrupt auf, und ich weiß, dass er bereits auf dem Weg zu mir ist, spätestens jetzt. Erst habe ich vor abzuwarten, was passiert, während ich genüsslich am lauwarmen Cognac nippe.

Aber plötzlich komme ich zur Besinnung, springe wie von der Tarantel gestochen aus der Wanne und schüttele Schaum und Wasser ab. Jetzt hilft nur noch die ganz große Flucht, denn ich weiß, dass Himmel und Erde vergehen, wenn er mich erwischt. Und welchen Wert hat es zu leben, wenn Himmel und Erde vergangen sind?

Erlingurs Autoschlüssel hängen am Schlüsselbrett im Besenschrank. Es hat mir schon vor langer Zeit gesagt, dass ich nach Belieben über den Mercedes verfügen darf, und davon mache ich jetzt zum zweiten Mal Gebrauch, wobei zweifelhaft ist, ob sein Angebot auch die Fahrt einschließt, die mir bevorsteht. Ich schreibe in fliegender Hast einen Zettel, damit keine Rettungsmannschaften hinter mir hergejagt werden: Bin ins Sommerhaus gefahren. Mach dir keine Sorgen meinetwegen.

Eine verwegene Abendsonne sticht mir auf der Treppe in die Augen und wirft ein bizarres Licht auf den nicht gemähten Rasen und die dunkelvioletten Tulpen, die Erlingur im Herbst gesetzt hat, genauer gesagt, am Tag, bevor es anfing zu schneien, am Tag, bevor wir uns im Schwimmbad kennen lernten. Ein grimmiger pechschwarzer Kater schießt glänzend zwischen diesen makabren Blumen einher und verschwindet auf dem Pfad, der hinunter zum dunklen, ruhigen Ozean führt. Es ist noch früh am Freitagabend, trotzdem ist bei diesem überraschend schönen Wetter kein Mensch unterwegs. Nur im Nachbargarten steht ein Mann vor einem rauchenden Gasgrill, etwas wacklig auf den Beinen, die in hohen Stiefeln stecken. Womöglich machen sich die letzten Gäste aus dem Staub, bevor das Essen fertig ist.

Ich gebe so wild Gas, dass der Mann am Grill verwundert hochblickt und mit der glühenden Zange in der Hand zwei Schritte auf mich zugeht. Ich winke ihm zu und brettere um die Ecke. Von der Kühlerhaube eines schneeweißen Jeeps, der an einen Krankenwagen erinnert, springt ein wolfsgrauer, langhaariger Kater auf die Fahrbahn. Das Biest macht einen Buckel, nachdem es unversehrt auf den Bürgersteig entkommen ist, und faucht mich und den Mercedes an.

Ich halte kurz an der nächsten Straßenecke, öffne das Fenster und fahre Richtung Westen statt Osten. Ich glaubte nämlich, das Motorengeräusch von Hans Örlygssons Sportwagen zu hören und in der Nähe meines Hauses die blaue Farbe aufblitzen zu sehen. Ich traue mich nicht, die Hofsvallagata entlangzufahren, denn dort könnte er den Mercedes sehen, sondern mache einen Umweg bis hinaus auf die Halbinsel Seltjarnarnes, bevor ich umkehre und Kurs aus der Stadt heraus nehme.

Es hat ganz den Anschein, als habe das herrliche Wetter, das sich nach dem Sturm an diesem Frühlingsabend eingestellt hat, die Stadt und ihre Bewohner in den Schlaf gewiegt. Alle außer mir, die ich auf absehbare Zeit keinen Schlaf finden werde, denn ich bin verurteilt dazu, die Ringstraße in Richtung Norden zu fahren.

Im Stadtzentrum sollte es gemäß den Gesetzen des Vergnügungslebens von Menschen nur so wimmeln, aber kaum jemand ist unterwegs. Bei der Würstchenbude *Bæjarins bestu* steht nur ein Kunde herum, ein Penner mit Blut auf der Stirn, der sich an ein krummes Würstchen klammert.

Ich habe ein schlechtes Gewissen, dass Hans vor verschlossenen Türen steht, wenn er zum Kvisthagi kommt. Er glaubt bestimmt, dass ich zu Hause bin, aber nicht aufmache. Ich stelle mir vor, wie er sich durch das Souterrainfenster von Gydas Zimmer ins Haus hineinzwängt. Vielleicht tappte er in diesem Augenblick im Haus herum, zwischen Erlingurs und meinen Besitztümern. Vielleicht kommt aber auch Erlingur gerade nach Hause und ruft die Polizei. Es könnte aber auch sein, dass sich Hans in seiner redseligen und offenen Art mit dem Grillmann im Nachbargarten zusammentut, wenn er mich nicht antrifft; dass sie jetzt einfach im Garten sitzen und essen, in Gesellschaft eines pechschwarzen oder wolfsgrauen

Katers, nachdem alle Gäste die Party mittendrin verlassen haben.
Das verloren zu haben, was einem am liebsten ist, ohne es jemals besessen zu haben, das ist mir widerfahren und damit habe ich zu leben, wenn ich leben will. Das denke ich bei der Mündung des Walfjords unter einem Junihimmel, der immer wolkenloser wird, je weiter ich mich von der Stadt entferne. Die Sonne steht noch erstaunlich hoch am Himmel, über strengen Bergen, die im Abendlicht milder werden, und die blaue Farbe steigert sich, diese Farbe, die es nirgends gibt, nur an einem isländischen Himmel im Frühsommer, und die Islandblau heißen sollte.
Kein Mensch ist unterwegs, aber umso mehr vierbeinige Geschöpfe treiben sich auf Wiesen herum, die einen knallgrünen Teppich für neugeborene Beine auf der Erde bilden – Lämmer torkeln spastisch und Fohlen staksen himmlisch.
Es kommt mir vor, als würde dieser Automatik-Wagen in der hügeligen Landschaft ferngesteuert die leere, kurvenreiche Straße zwischen Bergen und Meer entlanggleiten. Nichts stört, nicht einmal die Sonne, die mir in die Augen scheint. Ich bin ja auch nicht auf dieser Reise, sondern auf der Reise, die Hans Örlygsson von mir fortführte, ganz allein, auf den Tag genau vor zwei Jahren, auf der gleichen Straße, in genau der gleichen Abendsonne. Ich kann mich sehr genau an die Sonne erinnern, die mir auf dem Raudarárstígur ins Gesicht schien, und heute hat er mir gesagt, dass sein Abend und seine Nacht im Auto genauso strahlend

hell waren, wie ich es mir immer vorgestellt habe. Ich bin froh, dass ich endlich erfahren habe, was ihm widerfuhr. Jetzt endlich weiß ich sicher, dass er auf dieser Straße an all das gedacht hat, was zwischen uns vorgefallen war, und dass es erst in dem Augenblick geschah, als er daran dachte. Ich weiß, dass er froh am Steuer saß, sehr froh darüber, dass uns ein Morgen und ein Tag beschieden gewesen waren. Ich weiß, dass er so allein im Auto froher war, als er es gewesen wäre, wenn ich mitgefahren wäre, aber ich weiß auch, dass es eine andere Fahrt geworden wäre, wenn ich mitgefahren wäre. Hätte ich das getan, säße ich immer noch an seiner Seite in dem blauen Sportwagen und würde ihm die Hand sanft in den Nacken legen. Stattdessen geistere ich in einem weißen Mercedes durch die Gegend, der mir nicht gehört, und ich denke daran, was Hans Örlygsson und ich vor ein paar Stunden unterlassen haben, an alles, was wir unterlassen mussten, zumindest in diesem Leben.

Ich halte bei der Raststätte am Grábrók-Krater an und gehe das Stück zur Norðurá hinunter zu Fuß, dort, wo du Rast machtest auf der langen Fahrt fort von mir, in der unirdischen Helligkeit eines jungen Sommers. Aus der Raststätte dringt laute Akkordeonmusik, aber kein Mensch ist zu sehen, nichts Lebendiges rührt sich, außer Vögeln. Einige schaffen Futter herbei, andere lehnen sich an Birkenzweige, die faltiges Frühlingslaub tragen, hellgrün und glibberig, Millionen von Embryos an Bäumen. Es ist unglaublich warm, obwohl es schon nach Mitternacht ist. Ich ziehe die Jacke aus, um

zu überprüfen, ob es tatsächlich so warm ist, und dann setze ich mich auf einen Stein beim Fluss.
Zwei forsche Goldregenpfeifer tirilieren um die Wette, und der Fluss, der Nordurá heißt, obwohl er nach Süden fließt, rauscht vorwärts, genau wie seinerzeit für Hans auf seiner Reise in die Sommernacht hinein, und ich weiß, dass ich mich genau an dem Ort befinde, wo er gesessen und seinen Proviant verzehrt hat.
Ich denke an die Stunde, als wir uns kennen lernten und ich das unglaubliche Privileg hatte, in einem kleinen Schlösschen zu wohnen, wo zwei Pfauen mein Gefolge waren. Es war das Schlösschen, an dessen Tür Hans unerlaubterweise anklopfte, und ich ließ ihn nicht herein, sondern schaute ihm stattdessen aus dem Fenster nach.
Der eine Goldregenpfeifer kommt zu mir, viel näher, als Goldregenpfeifer das normalerweise tun, und wirft sich so in die Brust, dass man Angst hat, er würde beim Di-dííí platzen. Der gleiche Goldregenpfeifer hat auch für dich auf diesem Fleckchen Erde gesungen, zur gleichen Stunde, bei wolkenlosem Himmel. Das war nach unserem ersten Zusammensein, und ich bedanke mich bei dem treuen Zugvogel, dass er mir Grüße aus dieser Zeit in jenem Jahr überbringt.
Bei genauerem Zuhören begreife ich, dass es nicht selbstverständlich ist, dass diejenige, die den Geliebten allein nach Norden schickt, ewige Trennung erntet. Obwohl es mein Los ist. Ich begreife jetzt, dass diejenige, die einen Mann allein nach Norden schickt, genauso gut von seinem langen Geleit profitieren

könnte. Doch niemand weiß, wovon das abhängig ist, es sei denn davon, was für ein Lied der Vogel singt, wenn der Mann sich auf einem Stein an der Nordurá niedergelassen hat.

Laurie R. King

Tödliches Testament

Kriminalroman

Deutsch von
Eva Malsch

rororo

Rowohlt

Die Originalausgabe erschien 1996 unter dem Titel
«A Monstrous Regiment of Women»
bei St. Martin's Press, New York

Umschlaggestaltung Walter Hellmann
Illustration Mike Loos

Deutsche Erstausgabe
Veröffentlicht im Rowohlt Taschenbuch
Verlag GmbH, Reinbek bei Hamburg, Juli 1997

Satz Bembo (Linotronic 500)
Gesamtherstellung Clausen & Bosse, Leck
Printed in Germany
1290-ISBN 3 499 13889 1

Für Zoe

■

τό φῶς τῶν άνθρώπων

Vorwort der Herausgeberin

Diese Geschichte ist die zweite, die ich am Boden eines Metallkoffers fand. Vor einigen Jahren war er mir anonym zugeschickt worden. Wie ich bereits im Vorwort zur ersten Geschichte – «Die Gehilfin des Bienenzüchters» – zugab, hatte ich keine Ahnung, warum ich den Koffer bekam. Er enthielt eine Halskette aus Smaragden und das vergilbte Foto eines dünnen jungen Mannes mit müdem Gesicht, der eine Uniform aus der Zeit des Ersten Weltkriegs trug.

Aber ich entdeckte noch andere interessante Gegenstände: Zum Beispiel müßte die durchlöcherte Münze, auf einer Seite stark zerkratzt, auf der anderen war der Name IAN eingraviert, eine eigene Geschichte erzählen; ebenso das zerfranste Schuhband, sorgsam zusammengerollt und verknotet, oder der kurze Stummel einer Bienenwachskerze. Aber am erstaunlichsten – sogar für mich, gewiß keine Sherlock-Holmes-Expertin – sind die Manuskripte. «Die Gehilfin des Bienenzüchters» berichtet von den frühen Tagen einer Partnerschaft, die der Welt bisher unbekannt war: zwischen der jungen Mary Russell und dem wesentlich älteren Sherlock Holmes, der sich damals bereits im Ruhestand befand.

Hier handelt es sich tatsächlich um *Manuskripte*, handgeschrieben auf verschiedenen Papiersorten. Manche ließen sich leicht entziffern. Aber andere, besonders zwei, stellten meine Geduld auf eine harte Probe. Die vorliegende Geschichte bereitete mir größte Schwierigkeiten. Offensichtlich wurde sie ein dutzendmal oder noch öfter umgeschrieben. Die Autorin hatte einige Seiten herausgerissen, neue eingefügt, und manchmal konnte ich wegen der vielen durchgestrichenen Zeilen die Zusammenhänge kaum erkennen. Vermutlich war es Miss Russell nicht leichtgefallen, dieses Buch zu schreiben.

Wie ich bereits erwähnte, weiß ich nicht, warum mir diese

Sammlung zugeschickt wurde. Aber ich glaube, der Absender, vielleicht sogar die Autorin selbst, könnte noch leben. Unter der Post, die ich nach der Veröffentlichung der «Gehilfin des Bienenzüchters» bekam, fand sich eine sonderbare, sichtlich weitgereiste Ansichtskarte, in Utrecht abgestempelt. Diese alte Karte zeigt das Sepiafoto einer steinernen Flußbrücke, drei Schwäne und ein flaches Boot. An einem Ende steht ein Mann, eine Stake in der Hand, am anderen sitzt eine Frau, nach der Mode von König Edwards Zeiten gekleidet. Auf der Rückseite steht: «Folly Bridge, Oxford». Und neben meinem Namen und der Adresse, in derselben Handschrift wie die Manuskripte, wird angekündigt: «Weitere Sendungen folgen.»

Das will ich hoffen.

Laurie R. King

Denn wer könnte leugnen, es sei wider die Natur, daß die Blinden die Sehenden führen, die Schwachen, Kranken und Ohnmächtigen die Starken nähren und am Leben erhalten – und schließlich, daß die Närrischen, Verrückten und Rasenden die Vernünftigen regieren und die geistig Gesunden beraten? Und was die Befehlsgewalt betrifft, sind alle Frauen so, verglichen mit dem Mann.

JOHN KNOX (1505–1572)
The First Blast of the Trumpet Against the Mounstrous Regiment of Women
(*1558 veröffentlicht, eine Streitschrift gegen Mary Tudor, später Mary Stuart.* Regiment *wird im Sinne von* Régime *verwendet.*)

I

Sonntag, 26. Dezember – Montag, 27. Dezember 1920

■

Die Frau ist unklug und schwach oder biegsam. Unklug, weil sie die Dinge, die sie hört und sieht, nicht weise und vernünftig betrachten kann; und schwach, weil sie sich leicht unterdrücken läßt.

JOHANNES CHRYSOSTOMUS (CA. 347–407)

Ich lehnte mich in meinem Sessel zurück, schraubte den Füllfederhalter zu, warf ihn in die Schublade und überließ mich meiner Genugtuung, Erleichterung und Vorfreude. All diese Emotionen verdankte ich einer schlichten Aktivität. Meine Genugtuung galt dem Essay, dessen Schlußwort ich soeben korrigiert hatte, dem Produkt monatelanger harter Arbeit, meiner ersten Leistung als reife Wissenschaftlerin. Mit dem soliden Resultat meiner Bemühungen, wahrheitsgetreu und klar formuliert, durfte ich zufrieden sein. Erleichtert fühlte ich mich nicht wegen des vollendeten Schriftstücks, sondern wegen einer Begleiterscheinung.

Meiner zeitraubenden Beschäftigung zufolge hatte ich die obligatorischen Weihnachtsfeste überlebt, die in diesem Jahr – dem letzten, wo meine Tante die «Familienbörse» kontrollierte, wie sie es nannte – einem fieberhaften Höhepunkt entgegengestrebt waren. Und die Vorfreude konzentrierte sich auf die bevorstehende freie Woche, ohne Pflichten und Verantwortung. Demnächst würde ich meinen einundzwanzigsten Geburtstag feiern, alle damit verbundenen Rechte und Privilegien genießen. Als sich eine bange innere Stimme meldete, verdrängte ich sie, indem ich aufsprang und zum Kleiderschrank ging.

Strenggenommen war meine Tante eine Jüdin. Doch sie hatte ihr Erbe längst abgeschüttelt und frönte mit dem ganzen Enthusiasmus einer Bekehrten den oberflächlichen Formen des kulturellen Anglikanismus. Deshalb tendierte ihre Gestaltungskraft während der Weihnachtstage fatal zum Dickens- und Sachsen-Gotha-Stil. Zufällig war das letzte Jahr, in dem ich unter ihrer Vormundschaft stand, das erste nach dem Weltkrieg. Da Zukker, Butter und Fleisch nicht mehr rationiert wurden, gab es das alles in rauhen Mengen, und so wetteiferten die gefühlvollen Exzesse meiner Tante mit den kulinarischen. Den meisten dieser

Attacken entzog ich mich mit dem Hinweis auf meine schriftstellerische Tätigkeit. Aber da meine Schreibmaschine schwieg, blieb mir nur die Wahl zwischen Völlerei und Flucht. Über die Wahl meiner künftigen Ziele mußte ich nicht nachdenken – zunächst würde ich das Cottage meines Freundes und Mentors, meines Lehrers, Sparringpartners und Waffengefährten Sherlock Holmes aufsuchen. Deshalb die Vorfreude. Deshalb die Angst.

Um gegen ein Haus voll Samt und Seide zu rebellieren, das mich schon viel zu lange festhielt, nahm ich einen mottenzerfressenen Anzug meines längst verstorbenen Vaters aus dem Schrank, ein köstlich weiches, fadenscheiniges Hemd und einen dicken Guernsey-Pullover, den ich auf dem Dachboden vor den Mäusen gerettet hatte. Warme, gefütterte Rehlederhandschuhe, die Zöpfe unter einer überdimensionalen Tweedkappe hochgesteckt, ein flauschiger Schal – und eine Pause zum Nachdenken ... Was immer ich in den nächsten drei oder vier Tagen tun mochte, es würde fern von meinem Zuhause geschehen. Ich holte ein zusätzliches Paar Wollstrümpfe aus der Kommode und aus einem Geheimfach hinter der Wandtäfelung einen Lederbeutel, in dem ich während der letzten Jahre Geldgeschenke gesammelt hatte. Zu meiner Freude war eine beträchtliche Summe zusammengekommen. Diesen Beutel steckte ich zusammen mit einem Bleistiftstummel, gefaltetem Papier und einem kleinen Buch über Rabbi Akiba, das ich mir für besondere Gelegenheiten aufgehoben hatte, in eine Innentasche des Jacketts. Dann warf ich einen letzten Blick in mein Zimmer, schloß die Tür hinter mir und trug meine Stiefel mit den Gummisohlen zur Hintertür hinunter.

Halb und halb hoffte ich, einer meiner Verwandten würde nach mir rufen. Aber sie widmeten sich im Salon irgendwelchen Gesellschaftsspielen oder lagen bewußtlos auf den Sofas, erschöpft von der festlichen Prasserei. Und so traf ich nur die rotbackige Köchin und ihre geknechtete Gehilfin an. Vollauf mit den Vorbereitungen für die nächste Mahlzeit beschäftigt, beantworteten sie meinen Gruß eher zerstreut als höflich. Wieviel bezahlte ich ihnen eigentlich, so daß sie an einem Tag arbeiten mußten, den sich jeder Dienstbote traditionsgemäß freinehmen durfte? Doch darüber wollte ich mir jetzt nicht den Kopf zerbrechen. Ich schlüpfte in die Stiefel und den schäbigen Mantel, den ich im Schrank unter der Treppe verwahrt hatte, und floh aus dem überheizten, übervölkerten, emotionsgeladenen Haus in die klare, kalte Meeresluft der Sussex Downs. Vor meinen Lippen bildeten sich Atemwolken, unter meinen Füßen knirschten vereinzelte Schneeflecken, die das wässerige Sonnenlicht noch nicht auftauen konnte.

Als ich Holmes' Cottage erreichte, das fünf Meilen entfernt lag, fühlte ich mich zum erstenmal, seit ich Oxford zu Beginn der Ferien verlassen hatte, wieder leicht und frei.

Er war nicht zu Hause.

Aber Mrs. Hudson nahm mich in Empfang. Liebevoll küßte ich sie, bewunderte die Handarbeit, mit der sie sich am Küchenfeuer befaßte, und hänselte sie wegen ihrer nachlässigen Kleidung. Daraufhin erklärte sie bissig, sie würde ihre Schürze nur während der Dienstzeit tragen. Ich bemerkte, in diesem Fall müsse sie die Schürze auch über dem Nachthemd tragen, da sie meines Wissens unentwegt in Holmes' Diensten stehe. Könnte sie nicht in sieben Tagen meinen Haushalt übernehmen? Darüber würde ich mich sehr freuen. Doch sie erkannte, daß ich es nicht ernst meinte, lachte nur und stellte den Wasserkessel auf den Herd.

Holmes sei ins Dorf aufgebrochen, berichtete sie, in mehrere Kleidungsstücke, die nicht zusammenpaßten, und zwei Schals gehüllt. Dazu würde er einen ausgefransten, schmutzigen Zylinder tragen. Hätte ich lieber Muffins oder Buttergebäck?

«Sind die Muffins schon fertig?»

«Oh, von gestern habe ich noch welche übrig, aber ich mache uns frische.»

«An Ihrem einzigen freien Tag im Jahr? Kommt gar nicht in Frage! Ich vergöttere Ihre aufgebackenen Muffins, das wissen Sie doch. Und am nächsten Tag schmecken sie ohnehin besser.»

Da ließ sie sich überreden. Während sie den Tee vorbereitete, ging ich in Holmes' Zimmer, wo ich die Kommoden und Schränke durchsuchte. Wie erwartet, hatte er die fingerlosen Handschuhe mitgenommen, die er benutzte, wenn er ein Pferdegespann lenkte, außerdem das Werkzeug, mit dem er Steine aus den Hufen zu schaben pflegte. Das bedeutete, mit dem Zylinder kombiniert, daß er einen Pferdewagen fahren würde. Fröhlich summte ich vor mich hin und kehrte in die Küche zurück.

Dort röstete ich Muffins über dem Feuer und schwatzte mit Mrs. Hudson, bis es an der Zeit war, zu gehen. Ich wollte den 4.43-Zug nach London erreichen, und so verließ ich das Cottage, vollgestopft mit Gebäck, Butter, Marmelade, Anchovis-Toast und zwei Scheiben Weihnachtskuchen.

Manchmal überlegte ich, warum sich die ansonsten so pfiffigen Bewohner der nahen Städte und die Bahnhofsvorsteher nicht über das regelmäßige Erscheinen zweier merkwürdiger Gestalten auf den Bahnsteigen wunderten – eine alt, eine jung, von verschiedenem Geschlecht, oft gemeinsam reisend. Erst im letzten Sommer hatte ich herausgefunden, daß die Leute unsere diversen Verkleidungen als eine Art Volksbelustigung betrachteten. Und die Ehre verbot ihnen, jemals verlauten zu lassen, der verwahrloste junge Feldarbeiter könnte mit der Person identisch sein, die – in korrektem Tweed, mit glockenförmigem Hut – zum Semesterbeginn nach Oxford fuhr und bei der Rückkehr Teegebäck und Schaufeln und gelegentlich einen Viertelliter halbdunkles Bier in den dörflichen Läden kaufte. Wäre ein Reporter vom *Evening Standard* hierhergekommen, um hundert Pfund für eine Insider-Story über den berühmten Detektiv zu bieten, die Leute hätten ihn mit jenem phlegmatisch-rustikalen Blick angeschaut, der so viel verbirgt, und höflich gefragt, wen er denn meine.

Aber ich schweife vom Thema ab. Als ich London erreichte, herrschte auf den Straßen immer noch weihnachtliches Leben und Treiben. Ich nahm ein Taxi (ein Automobil, damit ich den

Fahrer nicht aus der Nähe betrachten mußte) und ließ mich zu dem Unternehmen kutschieren, bei dem sich Holmes öfter ein Pferd und einen Wagen holte und dessen Besitzer mich kannte. Zumindest erkannte er den jungen Mann auf seiner Schwelle wieder und erklärte, ja, dieser Gentleman (natürlich sprach er nicht von einem richtigen Gentleman) sei an diesem Tag zur Arbeit aufgetaucht. Sogar zweimal.

«Zweimal? Also hat er die Droschke zurückgebracht?» Enttäuscht überlegte ich, ob ich meine Suche aufgeben sollte.

«Diese Stute hatte irgendwas am Knie. Deshalb führte er sie am Zügel zurück. Er wollte sich ein anderes Pferd nehmen, und da kam dieser alte Hansom* angefahren. An dem hatte er sofort einen Narren gefressen, wenn ich auch nicht verstehe, warum. Verdammt kalt auf so einem hohen Kutschbock, und viel kann man mit diesem beschissenen Karren nicht verdienen, falls man keine Verrückten trifft, die sich an alte Zeiten erinnern wollen. Im Sommer passiert das manchmal, sonntags oder samstags nach dem Theater. Aber an einem solchen Abend kann er von Glück reden, wenn er einen gottverdammten halben Penny einheimst.»

Ohne eine Miene zu verziehen, malte ich mir aus, wie schnell er sich in seiner Ausdrucksweise mäßigen würde, wenn er wüßte, daß er einer vornehmen Dame gegenüberstand. «Also hat er den Hansom genommen?»

«O ja. Und er ist einer der wenigen, die so was fahren können. Das muß man ihm lassen.» Ein paar Sekunden lang dachte er über die sonderbare Mischung von Genie und Wahnsinn in der Seele des Mannes nach, den er als Basil Josephs kannte. Dann schüttelte er verblüfft den Kopf. «Und ich gab ihm auch einen miesen Gaul, der noch nie einen zweirädrigen Wagen gezogen hat, ein verdammt stures Biest. Hoffentlich hat der alte Josephs keinen Ärger damit», fügte er in bewundernswertem Gleichmut hinzu und bückte sich, um zu husten und in den Rinnstein zu spucken.

«Allzu viele Hansoms werden heute abend nicht herumfahren.

* zweirädrige Droschke mit erhöhtem Kutschbock dahinter (A. d. Ü.)

Vielleicht finde ich ihn. Können Sie mir sagen, wie das Pferd aussieht?»

«Ein großer Brauner mit drei weißen Fesseln und einem dunklen Hinterbein, mit breiter Blesse und bösartigen Augen. Aber die werden Sie nicht sehen. Er trägt Scheuklappen. Und der Wagen hat die Nummer 292.» Ich dankte ihm mit einer Münze und machte mich auf den Weg, um im riesigen Straßengewirr nach einem schäbigen Hansom und seinem Fahrer zu suchen.

So hoffnungslos, wie es scheinen mochte, war die Suche nicht. Wenn Holmes keinen Fall bearbeitete (was Mrs. Hudson vermutete), wies die Wahl seiner Kleidung und des Fahrzeugs eher auf Amüsement als auf Tarnung hin, und so würde er sich eher in den Londoner Osten begeben als zum Piccadilly oder nach St. John's Wood. Trotzdem mußte ich ein ziemlich großes Gebiet durchforsten. Und so stand ich stundenlang unter verschiedenen Lampenpfosten, inspizierte die Pferde, die vorbeitrotteten (*alle* hatten Blessen und weiße Fesseln) und wehrte die freundlichen Avancen spärlich bekleideter junger und nicht mehr ganz so junger Frauen ab.

Kurz nach Mitternacht wurde die aufschlußreiche Konversation mit einer solchen Lady von der Ankunft eines polternden Pferdewagens unterbrochen. Und einen Augenblick später hallte eine scharfe, wohlvertraute Stimme durch die fast verlassene Straße, was weitere Recherchen erübrigte.

«Meine liebe kleine Annalisa ...» Die Lady wurde zwar nicht angebrüllt, aber man konnte es bis in die Downs hören, die eine Meile entfernt lagen. «Ist dieses Kind nicht ein bißchen zu jung für dich? Schau ihn doch an – er hat noch nicht einmal einen Bart.»

Erbost fuhr die Lady herum. Ich entschuldigte mich höflich und trat auf die Straße, um den Wagen anzuhalten. Obwohl zwei Passagiere darin saßen, blieb er stehen. Der Fahrer nahm die Zügel in die rechte Hand. Dann streckte er den anderen langen Arm vom Hochsitz hinter dem Droschkendach zu mir herab. Meine enttäuschte Verehrerin schleuderte ihm einfallsreiche Flüche ins Gesicht, die den restlichen Anstrich vom Hansom gepustet hätten, wären sie nicht ebenso ausdrucksvoll erwidert worden.

Als sich das Vehikel bedenklich zur Seite neigte, schnaubte der Braune und versuchte durchzugehen. Am zerbrochenen Wagenfenster erschien ein verwirrtes schnurrbärtiges Gesicht und musterte mich. Holmes lenkte seine Aggressionen von der Dirne auf das Pferd und beschimpfte es nach bester Londoner Droschkenfahrer-Tradition, originell und ohne Obszönitäten. Noch wirksamer – er riß an den Zügeln, und der Kopf des Tiers ruckte nach hinten. Dann zerrte er mich zu sich hinauf und rief Annalisa ein liebevolles Abschiedswort zu. Während ich mich auf den schmalen, nur für eine Person bestimmten Kutschbock zwängte, den er mit seiner umfangreichen Kleidung fast restlos okkupierte, überlegte ich, warum er in allen seinen Rollen so rückhaltlos aufging.

«Guten Abend, Holmes», grüßte ich artig.

«Guten Morgen, Russell», verbesserte er mich und spornte den Braunen an.

«Jobben?» Wenn ja, hing der Fall nicht mit seinen Fahrgästen zusammen. Sonst hätte er mich verscheucht, statt mir auf den Kutschbock zu helfen.

«Meine liebe Russell, diese Amerikanismen!» tadelte er. «Ob ich gerade jobbe! Wie das in meinen Ohren schmerzt! Nein, derzeit befasse ich mich nicht mit einem Fall. Ich versuche nur, gewisse Fähigkeiten aufzufrischen.»

«Macht's Spaß?»

«Spaß?» wiederholte er angewidert und warf mir einen vernichtenden Seitenblick zu.

«Also gut. Amüsieren Sie sich?»

Vielsagend musterte er meine Kleidung. «Dasselbe könnte ich *Sie* fragen, Russell.»

«Gewiß, und ich amüsiere mich tatsächlich, was ich Ihnen verdanke, Holmes.» So gut ich konnte, lehnte ich mich zurück.

Sogar im Londoner Zentrum läßt der Verkehr in der Nacht

vom Samstag zum Sonntag erheblich nach. Überall herrschte Grabesstille. Welch ein Vergnügen, zweieinhalb Meter über diesem gesundheitsschädlichen Kopfsteinpflaster zu schwanken – an der Seite meines einzigen wahren Freundes, auf schlecht beleuchteten Straßen, wo das Knirschen der Räder und die Hufschläge unheimlich widerhallten, in nächtlicher Kälte, die Gestank und Nebel vertrieb, aber nicht eisig genug war, um exponierte Fingerspitzen zu peinigen ...

Ich beobachtete die schmutzigen Hände meines Gefährten. Aufmerksam fahndeten sie in den schweren Lederzügeln nach Anzeichen, die ein neuerliches Fehlverhalten des immer noch nervösen Pferdes ankündigen würden, und bewiesen das gleiche Feingefühl wie bei allen ihren Aktivitäten, von heiklen chemischen Experimenten bis zur minutiösen Erforschung irgendwelcher Spuren.

Plötzlich kam mir ein Gedanke. «Holmes, glauben Sie, die Kälte einer klaren Nacht könnte Ihren Rheumatismus ebenso verschlimmern wie die Kälte einer Nebelnacht?»

Er schaute mich skeptisch an, dann richtete er sein Augenmerk wieder auf die Straße. Zweifellos kräuselte er die Lippen unter seinen Schals. Wie ich zu spät erkannte, war das eine unkonventionelle Methode, ein Gespräch zu eröffnen. Andererseits – warum sollte sich ausgerechnet Holmes über ein bißchen Exzentrik aufregen?

«Russell», antwortete er schließlich, «es war sehr nett von Ihnen, aus Sussex hierherzukommen, die halbe Nacht an kalten Straßenecken zu stehen, unpassende freundschaftliche Kontakte zu knüpfen und mit einer Lungenentzündung zu flirten, nur um nach meinem Befinden zu fragen. Aber nachdem Sie mich gefunden haben, könnten Sie mir verraten, was Sie wirklich vorhaben.»

«Gar nichts», protestierte ich gekränkt. «Mein Essay war früher fertig, als ich gedacht hatte. Deshalb wollte ich den restlichen Tag lieber mit Ihnen verbringen, statt meiner kreischenden, stöhnenden Verwandtschaft zuzuhören. Da ich Sie nicht in

Ihrem Cottage antraf, fuhr ich nach London, um Sie aufzustöbern. Nur aus einer Laune heraus», versicherte ich, vielleicht etwas zu entschieden, und wechselte hastig das Thema. «Was machen Sie hier eigentlich?»

«Ich fahre eine Droschke.» Wie mir sein Tonfall verriet, ließ er sich weder ablenken noch täuschen. «Los, Russell, stellen Sie Ihre Frage. Darauf haben Sie sieben Stunden gewartet. Oder sechs Jahre?»

«Wovon, um alles in der Welt, reden Sie?» Ich ärgerte mich maßlos, weil er mir den angenehmen Abend mit seiner sardonischen Überlegenheit zu verderben drohte, obwohl ich mich inzwischen dran gewöhnt haben müßte. «Falls Sie das tatsächlich interessiert, ich mache Urlaub vom Urlaub und entspanne mich ein wenig – nach den aufgezwungenen Weihnachtsfreuden der letzten Wochen. Eine vergnügliche Abwechslung, Holmes, weiter nichts. Zumindest war es das, bis Sie mich mit Mißtrauen und Hohn überhäufen mußten. Wirklich, Holmes, manchmal ärgern Sie mich maßlos.»

Meine Empörung störte ihn nicht im mindesten. Um mir das klarzumachen, bedachte er mich wieder mit einem Seitenblick und hob die Brauen. Ich reckte das Kinn vor und schaute in die andere Richtung.

«Also haben Sie mich nicht aus einem ganz bestimmten Grund ‹aufgestöbert›, wie Sie's formulieren, sondern um Ihren Spürsinn zu erproben?»

«Und um meine Freiheit zu genießen.»

«Sie lügen, Russell.»

«Holmes, das ist unerträglich. Wenn Sie mich loswerden wollen, halten Sie den Wagen an, und lassen Sie mich runterspringen. Deshalb müssen Sie mich nicht beleidigen. Ich gehe!»

«Russell, Russell ...» Mißbilligend schüttelte er den Kopf.

«Verdammt, was könnte ich denn nach Ihrer Meinung so wichtig finden, um eigens hierherzukommen und Sie unverzüglich damit zu konfrontieren? Was ich übrigens nicht getan habe.»

«Eine Frage, die Sie mir stellen wollen», erwiderte er kühl. «Nachdem Sie endlich den nötigen Mut gefaßt haben, sind Sie doch nicht mehr zu halten.»

«Und welche Frage könnte das sein?» Nun hatte ich mich diesem Mann endgültig ausgeliefert. Aber wenn man einen bestimmten Kurs eingeschlagen hat, ist es schwer, ihn zu wechseln.

«Ich nehme an, Sie möchten sich erkundigen, ob ich Sie heiraten will.»

Beinahe wäre ich vom Sitz gefallen. «Holmes! Was – wie können Sie...» Ich verstummte hilflos. Vor mir öffnete sich das kleine Fenster im Wagendach, das die Passagiere benutzten, wenn sie dem Fahrer Anweisungen geben wollten. Dann sah ich im trüben Licht der Kutschenlampe und einer vorbeigleitenden Straßenlaterne zwei Augenpaare. Eins schimmerte unter der Krempe der Melone, das andere zwischen üppigen Stoffblumen. Wie Suchscheinwerfer glitten sie zu uns herauf und inspizierten angstvoll die beiden Männer, die diesen wahnwitzigen Dialog führten.

Holmes lüftete den Hut und lächelte liebenswürdig, während ich am Rand meiner Tweedkappe rüttelte und eine Miene von geradezu krimineller Idiotie aufsetzte. Doch das schien die Leute nicht sonderlich zu beunruhigen. Statt vom Fenster zu verschwinden, schauten sie uns empört an.

«Kann ich was für Sie tun, Sir?» fragte Holmes in höflichem Cockney-Slang.

«Sie könnten mir erklären, was diese außergewöhnliche Konversation bedeutet, die meine Frau und ich notgedrungen mit anhören mußten.» Der Gentleman sah wie ein Schulmeister aus, obwohl sich verdächtig viele rote Äderchen durch seine Nase zogen.

«Konversation? Oh, tut mir leid. Das klang ziemlich verrückt, was?» Holmes lachte. «Nur eine kleine Theaterprobe. Wir gehören zu einer Laienspielgruppe. Und jedesmal, wenn wir uns treffen, üben wir ein bißchen. Das war ein Stück von

Ibsen. Kennen Sie's?» Die beiden schüttelten ihre Köpfe, im selben Rhythmus, und wechselten einen Blick. «Ein großartiges Drama. Aber wenn man's aus dem Zusammenhang reißt, hört es sich vielleicht ein bißchen sonderbar an. Tut mir leid, wenn wir Sie gestört haben.»

Skeptisch starrten sie uns an, dann wandten sich die Hüte ab, und das Fenster wurde geschlossen. Holmes brach in lautloses, krampfhaftes Gelächter aus, und ich stimmte etwas widerstrebend ein. Ein paar Minuten später wischte er sich mit seinen schmutzigen Handschuhen übers Gesicht, versetzte den Braunen in etwas schnelleren Trab und schnitt ein ganz anderes Thema an.

«Also, Russell, dieser Gentleman und seine schöne Gemahlin wollen zur Gladstone Terrace, Nummer 17. Wären Sie so freundlich, Ihr Gedächtnis zu erforschen und mir mitzuteilen, wo das ist?»

An diese kleinen Prüfungen hatte ich mich längst gewöhnt, und so stellte ich mir die Umgebung bildlich vor. «Neun Straßen weiter, auf der linken Seite.»

«Zehn Straßen», korrigierte er mich. «Sie haben die Hallicombe Alley vergessen.»

«Tut mir leid. Das liegt außerhalb des Stadtplans, den ich mir eingeprägt habe. Wie ich zugeben muß, kenne ich einen Teil der Gegend, die wir gerade durchqueren, noch nicht.»

«Nun, das will ich hoffen», erwiderte er in strengem Ton. Manchmal kehrte er seine viktorianische Gesinnung und mein Geschlecht zum unpassenden Zeitpunkt hervor, womit er mich immer wieder überraschte.

In einer menschenleeren Seitenstraße zügelte er sein Pferd, und unsere Fahrgäste flohen in die Sicherheit ihres dunklen Hauses, ohne auf ihr Wechselgeld zu warten. Holmes rief der Tür, die bereits ins Schloß fiel, ein Dankeswort zu. Das Echo seiner Stimme hallte von feindseligen Ziegelmauern wider und verlor sich in der Nacht. «Springen Sie runter, und holen Sie die Decke, Russell.»

Als wir das zerlumpte Ding über unsere Knie gebreitet hatten, rüttelte er an den Zügeln, und das Pferd trottete zur Hauptstraße zurück. Auf der Rückkehr zum Stall nahmen wir eine andere Route, durch noch dunklere, schmutzigere Straßen. Jetzt fühlte ich mich wieder besser.

Obwohl mich der polternde Wagen unentwegt umherschleuderte, döste ich zufrieden vor mich hin, bis ich von meinem Gefährten aufgeschreckt wurde. «Nun, Russell, wollen Sie mir eine Frage stellen?»

Es ist schwierig, von einem Mann abzurücken, mit dem man unter einer Decke steckt, Schulter an Schulter. Aber ich schaffte es irgendwie.

«Kommen Sie schon, Russell! Sie treten doch so entschieden für die Gleichberechtigung der Frauen ein. Also sollten Sie Ihre Absichten auch in diesem kleinen Punkt verwirklichen.»

«Klein?» Wie er's zweifellos erwartet hatte, stürzte ich mich auf dieses Wort. «Erst legen Sie mir einen ungeheuerlichen Antrag in den Mund, dann würdigen Sie ihn herab. Ich weiß nicht, warum ich überhaupt ...» Abrupt verstummte ich.

«Warum Sie überhaupt daran gedacht haben?»

Ehe ich antworten konnte, schnellte ein Schatten aus einer finsteren Gasse. Sofort sprang Holmes auf und stieß mich fast vom Fahrersitz. Eine knurrende schwarze Gestalt fletschte weiße Zähne, schnappte nach den Pferdefüßen und huschte in den trüben Lichtschein unserer Lampe. Behende wickelte Holmes die Zügel um die linke Hand, riß sie nach hinten und zerrte mit der Rechten die lange Peitsche aus ihrer Halterung. Ein gezielter Schlag verwandelte das Knurren in schrilles Gekläff, schiere Gewalt bändigte das Pferd und verhinderte, daß es durchging, ließ ihm aber gerade genug Bewegungsfreiheit, damit es weitertrabte. Nervös warf das Tier seinen Kopf mit den Scheuklappen umher, straffte die Zügel, Schweiß glänzte auf dem kraftvollen, plumpen Hals. Aber es gehorchte dem Fahrer.

Immer noch auf den Beinen, die Zügel jetzt in beiden Händen, sprach er weiter, als wäre nichts geschehen. «Also, warum haben Sie dran gedacht?» Seine Stimme klang ruhig, wenn auch ein kaum merklicher scharfer Unterton darin mitschwang. «Gab ich Ihnen jemals Grund zu der Annahme, ich könnte einen solchen Vorschlag begrüßen? Ich bin neunundfünfzig Jahre alt, Russell, und längst an die Privatsphäre und Freiheit meines Junggesellenlebens gewöhnt. Glauben Sie, ich würde mich dem Diktat gesellschaftlicher Normen unterwerfen, nur um die Klatschmäuler zu stopfen, wenn wir beide gemeinsam auftreten? Oder bilden Sie sich vielleicht ein, die Wonnen des Ehebetts wären unwiderstehlich?»

Da verlor ich die Geduld. Ich ertrug es nicht, noch länger neben ihm zu sitzen und mir diese Tiraden anzuhören, die meinen Seelenfrieden und unsere Freundschaft bedrohten und mir – jawohl! – alle Hoffnungen raubten. Entschlossen warf ich die Decke auf Holmes, stemmte die Stiefel gegen das Dach des Hansom, streckte die Beine und schlug einen Salto nach hinten, über den Kutschbock hinweg – eine akrobatische Meisterleistung, die mir mißlungen wäre, hätte ich vorher darüber nachgedacht. Ich landete taumelnd auf dem unebenen Kopfsteinpflaster, ein heftiger Schmerz schoß durch meine kranke Schulter, aber die Flucht war geglückt.

Holmes schüttelte die Decke ab und versuchte, den Braunen zu zügeln. Doch das arme Pferd ließ sich nicht mehr peinigen. Erbost grub es die Zähne in die Gebißstange, setzte sich zur Wehr und trat nach allen Seiten. Ich duckte mich und schlich mit drei langen Schritten zum Rinnstein, zog eine leere Schnapsflasche aus dem nächtlichen Abfall und schleuderte sie vor die Pferdefüße. Das Tier bäumte sich auf, dann landete es, von einem faustgroßen Ziegelbrocken getroffen, wieder auf den Vorderhufen, und beim dritten Wurfgeschoß ging es endlich durch.

Als Holmes den Braunen unter Kontrolle gebracht hatte, war ich verschwunden, am Ende einer Sackgasse über eine Mauer geklettert, um zwei Ecken gebogen und in schwarzen Schatten untergetaucht. Er fand mich nicht.

2

Montag, 27. Dezember

Ein zornig Weib ist gleich getrübter Quelle,
Unrein und sumpfig, widrig, ohne Schönheit;
Und ist sie so, wird keiner, noch so durstig,
Sie würdgen, einen Tropfen draus zu schlürfen.

WILLIAM SHAKESPEARE (1554–1616)

Es spielte keine Rolle; das hatte ich schon bei meiner dramatischen Flucht gewußt. Für Holmes gehörten solche Streitigkeiten ganz einfach zum Leben. Eine Woche ohne vehemente, langwierige Wortgefechte erschien ihm sterbenslangweilig. Verglichen mit den wilden Kämpfen im Lauf unserer fünfjährigen Bekanntschaft, war das Zerwürfnis dieser Nacht ein harmloses Scharmützel.

Nein, Holmes hatte nur ein verfügbares, wenn auch schlecht gewähltes Ventil gebraucht, um irgendwelche Irritationen loszuwerden. Wenn ihm ein Fall gewisse Schwierigkeiten bereitete, zeigte er sich immer besonders reizbar. Oder wenn er über längere Zeit hinweg nicht herausgefordert wurde. Obwohl ich die näheren Umstände in dieser Nacht nicht kannte, hätte ich auf letzteres wetten können. Bei unserer nächsten Begegnung würde der Anschein entstehen, es wäre nie passiert. Und gewissermaßen war's ja auch nicht passiert.

Trotzdem hätte ich damals einen anderen Gefährten gebraucht – keinen Sparringspartner, sondern einen enthemmten Bohemien. Und so war ich dem heftigen Wortgefecht entflohen. Seltsam – normalerweise wußte ich Holmes' Kampfgeist zu schätzen. Aber nun schlich ich um ein Uhr nachts durch eine stockdunkle Straße in einem Londoner Stadtteil, den ich kaum kannte. Ich verbannte Holmes aus meinen Gedanken und beschloß mich zu amüsieren.

Zwanzig Minuten später stand ich reglos in einem Tor, während ein Constable mit seiner Taschenlampe in die Gasse leuchtete. Mit schweren Schritten stapfte er davon. Da wurde mir mein unangemessenes Verhalten bewußt. Mary Russell, die vor sechs Monaten ihr Studium an der respektabelsten Universität der Welt glanzvoll abgeschlossen hatte, in sieben – nein, sechs – Tagen ihre Volljährigkeit erlangen und ein Vermögen erben würde und die engste Vertraute, manchmal auch Partnerin des legendären Sherlock Holmes war (den sie in dieser Nacht sogar übertölpelt hatte), wanderte verstohlen über schmutziges Londoner Pflaster, als junger Mann verkleidet, unerkannt, unbekannt, unaufspürbar. Keine Menschenseele wußte, wo ich steckte. Wie leicht und frei ich mich fühlte – welch berauschende Macht meine Glieder durchströmte ... Lautlos lachte ich in der dunklen Stille.

Während der ganzen traumhaften Nacht schlenderte ich durch die Stadt, unbehelligt von den Bewohnern der Finsternis. Zweihundert Schritte von der Stelle entfernt, wo Mary Kelly unter Jack the Rippers Messer verblutet war, wurde ich überschwenglich von zwei anrüchigen Ladies begrüßt. In einem Hof nahe dem einstigen Ratcliff Highway wärmte ich meine Hände über der Asche einer Maronibrater-Tonne und verzehrte den mehligen Rest, den ich darin fand, wie einen seltenen epikureischen Leckerbissen. Ich folgte musikalischen Klängen und wurde in einen Club eingelassen, wo Männer mit verzweifelten Gesichtern und grellgeschminkte Frauen saßen, wo die Luft nach Zigaretten und Habgier roch. Als ich den Mitgliedsbeitrag gezahlt hatte, trank ich die Hälfte meines schalen Biers. Dann floh ich durch den Hinterausgang, um meine Lungen mit frischer Kälte zu füllen. Ich stieg über eine Gestalt hinweg (die noch atmete und eine Schnapsfahne verströmte). Behende wich ich mehreren Polizisten aus. Ich hörte den Lärm eines Katzenkampfs und wütender Trunkenbolde, das Geschrei eines hungrigen Babys. Aus einem Fenster über meinem Kopf drangen Flüsterstimmen, gefolgt von einem halberstickten Schrei. Zweimal versteckte ich mich vor einem zweirädrigen Pferdewagen. Beim zweitenmal unterhielt ich mich ausführlich und fachmännisch mit einem Straßenjungen, der unter einer Treppe kauerte, um seinem betrunkenen Vater zu entrinnen. Wir hockten auf dem feuchten Kopfsteinpflaster, im Schmutz, der sich vermutlich seit der Entstehung dieser Straße (nach der großen Feuersbrunst) angesammelt hatte, und diskutierten über ökonomische Probleme. Dabei gab er mir die Hälfte seines altbackenen Brötchens und zahlreiche Ratschläge. Zum Abschied schenkte ich ihm eine Fünfpfundnote, und er starrte mich ehrfürchtig an, wie eine göttliche Erscheinung.

Unruhig döste die Stadt, noch ein paar Stunden lang, fast schlaflos inmitten der friedlichen Winterlandschaft von Südengland. Am Himmel funkelten keine Sterne. Ich ging dahin, sog die Atmosphäre ein und gewann den Eindruck, ich wäre nie zuvor in London gewesen, hätte meine Mitmenschen nie zuvor gesehen, das Blut in meinen Adern nie zuvor gespürt.

Um fünf Uhr kündigte sich der Morgen an. Natürlich schimmerte kein Tageslicht. Im Juni würden die Vögel um diese Stunde bereits ihr erstes lautstarkes Konzert beenden und die Bauern längst auf den Feldern arbeiten. Hier zeigten sich die ersten Anzeichen des Tages, indem man an Haustore klopfte und Steinchen an die Fenster der Kunden warf, die keine Türklingeln besaßen. Wasser- und Milchkarren polterten übers Kopfsteinpflaster. Aus einer Bäckerei wehte intensiver Hefegeruch. Bald vibrierte die Luft von Stimmen und dem Geräusch rollender Räder. Lastwagen beförderten Lebensmittel und Arbeitskräfte in die Innenstadt, Männer trotteten vorbei, unter dem Gewicht der Halb-Scheffel-Körbe, die sie auf ihren Köpfen balancierten, zu Zwergen degradiert.

In Spitalfields verjagte mich der Fleischmarkt mit dem Geruch des fauligen Blutes, trieb mich in eine benachbarte Gegend, die der frühmorgendliche Handel nicht so stark beanspruchte. Aber auch hier tummelten sich Leute, anfangs lustlos, dann erhoben sie ihre Stimmen. London kehrte ins Leben zurück. Und ich – etwas benommen von den Aktivitäten der Nacht, etwas schwindlig und ohne eigene Willenskraft – ließ mich mitreißen von der Woge zielstrebiger Arbeiter, die in schweren Stiefeln, murrend und fluchend und spuckend ihrem Werktag entgegeneilten.

Irgendwann blieb ich wie Treibgut an einem Geländer hängen und spähte verständnislos durch ein Fenster in eine andere Welt, ein Quadrat voll hektischer Bewegungen, bedeutungsloser Formen und Farben, Flecken aus Fleisch und Khaki, schimmernder weißer Objekte mit gelbem und braunem Inhalt, der in roten Schlünden verschwand. Diese Szene unterschied sich eklatant vom düsteren, heimlichen London, aus dem ich aufgetaucht war. Verzerrt von der Glasscheibe des Fensters, in eine Tür eingelassen, wirkte das Getümmel irreal, wie ein impressionistisches, zum Leben erwachtes Gemälde. Die Tür schwang auf, aber kurioserweise verstärkte sich der Eindruck einer zweidimensionalen Illusion noch. Vor meinem Gesicht bildeten die dicke, duftende Luft und das unverständliche Stimmengewirr eine Wand. Eine volle Minute lang stand ich fasziniert da, gefesselt von dieser surrealen, hypnotischen Vision, bis mich eine Schulter anstieß und die Traumblase zerplatzte.

Es war eine Teestube, gefüllt mit Männern, die sich Schulter an Schulter drängten, heiser durcheinanderredeten, gesprungene weiße Tassen mit glühendheißem, dampfendem Tee in den dicken Händen hielten. Als mir der Geruch von gebratenem Speck und Toast und Kaffee entgegenschlug, bemerkte ich ein gewaltiges knurrendes Loch in meinem Magen. Ich bahnte mir einen Weg ins Gewühl, fühlte mich ungewohnt klein und unsicher und unwillkommen. Aber ich brauchte mir keine Sorgen zu machen. Hier versammelten sich nur Arbeiter, die einen langen Tag begannen, keine Betrunkenen auf der Suche nach Abwechslung.

Wenn meine schmalen Schultern, das glatte Gesicht, ganz zu schweigen von der Drahtbrille, von der ich den Dunst abwischte, allgemeines Grinsen und Ellbogengerangel hervorriefen, wurde ich doch in die Brüderschaft aufgenommen und sank auf einen Stuhl beim Fenster.

Die einzige Kellnerin – eine dünne Frau mit schlechten Zähnen, sechs Händen und dem Talent, acht Gespräche gleichzeitig zu führen, zwängte sich durch das Gedränge, knallte eine Tasse Tee auf meinen Tisch und nahm meine Bestellung (Eier und Chips und Bohnen auf Toast) entgegen – scheinbar, ohne zuzuhören. Noch bevor mein süßer, orangegelber Tee abgekühlt war, wurde mir ein voller Teller serviert, und ich begann mein Frühstück zu verschlingen.

Als die Kellnerin wieder neben meinem Ellbogen erschien, bestellte ich das gleiche noch einmal. Erst jetzt schaute sie mich richtig an, dann wandte sie sich zu meinen Nachbarn und witzelte, was ich wohl getan haben könne, um einen solchen Appetit zu entwickeln. Die Männer brachen in schallendes Gelächter aus, sahen die Röte auf meinen zarten Wangen und lachten noch lauter, bis sie ihre Hosen zurechtrückten und im Lärm scharrender Stuhlbeine das Etablissement verließen.

Nun konnte ich meinen Stuhl um ein oder zwei Zoll von der Wand wegrücken und verspeiste die zweite Portion ebenso genüßlich wie die erste, aber etwas langsamer. Liebevoll tunkte ich das letzte bißchen Eigelb mit dem allerletzten Toastkrümel auf, hob die vierte Tasse Tee an meine Lippen und schaute durchs Fenster – mitten in ein Gesicht, das ich kannte und das mich Sekunden später ebenfalls wiedererkannte.

Ich bedeutete ihr zu warten, quetschte mich zwischen muskulösen Schultern und breiten Rücken hindurch, steckte einen großen Geldschein in die Tasche der Kellnerin und stolperte auf die Straße hinaus.

«Mary?» fragte sie skeptisch. «Bist du's wirklich?»

Ausgerechnet Lady Veronica Beaconsfield, meine Zimmernachbarin in Oxford, die Greats ein Jahr vor mir gelesen hatte, nicht sonderlich attraktiv, aber schuldbewußt in schöne Dinge verliebt war und gewaltige Summen und Zeit in die Wohlfahrt investierte! Früher hatten wir uns nahegestanden, aber infolge gewisser Ereignisse waren ihre freundschaftlichen Gefühle abgeflaut. Zu meinem Bedauern hatten wir es nicht geschafft, unsere Beziehung vor dem Abschluß ihres Studiums wieder zu vertiefen. Vor sieben Monaten waren wir uns zuletzt begegnet, im September hatten wir Briefe gewechselt. Sie sah erschöpft aus. Sogar im trüben Morgenlicht entdeckte ich dunkle Schatten unter ihren Augen. Obwohl sie stets großen Wert auf ihre gepflegte äußere Erscheinung gelegt hatte, wirkte sie derangiert.

«Natürlich bin ich's, Ronnie», antwortete ich, «und es überrascht mich, in dieser Umgebung ein vertrautes Gesicht zu erblicken.»

Mit einer weit ausholenden Geste ohrfeigte ich beinahe einen riesigen Matrosen, der gerade aus dem Café kam. Empört starrte er mich an, und ich entschuldigte mich. Da zuckte er die massigen Schultern und ließ mich in Ruhe. Ronnie kicherte. «Also ziehst du dich immer noch wie ein Mann an. Ich dachte, das hätte nur am Übermut einer jungen Studentin gelegen.»

«‹Wenn wir unsere wehenden Bärte tragen, wer könnte uns für Frauen halten?›» zitierte ich. «Ein eindrucksvoller Präzedenzfall.»

«Ja, der liebe alte Aristophanes», stimmte sie zu. «Trotzdem – ist es nicht gefährlich, sich als Mann zu verkleiden? Ich dachte, dieser Kerl würde dich niederschlagen.»

«Bisher kam's nur ein einziges Mal vor, daß ich keine Zeit mehr fand, um mich aus einer Keilerei rauszulavieren.»

«Was ist passiert?»

«Oh, ich habe ihm nicht besonders weh getan.» Sie kicherte wieder. Offenbar glaubte sie, ich hätte gescherzt. «Während des Krieges geriet ich in eine viel schlimmere Situation», fuhr ich fort. «Eine energische alte Lady nannte mich einen Feigling. Weil ich so gesund aussah, mochte sie nicht glauben, daß ich mich für den Kriegsdienst gemeldet und für untauglich erklärt worden war. Sie verfolgte mich die ganze Straße entlang und hielt mir einen lautstarken Vortrag über das Vaterland und Lord Kitchener*.»

Nachdenklich musterte sie mich und schien zu überlegen, ob ich sie auf den Arm nahm. (Was ich nicht tat. Die alte Lady war ein gräßliches Ärgernis gewesen, wenn Holmes, mein Begleiter an jenem Tag, die Episode auch sehr amüsant gefunden hatte.) Dann schüttelte Ronnie den Kopf und lachte. «Freut mich, dich

* Horatio Herbert Kitchener, 1850–1916, Staatssekretär, der 1916 die allgemeine Wehrpflicht durchsetzte (A. d. Ü.)

wiederzusehen, Mary. Ich bin gerade auf dem Heimweg. Hast du was vor, oder möchtest du eine Tasse Kaffee bei mir trinken?»

«Nein, ich habe nichts vor. Ich bin so frei wie der sprichwörtliche Vogel, und ich würde sehr gern Kaffee mit dir trinken. Vielen Dank. Obwohl ich nach vier Tassen Tee fast platze ... Aber ich will mich mit dir unterhalten. Außerdem bin ich neugierig auf dein WC – ich meine, deine Wohnung.»

Da kicherte sie wieder. «Ein weiterer Nachteil dieser Verkleidung, was?»

«Einer der größten, um die Wahrheit zu gestehen», gab ich grinsend zu.

«Dann komm mit mir.»

Inzwischen war es beinahe hell geworden. Aber als wir vier Straßen weiter einen schmalen Hof mit fettigem Kopfsteinpflaster betraten, hüllte mich die Dunkelheit wieder ein. Veronicas Haus gehörte zu den zehn oder zwölf Gebäuden, die diesen Hof mit der tropfenden grünen Pumpe klaustrophobisch umringten. Dazwischen klaffte ein Loch wie eine Zahnlücke, da eines der Häuser während der Bombenangriffe zerstört worden war. Die Bombe hatte keinen Brand verursacht, sondern nur einen Einsturz, so daß die geblümte Tapete im Oberstock erst jetzt abblätterte. Zwanzig Fuß über dem Boden hing immer noch ein Bild an seinem Haken. Ich betrachtete die anderen Häuser und dachte: Wie viele Kinder hinter diesen kleinen Fenstern dahinvegetieren, Kinder mit Hautausschlägen, sogar im Winter barfuß, in winzigen Zimmern mit schwangeren, erschöpften, blutarmen Müttern und tuberkulösen Großmüttern und betrunkenen Vätern zusammengepfercht! Mühsam unterdrückte ich ein Frösteln. Die Wahl dieses Domizils war typisch für Veronica, eine klare Aussage, an ihre Familie und sich selbst und die Leute gerichtet, die sie zweifellos unterstützte. Aber mußte es eine so unverhohlene Aussage sein? Ich schaute zu den schmutzigen Fenstern hinauf, und da ging mir ein Gedanke durch den Sinn: «Ronnie, soll ich einen kleinen Teil dieses Kostüms ablegen, damit es nicht so aussieht, als würdest du einen Mann mit nach Hause nehmen?»

Sie drehte sich um, den Schlüssel in der Hand, ließ ihren Blick über meine Gestalt und die Häuser wandern. Dann kicherte sie zum drittenmal. Diesmal klang es spröde und bitter, was ich ihr nicht zugetraut hätte. «O nein, nur keine Bange, Mary. Hier kümmert man sich nicht um solche Dinge.» Sie sperrte ihre Tür auf, griff nach der Milchkanne und führte mich in einen sauberen, unpersönlichen Flur, vorbei an zwei Räumen mit langweiligen Sesseln, niedrigen Tischen und kahlen, getünchten Wänden, dann eine Treppenflucht hinauf, über die ein fadenscheiniger, farbloser Teppich gespannt war. Neben den Stufen erhob sich ein üppiger Weihnachtsbaum, beladen mit buntem Schmuck. Überall ragten grüne Tannen- und Stechpalmenzweige hervor. Aber in der tristen Atmosphäre wirkte die Dekoration nicht fröhlich, sondern billig und geschmacklos.

Im Oberstock öffnete meine Gastgeberin eine Tür, und wir betraten eine andere Welt.

Die Ronnie Beaconsfield, die ich gekannt hatte, verehrte die Schönheit und besaß die nötigen Mittel, um diesem Hobby zu frönen – nicht aus Habgier, sondern aus Liebe zur Vollkommenheit. Ihr Onkel war ein Herzog, ihr Großvater hatte Königin Victoria beraten. Außerdem zählten drei Anwälte und ein oberster Richter zur Familie. Ihr Vater nahm irgendeine hohe Position ein, die Mutter widmete sich den schönen Künsten. Und Veronica opferte viel Zeit und Geld, um sich von alldem zu distanzieren. Schon zu Beginn ihres Studiums in Oxford war sie die treibende Kraft hinter zahlreichen Projekten gewesen, vom Lese- und Schreibunterricht für Analphabetinnen bis hin zur Rettung mißhandelter Zuchtpferde.

Zu ihrem Kummer klein, stämmig und alles andere als hübsch, trug sie unweigerlich Frisuren, die ihrem Gesicht nicht schmeichelten. Dieser Stil hätte die breite Nase und die buschigen Augenbrauen noch betont, wäre der Betrachter nicht von ihren braunen Augen beeindruckt worden, die Güte und Humor ausstrahlten, wann immer sie lächelte. Dazu bildete die neue Bitterkeit einen krassen Gegensatz, und ich fragte mich, woher sie rühren mochte.

Der Oberstock paßte schon besser zu der Veronica, die ich kannte. Hier glänzten die Parkettböden, mit dicken echten Teppichen geschmückt. Auf seltsame Weise harmonierten Möbel und Kunstgegenstände – glatte, moderne deutsche Sessel, ein Louis-quatorze-Sofa auf einem chinesischen Seidenteppich, gestreifte ägyptische Stoffbahnen über einer viktorianischen Chaiselongue, eine kostbare Sammlung von Zeichnungen aus dem siebzehnten Jahrhundert an einer Wand, gegenüber einem kleinen abstrakten Paul Klee. Dies alles vereinte sich reibungslos und unauffällig, wie eine Gruppe unterschiedlich gesinnter Professoren beim Universitätsgottesdienst oder vielleicht eine Versammlung von Experten für gegensätzliche Fachgebiete, die sich auf einer erfolgreichen Party Geschichten erzählten. Für so etwas besaß Veronica ein besonderes Talent.

Da dieses Haus mit elektrischem Strom versorgt wurde, sah ich im hellen Licht ganz deutlich die Spuren einer bleiernen Müdigkeit im Gesicht meiner Freundin, während sie ihren Mantel und die Handschuhe auszog und den Hut ablegte. Die ganze Nacht war sie unterwegs gewesen – nicht um eine gesellschaftliche Veranstaltung zu besuchen, sondern um Gutes zu tun, wie ihre schlichte Kleidung verriet. Aber sie durfte offensichtlich keinen Erfolg verbuchen. Danach fragte ich sie, als ich das WC verlassen hatte (im Inneren des Hauses, obwohl ich im Hof Außentoiletten gesehen hatte).

«O ja», antwortete sie und stellte das Kaffeegeschirr bereit, «ich mußte mich um eine der Familien kümmern, die ich sozusagen adoptiert habe. Der dreizehnjährige Sohn wurde wegen Taschendiebstahls festgenommen. Unglücklicherweise beklaute er einen Polizisten, der gerade nicht im Dienst war.»

Ungläubig lachte ich. «Du meinst, er hat den Ordnungshüter nicht erkannt? Dann ist er sicher neu in der Branche.»

«Offensichtlich. Und leider nicht besonders klug.» Sie nahm

eine Tasse aus dem Regal, die ihren ungeschickten, erschlafften Fingern beinahe entglitt.

«Um Himmels willen, Ronnie, du bist ja völlig erledigt. Am besten verschwinde ich und lasse dich schlafen.»

«Nein!» Jetzt ließ sie die Porzellantasse fallen, die in tausend Scherben zersprang. «Oh, verdammt!» jammerte sie. «Du hast recht, ich bin müde, aber ich will mit dir reden. Da ist etwas ... O nein, es hat keinen Sinn. Ich kann nicht einmal darüber nachdenken.» Unbeholfen kniete sie nieder, sammelte die Splitter ein, schnitt sich in einen Finger und unterdrückte ein wütendes Schluchzen.

Irgend etwas bedrückte sie – und es konnte nicht nur mit der schlaflosen Nacht zusammenhängen, die ein unfähiger Taschendieb verursacht hatte. Allmählich ahnte ich, was sie von mir wollte, und beklagte insgeheim das Ende meiner Freiheit. Trotzdem beschloß ich, ihr zu helfen.

«Auch ich bin müde, Ronnie. Immerhin war ich zwölf Stunden lang auf den Beinen. Wenn dich meine unansehnliche Wenigkeit auf deinem edlen Sofa nicht stört, sollten wir jetzt schlafen und später reden.»

Die maßlose Erleichterung, die sich in ihrem Gesicht widerspiegelte, überraschte mich und verhieß nichts Gutes für meine unmittelbare Zukunft. Aber ich half ihr, die Scherben wegzuräumen, ignorierte ihren halbherzigen Protest und schickte sie ins Bett. Es war nicht nötig, die Chaiselongue zu entweihen, denn ich konnte ein Gästezimmer benutzen. In einer wundervollen großen Badewanne linderte ich die Schmerzen, die meine Schultern und Beine quälten. Dann zog ich ein geliehenes Nachthemd und einen Morgenmantel an und sank in ein breites Bett, wo ich sofort einschlief.

■

Um einen verrückten Tag zu vervollständigen, erwachte ich in der Abenddämmerung. Ich stand auf, verrenkte mir den Hals und betrachtete einen düsteren Regenhimmel zwischen den Dächern. In Ronnies etwas zu kurzem gesteppten Morgenmantel ging ich in die Küche hinunter.

Während das Wasser zu kochen begann, überlegte ich, ob ich das Frühstück oder den Nachmittagstee vorbereitete. Veronicas Vorstellung von einer gutbestückten Küche beschränkte sich auf Joghurt, harte Biskuits und Vitaminpillen (ein gesunder Geist in einem gesunden Körper). Aber als ich die Schränke durchstöberte, fand ich immerhin eine Schüssel mit Cornflakes, die wie Holzsplitter aussahen. In Milch eingeweicht, mit einem Klecks Himbeermarmelade, schmeckten sie erträglich. Außerdem stöberte ich Brot auf, das ich aufbacken konnte, und eine Scheibe Christstollen, mit Marzipan überzogen. Nach der Mahlzeit spülte ich das Geschirr und trat vor die Tür, um die Zeitung und die Post zu holen. Dann machte ich Feuer im Kamin des Wohnzimmers und informierte mich über die Probleme dieser Welt, während ich eine Kaffeetasse auf einem Knie balancierte und die hellen Flammen meine Füße wärmten.

Um halb sechs erschien Ronnie, das Haar zerzaust, gab unverständliche Laute von sich und verschwand in der Küche. Im Studentenwohnheim war sie berühmt gewesen, weil sie sich nur mühsam vom Nebel ihres Schlafes befreien konnte. Und so ließ ich sie erst einmal Kaffee trinken, bevor ich ihr folgte.

«Guten Morgen, Mary – oder eher guten Abend. Hast du was gegessen?»

Ich versicherte, ich sei satt, schenkte mir noch etwas Kaffee ein und setzte mich an den kleinen Küchentisch. Abwartend schaute ich sie an. Was würde sie mir erzählen? Es dauerte eine Weile. In der Nacht kommen gewisse Enthüllungen leichter über die Lippen als am frühen Abend. Jetzt hatte sich die Frau, die wegen einer kleinen Schnittwunde geweint hatte, wieder unter Kontrolle. Wir redeten endlos lange über ihre bedürftigen Familien und die schwierige Frage, wie sie ihnen helfen sollte, ohne sie in ihrem Stolz zu verletzen. Dann erkundigte sie sich nach meinen Interessen, und ich erwähnte meinen Essay über den rabbinischen Judaismus und die Ursprünge des Christentums, der veröffentlicht werden sollte. Und schließlich berichtete ich von meiner Arbeit in Oxford. Als ihre Augen glasig wurden, versuchte ich das Thema ihrer persönlichen Probleme anzuschneiden. Irgendwann aßen wir trockenen Käse aus Butterbrotpapier, kauten pflichtbewußt ein paar ungenießbare Biskuits, und nachdem Ronnie eine Flasche exzellenten Weißwein geöffnet hatte, verlor sie endlich ihre Hemmungen.

Da gab es einen Mann. Oder eher, es hatte einen Mann gegeben. Die übliche Geschichte in jenen Nachkriegsjahren – 1914 hatten sie sich kennengelernt, 1915 war er zur New Army gegangen und praktisch unausgebildet an die Westfront geschickt worden. Prompt traf ihn eine Kugel. Während seines achtwöchigen Genesungsurlaubs vertiefte sich die Freundschaft. Dann kehrte er in die Schützengräben zurück, zahlreiche Briefe folgten. 1917 erlitt er eine Gasvergiftung, kam wieder nach Hause und verlobte sich mit Ronnie. Doch er kehrte erneut an die Front zurück.

Im Januar 1919 wurde er endlich aus dem Kriegsdienst entlassen, ein körperliches Wrack, geistig und seelisch nur mehr ein schwacher Abglanz seiner einstigen Persönlichkeit. Er neigte zu düsteren Stimmungen; heftige Wutausbrüche, manische Fröhlichkeit und lähmende Trägheit wechselten einander ab. Manchmal schwieg er stundenlang, rauchte eine Zigarette nach der anderen und schien seine Mitmenschen nicht wahrzunehmen. So etwas nannte man Kriegsneurose, eine fast unvermeidliche Nachwirkung einer Reise in die Hölle. Fast jeder Mann, der in den Schützengräben gekauert hatte, mußte sich mit diesem Leiden herumschlagen. Manche verbargen es erfolgreich im Schatten der Nacht, andere stürzten sich in die Arbeit und senkten die Köpfe. Und viele junge Männer aus gehobenen Kreisen, die gebildete, gutsituierte künftige Führungselite der Nation, waren als Offiziere gefallen. Die Überlebenden benahmen sich albern, verantwortungslos und frivol, konnten keine ernsthaften Gedanken fassen und sich auf nichts konzentrieren. Und (darin lag das Problem dieses besonderen Falls) sie ließen sich nur noch mit Frauen ein, die ebenso flatterhaft waren wie sie selber. Jetzt trug Veronica keinen Verlobungsring mehr.

Ohne sie zu unterbrechen, hörte ich zu und beobachtete, wie ihr Blick über die Weingläser hinwegglitt, das Tischtuch, die Post, das dunkle spiegelnde Fenster. Überall schaute sie hin, nur nicht in mein Gesicht – bis sie endlich verstummte. Ich wartete noch eine Minute. Als sie nicht weitersprach und vor sich hin starrte, stieß ich sie behutsam an. «Um so etwas zu verkraften, braucht man viel Zeit. Viele junge Männer ...»

«O ja, ich weiß», fiel sie mir ins Wort, «so etwas ist weit verbreitet. Ich kenne mehrere Frauen, die das durchgemacht haben, und alle hoffen, das Problem würde sich von selber lösen. Und die meisten Männer kommen tatsächlich drüber hinweg. Aber nicht Miles. Er ist einfach – nicht mehr da, irgendwie verschwunden.»

Nachdenklich kaute ich an meiner Unterlippe und erinnerte mich an die ausdruckslosen Gesichter im Nachtclub. Verschwunden – eine passende Bezeichnung für den Großteil unserer Generation.

«Drogen?» fragte ich. Offenbar war das kein Schuß ins Blaue, denn jetzt schaute sie mich mit tränenfeuchten Augen an und nickte.

«Welche?»

«Alle möglichen. Im Lazarett bekam er Morphium und gewöhnte sich daran. Natürlich Kokain. Alle nehmen Kokain. Ständig geht er auf diese Parties – die dauern die ganze Nacht, am Wochenende sogar noch länger. Einmal nahm er mich zu so einer schicken Party mit, wo das ganze Haus wie eine Opiumhöhle hergerichtet war, sogar mit Pfeifen. Da ich den Geruch nicht ertrug, mußte ich sehr bald gehen. Er brachte mich nach Hause, dann kehrte er zu dieser Fete zurück. Später nahm er wahrscheinlich Heroin.»

Das überraschte mich ein wenig, denn Heroin war erst wenige Jahre vor meiner Geburt entwickelt worden und 1920 längst nicht so verbreitet wie Kokain oder Opium oder sogar sein Vorläufer, Morphium. Nach einem schlimmen Autounfall im Jahr 1914 hatte ich selber Erfahrungen mit der Droge gesammelt. Sie war mir im Krankenhaus in San Francisco verabreicht worden. Damals hatte man vermutet, sie würde eine geringere Suchtgefahr heraufbeschwören als Morphium. Das wurde nun bezweifelt. Jedenfalls war ein ständiger Gebrauch von Heroin sehr teuer.

«Hast du ihn oft begleitet? Ins selbe Haus?»

«Ich ging nur selten mit ihm, und immer in verschiedene Häuser. Doch da trafen wir meistens dieselben Leute. Schließlich ertrug ich's nicht mehr, ihn in diesem Zustand zu sehen, und das erklärte ich ihm. Er sagte – ganz schreckliche, gemeine Dinge zu mir und stürmte davon. Seither habe ich nichts mehr von ihm gehört. Das war vor fast zwei Monaten. Vor zehn Tagen sah ich ihn wieder, als er aus einem Club kam. An seinem Arm hing ein Mädchen, und die beiden lachten, wie alle Leute, wenn sie was genommen haben und die Welt wahnsinnig komisch finden. Er sah schrecklich aus, wie ein Skelett, und er hustete wieder – genau so wie damals, nach seiner Gasvergiftung. O Gott, es hörte sich furchtbar an. Sogar meine eigene Brust tat mir weh. Da ich mich regelmäßig mit seiner Schwester treffe, bin ich über seinen Zustand informiert. Seine Eltern besucht er nur, wenn er in finanzielle Schwierigkeiten gerät, bevor das nächste Taschengeld fällig ist.»

«Und sie geben ihm genug Geld?»

«Ja.» Veronica putzte sich die Nase, holte tief Atem und schaute mich an. Ich ahnte schon, was nun folgen würde.

«Kann man denn gar nichts tun, Mary?»

«Was sollte ich denn tun?» Ich versuchte nicht einmal, Verblüffung zu heucheln.

«Nun, du – stellst doch Nachforschungen an. Und ihr kennt Leute, du und Mr. Holmes. Irgendwas muß man doch unternehmen.»

«Es gibt verschiedene Möglichkeiten», erwiderte ich klipp und klar, «bis er den Entzug geschafft hat. Angesichts seines

Zustands würde man ihn allerdings in eine Klinik einliefern. Falls er keine Drogen verkauft – was unwahrscheinlich ist, weil ihn seine Eltern unterstützen –, würde man ihn schon nach wenigen Tagen entlassen, und er könnte zu seinem Dealer zurückkehren. Du hättest ihm schlimme Unannehmlichkeiten bereitet, ohne Erfolg. Oder du arrangierst eine Entführung, wenn du die hohen Kosten und das Risiko einer Gefängnisstrafe nicht scheust. Das würde sein körperliches Wohlbefinden für eine Weile garantieren. Aber irgendwann müßtest du ihn laufenlassen, und alles würde wieder von vorn anfangen.» Das klang brutal, aber es wäre noch grausamer gewesen, falsche Hoffnungen zu wecken. «Ronnie, du kennst das Problem, und du weißt, daß weder du noch ich oder der König was tun könnten. Wenn Miles diese Drogen nehmen will, tut er's. Heroin oder Morphium oder Alkohol. Wie du ganz richtig sagtest – er ist einfach nicht da. Und bis er selber beschließt, ins normale Leben zurückzukehren, bleibt dir auf Gottes grüner Erde nichts anderes übrig, als abzuwarten und ihm deine hilfreiche Hand anzubieten ...» Ich schenkte ihr ein wehmütiges Lächeln. «... und zu beten.»

Schluchzend brach sie zusammen, und ich streichelte ihr Haar. Es dauerte einige Zeit, bis der Gefühlsausbruch verebbte. Als sie das Gesicht hob, bedauerte ich Miles. Wie mußte ihm zumute sein, wenn er sich dieser jungen Frau gegenübersah – Veronica mit den geröteten kleinen Augen im runden, blassen, tränenfeuchten Gesicht, mit dem glanzlosen Haar und ihrem Faible für gute Werke? Auf einen Menschen, der vor Verantwortung und Pflichten zurückschreckte, mußte sie in ihrem derzeitigen Zustand häßlich und abstoßend wirken – wie die Verkörperung aller Dinge, an die ihn sein früheres Leben erinnerte, um ihn zu tadeln. Trotz meiner harten Worte versuchte ich sie zu trösten.

«Hör mal, Ronnie, ich werde sehen, was ich machen kann. Ich kenne jemanden bei Scotland Yard ...» Eine leichte Übertreibung. «Vielleicht gibt er dir einen Rat.»

«O Mary, du hast recht», seufzte sie und spielte mit ihrem

naßgeweinten Taschentuch. «Natürlich weiß ich, daß du recht hast. Aber ich fühle mich so elend und hoffnungslos, wenn ich mit ansehe, wie Miles sich selber zerstört. Früher war er – so ein wunderbarer Mann.» Stöhnend lehnte sie sich zurück, die Hände im Schoß. Wie bei einer Totenwache saßen wir zusammen.

Plötzlich warf sie einen Blick zur Wanduhr, und ihr Gesicht schien sich auf seltsame Weise zu beleben. «Hast du heute abend Zeit, Mary? Du könntest jemanden kennenlernen, der dich vielleicht interessiert.»

«Wie ich bereits sagte – ich bin frei wie ein Vogel. Eigentlich wollte ich für ein paar Tage nach Oxford fahren. Aber das hat Zeit.»

«Wunderbar! Sicher würdest du ihr gern zuhören. Nach der Versammlung mache ich dich mit ihr bekannt.»

«Versammlung?» wiederholte ich skeptisch, und sie lachte. Jetzt war ihr Kummer restlos verflogen.

«So nennt sie es. Irgendwie erinnert's mich an einen Gottesdienst, aber es macht viel mehr Spaß. Margery Childe hält Vorträge. Hast du schon von ihr gehört?»

«Ja, ich glaube schon.» Der Name rief ein sonderbares Unbehagen hervor, als hätte der Informant (ein Journalist? In einer Zeitung?) eine heftige Abneigung gegen diese Frau empfunden und sich in seinen Zynismus gerettet. Und ein Foto – ja, zweifellos in einer Zeitung, eine blonde Frau, die einem hochgewachsenen, mit Orden geschmückten Beamten die Hand schüttelte.

«Was für eine erstaunliche Person, sehr vernünftig und doch ...» Veronica lächelte ein wenig verlegen. «Irgendwie heilig. Wenn ich Zeit finde, gehe ich manchmal zu diesen Versammlungen. Dabei fühle ich mich immer sehr gut – erfrischt und stark. Und Margery ist so hilfsbereit», fügte sie überflüssigerweise hinzu.

«Ich würde dich gern begleiten, Ronnie. Aber ich habe nichts anzuziehen, nur diese Sachen.»

«Im Flur steht eine Truhe. Da findest du sicher was, wenn du nicht wählerisch bist.»

Und so stieg ich eine halbe Stunde später hinter Veronica Beaconsfield aus einem Taxi, mit diversen Kleidungsstücken behangen, die mir nicht paßten. Wir überquerten einen regennassen Gehsteig, erblickten ein Schild mit der Aufschrift «Neuer Tempel Gottes» und gerieten in Margery Childes bemerkenswerten Dunstkreis.

3

Montag, 27. Dezember

■

... lasset eure Weiber schweigen in der Gemeinde; denn es soll ihnen nicht zugelassen werden, daß sie reden, sondern sie sollen untertan sein, wie auch das Gesetz sagt ... Es steht den Weibern übel an, in der Gemeinde zu reden.

DER ERSTE BRIEF DES PAULUS
AN DIE KORINTHER, 14,34–35

Der Gottesdienst hatte schon begonnen, als wir ankamen und zwei Plätze im Hintergrund fanden. Zu meiner Verblüffung gewann ich den Eindruck, der Saal wäre mit eifrigen Opernbesuchern gefüllt und nicht mit Gläubigen. Der Raum mit den gestuften Sitzreihen glich weder einem Kirchenschiff noch einem Tempel. Von der Straße aus betrachtet, hatte das Gebäude nicht so groß gewirkt. Auf einem Bretterpodest stand eine kleine blonde Gestalt in einer langen, schlichten Robe aus schwerer pfirsichrosa Seide, die golden schimmerte, wenn sie sich bewegte. Nie zuvor hatte ich eine solche Predigt gehört. Die Frau sprach mit leiser, fast rauher Stimme, die aber in alle Winkel drang und die Illusion heraufbeschwor, man wäre allein mit einer Freundin und würde in ihre privaten Gedanken eingeweiht.

«Kurze Zeit später», sagte sie, «an einem schönen Sonntagmorgen, ging ich in die Kirche und hörte dem Priester zu, einem großen Mann mit donnerndem Bariton. Er erörterte eine Stelle aus dem ersten Brief des Paulus an die Korinther. ‹Lasset eure Weiber schweigen in der Gemeinde ...›» Nun hielt sie inne und lenkte alle erwartungsvollen Augen auf sich. Schelmisch zuckten ihre Lippen. «Wie Sie sich denken können, war ich keineswegs amüsiert.»

Anerkennendes Gelächter erklang, bekundete die Zustimmung ihres Publikums – oder ihrer Gemeinde? – und drückte eine Bewunderung aus, die an Anbetung grenzte. In diesem Beifall überwogen Sopranstimmen. Ich wandte meinen Blick von der lächelnden Frau auf dem Podium ab und musterte die Besucher.

In einer Versammlung von etwa dreihundertfünfzig Personen entdeckte ich nur zwei Dutzend Männer. Von den vier Gentlemen, die in meiner Nähe saßen, schienen sich drei gar nicht wohl zu fühlen – zwei lachten nervös, einer kritzelte hastig in sein Notizbuch. Nur einer schaute zufrieden drein. Aber wie ich bei einer genaueren Inspektion feststellte, war er vermutlich kein Mann.

Das Gelächter verebbte, und die Frau wartete geduldig, bis wieder Ruhe herrschte. Dann fuhr sie fort: «Ich war diesem großen Mann mit dem dröhnenden Organ trotzdem dankbar. Allerdings nicht sofort», fügte sie hinzu, lud uns zu einem Kichern über ihre jugendliche Leidenschaft ein, und einige taten ihr den Gefallen. «Aber als ich darüber nachdachte, war ich dankbar für die Anregung, denn ich fragte mich: Warum soll ich in der Kirche schweigen? Wäre es denn so schrecklich, mich – eine Frau – reden zu lassen? Fürchtet dieser Priester, was ich sagen könnte?» Sie machte eine Pause, zwei Sekunden lang. «Wovor hat er Angst?»

Tiefe Stille. Und dann sprach sie weiter. «Warum fürchtet er mich? Da bin ich, dachte ich, ohne Schuhe nur eins fünfzig groß, während er über eins achtzig mißt und mindestens doppelt soviel wiegt wie ich. Er besitzt einen akademischen Titel, und ich verließ die Schule mit fünfzehn; er ist ein erwachsener Mann mit Familie, bewohnt ein großes Haus, und ich bin noch nicht einmal zwanzig und lebe in einem Apartment ohne Warmwasseranschluß. Wie kann ihm vor mir bangen? Glaubt er, meine Worte würden ihn lächerlich machen? Oder – hat er Angst, ich würde seinen Gott lästern? Darüber dachte ich lange und gründlich nach. Und wissen Sie, welchen Schluß ich zog? Ich kam zu der Überzeugung, dieser große Mann mit der Donnerstimme und seinem großen Gott in der großen Kirche müßte sich vor mir, einem kleinen jungen Mädchen, fürchten.»

Ihr spöttisches Lächeln rief eine neue Lachsalve hervor. Mit einer knappen Geste bat sie um Ruhe und beugte sich vertraulich vor. «Und seine Angst war berechtigt.»

Nun wurde der Saal von wahren Lachstürmen erschüttert, und sie lachte mit, amüsierte sich köstlich über einen absurden Scherz, den sie mit guten Freunden teilte. Nach einer Weile wischte sie über ihre Augen, wobei das halbe Publikum diesem Beispiel folgte, schüttelte langsam den Kopf. Als das Gelächter verstummte, hob sie das Gesicht. Das humorvolle Funkeln in ihren Augen erlosch.

«Natürlich habe ich das nicht ganz ernst gemeint. Ich wollte zwar aufspringen und ihm unangenehme Fragen stellen und ihn zum Gespött machen – doch das tat ich nicht, weil ich seine Geisteshaltung einfach zu traurig fand. Da steht dieser Mann im Dienste Gottes, denkt über Gott nach, lebt mit Gott, Tag für Tag, und mißtraut Ihm trotzdem. Im Grunde seines Herzens zweifelt er daran, ob der Allmächtige diese oder jene Kritik, eine aufmüpfige Frau und ihre unbequemen Fragen ertragen würde. Er *weiß* nicht, daß sein Gott jeden umarmt und willkommen heißt. Große und Kleine, Gläubige und Suchende, Männer und Frauen.»

Nachdem sie zu einem Pult gegangen und einen Schluck Wasser genommen hatte, kehrte sie bis in die Mitte des Podiums zurück. «Wir finden in der biblischen Genesis zwei Möglichkeiten, die Erschaffung des Menschen zu betrachten. Im ersten Kapitel heißt es: ‹Und Gott sprach: Es werde Licht! Und es ward Licht›, weil die Macht des Wortes so groß war. Durch Sein Wort ‹ward› Licht und Finsternis, Sonne und Mond, Berge, Bäume und Tiere, sobald es über Gottes Lippen gekommen war. Im zweiten Kapitel sehen wir Gott in anderer Gestalt. Er formte den Menschen aus einem ‹Erdenkloß›.» Als ihre kindlichen Hände die Umrisse einer Figur in die Luft zeichneten und dann wegwischten, spiegelten ihre lackierten Fingernägel das Lampenlicht wider. «Derselbe Gott – aber man kann Seine Schöpfung aus zwei verschiedenen Perspektiven sehen. Glauben Sie, Er hätte bei einer dieser Methoden den Mann *besser* gemacht als die Frau? Dem ersten Bericht zufolge gewiß nicht. Er schuf den Mann *und* die Frau nach Seinem Ebenbild. Also ist die Menschheit, männlich und weiblich, das Ebenbild Gottes – nicht nur der Mann. Das steht ganz eindeutig in der Bibel.»

Unruhig begann das Publikum zu tuscheln, und die Frau

sprach etwas lauter. «Was sagt uns die Geschichte von Gott, dem Bildhauer? Sicher kennen Sie alle die Theorie», fügte sie mit einem honigsüßen Lächeln hinzu, «die Frau sei aus einer Rippe des Mannes geschaffen worden, damit sie neben ihm stehen könne, unter seinem schützenden Arm.» Angewidert verzog sie das Gesicht. «Was für ein sentimentaler, arroganter Unsinn!» Es war bewundernswert, wie sie ihre Stimme kontrollierte, denn diese klang normal, erhob sich aber bei den letzten Worten über das Gelächter der Zuhörerschaft und vereinzelte ärgerliche Zwischenrufe. «Wenn Sie logisch denken wollen, erzählen Sie mir nicht, die Frau sei Adam als Dienerin zugewiesen worden, als besserer Packesel, der die Fähigkeit besaß, ein Gespräch mit ihm zu führen. Lernen Sie lieber verstehen, was die Geschichte wirklich bedeutet. Gott erkannte die Unvollkommenheit Seiner Schöpfung, teilte die Menschheit in zwei Teile und erschuf Eva, gleichfalls Sein Ebenbild. Mit ihr wurde die menschliche Rasse vollkommen. Adam war der erste Mensch – und Eva die Krone der Schöpfung ...»

Jetzt mußte sie schreien. «Das fürchtete mein stimmgewaltiger Priester – man könnte ihm und seinen Kumpanen erklären, er habe kein Recht, mir in der Kirche den Mund zu verbieten, genauso wenig, wie es mir zusteht, der Sonne zu sagen, sie dürfe nicht mehr scheinen. Aber nun haben sich die Zeiten geändert, nicht wahr, meine Freunde?» Sekundenlang gingen ihre Worte in lautem Gebrüll unter. «... Sie alle verfügen über das gottgegebene Recht, Ihren Geist und Ihren Körper zu benutzen. Denn Sie sind Gottes Ebenbild, und ich liebe Sie. Am Donnerstag sehen wir uns wieder, meine Freunde.» Abrupt winkte sie uns zu und verschwand in einem goldrosa Wirbelwind.

Zahlreiche Stimmen schrien durcheinander. Lebhaft wurde argumentiert und gejubelt, ringsum herrschten Freude, Freundschaft und Verwirrung. Ronnie beugte sich zu mir und rief in mein Ohr: «Bald wird die ganze Bande verschwinden. Nebenan gibt es Tee und Biskuits. Wenn du ein paar Minuten warten willst, gehen wir nach unten und begrüßen Margery.»

Dagegen hatte ich nichts einzuwenden. Ich war fasziniert und beeindruckt, ziemlich angeekelt und vor allem neugierig. Eins mußte man dieser Frau immerhin zugestehen – sie konnte mit ihrem Publikum spielen, als wäre es ein präzise gestimmtes Instrument, und fast vierhundert Leute manipulieren wie ein erfahrener Politiker. Sogar mir, einer Gegnerin des Christentums und einer hartgesottenen Zynikerin, war es schwergefallen, ihr zu widerstehen. Sie vertrat einen feministischen Standpunkt, und sie hatte Humor, eine reizvolle, leider sehr seltene Kombination. So ernsthaft sie ihre Überzeugung auch verfocht, sie wahrte die nötige Distanz und besaß genug menschliche Züge, um über sich selbst zu lachen. Sie war wortgewandt, ohne bombastisch zu wirken. Offenbar hatte sie sich nach ihrem fünfzehnten Geburtstag aus eigenem Antrieb weitergebildet. Ihre Einstellung zur Bibel erschien mir erfrischend und sachlich, ihre Theologie – Wunder über Wunder – radikal, aber vernünftig.

O ja, diese Frau wollte ich kennenlernen.

Ich folgte Veronica zwischen schwatzenden, gestikulierenden Frauen und vereinzelten zornigen Männern zu einer unauffälligen Tür neben dem Podium. Dort hielt ein großer uniformierter Mann Wache, begrüßte Miss Beaconsfield namentlich, tippte an seine Mütze und unterzog mich einer eingehenden Musterung.

Hinter der Tür glich die Atmosphäre eher der Garderobenszenerie eines Theaters nach der Aufführung als einer Sakristei nach dem Gottesdienst. Affektierte junge Damen nannten einander «Darling», über die Köpfe von Putzfrauen hinweg, die Scheinwerfer und Reinigungsmittel umhertrugen. Mühsam bahnten wir uns einen Weg zum anderen Ende des Raumes, und während Veronicas Gesicht immer glücklicher strahlte, spürte ich das Ausmaß ihres Engagements für diese Organisation, die Autorität, die sie hier genoß. Niemand hielt uns auf, und meine Freundin wurde nur von neidischen Blicken verfolgt, die den Ausdruck unverhohlener Neugier annahmen, sobald sie auf die merkwürdig gekleidete Gestalt in Ronnies Schlepptau fielen.

Dann schloß sich eine Tür hinter uns, und die Kakophonie verstummte sofort, nachdem wir das rauhe Arbeitsklima der Garderobenregion verlassen hatten. Wir gingen einen Korridor entlang, der mich an ein erstklassiges Hotel erinnerte. In einer Nische prangte ein riesiges Blumenarrangement aus dramatischen orangeroten Lilien und weißen Rosen. Von letzteren brach Veronica zwei ab. Wortlos reichte sie mir eine der Blumen. Ein paar Schritte weiter klopfte sie an eine Tür, durch die gedämpftes Stimmengewirr drang, aber keine Antwort. Unsicher spielte sie mit ihrer Rose, warf mir einen verlegenen Blick zu und klopfte wieder – etwas lauter. Diesmal schwang die Tür auf. Eine stämmige, etwa fünfzigjährige Frau in grauer Dienstmädchentracht, mit gestärkter weißer Schürze und Häubchen, musterte uns mißtrauisch.

«*Bonjour*, Marie!» zirpte Veronica fröhlich, trat vor und erwartete, die Tür würde sich weiter öffnen, was auch tatsächlich geschah. Die Frau sah aus, als wollte sie mir die Tür vor der Nase zuschlagen. Aber das schien sie nicht zu wagen.

Margery Childe hielt hof. Zunächst glaubte ich, sie würde mit ihren Freundinnen Tee trinken. Doch dann beobachtete ich, wie sie zu ihren Füßen kauerten, den Mund aufrissen und den Segen eines Wortes ersehnten. Nein, es war gewiß kein Tee, der den Durst ihrer Seelen löschte. Bei unserer Ankunft hob sie lächelnd den Kopf und musterte mich ebenso gründlich wie der Wachtposten, aber sie brauchte nicht so lange dazu. Dann begrüßte sie Veronica mit echter Herzlichkeit. Ronnie verehrte ihr die Rose, legte sie in ihre Hand wie eine Opfergabe auf einen Altar, und die kleine blonde Frau roch daran, ehe sie das Geschenk zu anderen zarten Blüten legte, die sich auf einem niedrigen Tisch häuften.

«Wie froh ich bin, daß du gekommen bist, Veronica!» Jetzt klang ihre Stimme viel sanfter als zuvor. «Am Samstag haben wir dich vermißt.»

«Tut mir leid», beteuerte Ronnie eifrig, «und ich wollte auch kommen, aber eine meiner Familien ...»

«Natürlich, deine Familien. Erst heute morgen dachte ich über deine Schwierigkeiten mit diesem Mädchen nach. Wie heißt sie doch gleich? Emily, nicht wahr? Würdest du mich einmal besuchen und mir erzählen, wie's ihr geht?»

«Gewiß, Margery. Jederzeit.»

«Frag doch Marie, wann ich in den nächsten zwei Tagen einen Termin frei habe. Das weiß sie besser als ich. Wie ich sehe, hast du eine Freundin mitgebracht.»

Veronica trat beiseite und bedeutete mir vorzutreten. «Darf ich dir Mary Russell vorstellen – eine Studienkollegin aus Oxford.»

Nun betrachtete mich Margery noch eindringlicher, mit sonderbaren dunkelblauen Augen, die fast violett schimmerten, sanft und magnetisch – das einzig wahrhaft schöne Element in ihrem Gesicht. Ihr fehlten die modischen hohen Wangenknochen. Unter dem professionellen Make-up wirkte die leichtgebräunte Haut rauh und unrein. Die Zähne standen nicht vor, erschienen mir aber etwas zu groß. Offensichtlich war ein Nasenbeinbruch von einem schlechten Arzt behandelt worden. Doch diese Mängel steigerten Margerys Anziehungskraft, verliehen ihr eine interessante, vitale Aura, im Gegensatz zu so manchen perfekten, aber langweiligen Schönheiten. Ein solches Gesicht konnte man gespannt beobachten, nicht nur anbeten. Sie war gelassen und selbstsicher, mit einer Autorität begabt, die weit über ihre Jahre hinausging – eine bezwingende Persönlichkeit, wie ich zugeben mußte. Nun erwartete die Schar ihrer Anhängerinnen, ich würde ihr die Rose zu Füßen legen, meine Huldigung darbringen und das höfische Ritual nicht länger stören.

Ohne Margery aus den Augen zu lassen, hielt ich die Blume hoch und steckte sie in eins meiner Knopflöcher. Dann streckte ich meine Hand aus.

«Wie geht's Ihnen?» fragte ich, wobei ich höflich und unverbindlich lächelte.

Bevor sie sich aufrichtete, zögerte sie kurz. Ihre Augen funkelten, während sie sich vorneigte, und ihre kräftigen, sorgsam manikürten Finger hielten meine Hand etwas länger fest als nötig. Belustigt lehnte sie sich zurück. «Willkommen, Mary Russell. Danke für Ihren Besuch.»

«Oh, schon gut.»

«Hoffentlich hat Ihnen der Gottesdienst gefallen.»

«Oh, es war interessant.»

«Bitte, schenken Sie sich doch Tee ein, oder nehmen Sie einen Drink, wenn Sie möchten.»

«Ja, danke», antwortete ich und rührte mich nicht.

«Ich glaube, wir werden Sie jetzt öfter sehen», sagte sie unvermittelt, und es klang wie eine Prophezeiung.

«So, meinen Sie?» Ich stimmte ihr nicht zu, aber ich widersprach auch nicht. Eine Zeitlang hielten sich unsere Blicke fest. Plötzlich bildeten sich Fältchen um ihre Augen. Ansonsten verzog sie keine Miene.

«Vielleicht bleiben Sie noch ein bißchen hier, wenn meine Freundinnen gegangen sind? Ich würde gern mit Ihnen reden.»

Schweigend nickte ich und setzte mich in eine Ecke. Das kleine Scharmützel hatte mich amüsiert, und ich hoffte, unser Gespräch würde mir ebensoviel Spaß machen wie meine verbalen Gefechte mit Holmes.

In der nächsten Stunde wäre ich vor Langeweile fast gestorben, hätte ich nicht die faszinierenden Unterströmungen und Zwischenspiele beobachtet. Margery manipulierte diese kleine Schar ihrer Anbeterinnen ebenso mühelos wie das Publikum im Saal, verfolgte aber einen anderen Zweck. Zuvor war sie bestrebt gewesen, die Leute aufzurütteln und zu animieren, neue Gedanken zu provozieren. Jetzt fungierte sie als spirituelle Beraterin und weiblicher Beichtvater. Indem sie diesen intimen Kreis gründete, schlang sie ein festes Band um die glückselige Schar, deren Mittelpunkt sie bildete.

Vierzehn Frauen (mich selbst nicht mitgerechnet), alle jung (die älteste mochte fünfunddreißig sein), alle einigermaßen attraktiv, alle offensichtlich reich, intelligent und wohlerzogen – und alle mit jenem diskreten, aber unverkennbaren Flair behaftet, das bezeugte, daß sie während des Krieges nicht untätig gewesen waren ... Wie ich später herausfand, hatten nur zwei keine mühsamere Arbeit geleistet, als Pullover für die Soldaten zu stricken. Und eine dieser beiden mußte kranke Eltern pflegen. Neun waren Krankenschwestern beim Freiwilligen Hilfsdienst, drei von 1915 bis zum Kriegsende. In Frankreich, Südengland und am Mittelmeer betreuten sie sterbende junge Männer, einen Konvoi nach dem anderen, an Sechzehn-Stunden-Tagen voller entzündeter Wunden und eitriger Verbände – eine Bluttaufe für junge Damen aus gutem Haus. Viele verbrachten mehrere Monate auf dem Land. Statt auf schönen Jagdpferden über Hecken zu springen, zerrten sie am Zaumzeug behäbiger Ackergäule. Und statt einen kunstvollen Fidibus fürs Kaminfeuer zu falten, pflanzten sie Kartoffeln. Im Schlamm von Ypres und Passchendale verloren sie ihre Brüder und Verlobten, sahen Jugendfreunde heimkehren, die einen Arm oder ein Bein verloren hatten, verkrüppelt oder blind oder umnachtet. Gemeinsam mit ihren Liebsten erstrebten sie den Ruhm eines gerechten Krieges, von Stolz erfüllt, nach bestem Wissen und Gewissen dienten sie dem Vaterland, das sie brauchte. Aber mit der Zeit verblaßten ihre Ideale. Und am Ende hatten sie sich nur noch abgerackert, müde und entmutigt, ohne nachzudenken. Vierzehn blaublütige, starke, tüchtige Frauen von der Sorte, neben der ich mich unweigerlich linkisch und tölpelhaft fühlte – diese Frauen legten Margery Childe ihre angeborene Autorität, das Selbstvertrauen ihrer Gesellschaftsklasse und die hartverdiente, in schweren Kriegsjahren erworbene Reife ebenso zu Füßen wie die Blumen.

Der Reihe nach stellte sie ihnen Fragen, hörte aufmerksam zu, entlockte jeder besondere Geständnisse und sprach ihr Urteil aus – erlaubte sich nur Vorschläge, aber mit deutlichem Hinweis auf die göttliche Macht, die hinter ihr stand. Und jede nahm dankbar die Worte entgegen, die ihr persönlich galten, klammerte sich daran mit dem Hunger eines Kindes, das in einer langen Schlange vor der Nahrungsmittelausgabe stand. Als Margery sich erhob, um das Ende des Abends anzuzeigen, gingen sie alle mit gesenkten Köpfen davon, um im stillen Kämmerlein nachzudenken. Schließlich blieben nur noch Veronica und ich zurück. Immer noch in meinem Sessel zusammengesunken, schaute ich zu. Meine Freundin fragte mich: «Kommst du später wieder zu mir, Mary? Du könntest dir ein Taxi nehmen.»

Offensichtlich hatte ihr der Abend gutgetan, das mußte ich Margery lassen. Nun wirkte Ronnie wieder ruhig und selbstsicher. Aber auch sie erweckte den Eindruck, als würde sie sich am liebsten in einer Ecke verkriechen, allein mit ihren Gedanken.

«Nein, Ronnie, wenn's dir recht ist, gehe ich später in meinen Club. Dort verwahre ich ein paar Kleider. Und ich kann mir jederzeit ein Zimmer nehmen. Morgen schicke ich dir die Sachen, die du mir geliehen hast – oder wollen wir uns zum Lunch treffen?» Es belustigte mich, die Frau zu ignorieren, die im Hintergrund stand – so wie ich's genossen hatte, ihr bei unserem kurzen Gespräch das letzte Wort zu verweigern. Obwohl ich nur Veronica anschaute, spürte ich Margerys Nähe, ihr Amüsement angesichts der Spannungen, die ich erzeugte.

«O ja!» rief Ronnie begeistert. «Wo?»

«Im British Museum, bei den Elgin Marbles*», entschied ich. «Zu Mittag. Von dort können wir zum Tonio's gehen. Bist du einverstanden?»

«Wundervoll! Ich war schon seit einer Ewigkeit nicht mehr im British Museum.» Voller Ehrfurcht verabschiedete sie sich von Margery und eilte hinaus.

* Marmorbildwerke, von Lord Thomas Elgin 1814 aus Griechenland nach England gebracht (A. d. Ü.)

4

Montag, 27. Dezember

Das ganze weibliche Geschlecht
ist begriffsstutzig.

KYRILL VON ALEXANDRIA (376–444)

Die Tür schloß sich hinter Veronica. Im Korridor verhallte ihre Stimme, die Marie ein Grußwort zurief. Ich saß da und ließ mich mustern, von einem gründlichen, leidenschaftslosen Blick. Als die blonde Frau sich schließlich abwandte und ihre Schuhe unter einen niedrigen Tisch schob, atmete ich aus. Ich wußte gar nicht, daß ich die Luft angehalten hatte, und war Holmes dankbar für seine Lektionen. Unerbittlich hatte er mir zugesetzt und mich kritisiert, bis ich die Kunst erlernt hatte, einer Inspektion standzuhalten, ohne mit der Wimper zu zucken. Zumindest konnte man mir meine Nervosität nicht anmerken.

Lautlos schwebte sie über den dicken Teppich, zu einem Chaos aus Flaschen und Gläsern, goß Gin und einen großzügigen Schuß Tonic auf die Eiswürfel. Dann wandte sie sich mir zu, hob die Brauen, akzeptierte kommentarlos meine Ablehnung und ging zu einer Schublade. Sie nahm ein Zigarettenetui und eine passende emaillierte Streichholzschachtel heraus, holte einen Aschenbecher und kehrte zu ihrem Sessel zurück. Dabei bewegte sie sich mit unbewußter, katzenhafter Grazie – eher wie eine kleine getigerte Hauskatze, nicht wie ein edles, exotisches Tier. Schließlich setzte sie sich auf die angezogenen Beine, zündete eine Zigarette an, warf das verbrauchte Streichholz in den Aschenbecher, der auf der Armstütze ihres Sessels balancierte, und füllte ihre Lungen, bevor sie Rauchwolken aus Mund und Nase blies. Den ersten Schluck aus ihrem Glas genoß sie gleichermaßen. Minutenlang schloß sie die Augen. Als sie die Lider hob, war ihre magische Anziehungskraft verflogen, und ich sah nur noch eine kleine, müde, etwas derangierte Frau in einem teuren Kleid, in den Händen einen dringend benötigten Drink und eine Zigarette. Zunächst hatte ich sie für jünger gehalten – jetzt schätzte ich sie auf vierzig, und ich überlegte, ob ich gehen sollte.

Sie schaute mich wieder an, nicht forschend wie zuvor – eher etwas verstört, so wie man ein unerwartetes, möglicherweise problematisches Geschenk betrachtet. Dann begann sie zu sprechen, mit ganz normaler Stimme, weder beschwörend noch manipulatorisch. Vielleicht hatte sie beschlossen, mir ihre Macht zu ersparen. War das eine besondere Strategie? Gab sie sich offen und ehrlich, wenn sie mit jemandem konfrontiert wurde, an dem ihre übliche Technik abprallte? Oder wollte sie das Täuschungsmanöver aus unerfindlichen Gründen beenden? Im allgemeinen kann ich die Menschen ganz gut durchschauen. Margery erschien mir vorsichtig. Versteckte sie sich hinter der Wahrheit? Gespannt erwiderte ich ihren Blick.

Die ersten Worte entsprachen ihrer Haltung. Vielleicht war unverblümte Ehrlichkeit ihre natürliche Reaktion auf das Problem, das ich verkörperte, eine bedachtsam gewählte Taktik. «Warum sind Sie hier, Mary Russell?»

«Nun, Veronica hat mich eingeladen. Wenn Sie wollen, gehe ich.»

Ungeduldig schüttelte sie den Kopf. «Wie ich inzwischen herausgefunden habe, kommen die Leute aus einem ganz bestimmten Grund zu mir», sagte sie und schien mit sich selbst zu reden. «Weil sie sich in einer Notlage befinden oder mir etwas geben wollen. Und manche versuchen mir weh zu tun ... Warum sind Sie hier?»

«Weil meine Freundin mich braucht», gab ich zu, und das wurde akzeptiert.

«Ach ja, Veronica ... Wie haben Sie das Mädchen kennengelernt?»

«Ein Jahr lang waren wir Zimmernachbarinnen in Oxford.» Die phantasievollen Streiche, die wir gemeinsam verübt hatten, wollte ich nicht erwähnen. Statt dessen schilderte ich seriösere Aktivitäten. «Veronica inszenierte eine Aufführung der ‹Widerspenstigen Zähmung› für verwundete Soldaten, die in den Universitätsgebäuden einquartiert wurden. Außerdem mietete sie einen Raum für mehrere Vorträge und Debatten über das Wahlrecht ...» Natürlich mußte ich nicht eigens betonen, um welches Wahlrecht es gegangen war. «Und irgendwie zog sie mich in das alles hinein. Sie besitzt das besondere Talent, andere Leute einzuspannen. Aber das haben Sie zweifellos schon bemerkt. Ronnies Enthusiasmus wirkt ansteckend – vielleicht, weil man die Herzensgüte merkt, die dahintersteckt. Es gelang ihr sogar, mein Interesse für eine dieser Debatten zu wecken, und wir wurden Freundinnen. Warum, weiß ich nicht so genau ...» Erstaunt verstummte ich. Wie wortreich ich mich ausdrückte – und wieviel ich dieser Fremden verriet!

«Das will ich Ihnen erklären – Gegensätze ziehen sich an. Veronica ist viel zu gut und großzügig, was man von Ihnen wohl kaum behaupten kann. Härte und Sanftmut, Macht und Liebe – solche Kontraste streben zueinander, nicht wahr?»

Obwohl sie im lässigen Konversationston sprach und gleichmütig an ihrem Drink nippte, bewog mich die niederschmetternde Schlichtheit ihrer Behauptung, Verteidigungsbastionen zu errichten. Doch sie wollte mich gar nicht attackieren, denn sie fügte hinzu: «Darauf beruht der Zyklus unserer abendlichen Sondergottesdienste.» Eine Zeitlang dachte sie nach. «Und natürlich auch die tägliche Arbeit.»

«Ein Zyklus?» fragte ich vorsichtig.

«Ah, Veronica hat Ihnen wohl nicht allzuviel von uns erzählt.»

«Zumindest nichts, was einen Sinn ergeben hätte. Soviel ich mich erinnere, sprach sie nur von Liebe und Frauenrechten.»

Margery brach in melodisches Gelächter aus. «Oh, die liebe Veronica ist ja so leicht zu begeistern. Mal sehen, ob ich die Lükken füllen kann.» Sie hielt inne, um ihre Zigarette auszudrükken, entzündete sofort eine neue und blinzelte mich durch die Rauchwolken an. «Gewissermaßen sind die Sondergottesdienste am Abend unsere öffentlichen Veranstaltungen. Viele Mitglieder kamen aus Neugier zu uns und blieben. Montags diskutieren wir über allgemeine Themen. Manchmal lese ich aus der Bibel vor, und wir beten – jeder still für sich oder gemeinsam.

Falls in der Zeitung ein spezielles politisches Problem erörtert wird, diskutieren wir darüber. Am Montag lasse ich mich stets vom Heiligen Geist leiten, inmitten einer kleinen manierlichen Gruppe von Freunden, so wie heute abend. Ganz im Gegensatz zum Donnerstag ...» Plötzlich runzelte sie die Stirn, und welche Gedanken ihr auch immer durch den Sinn gingen – sie verdunkelten ihre Augen, zauberten ein sanftes Lächeln auf die vollen Lippen, und für ein paar Sekunden kehrte die magnetische Schönheit zurück, die ich im Saal gesehen hatte. Dann schnippte sie die Asche von ihrer Zigarette und schaute mich wieder an. «Am Donnerstag spreche ich über die Liebe. Ein sehr populärer Abend ... Sogar die Männer sind zahlreich vertreten. Und samstags befassen wir uns mit dem anderen Ende des Spektrums, mit der Macht. Hin und wieder verwandeln sich die Versammlungen am Samstag in politische Debatten. Und viele Hitzköpfe lassen ihren Gefühlen freien Lauf. Am Samstag kommen nicht viele Männer zu uns, und wenn doch, wollen sie streiten. Bei diesen Diskussionen herrscht helle Aufregung.» Sie grinste.

«Das kann ich mir vorstellen», erwiderte ich und erinnerte mich an das Geschrei des «stillen Abends», den ich miterlebt hatte. «Beschäftigen Sie sich auch mit anderen Dingen?»

«Ach, du lieber Himmel, die abendlichen Gottesdienste bilden nur die Spitze eines Eisbergs. Um es schlicht und einfach auszudrücken – wir interessieren uns für alles, was das Leben der Frauen betrifft. Ja, ich weiß, wie das klingt», fügte sie lachend hinzu, «aber man muß sich ein hohes Ziel setzen. Im Augenblick konzentrieren wir uns auf vier Themen – Bildung, Gesundheit, Sicherheit und politische Reformen. Für das Bildungsprogramm ist Veronica verantwortlich – und sie leistet hervorragende Arbeit. Zur Zeit betreut sie etwa achtzig Männer und Frauen, die lesen und schreiben lernen.»

«Unterrichtet sie alle selbst?» Kein Wunder, daß meine Freundin erschöpft war ...

«O nein. Alle Tempelmitglieder stellen sich jede Woche für

dieses oder jenes Projekt zur Verfügung, und Veronica organisiert die diversen Aktivitäten. Aber sie unterrichtet sehr oft. Genauso verfahren wir auf den anderen Gebieten. Zum Beispiel stehen uns für das Gesundheitsprogramm eine Ärztin und mehrere Schwestern zur Verfügung, die ihre Freizeit opfern. Doch es ist noch wichtiger, in unserer Gemeinde die Frauen zu finden, die Hilfe brauchen, und mit der richtigen Person zusammenzubringen. Eine Frau mit ständig wiederkehrenden Lungeninfektionen muß ärztlich versorgt werden. Ein Gebäudespezialist überprüft das Haus, in dem sie wohnt, und stellt fest, ob die Ventilation repariert werden sollte. Wenn eine Frau unter Kopfschmerzen leidet, weil sie schlecht sieht, bekommt sie eine Brille, und wir bemühen uns um bessere Lichtverhältnisse an ihrem Arbeitsplatz – vielleicht um Gaslampen oder sogar elektrischen Strom. Eine übermüdete, nervenschwache Mutter von elf Kindern wird über Geburtenkontrolle und gesunde Ernährung informiert.»

«Hatten Sie wegen der Geburtenkontrolle keinen Ärger mit den Behörden?»

«Ein- oder zweimal. Deshalb verbrachte eins unserer Mitglieder ein Wochenende hinter Gittern. Und seither unterweisen wir die Frauen mündlich, statt ihnen Broschüren zu geben. So ist es nun mal, auch wenn es lächerlich klingt. Aber mit der Zeit vereinfachen sich die Probleme. Wie ich höre, will Dr. Stopes – Sie kennen sie doch, die Frau, die ein Buch über eheliche Liebe geschrieben hat? – eine Klinik in London eröffnen, die sich auf Methoden der Geburtenkontrolle spezialisiert. Noch in diesem Frühjahr soll das Haus eröffnet werden. Übrigens wird sie nächsten Monat einen Vortrag in unserem Tempel halten, falls Sie interessiert sind.»

Statt zu antworten, räusperte ich mich unverbindlich. Nur zu gut konnte ich mir Holmes' Reaktion ausmalen. «Und die Sicherheit?»

«Ursprünglich gehörte dieses Thema zum Gesundheitsprogramm, aber inzwischen hat es sich verselbständigt und bereitet uns einiges Kopfzerbrechen. Wir betreiben eine Zufluchtsstätte für Frauen und ihre Kinder, die kein Dach über dem Kopf haben oder vom Vater bedroht werden. Leider wird verzweifelten Frauen, die sich nicht an Verwandte oder Freunde wenden können, kaum geholfen. In den Augen des Gesetzes stellen gewalttätige Ehemänner keine Gefahr dar.» Margerys Stimme klang kontrolliert, aber ihre Augen verdunkelten sich vor Zorn, und ich dachte an ihren Nasenbeinbruch. «Vor zwei Jahren vererbte uns ein Mitglied zwei große, aneinandergrenzende Häuser, gleich neben dem Tempel. Dort eröffneten wir die Zufluchtsstätte und ließen verlauten, alle Frauen, die ein warmes, trockenes, sicheres Quartier benötigen, seien mit ihren Kindern willkommen.»

«Da haben Sie sicher Schwierigkeiten. Diese Häuser müssen doch völlig überlaufen sein.»

«Natürlich können die Frauen nicht für immer bei uns bleiben. Wir helfen ihnen, Arbeitsplätze und Betreuerinnen für die Kleinkinder zu finden. Und wir reden den Ehemännern ins Gewissen. Nein, unsere Zufluchtsstätte ist keine Dauerlösung. Dafür gibt's immer noch das Armenhaus», fügte sie ironisch hinzu, und ihre gerunzelte Stirn verriet, was sie von dieser Institution hielt.

«Also kümmern Sie sich nur um Frauen?»

«Ja, ausschließlich. Gelegentlich kommen Männer zu uns, weil sie glauben, wir hätten eine Essensausgabe für Obdachlose. Die kriegen eine Mahlzeit. Und dann schicken wir sie weg. Männer haben andere Möglichkeiten. Doch die Frauen brauchen die Hilfe ihrer Schwestern. Und was ich am erfreulichsten finde – da treffen sich Frauen aus verschiedenen Gesellschaftsschichten und erkennen, wieviel uns alle verbindet, trotz der gewaltigen Unterschiede. Wir stehen am Beginn einer Revolution, die das Leben der Frauen in dieser Gesellschaft verändern wird. Und wir wollen erreichen, daß die Veränderungen allen Frauen nützen, den reichen ebenso wie den armen.»

«Die meisten Frauen, die ich heute abend hier sah, sind wohl kaum bedürftig», wandte ich ein.

Doch sie ließ sich nicht herausfordern und lächelte sanft.

«Meine Mission erfüllt einen doppelten Zweck. Einerseits brauchen meine armen Schwestern sofortige, deutlich erkennbare Hilfe – Brillen, Medikamente gegen Tuberkulose, warme Kleidung für die Kinder. Und andererseits sorge ich für die Frauen, die Sie heute abend beim Gottesdienst und hier im sogenannten Inneren Kreis getroffen haben. Junge Frauen von Ihrer Sorte, die während des Krieges heranwuchsen und einer Arbeit nachgingen, die vor zehn Jahren noch undenkbar gewesen wäre. Außerdem kümmere ich mich um ältere Frauen, die das Land vor fünf Jahren mehr oder weniger organisierten. Jetzt gelten sie als habgierige alte Vetteln, die den Männern die Jobs wegnehmen. Und ich sehe meine Aufgabe darin, beide Probleme zu verbinden.» Sie schlang zwar nicht die Hände ineinander, aber ihre Worte klangen einstudiert. Vermutlich wurden sie normalerweise von theatralischen Gesten begleitet.

«Oh, die armen, reichen kleinen Mädchen», murmelte ich.

«Auch *ihre* Bedürfnisse sind real», entgegnete sie in scharfem Ton. «Nach geistiger Nahrung kann man ebenso qualvoll hungern wie nach körperlicher. Manchen Frauen erscheint dieser geistige Hunger sogar noch schlimmer, weil man keine eindeutigen Ursachen erkennt und die Schuld nur sich selber zuweisen kann. Eine leere Speisekammer ist eine unausweichliche Tatsache, ein leeres Herz muß mit dem Leben zusammenhängen, das man führt.»

«Also suchen diese Frauen einen Lebensinhalt.» Das Klischee ärgerte mich, besonders an diesem Abend, wo ich den Gestank der erbärmlichsten Londoner Viertel immer noch in der Nase spürte. Plötzlich wollte ich Margery zu spontanen Gefühlsäußerungen zwingen, selbst wenn ich meine eigene Meinung ignorieren und den Advokaten des Teufels spielen mußte. «Zweifellos würden Ihnen in dieser Gemeinde nur wenige Frauen zustimmen. Die meisten wären glücklich, wenn sie ihre leeren Speisekammern gegen eine gute Ausbildung, Komfort und vornehmen Müßiggang eintauschen könnten. Immerhin leben wir nicht mehr im Jahr 1840, nicht einmal 1903. Bald beginnt das

Jahr 1921, und niemand, den ich kenne, wird heutzutage in Fischbeinkorsetts und Reifröcke gezwängt. Wahrscheinlich kann die Hälfte der Frauen, die heute abend hier waren, sogar wählen.»

«Das Wahlrecht war doch nur ein Beschwichtigungsmittel», fauchte sie. «Wenn man einzelne Sklaven nach lebenslanger Fron freiläßt, ändert das nichts am Unrecht der Institution Sklaverei. Und wenn man ein paar Frauen das Wahlrecht zubilligt, entschädigt man keineswegs das gesamte Geschlecht für den Kriegsdienst – ganz zu schweigen von der jahrhundertelangen Unterdrückung. Alles, was mit diesem Wahlrecht erreicht wurde, war die Spaltung der grundlegenden Einigkeit der Feministinnen, die sich in mehrere Gruppen teilten. Und so ließen wir uns von einem Beschwichtigungsmittel in die Irre führen.» Diese Worte klangen etwas persönlicher, fast spontan, aber immer noch einstudiert – wenn auch eine zornige Frau dahintersteckte.

«Indem Sie diese Frauen ausbeuten und mit Ihren verschiedenen Projekten betrauen, geben Sie ihnen das Gefühl, sie würden sich nützlich machen.»

Erstaunlicherweise nahm sie keinen Anstoß an meiner Ausdrucksweise, brach in Gelächter aus und zwinkerte mir verschwörerisch zu. «Bedenken Sie doch, welch ein ungeheures Energiepotential da draußen wartet, um sich nützlich zu machen. Und kein Mann rührt daran. Das wagte kein einziger Politiker.»

«Oh, haben Sie politische Ambitionen?» Jetzt erinnerte ich mich wieder an das Zeitungsfoto. War es nicht um eine Spendenaktion gegangen? Für einen Bürgermeister?

«Nein, ich habe keine Ambitionen – nicht für mich selbst.»

«Aber für die Kirche?»

«Für den Tempel werde ich alles tun, was nötig ist. Und das könnte mich in die politische Arena führen.»

«Wo Sie das ungeheure Energiepotential nutzen wollen, das Ihnen zur Verfügung steht», ergänzte ich lächelnd.

«Ja, indem ich sehr viele Menschen repräsentiere.»

«Und ihre Bankkonten.»

Nicht einmal diese Spitze brachte sie aus der Fassung. Statt dessen setzte sie eine ausdruckslos-höfliche Miene auf, die Holmes alle Ehre gemacht hätte. «Falls Sie das Geld meinen, das unsere Mitglieder in den Tempel investieren, dann ist uns der Allmächtige tatsächlich wohlgesinnt. Die meisten überlassen uns ein Zehntel ihres Einkommens, andere spenden, was sie entbehren können.»

Da sie mir meine angedeutete Beschuldigung nicht im mindesten verübelte, mußte sie in sich gegangen sein und die Überzeugung gewonnen haben, sie würde die Wahrheit sagen. Ruhig und abwartend schaute sie mich an. Ihr Glas war noch halb voll. Wo immer ihre Schwächen liegen mochten – die Trunksucht gehörte nicht dazu.

Um das Thema zu wechseln, bemerkte ich: «Ihr Vortrag über die Schöpfungsgeschichte hat mich sehr interessiert. War das eine persönliche Interpretation, oder beruht sie auf den Erkenntnissen anderer Leute?»

Nach all meinen beleidigenden Anspielungen während der letzten Minuten war es ausgerechnet diese harmlose Frage, die sie auf die Palme brachte, und das überraschte mich. Sie richtete sich auf, so verwundert, als hätte Lady Macbeth einen Monolog unterbrochen, um ein Kuchenrezept zu erläutern. Forschend starrte sie mich an, mit schmalen Augen. «Für welche Zeitung arbeiten Sie, Miss Russell?»

Jetzt war es an mir, Verblüffung zu zeigen. «Für eine Zeitung? Um Himmels willen, glauben Sie das wirklich?» Sollte ich lachen oder beleidigt aufspringen? Meine einzigen Kontakte zur Presse waren indiskreter oder makabrer Natur gewesen. Immerhin erklärte Margerys Frage die sonderbare Fassade ihrer lässigen Vertraulichkeit, vermischt mit einstudierten Vorträgen. Also hielt sie mich für eine Journalistin, die eine arglose Freundin benutzt hatte, um in den Tempel zu gelangen und die Wahrheit über die Hohepriesterin herauszufinden.

Zweifellos war Belustigung angebracht, und so lachte ich, was meine Gastgeberin zu überzeugen schien. «Nein, Miss Childe, ich bin keine Reporterin, nur Ronnie Beaconsfields Freundin.»

«Und was machen Sie?»

Sekundenlang verwirrte mich diese Frage. Dann wurde ich mir bewußt, daß ich – im Gegensatz zu den anderen jungen Ladies – nicht den Eindruck erweckte, ich wäre gutsituiert. Offenbar reihte Margery mich nicht in die Kategorie der Müßiggängerinnen ein – was für ein erfreulicher Gedanke ... «Ich arbeite als Tutorin in Oxford, und ich betreibe wissenschaftliche Forschungen.»

«Auf welchem Gebiet?»

«Hauptsächlich befasse ich mich mit der Bibel.»

«Ich verstehe. Also unterrichten Sie Theologie?»

«Theologie und Chemie.»

«Oh, eine merkwürdige Kombination», meinte sie. So reagierten die meisten Leute.

«Nicht unbedingt.»

«Nein?»

«Die Chemie untersucht die Funktionen des physikalischen Universums, die Theologie die Funktionen des menschlichen Universums. Und beide gleichen sich, was gewisse Verhaltensweisen betrifft.»

Nun vergaß Margery ihre Zigarette und den Drink. Den Kopf schief gelegt, schien sie einer inneren Stimme zu lauschen. «Ich verstehe», wiederholte sie, was sich vermutlich nicht auf meinen letzten Satz bezog. «Ja, ich beginne zu verstehen. Sie interessieren sich für meine Interpretation der Schöpfungsgeschichte. Wie würden Sie den Text deuten?»

«So ähnlich, wenn wir auch auf verschiedenen Wegen zum Ziel gelangt sind.»

«Wenn wir dasselbe Resultat erreichen, spielen die Wege keine Rolle», meinte sie gönnerhaft und schnippte die Asche von ihrer Zigarette.

«Da irren Sie sich.»

Abrupt hob sie den Kopf. Der scharfe Klang meiner Stimme schien sie ebenso zu verwundern wie meine unverblümten Worte. Natürlich konnte sie nicht wissen, wie unverzeihlich ich schlampige Textanalysen fand, viel schlimmer als die absichtliche Verfälschung von Resultaten, die von einem schludrigen chemischen Experiment stammten. Um sie zu beruhigen, lächelte ich gezwungen.

«Wenn man die Bibel ohne entsprechende Ausbildung interpretieren will, erlebt man eine ähnliche Situation wie ein Reisender, der in einer fremden Stadt eine bestimmte Adresse finden will, aber keinen Stadtplan besitzt und die Landessprache nicht beherrscht. Vielleicht stolpert man zufällig über die richtige Auskunft. Aber in der Zwischenzeit muß man sich zahlreichen Ignoranten ausliefern, die auf den Straßen herumlaufen, und kann die Klugen nicht von den Narren unterscheiden. Jeder, der sich durch die englische Bibel kämpft, muß die Tyrannei der Übersetzer erdulden.»

«Oh, da geht es doch nur um subtile Abweichungen ...»

«Und um eklatante Fehlinterpretationen, um absichtliche Entstellungen des ursprünglichen Sinns.»

«Zum Beispiel?» fragte sie skeptisch.

«Fünftes Buch Mose, Kapitel zweiunddreißig, Vers achtzehn», entgegnete ich voller Genugtuung. Ein einziges Wort in diesem Abschnitt hatte die Bibliothekare der Bodleian und mich fast einen Monat lang beschäftigt, und diese Exegese bildete den Kernpunkt meines Essays, den ich in einem Monat vorlegen mußte. Darauf war ich sehr stolz. Es dauerte nicht lange, bis ich mich des genauen Wortlauts entsann. «‹Deinen Fels, der dich gezeugt hat, hast du aus der Acht gelassen und hast vergessen Gottes, der dich gemacht hat.›»

Verwirrt schaute sie mich an. Im Grunde klang der Vers nicht widersprüchlich. Er gehörte zur Ermahnung des Moses, der sein sündiges Volk von heidnischen Praktiken abhalten und zu seinem wahren Gott zurückführen wollte.

«Im Original steht etwas anderes», fuhr ich fort. «Gewiß, mein Zitat entspricht der autorisierten Übersetzung. Doch die Formulierung ‹der dich gemacht hat› steht nirgendwo im hebräischen Text. Statt dessen findet man das Wort *hul*, und das bedeutet ‹sich winden›. In anderen Zusammenhängen wird es für die Bewegung beim Tanz oder bei der Niederkunft verwendet. Also müßte man den Vers folgendermaßen übersetzen: ‹Deinen Fels, der dich gezeugt hat, hast du aus der Acht gelassen und hast vergessen Gottes, der sich gewunden hat, um dich zu gebären.› Und der Sinn dieses Verses ist eindeutig. Er soll die Menschen an die göttliche Elternschaft erinnern, die das weibliche Element ebenso beinhaltet wie das männliche.»

Während ich Margerys Gesicht beobachtete, dachte ich: Wenn die arroganten Akademiker nur halb so temperamentvoll auf meinen Essay reagieren, hat sich die Mühe gelohnt ...

Wie eine Katze mit angesengtem Schwanz sprang sie auf, eilte durchs Zimmer, öffnete eine Schublade und nahm ein abgegriffenes Buch mit weißem Ledereinband heraus. Fachmännisch suchte sie den betreffenden Bibelvers und starrte ihn an, als erwartete sie, er hätte sich verändert. Anklagend hielt sie mir das aufgeschlagene Buch hin. «Aber das – das bedeutet ja ...»

«Genau», bestätigte ich, erfreut über die intensive Wirkung meiner Erkenntnisse. «Es bedeutet, daß ein gesamtes Vokabular, das sich auf die mütterliche Seite Gottes bezieht, absichtlich eliminiert wurde.» Beinahe konnte ich sehen, wie sich die Gedanken hinter ihrer Stirn überschlugen. Und dann benutzte ich eine Formulierung, auf die ich bei meiner Präsentation in Oxford verzichten würde: «Gott, die Mutter, seit Jahrhunderten verborgen.»

Entgeistert starrte sie die Bibel an und erweckte den Eindruck, der Boden unter ihren Füßen würde plötzlich schwanken. Mit vorsichtigen Fingern strich sie über den Goldschnitt und legte das Buch in die Schublade. Schließlich kehrte sie zu ihrem Sessel zurück, sichtlich beunruhigt, und zündete sich noch eine Zigarette an. «Gibt's noch mehr solcher Textstellen?»

«Allerdings.»

Eine Zeitlang rauchte sie schweigend und blinzelte durch den Rauch. «Ja, ich verstehe», sagte sie schon wieder, den Blick in weite Ferne gerichtet. Ein paar Sekunden später stand sie auf und begann umherzuwandern. Auch jetzt erinnerte sie mich an eine Katze, und es hätte mich nicht überrascht, wenn sie aufs Sideboard gesprungen wäre, um sich im Zickzack einen Weg zwischen den Flaschen zu bahnen. Dann setzte sie sich wieder und drückte ihre Zigarette aus. «Jetzt ist mir klar, warum Sie zu mir gekommen sind – Sie möchten mich belehren.» Meine Augenbrauen zogen sich nach oben, ein typischer Holmes-Manierismus. «Könnten Sie mir beibringen, die Bibel im Original zu lesen?» fragte sie so eifrig, als wollte sie noch an diesem Abend die Seidenärmel hochkrempeln und ihr Studium beginnen.

«Nun, es ist nicht allzu schwierig, Hebräisch und Griechisch zu lernen», erwiderte ich unverbindlich, «wenn man sich die nötige Zeit nimmt.»

«Oh, Sie müssen mir diese göttliche Mutter zeigen. Warum weiß ich nichts davon?» Ehe ich antworten konnte, fügte sie hinzu: «Was für einen gewaltigen Unterschied es macht! Also gibt es noch mehr solche Textstellen?»

«Die finden Sie überall, wenn Sie danach suchen. Hiob, achtunddreißig. Der Psalter, zweiundzwanzig. Jesaja, sechsundsechzig. Hosea, elf. Jesaja, zweiundvierzig. Natürlich gehören auch die Passagen der Genesis dazu, die Sie heute abend erörtert haben.»

Das gab ihr zu denken. «Ja, aber ich hätte nie geglaubt ...»

Und daran lag es. Sie glaubte es, und ich wußte es. Um ihren besonderen Zweck zu verfolgen, hatte sie die Worte zurechtgebogen, war aber niemals auf die Idee gekommen, den Sinn anzuzweifeln, Interpretationen zu suchen, die der jahrhundertealten Überlieferung widersprachen. Und diese Überlieferung bezog den unangenehmen Gedanken der göttlichen Mutterschaft nicht mit ein. Man konnte Margery nicht als tiefschürfende Denkerin bezeichnen, die Welt des Intellekts war ihr fremd. Wie immer sie ihre Gebete und Betrachtungen auch formulierte, sie analysierte nichts. Trotzdem glich sie einer Substanz im chemischen Becherglas, reif für die Umwandlung durch einen Katalysator. Soeben hatte ich den ersten Tropfen des Reagenz in ihr hungriges, flinkes Gehirn geträufelt. Nun war es an der Zeit, den Rückzug anzutreten und abzuwarten.

Als hätte sie meine Gedanken erraten, hob sie eine Hand, ließ sie wieder sinken und lächelte reumütig. «Tut mir leid. Manchmal steigere ich mich in neue Ideen hinein und will alles auf einmal haben.» Jetzt nahm das Lächeln einen schmerzlichen Ausdruck an. «Würden Sie mir helfen? Dafür wäre ich Ihnen sehr dankbar. Wenn es irgendwelche Bücher gibt ... Sie verstehen doch, wie wichtig das alles für mich ist? Gewiß fehlt Ihnen die Zeit, um mich zu unterrichten.»

Energisch protestierte ich, bot ihr meine Hilfe an und erklärte, ich müßte meine Pflichten in Oxford erst später erfüllen. Und dann erkannte ich, daß ihre Demut mich überlistet hatte – was ihrer Autorität nicht gelungen war. Ihre Dankbarkeit wirkte fast triumphierend. Widerstrebend und entwaffnet, schenkte ich ihr ein schmerzliches Lächeln, und sie lachte.

«Mary Russell, ich mag Sie. Bitte, besuchen Sie mich so oft wie möglich, und geben Sie mir Unterricht. Ich glaube, von Ihnen kann ich sehr viel lernen, nicht nur die hebräische Sprache oder theologische Zusammenhänge.»

Da mußte ich ebenfalls lachen. Sie stand auf, zog ihre Schuhe unter dem Tisch hervor, und wir gingen durch ein stilles Labyrinth. Lebhaft plauderte sie, über Blumen und ihr Hobby, die Gärtnerei, für das ihr die Zeit fehlte. Das sei wohl der Grund, meinte sie, warum ihre Freundinnen (ihre Anhängerinnen) ihr ständig Rosen brachten, was ihr ein gewisses Unbehagen bereite.

Obwohl sie sich freundlich, entspannt und bescheiden gab, fühlte ich mich nicht wohl in ihrer Nähe. Was mich beunruhigte, wußte ich nicht genau. Teilweise lang es an ihrer kindlichen Größe, die ich in meiner schlechtsitzenden Kleidung viel zu eklatant überragte. Und teilweise lag es an ihrer Schulter, die hin und wieder meinen Ärmel streifte. Ich atmete einen keineswegs unangenehmen Geruch nach Schweiß und heißer Seide ein, irgendein subtiles Moschusparfüm. Oder es hing mit der Erkenntnis zusammen, wie mühelos sie den Schwachpunkt in meiner Verteidigungsbastion gefunden und mir das Versprechen abgenommen hatte, ihr zu helfen. Aber vor allem war es eine seltsame, nicht greifbare, pulsierende Woge der Faszination, die sie unentwegt verströmte – wie eine exotische Blume, die von Insekten lebte und ihren Duft nutzte, um ihre Nahrung anzulocken.

Erleichtert atmete ich auf, als ich ihr eine gute Nacht wünschte. Doch die Erleichterung wurde von wehmütigem Bedauern überschattet, von der Gewißheit, daß ich der Falle nicht entronnen war.

■

Der gleichmütige Wachtposten erhob sich von seinem Stuhl und legte seinen Groschenroman beiseite, um mir das breite Haustor aufzusperren. Da es immer noch regnete, war die Straße menschenleer.

Zögernd blieb ich stehen und fühlte mich versucht, telefonisch ein Taxi zu bestellen. Aber Margery Childes Ähnlichkeit mit einer fleischfressenden Pflanze und die Mißbilligung des Wächters belehrten mich eines Besseren. Selbst wenn ich naß wurde – ich wollte den Tempel so schnell wie möglich verlassen, vor dem provozierenden Duft fliehen, die frische Nachtluft genießen. Und so klappte ich den Kragen meines dünnen geliehenen Mantels hoch, zog den Hut tiefer in die Stirn und steuerte die helleren Lichter am Ende der Straße an.

Auf halber Strecke hatte der Regen das klebrige Aroma weggespült, die Haut über meinen Schultern erreicht und meine Schuhe durchnäßt. Während ich dem englischen Klima zürnte und widersprüchlichen Erinnerungen an Margery nachhing, erschreckte mich eine verstohlene Bewegung in einem finsteren

Eingang. Geduckt fuhr ich herum. Die verschwommenen Umrisse einer großen Gestalt tauchten auf, ein Schatten in der Finsternis, mit einem hellen Fleck, der das Gesicht markierte. Über dem prasselnden Regen konnte ich die boshafte, aufreizende Flüsterstimme kaum verstehen. «Zu so später Stunde sollten sich hübsche junge Damen nicht auf die Straße wagen.»

Zunächst erstarrte ich, aber ehe der Schock eine Gänsehaut bewirken konnte, richtete ich mich erleichtert auf und lachte. «Sherlock! Was treiben Sie denn hier, um alles in der Welt?»

Er wickelte sich fester in seine dunkle Kleidung, trat ins trübe Licht und glich der Byronschen Version eines Vampirs. (Dreißig Jahre früher hätte man ihn für Jack the Ripper gehalten und aufgehängt.) Ein breitrandiger Hut verbarg sein Gesicht, und ich sah nur die schmalen Lippen, die sich zum vertrauten sardonischen Lächeln verzogen. Als er zu sprechen begann, klang seine Stimme eine Oktave tiefer als sonst, was satte Zufriedenheit bedeutete. «Oh, eine Laune, Russell», erwiderte er und legte den Kopf in den Nacken, damit ich seine Augen sehen konnte. In lautlosem Gelächter bildeten sich Fältchen um die Lider. «Nur eine Laune.»

5

Montag, 27. Dezember
–
Dienstag, 28. Dezember

Da private Angelegenheiten ebenso zum menschlichen Leben gehören wie öffentliche, wurden sie von Gott folgendermaßen aufgeteilt: Alles, was draußen stattfindet, vertraute Er dem Mann an, und alles, was im Haus geschieht, wies Er der Frau zu ... Dies ist ein Beispiel für göttliche Vorsehung und Weisheit: Wer Großes bewirkt, ist in kleinen Dingen untauglich oder zu unbeholfen. Deshalb muß die Frau ihre Pflicht erfüllen. Denn hätte Er den Mann befähigt, beide Bereiche zu übernehmen, wäre das weibliche Geschlecht verachtenswert. Und hätte Er den Frauen wichtige Aufgaben zugemessen, wären sie von wahnwitzigem Stolz erfüllt.

JOHANNES CHRYSOSTOMUS

«Mein lieber Holmes, wie immer Sie mich auch aufgespürt haben, dies ist eine sehr erfreuliche Begegnung. Morgen wollte ich Sie ohnehin aufsuchen. Sie verbergen nicht zufällig einen Regenschirm unter Ihren diversen Hüllen?» fragte ich hoffnungsvoll, als ein eisiger Tropfen von seiner diabolischen Hutkrempe in meinen Nacken fiel.

«Offenbar sind Sie unzulänglich gekleidet», erwiderte er mitleidlos. «Und wie ich dem schlechten Sitz dieser Sachen entnehme, gehören sie nicht Ihnen. Vielleicht wäre eine weitere Schicht angebracht», fügte er hinzu und begann seinen langen Mantel mit dem Kutscherkragen zu öffnen.

Ich protestierte, doch er zuckte die Achseln, und ich sah, daß er darunter ein ähnliches Kleidungsstück trug, mit abscheulichem Hahnentrittmuster. Nachdem er einen Wasserschwall vom dickeren Mantel geschüttelt hatte, legte er ihn um meine Schultern. Das Ding war furchtbar schwer, aber innen noch trocken. Ermutigt streckte ich meine eingeknickten Knie und spürte, wie die unteren Lagen meiner Garderobe zu dampfen anfingen.

«Vielen Dank, Holmes, Sie sind sehr galant. Genau so stelle ich mir einen viktorianischen Gentleman vor. Sie haben wohl keinen Gasherd und keinen Teekessel in einer Innentasche versteckt. Allerdings würde mir auch ein gutgeheiztes Restaurant genügen, das die ganze Nacht geöffnet ist.»

«Wenn Ihre Füße Sie trotz der unzureichenden Schuhe eine Meile weit tragen, würde ich Ihnen ein großzügigeres Angebot machen als eine Tasse Tee im fragwürdigen Schutz eines Haustors.»

«Sie haben ein Zimmer?»

«Nur ein Loch in der Wand. In diesem waren Sie wohl noch nicht. Es ist etwas komfortabler als die anderen.»

«In meiner Notlage nehme ich mit jedem Schlupfwinkel vorlieb, Holmes. Führen Sie mich hin!»

Obwohl wir Seite an Seite gingen, übernahm er tatsächlich die Führung – durch mehrere schmale Gassen, eine Feuerleiter hinauf, über ein Dach, eine weitere Leiter hinab, in den winzigen Keller unterhalb eines Kaufhauses. Schließlich landeten wir neben einer Holzwand, die zwei Ziegelmauern verband. Holmes knipste eine Taschenlampe an und steckte einen Schlüssel in einen kleinen Spalt. Leise klickte es, und ein Teil der Holzwand ließ sich öffnen, sobald er seine Schulter dagegenstemmte. Wir traten in schwarze Finsternis, dann schloß er die Tür hinter sich und schob den Riegel vor.

Die Lampe in der Hand, wies er mir den Weg, sperrte eine zweite Tür auf, geleitete mich über unzählige Stufen nach oben, durch ein dunkles Büro und in einen großen Mahagonischrank, in dem mehrere Mäntel hingen und einen muffigen Gestank verströmten. Durch die hintere Wand gelangten wir in ein Zimmer, wo es nach Kaffee und Tabak und Bücherstaub roch.

«Passen Sie auf Ihre Augen auf, Russell», warnte er mich und schaltete grelles, elektrisches Licht ein.

Ich war ihm in eines seiner Schlupflöcher gefolgt, der Zufluchtsstätten, die er in ganz London eingerichtet hatte – jedes ein kleines, unsichtbares Versteck, ausgestattet mit allem, was man brauchte, um einer längeren Belagerung standzuhalten (Wasser, Lebensmittel, Lesestoff, außerdem Tarnkleidung, Waffen und die nötige Ausrüstung für Expeditionen in die feindliche Stadt). Zwei andere Schlupfwinkel hatte ich schon besucht, und dieser war der komfortabelste – beinahe luxuriös. An den Wänden hingen sogar Gemälde, womit Holmes sich nur selten belastete, da er den Platz für Bücherregale, wärmeisolierende Korkpappe und Schießscheiben brauchte. Ich legte meine nassen Mäntel ab und schaute mich um. Wo sollte ich sie aufhängen? Holmes streckte eine Hand aus.

«Geben Sie mir die Sachen, ich hänge sie in den Schrank», erbot er sich, öffnete eine schmale Tür und nahm einige Kleiderbügel aus einem Fach mit Metallwänden. Als ich über seine Schulter spähte, sah ich einen Ventilationsschacht, zwei Fuß breit, in den er ein Stahlrohr als Kleiderstange eingebaut hatte.

«Ein Notausgang?» fragte ich und schaute in die Tiefe.

«Nur für den äußersten Notfall. Vierzig Fuß weiter unten liegt der Heizkessel, und ich muß noch herausfinden, ob man die vier Schrauben der Zugangsplatte entfernen kann, ehe man geröstet wird oder erstickt. Ich nehme an, es ist möglich, aber ich hab's nur ausprobiert, als der Heizkessel kalt war. Jedenfalls kann man da drin nasse Kleider trocknen.» Er schloß die Tür. «Tee, Kaffee, Wein oder Suppe?»

Wir entschieden uns für die drei letzteren Möglichkeiten, wobei der Wein die Dosensuppe würzen sollte.

Während Holmes in der Küche mit dem Gasbrenner, einem Koch- und einem Kaffeetopf hantierte, machte ich Feuer im Kamin und betrachtete eins der Gemälde, eine gigantische, allzu perfekte Landschaftsszene mit Hügeln, Bäumen und Schatten. «Ein Constable, nicht wahr? Und von wem stammt das Schiffswrack?» Letzteres war eine kraftvolle, ausdrucksstarke Darstellung hoher Wellen und schiefer Masten, wie Constable sehr romantisch, aber in technischer Hinsicht superb.

«Von Vernet.» Eine Schranktür, hinter der er nach Eßbarem fahndete, dämpfte seine Stimme.

«Ah, Ihr Großonkel.»

«Genaugenommen sein Großvater. Möchten Sie lieber Schildkröten- oder Tomatencremesuppe?» fragte er und tauchte mit zwei Dosen auf.

«Welche ist weniger alt?» erkundigte ich mich vorsichtig.

«Keine steht länger als drei Jahre in diesem Schrank. Aber ein Vergleich zwischen den beiden Staubschichten legt die Vermutung nahe, daß die Tomatensuppe etwa halb so alt ist wie die andere.» Er kniff die Augen zusammen. «Vielleicht achtzehn Monate.»

«Dann essen wir die Tomatensuppe. Haben Sie alles durch die Schrankwand hereingebracht?»

«Wohl kaum, Russell. Ich habe dieses Quartier eingerichtet und dann zugemauert, bis auf den Zugang durch den Schrank.»

«Sehr hübsch, Holmes. Richtig gemütlich.»

«Finden Sie?» Sichtlich zufrieden wandte er sich zu mir, in einer Hand einen Kochlöffel, in der anderen die geöffnete Konserve.

Um das Bild anheimelnder Häuslichkeit zu vollenden, fehlte ihm nur noch eine Spitzenschürze. Dieser neue Wesenszug verblüffte mich. Soviel ich wußte, hatte ihn seine Umgebung bisher nur interessiert, wenn sie sich auf seine Arbeit auswirkte. Und nun legte er plötzlich Wert auf eine angenehme Atmosphäre – sehr erstaunlich ...

«Es war ein Experiment», erklärte er und drehte sich zum Gasbrenner um. «Damit wollte ich die These testen, die Umgebung könne den menschlichen Geist beeinflussen.»

«Und?» fragte ich fasziniert.

«Das Ergebnis ist wohl kaum schlüssig. Aber nachdem ich zweiundsiebzig Stunden hier verbracht hatte, fühlte ich mich nicht mehr so reizbar, relativ erholt, und meine Nerven waren strapazierfähiger als nach einem ebenso langen Aufenthalt in der Abstellkammer.»

Die «Abstellkammer» war das erste Versteck, das ich besucht hatte, ein winziges, schlecht beleuchtetes, armselig eingerichtetes Loch im obersten Stock eines großen Kaufhauses, wo man unweigerlich Platzangst bekam. Nach zweiundsiebzig Stunden wäre ich reif fürs Irrenhaus gewesen. «Was Sie nicht sagen ...», murmelte ich.

«Ja, das war wirklich interessant. Das Resultat dieses Experiments möchte ich in meiner Abhandlung ‹Vorschläge zur Langzeit-Rehabilitation von Schwerverbrechern› erörtern.»

«Rehabilitation durch Innenarchitektur?»

«Ihr Sarkasmus ist unangebracht, Russell», tadelte er. «Trinken Sie Ihre Suppe.»

Nun widmete ich mich einer Mahlzeit, die mir noch seltsamer erschien als mein Frühstücks-/Nachmittagstee vor acht Stunden. Zur Tomatensuppe, mit einem generösen Schuß Madeira verfeinert, gab es steinharte Biskuits, zwei hartgekochte Eier, eine halbverfaulte Orange, guten, bröckeligen Cheddar. Danach wurden mir vertrocknete Schokoladenplätzchen angeboten, die ich zugunsten eines zweiten Käsestücks ablehnte. Holmes stellte das benutzte Geschirr auf ein Tablett.

«Vielen Dank, Holmes», sagte ich höflich.

Eine Suppenschüssel in der Hand, hielt er inne und betrachtete den Rest der unappetitlichen braunroten Mischung aus Tomatencreme und Wein. «Wissen Sie, Russell, vor einiger Zeit verdiente ich meinen Lebensunterhalt als *sous-chef* in einem Zwei-Sterne-Restaurant in Montpellier.» Er seufzte tief auf und trug das klirrende Geschirr in die Küche, die etwa so groß war wie der Mahagonischrank.

Verdutzt starrte ich seinem Rücken nach. Würde ich jemals seine Grenzen kennenlernen?

Ein paar Minuten später kam er zurück, mit schwarzem Kaffee und einer staubigen Portweinflasche. Er reichte mir eine Tasse und ein Glas, dann sank er seufzend in den zweiten Sessel und streckte seine Füße dem Kaminfeuer entgegen. «Wollen Sie mir erzählen, warum Sie sich plötzlich zur Kirchgängerin entwickelt haben, Russell? Oder soll ich ein anderes Thema anschneiden?»

«Wenn Sie wissen, wo ich war, müssen Sie auch herausgefunden haben, mit wem ich hinging. Sind Sie vielleicht in dieser erstaunlichen Teestube auf meine Spur gestoßen?»

«Nun, Sie hinterließen Ihre philanthropische Fährte durch London sichtbar genug – wie ein Nagelschuh auf einem schneebedeckten Berghang», spottete er. «Wieso um Himmels willen haben Sie diesem Kind fünf Pfund gegeben? Am Vormittag geriet das ganze Viertel in freudige Erregung. Allerdings entstanden Meinungsverschiedenheiten bezüglich der Fragen, ob es sich um einen einmaligen Glücksfall handle oder ob man mit mehreren göttlichen Erscheinungen rechnen dürfe – ob man untätig abwarten solle, bis man von der mildtätigen Lichtgestalt auserkoren würde, oder ob es günstiger wäre, jeden unbedarften Fremden von der Straße ins Haus zu zerren und ihm Speisen und Getränke aufzuzwingen. Vielleicht werden Sie darüber lachen, aber infolge Ihrer kleinen Geste wimmelt ganz Limehouse von Bettlern. Es sprach sich herum, dort würde man köstliche Mahlzeiten erhalten. Nun sitzen hungrige Kerle aus allen Stadtteilen unter den Treppen. Oder sie würden da hokken, wären sie nicht aufgegriffen und gefüttert worden, ehe sie eine Gelegenheit fanden, sich häuslich niederzulassen. Jedenfalls führte mich Ihre Spur zum Maronibrater, der ein paar Münzen unter seiner Asche entdeckte, zu diversen bedürftigen, ältlichen Ladies, die nachts umherwandern, und schließlich zu den Gästen einer Teestube am Hafen. Alle außer dem Maronibrater erinnerten sich deutlich an die unerklärliche und unbelohnte Großzügigkeit eines bebrillten jungen Mannes in rustikaler Kleidung. Und einer wußte sogar, wo die junge Dame wohnt, die dieser einzigartige Bursche begleitete. Wie diskrete Nachforschungen ergaben, pflegt sie am Montagabend eine gewisse geistliche Frau aufzusuchen, deren Name nicht im Telefonbuch steht. Trotzdem spürte ich sie auf – und somit auch Sie, Russell, aber natürlich konnte ich nicht ahnen, daß Sie die halbe Nacht bei ihr bleiben würden. Meine armen Knochen protestieren immer noch.»

«Moment mal, Holmes, Ihr Rheumatismus stört Sie nur, wenn's Ihnen gerade in den Kram paßt. Außerdem haben Sie gar nicht so lange auf mich gewartet.»

«Warum behaupten Sie das?» Seine grauen Augen funkelten belustigt.

«Weil Ihr Mantel nur außen feucht war», antwortete ich überflüssigerweise. «Hätten Sie länger in diesem Haustor gestanden, wäre es nicht so einfach gewesen, das Wasser abzuschütteln.» Anerkennend zuckten seine Lippen, und mir wurde bewußt, daß ich seit Beginn des Studienjahrs nur selten Zeit für ihn gefunden hatte. Vermißte er unsere Gespräche ebenso wie ich? Ich erwiderte sein Lächeln. «Wieso kamen Sie nicht auf den Gedanken, Ihre Knochen zu schonen, die Türglocke zu läuten und dem Wächter eine Nachricht für mich mitzuteilen?»

«Hätte ich Sie bei der Arbeit an einem neuen Fall stören sollen?» Seine Stimme klang schockiert, was auf einen milden Scherz hinwies.

«Leider muß ich Sie enttäuschen, Holmes. Da gibt's keinen Fall, nur mein merkwürdiges Interesse an theologischen Fragen. Aber falls Sie Ihre instinktive Reaktion auf diese irrationalen Dinge überwinden könnten, würde ich gern Ihre Meinung hören.»

«Deshalb wollten Sie mich aufsuchen?»

«Ja, zum Teil.»

«Also gut, erlauben Sie mir, meine Pfeife anzuzünden. Dann höre ich Ihnen zu.» Zu meinem Amüsement verwahrte er seine Pfeifen an diesem besonderen Ort in einem Gestell. Der Tabak steckte weder in einem persischen Pantoffel noch in einer Biskuitdose oder unter den imaginären Wurzeln einer künstlichen Aspidistra, sondern in einem Beutel. Und die Streichhölzer entnahm er einer kleinen Silberkassette. Was würde Watson dazu sagen? Oder Mrs. Hudson?»

«Am besten beginne ich mit Veronica Beaconsfield, da sie mich mit Margery Childe bekannt machte. Außerdem verdankt ihr Miss Childe den Aufbau ihrer Organisation, zumindest teilweise. Ohne Ronnie und andere wohlhabende Damen würde der sogenannte Tempel nicht existieren.»

Ich schilderte den Tagesverlauf, fing mit Veronicas Gesicht an, das ich durch ein beschlagenes Fenster gesehen hatte, und endete mit dem Augenblick, wo mich der Nachtwächter in den Regen hinausgelassen hatte. Dabei ging ich bis ins kleinste Detail, nicht nur um Holmes zu informieren, sondern auch, um meine eigenen Gedanken zu ordnen. Ich erzählte von Veronicas Wohltaten, ihrem verlorenen Liebhaber, Margery Childes magnetischer Persönlichkeit, ihrem Einfluß auf die Frauenschar, der sie Trost und Kraft spendete. Wahrheitsgemäß erwähnte ich die Wirkung, die sie auf mich ausübte, die Faszination, die fast instinktive Abneigung gegen die Macht, die ihr Publikum fesselte. Meine Reaktion hatte sie letztlich veranlaßt, das Täuschungsmanöver aufzugeben und mir, einer Fremden, ihr wahres Gesicht zu zeigen.

Wieder einmal erkannte ich, wie ähnlich unsere Gehirne funktionierten oder in welchem Ausmaß er mir seine Techniken beigebracht hatte. Denn er unterbrach mich kein einziges Mal, um Zwischenfragen zu stellen, obwohl ich eine Stunde lang sprach. Einmal füllte er seine Pfeife nach, dreimal unsere Gläser. Doch er gab keinen Laut von sich, abgesehen von einem gelegentlichen Räuspern. Nachdem ich Bericht erstattet hatte, schaute ich auf meine Armbanduhr. Zu meiner Verwunderung sah ich, daß es schon nach drei war.

«Sind Sie vielleicht müde, Russell?» erkundigte er sich, die Augen geschlossen.

«Eigentlich nicht. Ich habe fast den ganzen Tag geschlafen. Bevor ich Veronica zum Lunch treffe, werde ich mich ein bißchen hinlegen.»

«Was wollen Sie von mir, Russell? Gewiß, das alles ist sehr interessant, da es ein bezeichnendes Licht auf den menschlichen Geist wirft. Aber warum haben Sie mir diese Geschichte erzählt?»

«Das weiß ich nicht. Wahrscheinlich dachte ich, es würde mir helfen, meine Gedanken zu ordnen. Es ist so ... Warum lachen Sie?»

«Über mich selbst, über eine Stimme aus der Vergangenheit. Genau das sagte ich einmal zu Watson.»

«Oh ... Aber die Parallele stimmt nicht ganz, denn ich möchte Ihre Meinung hören – die Ansicht eines Menschenkenners.»

«Glücklicherweise haben Sie nicht von einem ‹Menschenrichter› gesprochen.»

«Nicht in diesem Fall. Was glauben Sie, Holmes? Ist Miss Childe ehrlich? Oder ein Scharlatan? Oberflächlich betrachtet, erscheint mir ihre Organisation wie eine Schikane, ein subtiler, hochklassiger Trick. Und doch – als sie mit mir sprach, wirkte sie aufrichtig, obwohl sie ihre Anhänger offensichtlich manipuliert.»

Nachdenklich stopfte er seine Pfeife, und ich überlegte, daß dieses Quartier über eine gute Ventilation verfügen mußte. Sonst wären wir beide längst erstickt.

«Also steckt eine Menge Geld dahinter?»

«In jenem Raum traf ich vierzehn Frauen, die Miss Childe anhimmelten. Ein Drittel ist mit Aristokraten verheiratet, ein weiteres Drittel hat Mütter, die aus Boston und aus der Wall Street stammen. Mit dem Vermögen, das sie für ihre Kleider ausgaben, könnte man einen ganzen Londoner Stadtteil ein Jahr lang verköstigen; allein schon der Gegenwert ihrer Frisuren würde eine Familie monatelang ernähren. Miss Childe besitzt den Tempel und zwei angrenzende Häuser. Außerdem trug sie ein Worth-Modell, und einige ihrer Möbelstücke würden einen Sotheby's-Auktionator in helle Begeisterung versetzen. Innerhalb der letzten zwei Monate wurde ihre Haut von südlichem Sonnenschein gebräunt. Ja, da steckt viel Geld dahinter. Sehr viel Geld.»

«Als sie zwanzig war, lebte sie vielleicht in einer Wohnung ohne fließend Warmwasser. Und jetzt nicht mehr, was?»

«Ganz sicher nicht.»

Holmes klopfte mit der Pfeife gegen seine Zähne und starrte in den Kamin. «Nach meiner Ansicht irrten die Alchimisten, die verkündeten, Gold sei unbestechlich. Religion und Geld bilden eine brisante Mixtur. Im Lauf der Jahre stieß ich auf mehrere solcher Fälle. Da war der ‹heilige› Peters, der sich als Missionar ausgab, einsame Damen umgarnte und von der Last ihres Erbes befreite. Später lernte ich einen gewissen Canon Smythe-Basingstoke kennen. Bevor er großzügige Spenden für seine tapfere Mission in Afrika kassierte, hielt er bewegende Vorträge über die armen Negerkinder, spielte Aufnahmen von ihren Gesängen vor und zeigte den Leuten Lichtbilder von liebreizenden, verhärmten Gesichtern. Wie ich mich entsinne, fand Watson diesen Fall zu eklatant und einfach, um sich damit zu befassen. Und dann gab es natürlich noch das Problem Jefferson Hope, aber da ging's nicht nur um Geld, sondern auch um eine Frau. Nein, Gottes Wege wurden oft zu menschlichen Wünschen gelenkt und Gottes Worte verfälscht, um menschliche Ziele zu verfolgen. Würde diese Lady inmitten der Armen leben, wäre ich glücklicher. Aber gebräunte Wangen und ein Pariser Seidenmodell sprechen gegen ihre Ehrlichkeit. Ich erzähle Ihnen doch nichts Neues, Russell?»

«Nein, diesen Schluß habe ich schon selber gezogen. Irgendwie stimmt mich das traurig. Ich würde es lieber genießen, jemanden zu kennen, der mit Gott spricht. Immerhin ist sie sehr intelligent, setzt sich für die Londoner Frauen ein, und dabei leistet sie gute Arbeit.»

«Nun, die Zeit wird unsere Fragen beantworten.» Holmes nahm seine Pfeife aus dem Mund und musterte mich mißtrauisch. «Es sei denn, Sie planen die Untersuchung eines Kriminalfalls, unabhängig von mir?»

«Keineswegs, Holmes. Ich sagte doch, es ist reine Neugier – auf meinem Gebiet, nicht auf Ihrem.»

«Noch eine Laune, Russell?»

«Noch eine Laune», bestätigte ich gelassen. Als sich unsere Blicke trafen, wurde mir plötzlich die Stille des Gebäudes bewußt – unsere Zweisamkeit. Irgend etwas drang in den Raum ein – etwas, das aus der Erinnerung an unseren Streit auf dem Kutschbock des Hansom, der Intimität dieser Stunde und dieses Ortes bestand, aus meiner dünnen, engen Bluse, Holmes' langen, zum Kaminfeuer gestreckten Beinen und dem wachsenden Gefühl meiner Weiblichkeit. Mühsam unterdrückte ich einen Schauer und flüchtete mich in ein Ablenkungsmanöver. «Apropos Kriminalfall», begann ich und griff nach meinem Glas, «Veronica fragte, ob ich ihren Verlobten Miles von seiner Drogensucht befreien könne. Hätten Sie einen Vorschlag?»

«Da kann man nichts tun», entgegnete er desinteressiert.

«Früher war er ein guter, anständiger Mann – vor den Schützengräben», beharrte ich.

«So wie viele junge Burschen.»

«Sicher gibt es eine Möglichkeit ...»

Er sprang auf, bückte sich und schlug seine Pfeife gegen die Ziegelumrandung des Kamins, glühende Asche flog in die Flammen. Jetzt klang seine Stimme scharf und ärgerlich. «Russell, ich eigne mich wohl kaum dazu, einen Mann auf den rechten Weg zu führen – es sei denn, ich gehe ihm mit meinem abschreckenden Beispiel voran. Leider fühle ich mich außerstande, jemanden zur Mäßigung zu veranlassen, und ich weigere mich, als Kindermädchen zu fungieren. Wenn sich ein junger Mann mit Heroin vollpumpen will, vermag ich ihn nicht daran zu hindern, ebenso wenig, wie ich die Schützengräben vor den Granaten der Deutschen bewahren konnte.»

«Und wenn er Ihr Sohn wäre?» fragte ich leise. «Würden Sie niemanden bitten, ihm zu helfen?»

Das war ein skrupelloser Schlag unter die Gürtellinie, bösartig und unverzeihlich. Denn er war der Vater eines Sohnes gewesen, und jemand hatte sein Bestes getan ...

Langsam wandte er sich mir zu, die Augen eiskalt, das Gesicht erstarrt. «Diese Frage war Ihrer nicht würdig, Russell.» Mehr sagte er nicht. Doch der Klang seiner Stimme bewog mich, aufzustehen und seinen Arm zu berühren.

«O Gott, Holmes, tut mir leid. Das war grausam und gedankenlos. Bitte, verzeihen Sie mir.»

Er betrachtete meine Finger, drückte sie sekundenlang und kehrte zu seinem Sessel zurück. «Wie auch immer, Sie haben recht. Es ist verantwortungslos von mir, einfach zu behaupten, ich könne nichts tun. Vorher müßte ich den Fall genauer untersuchen. Wenn Sie so freundlich wären, mir Informationen über den jungen Mann zu liefern, werde ich gründlich nachdenken. Vielleicht finde ich eine Möglichkeit, ihm zu helfen.»

«Oh – ich ... », stotterte ich verwirrt. «Er heißt Miles Fitzwarren ...»

Als er eine Hand hob, verstummte ich. «Ich kenne ihn. Oder ich kannte ihn. Mal sehen, was sich machen läßt.»

«Danke, Holmes», antwortete ich bedrückt und setzte mich wieder.

Aus den Augenwinkeln beobachtete ich, wie er am Stiel seiner kalten Pfeife kaute. Mein Ablenkungsmanöver hatte seinen Zweck erfüllt. Doch dieser alte Spürhund würde sich nicht lange in die Irre führen lassen, ehe er die bedeutsame Fährte wiederaufnahm. Blindlings starrte ich an den geflickten Zehenspitzen seiner Wollstrümpfe vorbei, in die glühenden Kohlen. Ich kannte ihn, kannte alle seine Gesten, seine Gesichtszüge, die mir vertrauter waren als meine eigenen, das Gehirn, das meines geprägt hatte.

Wenn seine Gedanken von diesem besonderen Nebenweg zurückkehrten, würde mich mein Blick fixieren, dem nichts entging. Das wußte ich. Mit ein paar gezielten Fragen würde er das Thema einkreisen, dem ich so verzweifelt zu entrinnen suchte. Bald würde es geschehen. Und dann würde das seltsame, beängstigende, fast greifbare Gefühl zurückkehren, das bereits durchs Zimmer geschwebt war, und sich nicht mehr wegschicken lassen.

Angespannt wartete ich, bis er mich anschauen würde, spürte das bebende Schweigen zwischen uns. Ein ähnliches Grauen müßte ich empfinden, wenn sich im Badewasser eine Viper um meine Füße schlängelte. Zum erstenmal bereitete mir Sherlock Holmes' Gegenwart ein wachsendes Unbehagen. Er sah mich nicht an, was ich für ein vernichtendes Urteil hielt, und ich hatte schreckliche Angst.

Aber letzten Endes durchbohrten mich keine stählernen Augen. Er warf nicht einmal einen kurzen Blick in meine Richtung. Statt dessen erhob er sich mit einer Gelassenheit, die bei jedem anderen Menschen bedeutet hätte, daß er die seltsamen Vibrationen im Zimmer nicht wahrnahm. Er legte seine erkaltete Pfeife auf den Tisch, ergriff seine schmutzigen, mit Salzflecken übersäten Stiefel, die neben dem Kamin trockneten, und zog sie an. «Jetzt muß ich weggehen. In drei oder vier Stunden bin ich wieder da. Versuchen Sie zu schlafen. Um acht wecke ich Sie, wenn Sie dann noch nicht aufgestanden sind. Vor neun müssen wir verschwinden, dann kommen die Angestellten ins Kaufhaus.» Nachdem er seine Stiefel verschnürt hatte, richtete er sich auf.

«Holmes, ich ...» Verwirrt unterbrach ich mich.

Seine nächsten Worte bewiesen mir, was ich bereits geahnt hatte – auch er nahm die Vibrationen wahr.

«Schon gut, Russell, ich verstehe. Im Nebenraum finden Sie das Bett. Schlafen Sie gut.»

Bevor er mich verließ, legte er eine Hand auf die Rückenlehne meines Sessels, ein langer Finger streifte meine Schulter. Ich wollte ihn festhalten und bitten, bei mir zu bleiben. Doch ich rührte mich nicht, und er entfernte sich durch die Schrankwand. Reglos saß ich da und lauschte einer anderen Stille, die sich im Zimmer ausbreitete.

Die Wände schienen immer näher zu rücken, das Schweigen dröhnte viel zu laut. An Schlaf war nicht zu denken. Ich floh in die Küche, spülte das Geschirr, wischte die Schränke und Arbeitsflächen ab, machte mir eine Tasse Tee ohne Milch. Dann steckte ich Holmes' Pfeife ins Gestell, nahm ein Buch aus dem Regal und sank in meinen Sessel.

Während ich die erste Seite anstarrte, kühlte der Tee ab. Irgendwann erinnerte ich mich daran und schnitt eine Grimasse, als ich das kalte Tannin kostete. Angewidert schüttete ich das Gebräu ins Spülbecken, wusch die Tasse und trocknete sie ab, stellte sie in ein Schrankfach und betrat den Nebenraum.

Eine Zeitlang betrachtete ich das Bett, und schließlich kehrte ich ins Wohnzimmer zurück, griff nach der Decke, die über der Sofalehne hing, und schaltete das Licht aus. Im schwachen Feuerschein legte ich mich auf die Couch, in die Wolldecke gehüllt, und meine Gedanken überschlugen sich. Was zum Teufel sollte ich tun?

6

Dienstag, 28. Dezember

■

Wie kann eine Frau das Ebenbild Gottes sein, da sie dem Mann untergeordnet ist und keine Macht besitzt, ebensowenig die Fähigkeit, zu unterrichten, Zeugnis abzulegen oder zu urteilen, geschweige denn, ein Reich zu regieren?

ST. AUGUSTINUS (354–430)

Als junges Mädchen hatte ich Holmes kennengelernt. Von den niederschmetternden Umständen meines Waisenlebens beeinflußt, war ich nach außen hin verhärtet und im Innern für jeden Menschen empfänglich, der mir zuhörte und mich ernst nahm. Wäre Holmes ein Fassadenkletterer oder Falschmünzer gewesen, hätte ich vermutlich gelernt, in finsteren Nächten an Hausmauern hochzusteigen oder eine Tinte aus geheimnisvollen Ingredienzien zu brauen.

Im Lauf meiner inoffiziellen Lehrjahre erlernte ich sein Gewerbe und verwirklichte gleichzeitig meine akademischen Visionen. Sicher ergab das eine noch seltsamere Kombination als die Verbindung jener beiden Wissenschaften, die Margery Childe verblüfft hatte. In erster Linie beschäftigte ich mich mit der Theologie, und die Chemie stellte gewissermaßen den Bezug zur Realität her. Manchmal prallten die unterschiedlichen Anforderungen aufeinander, aber eine endgültige Entscheidung für das eine oder andere Fach war unnötig. Meine zwei Interessen lebten in freundschaftlichem wechselseitigem Unverständnis nebeneinander.

Aber dieses Bett ...

Während diverser Ermittlungen hatten Holmes und ich schon viele Nächte gemeinsam verbracht. Er schlief in meinem Bett, ich in seinem. Gelegentlich lagen wir sogar in einem Bett, oder an einem Plätzchen, das als Bett fungierte. Das war uns niemals peinlich gewesen. Vor zwei Jahren, nach einem aufregenden, grausigen Fall, hatten wir den halbherzigen Versuch unternommen, das Spiel zwischen Mann und Frau zu eröffnen, aber später den unausgesprochenen Entschluß gefaßt, diese Aktivitäten zu beenden. Wir waren enge Freunde, ohne körperliche Intimitäten.

Vielleicht sollte ich an dieser Stelle erwähnen, daß ich den Unterhaltungswert gewisser physischer Reaktionen durchaus wahrnahm. In den Nachkriegsjahren kamen zahlreiche gereifte junge Männer nach Oxford, und einer, der über einen hellwachen Geist, trockenen Humor, unerklärliche Beharrlichkeit und ein Automobil verfügte, brachte mir eine ganze Menge bei.

Doch das Herz ist ein sonderbares Organ. Bis zu jener nächtlichen Droschkenfahrt hatte ich keinen Zusammenhang zwischen den erwähnten körperlichen Reaktionen und Sherlock Holmes gesehen. Sicher, ich dachte an eine Heirat, spielte sogar mit dem Gedanken, diesen Vorschlag zu machen. Aber vor Holmes' sarkastischem Kommentar übers Ehebett hatte ich niemals erwogen, eines Tages in seine Arme zu sinken. Nun konnte ich mir nichts mehr vormachen. Seit er aus dem dunklen Haustor auf die regennasse Straße getreten war, hatte ich seine körperliche *und* seelische Nähe gnadenlos gespürt. Und als er hinter mir zur Schrankwand ging, fühlte ich mich wie das Opfer eines Ballons, der über meinen Arm glitt, dessen statische Elektrizität die feinen Härchen sträubte. Fast schmerzlich hatte ich gespürt, wie ihm meine Nerven – zitternde Reizempfänger – aus dem Zimmer gefolgt waren.

Um diesem Wahnsinn Einhalt zu gebieten, hatte ich nur eine einzige Möglichkeit gesehen – Holmes zu kränken und zu vertreiben. Dies verschaffte mir eine Atempause, wenn auch nur kurzfristig und zu einem hohen Preis. Aber jetzt, wo ich allein war, konnte ich nicht nachdenken. Dieses unerträgliche Gefühl hatte ich nicht angestrebt. Ich wollte es nicht empfinden, und um es loszuwerden, hätte ich alles getan. Plötzlich war es über mich hergefallen, und jetzt hielt es mich in seinem Bann.

Während der restlichen Nacht lag ich auf dem Sofa, kämpfte mit mir, suchte einen Ausweg. Und vor dem Morgengrauen erkannte ich endlich, was ich tun mußte. Ich rannte davon.

■

Ich wanderte durch die Straßen, bis der Himmel heller schimmerte als die regenfeuchten Dächer. Dann ging ich fröstelnd und durchnäßt zum Ladies' Club, dem ich vor einem Jahr beigetreten war, einem kleinen Etablissement mit dem unerfreulichen, irreführenden Namen «Revolution». Doch die Direktion gestattete ihren feministischen Ansichten nicht, die Menge des warmen Wassers in den Rohren und die Qualität der Küche zu beeinträchtigen.

Entsetzt begrüßte mich die alte Nachtwächterin, verfrachtete mich in ein heißes Bad und servierte mir ein noch heißeres, viel zu alkoholisches Getränk, ehe sie meine Kleider aus einem Schrank holte und ein Bett für mich fand. Allzu lange konnte ich nicht schlafen, aber ich genoß die Wärme und meine Einsamkeit.

■

Zur vereinbarten Zeit betrat ich das Museum, müde, hungrig und schlampig gekleidet. Um halb eins war Veronica noch immer nicht erschienen, und ich beschloß, bis eins zu warten. Zehn Minuten davor bog sie um die Ecke, ebenso derangiert wie ich, mit bleichen Wangen und geröteten Augen und sichtlich konfus. Angstvoll begrüßte ich sie und fragte mich, welche neuen Katastrophen diesen Zustand bewirkt hatten. Da brachte sie ein schwaches Lächeln zustande und schien sich zusammenzureißen. «O Mary, es tut mir so leid. Heute morgen ist was passiert, und darüber vergaß ich die Zeit – bis Margery mich an unsere Verabredung erinnerte.»

«Ja, ich sehe, daß was passiert ist.» Ihre Strümpfe paßten nicht zueinander, das Haar war in aller Eile gekämmt worden, und sie trug ein dunkelgrünes Wollkleid unter einem schwarzen Mantel, eine unglückselige Kombination. «Hättest du mich doch benachrichtigt und unseren Lunch abgesagt. Ich wäre dir nicht böse gewesen. War irgendwas im Tempel los?»

«Nein. Nun – ja, in gewisser Weise. Letzte Nacht starb Miles' Schwester. Sie war ein Mitglied unserer Organisation. Übrigens, du hast sie gesehen – Iris, ziemlich groß, mit Kräusellokken.»

«Zigarettenspitze, rote Fingernägel, ein kleiner Opalring an der rechten Hand. Und sie war furchtbar verkühlt», entsann ich mich. «Sie war eine der Frauen gewesen, die einen kurzen, ungläubigen Blick auf meine Kleidung geworfen und sich dann in höflicher Belustigung wieder Margery zugewandt hatten. Als Ronnie nickte, fragte ich: «Was ist geschehen?»

«O Gott, sie wurde ermordet.» Für ein paar Sekunden verlor sie die Kontrolle, faßte sich aber wieder und rang zitternd nach Atem. «Kurz nach elf verließ sie mit uns den Tempel, aber sie kam nicht zu Hause an. Ein Polizist fand sie in einer Gasse im Westend, heute morgen um vier. Und ihre Kehle ...»

Mühsam schluckte sie, preßte eine Hand auf den Mund, und ich packte sie unsanft am Arm, um sie von ihren grausigen Gedanken abzulenken. Ich zerrte sie zur Tür hinaus, in den Regen, die Stufen hinab. Erst als wir das Restaurant erreichten, verlangsamte ich meine Schritte. Der Besitzer kannte mich, beeilte sich, meine Wünsche zu erfüllen, brachte uns starke Drinks und eine Mahlzeit. Bald schwand die grünliche Blässe aus Veronicas Gesicht, und sie konnte Bericht erstatten.

«Heute morgen rief mich Iris' Vater an – ich glaube, gegen sieben – und fragte, ob ich wisse, wo Miles sei. Das verneinte ich, und er bat mich, Miles sofort nach Hause zu schicken, falls ich ihn treffen sollte. Ich wollte erwidern, das sei unwahrscheinlich. Aber da legte er auf. Nachdem ich Kaffee getrunken hatte, wurde mir bewußt, daß er sich furchtbar aufgeregt hatte. Also wählte ich seine Nummer, und es dauerte eine Ewigkeit, bis die Verbindung klappte. Ich erkundigte mich, ob irgendwas nicht stimme, und er erklärte, Iris sei – tot.»

«Und Miles war ...», begann ich, doch sie fiel mir ins Wort.

«Eigentlich standen wir uns nie besonders nahe, Iris und ich. Wir waren zu verschieden. Aber sie liebte Miles, und sie engagierte sich mit Feuereifer für ihre Tempelarbeit. Durch sie lernte ich Margery kennen. Wir alle werden sie schmerzlich vermissen.»

Während sich ihre Augen mit Tränen füllten, schob ich rasch ein paar Bissen in den Mund, um den schlimmsten Hunger zu stillen. Dann dirigierte ich Veronica – ebenso herzlos – von elegischen Gefühlen zu harten Tatsachen. «Als du mit Iris' Vater gesprochen hast, war Miles verschwunden?»

«Ja.» Sie wischte über ihre Lider. «Aber das ist nicht ungewöhnlich. Iris erzählte mir oft, er sei tagelang nicht in seiner Wohnung gewesen.»

«Was hat er noch gesagt? Ich meine, Mr. Fitzwarren?»

«Major Fitzwarren. Nur daß Iris ermordet worden sei, daß seine Frau ein starkes Beruhigungsmittel genommen habe und Miles sehen wolle. Sie haben nur diese beiden Kinder», fügte sie hinzu und seufzte in ihren unberührten Salat.

«Sonst hat er nichts erwähnt?»

«Nein. Ich sagte ihm, später würde ich vorbeikommen. Aber er bat mich, vorher anzurufen, weil er abwarten müsse, wie Mrs. Fitzwarren sich fühlen würde.»

«Und was hast du dann getan?»

«Ich zog mich an und ging in den Tempel, denn ich dachte, Margery sollte es erfahren. Vielleicht hoffte ich, sie würde mir sagen, was zu tun sei. Ich konnte nicht klar denken.»

«Und?»

«Sie war nicht da, also setzte ich mich in die Kapelle, um etwas Ruhe zu finden. Nach einer Weile kam sie herein, und ich erzählte ihr alles. Geduldig hörte sie mir zu, in ihrer wundervollen Art, und empfahl mir zu beten, während sie telefonieren würde. Sie trommelte den ‹Inneren Kreis› zusammen, die meisten Mitglieder. Dann erreichte sie eine Freundin, die für den *Clarion* arbeitet und ihr mitteilte, wo man Iris gefunden habe und wie sie ermordet worden sei.»

Ehe sie von neuen gräßlichen Visionen gepeinigt werden konnte, unterbrach ich sie hastig. «Willst du die Fitzwarrens jetzt anrufen und fragen, ob sie dich empfangen würden?»

«Ja, das wäre wohl am besten. Mit Mrs. Fitzwarren verstehe ich mich sehr gut. Ich glaube, sie würde mich gern sehen.» Während sie zum Telefon des Tonio's ging, bezahlte ich die Rechnung. Bleich, aber gefaßt kehrte sie zurück. «Jetzt gehe ich hin.»

«Irgendeine Spur von Miles?»

«Keine.»

«Wie lange wird er schon vermißt? Weißt du das?»

«Zwei oder drei Tage. Der Major ist wütend.»

Eher wütend als besorgt, registrierte ich, doch darauf wies ich meine Freundin nicht hin. Sie hatte schon genug Sorgen.

Tonio begleitete uns vor die Tür und winkte persönlich ein Taxi herbei. Nachdem Veronica dem Fahrer die Adresse genannt hatte und eingestiegen war, lehnte ich mich an die Tür. «Ich schicke dir die Kleider, die du mir geliehen hast.»

«Kleider? Ach ja. Das eilt nicht. Die gehören ohnehin nur zu den Sachen, die ich für meine Familie verwahre.»

«Wann wirst du Margery Childe wiedersehen?»

«Heute oder morgen. Das hängt von den Fitzwarrens ab. Oh, da fällt mir ein – sie bat mich, dir auszurichten, sie würde dich gern wiedersehen. Wenn du mal Zeit hast.»

«Sag ihr, ich freue mich darauf.»

«Wenn du noch länger in der Stadt bleibst, rufst du mich an?» Sie wühlte in ihrer Handtasche, fand einen Bleistift und schrieb zwei Nummern auf die Rückseite einer Quittung von einer antiquarischen Buchhandlung. «Entweder bin ich daheim – das ist die erste Nummer – oder bei den Fitzwarrens. Oder im Tempel.» Dann fügte sie eine dritte Nummer hinzu und gab mir den Zettel. «Auf Wiedersehen, Mary, und danke für alles.»

«Bis bald, Ronnie. Hoffentlich geht alles gut. Oh – Ronnie? Tut mir leid.» Diese Entschuldigung galt dem Taxifahrer, der den Motor bereits gestartet hatte und wieder ausschalten mußte. «Bitte, erzähl niemandem von meiner Freundschaft mit Mr. Holmes. Es ist so lästig, wenn die Leute alles über ihn wissen wollen. Okay? Vielen Dank.»

Ich trat zurück, klopfte auf das Wagendach, und das Taxi ordnete sich in den Verkehr ein. Entschlossen hob Veronica das Kinn. Und ich fragte mich, wie sich die Fitzwarrens wohl fühlen würden, wenn sie merkten, daß sie dem Kreis der Unglückseligen angehörten, die von Veronica Beaconsfield betreut wurden.

Während ich auf dem Gehsteig stand, ohne den Regen wahrzunehmen, die schäbigen, über der Straße geduckten Gebäude, den Strom der Passanten (gesichtslose Gestalten in unscheinbaren nassen Mänteln, mit dunklen Hüten und triefenden schwarzen Schirmen), hielt ein zweites Taxi gefährlich nahe am Straßenrand, direkt vor meinen Füßen. Gehorsam stieg ich ein und dachte über Veronicas seltsames Verhalten nach. Sie hatte mich gebeten, eine unmögliche Aufgabe zu erfüllen und ihren Liebsten von seiner Drogensucht zu befreien, aber nicht, ein relativ einfaches Problem zu lösen und ihn aufzuspüren. Mit übertrieben geduldiger Miene drehte sich der Chauffeur um und spähte durch die Glasscheibe.

«Paddington», formten meine Lippen automatisch. Großer Gott, ich mußte aus dieser Stadt verschwinden, ehe ich an ihren Komplexitäten erstickte. Schon vor dem Mord hatte ich mich wie eine Kompaßnadel gefühlt, die heftig zwischen dem brisanten Magnetismus eines neuen, unbekannten Holmes und Margery Childes attraktivem kühlem Feminismus schwankte. Von alldem wollte ich im Augenblick nichts wissen, sondern vertraute, saubere, unwandelbare Luft einatmen, an einem Ort, wo nur das Gehirn herausgefordert wurde, wo sogar die wildeste Leidenschaft in den Teppich ruhiger Stabilität geflochten wurde.

Vier Stunden später saß ich in der Oxforder Bodleian-Bibliothek an meinem Tisch.

7

Dienstag, 28. Dezember – Donnerstag, 30. Dezember

■

Zur weiteren Erklärung weiblicher Unvollkommenheit ... Ich könnte Geschichten hinzufügen, die beweisen, daß manche Frauen vor lauter Freude gestorben sind; andere brachten sich vor Ungeduld um; und einige entbrannten in so ungeheurer Lust, daß sie – um diese zu stillen – ihr Vaterland und die Stadt an Fremde verrieten.

JOHN KNOX

Während des restlichen Dienstags und den ganzen Mittwoch vergrub ich mich in meine Arbeit. Das Schriftstück, das meine wissenschaftliche Reife dokumentierte und dessen erster Teil auf meinem Schreibtisch in Sussex lag – ein ordentlicher Stapel getippter Seiten –, behandelte die Frauen im Talmud. Dazu war ich von einer heftigen Diskussion angeregt worden (hätte sie nicht in Oxford stattgefunden, wär's ein Streit gewesen). Es ging um das altbekannte Thema: «Warum sind die Frauen nicht ...?» In diesem Fall: «Warum sind die Frauen so selten in der jüdischen Literatur vertreten?» Im wesentlichen lautete die Frage: Kann eine Feministin eine Jüdin sein oder eine Jüdin eine Feministin?

Ich bin Jüdin, und ich bezeichne mich als Feministin. Also interessierte mich die Frage. Eine Woche nach der Diskussion hatte ich das Thema einem meiner Tutoren präsentiert. Er erklärte sich bereit, mit mir daran zu arbeiten, und freute sich bereits auf eine gemeinsame Publikation. Am 28. Januar wollten wir unsere Forschungsergebnisse bekanntgeben und den ersten Teil des Essays vorlegen. Bei dieser akademischen Sitzung würde es ziemlich lebhaft zugehen.

Den Mittelpunkt des ersten Abschnitts bildete eine Frau namens Beruria, ein bemerkenswertes Mitglied der rabbinischen Gemeinde am Ende des ersten und Anfang des zweiten Jahrhunderts. In diesem Milieu schuf man die Grundlagen für den sogenannten Post-Templer-Judaismus, ebenso für die christliche Abweichler-Sekte. Genaugenommen war Beruria kein Rabbi, denn dieser Titel blieb den Männern vorbehalten. Doch sie hatte die übliche Rabbi-Ausbildung absolviert, wurde zunächst als Studentin akzeptiert, dann als Lehrerin und schließlich als Schlichterin bei rabbinischen Streitfragen. Ihr Vater, ein Märtyrer, und ihr temperamentvoller Ehemann waren prominente Rabbis, was Beruria zweifellos privilegierte. Aber in den Talmud-Schriften zeigt sich keine intelligente Favoritin der männlichen Regentschaft, sondern eine eigenständige Persönlichkeit. Wären ihr brillanter Verstand, ihre scharfe Zunge und ihre umfassende Bildung einem männlichen Körper zugewiesen worden, hätte sie sogar Akiba* Konkurrenz gemacht. Statt dessen erscheint sie uns wie eine rätselhafte, verwirrende Fußnote, die uns vorgaukelt, was möglich wäre, und gleichzeitig stellt sie die Ausnahme dar, die jene Regel bestätigt, daß die anspruchsvolle rabbinische Gedankenwelt eine ausschließlich männliche Domäne ist. Letzten Endes wuchs ihr Ruhm ihren weisen Nachfolgern über den Kopf. Tausend Jahre nach ihrem Tod beschmutzte der mittelalterliche Gelehrte Raschi ihr Andenken und brachte die skurrile Behauptung vor, sie habe sich von einem Schüler ihres Mannes verführen lassen und dann vor lauter Scham Selbstmord begangen.

Durch Beruria war ich zu den Schriften zurückgeführt worden, zu (jetzt wird der Leser den Sinn dieses Exkurses verstehen) den weiblichen Aspekten des Göttlichen. Natürlich überwiegen die Hinweise auf einen männlichen Gott. Im Hebräischen ist Gott männlichen Geschlechts, und die Vorstellung von Gottes menschlicher Gestalt beschwört Männerbilder herauf, vom heißblütigen jungen Krieger bis zu Michelangelo Buonarrotis weisem altem Herrn mit weißem Bart, am Gewölbe der Sixtinischen Kapelle.

Auch weibliche Darstellungen existieren, wie in der (nach meiner Ansicht) völlig korrekten Übersetzung des Bibeltextes, auf den ich Margery Childe hingewiesen hatte. Begraben von Bearbeitern, verschleiert von Übersetzern, sind sie doch vorhanden und für ein aufmerksames Auge zu erkennen. Die Verse aus der Genesis, von Margery bei ihrem Vortrag interpretiert, hatten mich im letzten Oktober drei Wochen lang beschäftigt. Penibel zerlegte ich den hebräischen Text, nahm die Verse auseinander und setzte sie wieder zusammen, studierte die Deutun-

* Joseph ben Akiba, jüd. Schriftgelehrter, um 50–135 n. Chr. (A. d. Ü.)

gen der Rabbis und moderner Kommentatoren und zog meine vorsichtigen, aber fundierten Schlüsse, die ich im zweiten Teil meines Essays einfügte, mit zahlreichen Fußnoten und Querverweisen. Und als ich dann zwei Monate später hörte, wie diese wissenschaftlich unbedarfte fromme Lady meine mühsam erstellte Hypothese ganz lässig für selbstverständlich und unbestreitbar erklärte, war ich – um es milde auszudrücken – fasziniert.

Etwas pikiert kehrte ich zum hebräischen Text zurück und las ihn noch einmal, Wort für Wort. Schon nach fünf Minuten gab ich Margery recht: Dreihundert schweißtreibende Stunden und schmerzende Augen waren vergeudet worden, um das Offensichtliche zu beweisen. Also hatte ich das Rad neu erfunden. Ich schüttelte den Kopf und lachte laut auf, sehr zum Ärger meiner Sitznachbarn in der Bibliothek. Dann blätterte ich weiter und begann zu arbeiten.

In den Ferien war Oxford friedlich und idyllisch. Ich bewohnte ein Apartment im Norden der Stadt und aß manchmal bei meiner Vermieterin, einer pensionierten Dozentin aus Somerville. Um den ungewöhnlich milden Dezember zu nutzen, ging ich spazieren und fuhr Rad. Als ich am Mittwoch zur Bibliothek wanderte, machte ich einen Umweg durch den Park. Sonst lenkte mich glücklicherweise nichts von meiner Arbeit ab. An diesem Tag erzielte ich rasche Fortschritte, als hätte eine Laune des Wettergotts die Räder in meinem Gehirn geölt: Prompt erhielt ich die bestellten Bücher, meine Feder glitt reibungslos übers Papier, mühelos löste mein wacher Verstand Probleme und Rätsel. Mit bestem Appetit verschlang ich meine Mahlzeiten, und ich schlief in beiden Nächten wie ein unschuldiges Kind, was mich verblüffte und erleichterte.

Dann dämmerte der Donnerstagmorgen herauf wie der Beginn heftiger Zahnschmerzen. Ich vergrub den Kopf im Kissen und konzentrierte mich auf die etwas unklare Bedeutung eines gewissen unregelmäßigen Verbs, die mir am Vortag aufgefallen war. Aber es nützte nichts. Die kurze Atempause war dahin, und die Hoffnung, ich könnte mich bis zu meinem Geburtstag am Sonntag in Oxford verkriechen, wurde mir von den kalten, harten Forderungen meiner Pflicht geraubt. Zum drittenmal in ebenso vielen Tagen war ich davongelaufen, und die schwache innere Stimme, die mich an meine wissenschaftliche Arbeit und die Gefahr einer schändlichen Niederlage am 28. Januar erinnerte, hatte keine Chance gegen die Ansprüche meines besseren Ichs. Niemals würde ich mich einer Verantwortung entziehen.

Ich stand auf und zog mich an. Während ich in meinen Schubladen nach Strümpfen ohne Laufmaschen und Handschuhen ohne Löcher fahndete, nahm der Ruf meines Gewissens einen sanfteren Klang an. Um meine Aufgabe zu erfüllen, brauchte ich eine angemessene Garderobe, etwas anderes als die Flanellhosen meines Vaters und die umgearbeiteten Tweedjacken meiner Mutter. Seit dem letzten Sommer hatte ich nicht einmal Handschuhe erstanden. In London werde ich ein paar neue Sachen kaufen, erlaubte mir eine neue, erstaunlich großzügige innere Stimme. Von diesem Entschluß ein wenig ermuntert, ging ich nach unten, trank mit meiner Vermieterin eine Tasse Tee und aß ein paar Biskuits.

Auf dem Bahnhof schickte ich Holmes und Veronica je drei Telegramme an verschiedene Adressen. Beiden teilte ich mit, ich würde in meinem Club «Revolution» absteigen, und bat sie, Verbindung mit mir aufzunehmen. Reinen Gewissens stieg ich in den Zug.

■

Den Vormittag verbrachte ich bei dem Ehepaar, das meine Mutter eingekleidet und sich nach deren Tod großmütig mit mir, einer ziemlich unberechenbaren Kundin, belastet hatte. Eifrig begutachteten sie mich, nahmen meine Maße und schnalzten mit den Zungen – zwei Kobolde mit verhutzelten Gesichtern, braunen Augen und flinken Fingern. Sie verstand sich auf Farben und Schnitte, er besaß ein Gespür für das richtige Material. Mit vereinten Kräften wollten sie mich ausstaffieren und mir ein präsentableres Flair verleihen. Bei heißem, süßem, rauchigem Tee entschieden wir, nun würde ich nicht mehr wachsen und könne richtige Kleider tragen – aus weicher Wolle und Kaschmir, Seide und Leinen. Während sie Modelle skizzierte, in kühnen, dramatischen Linien, hievte er verschiedene Stoffballen auf die Arbeitstische, wobei sie widersprüchliche Monologe hielten und einander mit dem Finger drohten. Ich beschloß zu flüchten. Ob es an einer Flaute nach Weihnachten lag, wie sie behaupteten, ob meine gegenwärtige äußere Erscheinung sie dermaßen peinigte oder ob ich ihre Phantasie herausforderte – jedenfalls beschworen sie mich, die ersten Ensembles schon am Montag morgen abzuholen, der symbolische Beginn eines neuen Lebens.

Ich verließ den Salon, fühlte mich schäbig und trist. Als ich mir das letzte Mal eine neue Garderobe angeschafft hatte, war sie zerfetzt am Boden eines klapperigen Pferdewagens gelandet. Um mich aufzuheitern, nahm ich den Lunch im Simpson's ein, wo mich der Maître zu meiner Freude namentlich begrüßte. Schließlich fuhr ich in einem Taxi zum Club. Dort erwartete mich ein Telegramm von Veronica, die mich bat, sie um vier Uhr aufzusuchen. Würde ich sie am Abend in den Tempel begleiten?

Nachdem ich mich in mein Zimmer zurückgezogen hatte, musterte ich die beiden Kleider, die melancholisch im Schrank hingen. Eins war aus schöner grüner Wolle, aber zwei Jahre alt, und ich hatte den Saum schon zweimal verlängern lassen. Und das andere – sehr schlicht, dunkelblau, fast schwarz, mißfiel mir so sehr, daß ich es pro Jahr fünfzig Wochen nicht anrührte. Welches der beiden war akzeptabler? Aber zu den verfügbaren Schuhen paßte ohnehin keins. Seufzend dachte ich an die Kobolde. Vielleicht sollte ich Holmes' Beispiel folgen und im ganzen Land zumindest ein halbes Dutzend kompletter Garderoben und erforderlicher Accessoires verteilen. Nach dem Sonntag könnte ich mir das leisten, wenn ich's wollte, und es würde die Kobolde sicher beglücken.

Schließlich hängte ich die Kleider wieder an die Stange, verschob die Entscheidung auf später und ging zum Leseraum des Clubs hinunter. Iris Fitzwarrens Tod interessierte mich nicht besonders, abgesehen von dem Einfluß, den er auf Veronicas und Margery Childes Leben ausübte. Aber aus Gewohnheit, und vielleicht aus Respekt vor Ronnie, beschloß ich, die Zeitungen zu lesen. Jedenfalls kann es nicht schaden, dachte ich und vertiefte mich in die Morgenausgaben vom Dienstag. Eine Stunde später stieg ich die Treppe hinauf, die Finger voller Druckerschwärze und um einiges klüger.

Iris Elizabeth Fitzwarren, achtundzwanzig Jahre alt, die Tochter des Majors Thomas Fitzwarren und Elizabeth Quincey Donahue Fitzwarrens, war am Dienstag, dem 28. Dezember, zwischen ein und drei Uhr morgens erstochen worden. Von Scotland Yard wenig später aufgespürt, sagte ein Taxifahrer aus, er habe sie am Vorabend vor einem verrufenen Nachtclub abgesetzt. Trotz intensiver Ermittlungen wußte man nicht, wann oder mit wem Miss Fitzwarren den Club verlassen hatte – wenn überhaupt. Jedenfalls war sie dort gesehen worden. In «ärmeren Kreisen» (eine Formulierung der *Times*) war Miss Fitzwarren wohlbekannt, da sie eine kostenlose ärztliche Betreuung für Frauen und Kinder organisiert hatte. Während des Krieges ließ sie sich zur Krankenschwester ausbilden und pflegte Verwundete. Zusammen mit Margery Childe, der «schönen blonden Leiterin des Neuen Tempel Gottes» (das blumige Kompliment einer Abendzeitung), hatte sie Kliniken in Stepney und Whitechapel gegründet. Miss Fitzwarren hinterließ und so weiter, der Trauergottesdienst würde dann und dann stattfinden, et cetera ...

Mit anderen Worten, überlegte ich und kaute an meinen Fingernägeln, wenn die Beamten von Scotland Yard was wissen, verraten sie nichts.

Ich frisierte mich etwas sorgfältiger als sonst, zog das schlichte dunkle Kleid an und inspizierte das Resultat meiner Bemühungen. Sicher würden die Kobolde mit den Zungen schnalzen, dachte ich. Aber ich sah zumindest besser aus als in Veronicas ausrangierten Sachen. Am Empfang erfuhr ich, bisher sei keine Nachricht für mich eingetroffen, und ich erklärte, wo man mich in den nächsten Stunden erreichen könne – sollte Mr. Holmes danach fragen.

In der Abenddämmerung erschien mir Veronicas Hof noch trister als frühmorgens. Ein paar Straßenjungen lungerten vor ihrer Tür herum. Zweifellos warteten sie, bis die Mütter ihnen erlaubten, zum Abendessen heimzukommen. Zwei hatten Krätze im Gesicht, die gerade verheilte, vier waren barfuß, einer trug keinen Mantel.

Durch den Hof hallte ein unverständlicher, aber identifizierbarer Lärm. Nachdem ich den Taxifahrer bezahlt hatte, folgte ich dem Geräusch zu seinem Ursprung: Veronicas Tür stand halb offen, aus ihrer Wohnung war lautes Stimmengewirr zu vernehmen.

Vorsichtig bahnte ich mir einen Weg zwischen den Kindern hindurch, spähte ins Haus und erkannte, daß es sinnlos war, anzuklopfen oder ein höfliches «Hallo» zu rufen. Also ging ich hinein. Das Geschrei drang aus dem zweiten Raum des schäbig möblierten Erdgeschosses. Während ich im Flur stand, versuchte ich zu ergründen, worum sich die Diskussion drehte – offensichtlich ein häuslicher Streit. Daran beteiligten sich mindestens vier Familien, Mütter mit Babys auf den Hüften und schluchzenden Kindern an den Rockzipfeln, kampflustige Männer und junge Burschen, die sich Brust an Brust anbrüllten, drei asthmatisch fauchende Großmütter. Und inmitten des Pandämoniums entdeckte ich zwei weitere Gestalten, bröckelnde Felsen in der Brandung – Veronica Beaconsfield und eine stämmige kleine Ausländerin. Vielleicht eine Belgierin, dachte ich.

Es dauerte ein paar Minuten, bis Veronica den Wortschwall einer Mutter unterbrach, zu mir herüberschaute und in namenloser Erleichterung aufatmete. Dann wandte sie sich ihrer Angreiferin zu, und ich sah, wie sie die Lippen bewegte. Was sie sagte, mußte blankes Entsetzen hervorrufen, denn die Frau starrte sie entgeistert an, bevor sie neue Kräfte sammelte und nickte. Dabei erinnerte sie mich seltsamerweise an eine gereizte Napfschnecke. Die Schultern gestrafft, wappnete sie sich gegen neue Gefechte. Ronnie zwängte sich durch das Gedränge in meine Richtung, schüttelte den Kopf und hob eine Hand, um alle flehenden Bitten abzuwehren, die unterwegs auf sie einstürmten.

Endlich eilte sie in den Flur. «Bist du mit einem Taxi gekommen?» fragte sie und ignorierte die Frauen, die sich an ihr festklammerten.

«Leider habe ich den Fahrer nicht gebeten, auf mich zu warten. Hier sind deine Sachen.»

«Wirf sie einfach da hinüber. Komm! Auf der Straße werden wir sicher ein Taxi finden.»

Hastig deponierte ich das Paket auf der Ablage über der Garderobe und erreichte den Ausgang kurz vor den Frauen. Ich lächelte, nickte, schlug ihnen die Tür vor der Nase zu und rannte Veronica nach, die bereits um eine Ecke bog. «Um Himmels willen, was ist hier los? Und wohin fahren wir?»

«Ach, nicht so wichtig ... Ich hab was für eine Familie getan, und die anderen glauben, das würde ihnen auch zustehen. Jetzt kümmert sich meine Assistentin um alles Weitere. Oder sie finden's zu mühsam, die arme Frau anzuschreien, weil sie nur französisch spricht, und gehen nach Hause. Wir fahren zu den Fitzwarrens.» Hektisch schwenkte sie einen Arm, und ein Taxi löste sich aus dem Verkehrsstrom. Als wir im Fond saßen, runzelte sie besorgt die Stirn. «Macht's dir was aus, mich zu begleiten? Vor anderthalb Stunden rief der Major an und bat um meinen Besuch. Aber ich ... Es stört dich doch nicht?»

Falls sie mich als Schutzschild gegen Miles benutzen wollte, gefiel mir diese Idee nicht sonderlich. Aber ich fühlte mich stark genug und versicherte, ich würde sehr gern mitkommen.

«Wunderbar! Ich weiß nicht, ob man uns Tee oder einen Drink servieren wird. Danach gehen wir essen – und dann in den Tempel. Einverstanden?»

«O ja.»

«Ich bin ja so froh!» Zu meiner Verblüffung drückte sie meine behandschuhten Finger. «Gott sei Dank, daß du da bist, Mary! Ich weiß nicht, ob ich das alles ohne deine Hilfe überstehen würde.»

«Ist das die Veronica Beaconsfield, die mit einer Hand halb London zusammenhält?» fragte ich leichthin.

Sie schenkte mir ein nervöses Lächeln und schaute auf ihre Armbanduhr. Schweigend fuhren wir durch die Dämmerung nach St. John's Wood.

■

An unserem Ziel angelangt, wurden wir von einem älteren Butler mit jenem langen, kummervollen Gesicht empfangen, das zu seinem Beruf gehörte. Wir folgten ihm in eine schimmernde Marmorhalle, wo er uns die Mäntel abnahm.

«Guten Abend, Marshall», grüßte Veronica und reichte ihm ihre Handschuhe. «Mrs. Fitzwarren erwartet mich. Das ist Miss Russell.»

«Guten Abend, Miss. Welch eine Freude, Sie wiederzusehen, Miss Beaconsfield! Ich werde Mrs. Fitzwarren sofort über Ihre Ankunft informieren. Wenn Sie einen Augenblick dort drinnen warten würden ...»

Doch die Tür, auf die er zeigte, schien ihr zu mißfallen. «Macht's Ihnen was aus, wenn wir in die Bibliothek gehen, Marshall? Wahrscheinlich werde ich ziemlich lange oben bleiben, und Miss Russell könnte sich mit den Büchern die Zeit vertreiben.»

Ein kurzes Zögern war das einzige Zeichen eines Dilemmas, das einen unerfahrenen Butler erschüttert hätte. Und dieses sekundenlange Zaudern besagte, normalerweise dürften Besucher keine solchen Wünsche äußern. Aber Miss Beaconsfield war keine gewöhnliche Besucherin. Beinahe gehörte sie zur Familie. «Lieutenant Fitzwarren befindet sich in der Bibliothek, Miss», verkündete er, um seinen Zwiespalt zu erklären und die Entscheidung ihr zu überlassen.

«Miles?» Nun zögerte Veronica. Dann straffte sie die Schultern. «Nun, irgendwann muß ich ihn ohnehin sehen. Aber vielleicht sollten Sie ihn vorwarnen. Inzwischen führe ich Miss Russell in den Salon.»

Diese diplomatische Lösung wurde akzeptiert, und er nahm uns die Mäntel ab, ehe er verschwand. Glücklicherweise mußte ich nicht den ganzen Abend in dem formellen Salon mit den grauen Wänden und den beunruhigenden futuristischen Gemälden verbringen. In der Bibliothek würde ich mich wohler fühlen.

Veronicas Miene wirkte ernst, aber nicht ängstlich. Nachdem der Butler uns Bescheid gegeben hatte, folgte ich ihr durch einen Korridor voller Porträts. Irgendwie erweckte ihr steifer Rücken den Anschein, sie müßte einem Exekutionskommando gegenübertreten. Auf der Schwelle zur Bibliothek blieb sie stehen, und ich schaute an ihr vorbei zu der Gestalt am Fenster.

Um in Miles Fitzwarren einen kranken jungen Mann zu erkennen, bedurfte man keiner medizinischen Erkenntnisse. Offensichtlich war er unfähig, seine Qualen zu verbergen. Er bewegte sich, als würde er an einer Grippe leiden und von Gelenkschmerzen geplagt. Doch statt der Trägheit, die eine solche Infektion begleitet, beherrschte ihn eine nervöse Unrast, die ihm nicht gestattete, sich zu setzen oder in Gedanken zu versinken, und mich an ein eingesperrtes Tier erinnerte. Er bot einen erschütternden Anblick, der Veronicas Herz zerreißen mußte. Trotzdem klang ihre Stimme ruhig und gefaßt. «Hallo, Miles.»

«Guten Abend, Ronnie!» rief er betont forsch. «Du siehst zauberhaft aus. Welch eine Überraschung! Wir haben uns lange nicht mehr getroffen, was? Wie war dein Weihnachtsfest? Und wie geht's deinen Eltern? Dein Vater laboriert am Ischias, nicht wahr? Hoffentlich hat's ihn nicht von der Jagd abgehalten. Oh, wie unhöflich ich bin ... Nimm doch Platz! Ist das deine Freundin? Miles Fitzwarren. Freut mich, Sie kennenzulernen, Miss ...»

«Das ist Miss Russell, eine Freundin aus Oxford.»

«Ah, noch ein Blaustrumpf? Oder vollbringen auch Sie gute Werke, Miss Russell? Was macht die *opera sordida*, Ronnie? Das ist ja so peinlich, wissen Sie», vertraute er mir an, «von Leuten umringt zu werden, die immer nur Gutes tun ...» Sogar in seinen eigenen Ohren mußte der Versuch, fröhlich zu lachen, hohl und schal geklungen haben. Dann schien er an seine Schwester zu denken, um die er trauerte, und vielleicht zu ahnen, daß er sich eine Blöße gab. Hastig fuhr er fort: «Übrigens, ich habe von deiner frommen Lady gehört, Ronnie, von dieser Miss Childe. Das muß ja ein toller Verein sein. Vor ein oder zwei Wochen war ein Freund dort und erzählte, sie habe ein Loblied auf die Liebe gesungen. Sie schien ihn tief zu beeindrucken, aber ich frage mich, was das soll – Liebe in der Kirche. Nun, wahrscheinlich meint sie's gut.»

«Miles, ich ...»

«Letzte Woche habe ich sie gesehen», schwatzte er eifrig weiter. «Irgend jemand verriet mir, wer sie ist. So ein winziges Ding! Zuerst hielt ich sie für ein Kind, aber dann schaute ich in ihr Gesicht. Wie sagt man so schön? Manchmal kommt das Gute in kleinen Häppchen daher.»

Welche Enthüllungen er sonst noch zu bieten hatte oder wie Veronica ihn unterbrechen wollte, erfuhr ich nicht. Denn in diesem Augenblick zeigte sich Marshalls melancholische Erscheinung auf der Schwelle und ließ verlauten, Mrs. Fitzwarren würde Miss Beaconsfield jetzt gern empfangen.

Veronica erhob sich und biß auf ihre Unterlippe. Impulsiv eilte sie zu Miles, der auf einer Schreibtischkante hockte, küßte seine Wange und kehrte ihm den Rücken zu. Er zuckte so heftig zusammen, als hätten ihn glühende Kohlen berührt. In dem Blick, den sie mir zuwarf, las ich die ganze Angst, ihre Sorge und Hoffnungslosigkeit.

Nachdem sie die Bibliothek verlassen hatte, schien er meine Anwesenheit zu vergessen. Er begann umherzuwandern, rauchte hektisch, blieb hin und wieder am Fenster stehen und starrte in den dunklen Garten. Offenbar hatte er abgenommen, nachdem sein Anzug geschneidert worden war (ein exquisiter Anzug, der dringend einer Reinigung bedurfte). Seine Hände erinnerten mich irgendwie an Holmes und dessen verlorenen Sohn. Aber die Finger des jungen Mannes zitterten, was ich bei Holmes noch nie beobachtet hatte, und seine Nägel waren ungepflegt. Auch das Taschentuch, das er hervorzog, erschien mir nicht sonderlich kultiviert. Geräuschvoll putzte er seine Nase, wischte über die wässerigen Augen, zündete sich noch eine Zigarette an und trat vors Fenster. In der schwarzen Scheibe sah ich sein Spiegelbild. (Zeichen eines verstörten Haushalts, dachte ich, obwohl dies völlig irrelevant war. Nach Einbruch der Dunkelheit müßten die Vorhänge zugezogen werden.)

Gähnend musterte er sein gespenstisches Gesicht im blanken Glas, ehe er eine Hand hob und seine Augen verdeckte. Von hilfloser Kapitulation übermannt, senkte er den Kopf. Ich sprang auf und stand zwischen Miles und der Tür, als er sich umdrehte und mich entdeckte. Verblüfft ließ er die Zigarette fallen, bückte sich hastig, griff danach und wischte den Aschefleck vom Teppich. Dann richtete er sich auf, und die schreckliche Fröhlichkeit kehrte zurück. «Oh, tut mir wahnsinnig leid. Aber Sie waren so still ... Wie unhöflich ich bin! Normalerweise benehme ich mich etwas besser ...»

In diesem Moment läutete eine Glocke, er verstummte, und die Unterbrechung erinnerte mich an die Tatsache, daß ich nicht das Recht hatte, ihn von der Nadel abzubringen. Langsame Schritte folgten dem Korridor, das Haustor schwang auf, und durch die Bibliothekstür drang eine unverwechselbare Stimme. «Wenn das nicht Edmund Marshall ist! Wie geht's Ihnen, guter Mann?»

«Mr. – Mr. Holmes! Also, nie hätte ich gedacht ... Das muß jetzt ... »

«Ja, wir haben uns dreizehn Jahre nicht gesehen. Ist eine Miss Russell hier?»

«Allerdings, Sir, Sie finden die junge Dame in der Bibliothek, zusammen mit Mr. – mit Lieutenant Fitzwarren.»

Der Genannte war in der Haltung eines Hundes erstarrt, der auf das schwache Echo eines Jagdhorns lauschte – oder eher eines Fuchses, von fernem Gebell alarmiert.

«Ausgezeichnet! Hier, Marshall, nehmen Sie auch noch meinen Gehstock. Diese Tür, nicht wahr?»

Und dann stand er auf der Schwelle. Mit einem Blick registrierte er meine Position im Zimmer, Miles Fitzwarrens physischen und geistigen Zustand, ebenso die offenen Vorhänge, mein dunkles Kleid, die Schachfiguren auf dem Kamintisch. Wie immer passend gekleidet, trug er einen etwas altmodischen, aber gutgeschnittenen schwarzen Anzug und ein blütenweißes Hemd. An den Ärmeln funkelten brillantene Manschettenknöpfe. Nach dem etwas zerdrückten Haar zu schließen, hatte er Marshall einen Seidenzylinder überreicht. Die Bügelfalten der Hosen waren rasiermesserscharf, die Schuhe spiegelblank. Selbstbewußt betrat er die opulente Bibliothek, in der höflichen, etwas gelangweilten Haltung eines potentiellen, aber nicht sonderlich begeisterten Käufers. Ich sank wieder in meinen Sessel, und er warf mir einen anerkennenden Blick zu. Dann schlenderte er nonchalant zum Schachbrett.

«Heute nachmittag muß ich Sie zweimal nur knapp verpaßt haben, Russell», bemerkte er und verschob einen schwarzen Springer. «Erst in Ihrem Club, dann in Miss Beaconsfields Haus, wo gerade ein Aufstand von einer sehr tüchtigen jungen Belgierin niedergeschlagen wurde. Sie erzählte mir in ihrer Muttersprache, wohin Sie gefahren waren.» Die Lippen gekräuselt, rückte er einen weißen Läufer um drei Felder weiter vor. «Ihre Miss Beaconsfield hat offensichtlich einige – interessante Freunde.» Wieder entstand eine Pause, während er den schwarzen König zur Seite schob, dann schien ihn das Spiel zu ermüden. Er verschränkte die Hände hinter dem Rücken, wanderte umher und studierte die Titel der ledergebundenen Bücher. Beim Fenster fiel sein Blick auf den Teppich. Langsam strich sein Finger über die faltige Lehne eines kastanienbraunen Ledersofas, spähte unter einen gefransten Lampenschirm und berührte einen Federständer aus geschnitztem Elfenbein auf der glänzenden Mahagoniplatte des Schreibtisches.

Schließlich hielt er vor der stocksteifen Gestalt Miles Fitzwarrens inne, der zum erstenmal still stand, seit ich ihn kennengelernt hatte. Holmes betrachtete die kunstvollen Ornamente eines Briefbeschwerers aus Kristallglas, der irgendwie in seiner Hand gelandet war, ehe er den Kopf hob. Als seine grauen Augen das Gesicht des jungen Mannes musterten, schienen sie aus lichten Höhen herabzublicken. «Guten Abend, Lieutenant Fitzwarren», sagte er mit leiser, aber schicksalsschwerer Stimme.

Miles zuckte zusammen und verschanzte sich hinter seiner Maske. «Guten Abend, Sir. Ich – eh – ich glaube, ich hatte noch nicht die Ehre.»

«Nun, wir sind uns einmal begegnet. Aber das ist schon einige Jahre her. Holmes, Sherlock Holmes.»

Der junge Mann blinzelte und versuchte erfolglos zu lachen. «Ein unangenehmer Name, nicht wahr? Sicher verwechseln die Leute Sie ständig mit diesem komischen Detektiv und fragen, wo Sie Ihre Lupe und Ihre Schirmmütze verstecken.»

«Lieutenant, ich *bin* dieser komische Detektiv. Und ich kam schon einmal in dieses Haus. Es ging um Juwelen. Damals waren Sie noch ein kleiner Junge. Vielleicht erinnern Sie sich dran, wenn Sie scharf nachdenken.»

«Großer Gott, natürlich! Anfangs dachte ich, das würde ich mir einbilden. Aber nun entsinne ich mich. Tatsächlich, ich habe Sherlock Holmes schon einmal gesehen.» Achtungsvolle Scheu hatte das alberne Theater beendet. Jetzt schaute er leicht benommen drein. «Was machen Sie hier? Ich meine, kann ich irgendwas für Sie tun?»

«Genau das wollte ich *Sie* fragen, und deshalb bin ich gekommen.»

«Verzeihen Sie, ich verstehe nicht … Wegen Iris? Nun, die Polizei scheint …»

Holmes hob seinen Finger und brachte Miles zum Schweigen. «Lieutenant Fitzwarren, man könnte Ihnen helfen.»

«Ja?» Der junge Mann schluckte krampfhaft. «Eh – das ist sehr nett von Ihnen ...», begann er unsicher, und Holmes fiel ihm erneut ins Wort.

«Offensichtlich haben Sie die traurige und allzuweit verbreitete Erkenntnis gewonnen, daß die Acetylierung im Morphium sowohl zur physischen als auch zur psychischen Sucht führt. Von der seelischen Abhängigkeit kann ich Sie nicht befreien, aber von der physiologischen. Das ist kein angenehmer Prozeß. Wochenlang werden Sie sich so elend fühlen wie jetzt und für einen kürzeren Zeitraum noch schlechter, danach geschwächt und beschämt. Gähnende Leere wird Ihr Inneres beherrschen, eine verzehrende Sehnsucht nach der Droge. Aber Sie werden die Sucht überwunden haben und sich allmählich wieder auf Ihre Identität besinnen. Wenn Sie – was ich annehme – den Wunsch empfinden, Ihren Körper zu reinigen und alte Erinnerungen zu wecken, will ich Ihnen helfen. Doch das müssen *Sie* entscheiden.»

«Warum? Ich kenne Sie ja gar nicht. Wieso sollten Sie ...»

«Vier Jahre lang haben Sie in den Schützengräben für mich gekämpft. Ihre Sucht ist der bittere Lohn Ihrer Mühe. Seit Sie an Bord des Truppentransportschiffs gegangen sind, stehe ich in Ihrer Schuld. Nun möchte ich Ihnen alles vergelten, indem ich einen kleinen Teil des Preises übernehme, den Sie zahlen mußten. Sie brauchen nur auf meinen Vorschlag einzugehen, und ich bin bereit.»

Irgendwo tickte eine Uhr, langsam verstrichen die Sekunden. Eine halbe Minute, eine Minute ... Angstvoll lauschte ich auf Schritte, die diese beiden Männer (einer jung, der Droge verfallen, die sein Nervensystem ruinierte, der andere unbeugsam und innerlich gefestigt) stören und die wortlose Konfrontation unterbrechen würden.

Wer den Bann brach, konnte ich nicht feststellen. Jedenfalls rang Miles nach Atem und streckte seine rechte Hand aus, die Holmes schüttelte. Mit der Linken umfaßte er die Schulter des Lieutenants. «Braver Junge! Wo ist Ihr Hut?»

«Mein Hut? Haben Sie etwa vor ...?»

«Allerdings.»

«Aber – meine Mutter ...»

«Ihrer Mutter wird es wesentlich bessergehen, sobald Sie weiß, daß ihr Sohn zu sich selbst zurückkehrt und daß sie ihn nicht mehr in seinem gegenwärtigen Zustand ertragen muß. Gewiß wird sie es Ihnen verzeihen, wenn Sie nicht am Begräbnis teilnehmen. Und außerdem – was man sich vorgenommen hat, soll man möglichst schnell durchführen.» Holmes umklammerte den elegant gekleideten Ellbogen und zog seinen Schützling mit sanfter, aber unerbittlicher Gewalt zur Tür. «Keine Widerrede, junger Mann! Sie haben mich um Hilfe gebeten, und die müssen Sie – wie so viele Leute vor Ihnen – in der Form annehmen, die ich Ihnen biete, ob es Ihnen paßt oder nicht. Russell, entschuldigen Sie uns bei der Familie und geben Sie irgendeine Erklärung ab. Und seien Sie doch so freundlich, Mycroft im Diogenes-Club anzurufen. Sagen Sie ihm, wir seien auf dem Weg zum Sanatorium. Und teilen Sie Dr. McDaniels bitte mit, wir würden ihn dort aufsuchen.»

Hastig holte der verwirrte Marshall die Garderobe der Gentlemen. Holmes nahm ihm den Hut aus der Hand, stülpte ihn auf Fitzwarrens Kopf, setzte seinen Zylinder auf und ergriff die beiden Mäntel. «Auf Wiedersehen, Russell. Sie erreichen mich über Mycroft.»

«*Massel tow*, Holmes.»

«Danke, Russell.» Mit leiser Stimme fügte er hinzu: «Das werde ich brauchen.» Er ignorierte den beflissenen Butler, legte den Mantel um Miles' Schultern und schlüpfte in seinen eigenen. Hastig sprang der arme Dienstbote zur Tür und hielt sie auf, bis beide Männer ins wartende Taxi gestiegen waren.

Dann wandte er sich mir zu und betrachtete mich mit mildem Vorwurf. «Haben Madam einen Wunsch.»

«Eigentlich wünscht Madam nur, dieser Mann würde sich nicht immer wieder in Schwierigkeiten bringen», erwiderte ich geistesabwesend.

Er blinzelte verwirrt, aber seine professionelle Haltung gewann die Oberhand. «In der Tat, Madam», stimmte er zu, etwas emphatischer als nötig, und ich kehrte in die Bibliothek zurück, um zu telefonieren. Eine schwere Last war von meinen Schultern genommen, und das hing nur teilweise mit Miles zusammen.

8

Donnerstag, 30. Dezember

■

Verglichen mit anderen Geschöpfen, ist die Frau das Ebenbild Gottes, denn sie sind ihr unterlegen; aber verglichen mit dem Mann, darf man sie nicht als Ebenbild Gottes bezeichnen, denn sie beherrscht ihn nicht, sondern sie gehorcht ihm.

ST. AUGUSTINUS

Nachdem ich Holmes und Miles losgeworden war, erschien mir das Leben etwas einfacher. Ich spielte die Schachpartie meines Mentors zu Ende, erzielte mit sechs Zügen ein Schachmatt, goß mir aus einer Kristallkaraffe einen ausgezeichneten Sherry ein und inspizierte die Bücher. Als ich die dreiundzwanzigste Seite eines italienischen Werks über die venezianischen Dogen las, das aus dem späten siebzehnten Jahrhundert stammte, eilte Veronica in die Bibliothek. «Tut mir leid, daß es so lange gedauert hat, Mary. Wo ist Miles?»

Ich klappte das Buch zu, einen Finger an der Stelle, wo ich meine Lektüre unterbrochen hatte. «Ronnie, dein Miles wird sich einer Kur unterziehen.»

«Wovon redest du?»

In knappen Worten schilderte ich die Ereignisse.

«So einfach war das?»

«Vielleicht nur ein Anfang ...»

Da brach sie in Tränen aus, umschlang mich mit beiden Armen, stürmte aus dem Zimmer die Treppe hinauf. Ich kehrte zu den Dogen zurück und gelangte bis zur Seite zweiundneunzig (wegen der archaischen italienischen Sprache kam ich nur langsam voran), ehe die Tür wieder geöffnet wurde. Ich stand auf, stellte das Buch ins Regal und folgte einer Veronica Beaconsfield, die seit den alten Oxforder Tagen nicht mehr so glücklich gewesen war, in die Halle. Beim Anblick ihrer rosigen Wangen überlegte ich, ob ich sie warnen sollte. Doch ich besann mich anders und ließ mir von Marshall in den Mantel helfen.

«Eigentlich dürfte ich mich nicht so freuen», meinte sie auf der Straße. «Iris ist tot, und ich weiß, daß Miles' Entschluß nur einen schwachen Hoffnungsschimmer bedeutet. Aber ich kann nicht anders, und ich danke dem Allmächtigen, der uns an jenem Morgen zusammengeführt hat, Mary. Möchtest du zu Fuß gehen, oder nehmen wir ein Taxi? Fahren wir zu einem Restaurant?»

«Gehen wir. Mal sehen, was wir unterwegs finden.»

Was wir fanden, war ein Ecklokal, betrieben von einem Sizilianer, der sich auf Curry, scharfgewürztes Kaninchen und stark gesüßten Kaffee spezialisiert hatte. Das Essen schmeckte etwas seltsam, aber mein Magen rebellierte nicht, und als wir zum Tempel aufbrachen, fühlten wir uns inniger verbunden denn je. Trotz der Kälte und obwohl der Gottesdienst bald beginnen sollte, wanderten wir langsam dahin, Arm in Arm, und sprachen über die Zukunft.

«Und du, Mary? Wirst du dich zur archetypischen Oxford-Dozentin entwickeln oder heiraten und vierzehn gräßliche, brillante kleine Bälger kriegen?»

«Irgendwie kann ich mir letzteres nicht vorstellen», entgegnete ich lachend.

«Ja, dazu würde man eine sehr rege Phantasie brauchen», stimmte sie zu, «aber ich glaube, du würdest dich in fast jeder anderen Situation zurechtfinden.»

«Besten Dank», sagte ich spröde.

«Oh, du weißt schon, was ich meine. Heutzutage passen die traditionellen Lebenswege nicht mehr zu unsereins. Und dein Mr. Holmes?»

«Mein Mr. Holmes ist fast sechzig. In diesem Alter gibt man das Junggesellendasein nicht mehr auf.» Meine Stimme klang ganz natürlich, humorvoll und ein wenig bedauernd.

«Wahrscheinlich hast du recht. Zu schade – er ist traumhaft, wenn auch auf unmögliche Art.»

«Soll das heißen, du findest ihn attraktiv?» fragte ich verwirrt.

«Sogar sehr. Soviel Sex-Appeal ... Gefällt er dir etwa nicht?»

«Doch, ich glaube schon.» Allerdings hätte ich ihn nicht als sexy bezeichnet.

«Aber du wirkst so überrascht.»

«Nun, ich hätte nicht erwartet, daß du .... Was fasziniert dich denn an ihm?»

«Er *fasziniert* mich nicht – nicht wirklich. Sicher kann er einen ganz schrecklich ärgern. Aber er beeindruckt mich, weil er so unerreichbar ist.»

Ein paar Minuten lang dachte sie nach, und ich wartete gespannt.

«Als ich fünfzehn war, kurz vor dem Krieg, hatte irgend jemand in der Schule die grandiose Idee, die besten Schülerinnen unserer Klasse fürs Frühlingstrimester nach Italien zu schicken. Der Onkel eines Mädchens wohnte in einer riesigen, verstaubten Villa auf dem Land, in der Nähe von Florenz, und wir sollten einen Bus mieten, der uns täglich in die Stadt kutschierte, zu den Kunstschätzen. Natürlich brach die alte Karre regelmäßig zusammen, oder der Fahrer war betrunken, oder wir revoltierten. Also verbrachten wir nur zwei Tage in Florenz und die restliche Zeit in einer Kleinstadt, drei Meilen von der Villa entfernt. Dort lebte ein Priester – es gab noch andere, aber dieser eine war was Besonderes. Vielleicht lag's an der südlichen Sonne, unseren Drüsen oder an irgendeiner Teufelei – jedenfalls entbrannten wir alle in heißer Liebe zu dem Gottesmann. Welche Qualen muß der Ärmste ausgestanden haben! Zehn englische Schülerinnen blieben ihm unentwegt auf den Fersen, himmelten ihn an und brachten ihm Obst und Süßigkeiten. Obwohl er etwas zu dünn war, sah er gut aus, sehr elegant in seiner schwarzen Kutte. Aber es war allein seine Unerreichbarkeit, die uns entzückte. Vermutlich reizte uns die Herausforderung, den asketischen Panzer zu durchbrechen, die Gefühle zu wecken, die sich darunter verbargen. Denn wir spürten die Leidenschaft, die in ihm schlummerte. Die konnte man gar nicht übersehen. Seine Augen und Lippen drückten nur zu deutlich aus, was ihn bewegte. Doch er hielt es eisern im Zaum. Zweifellos betete er Tag für Tag um innere Kraft, aber wir hofften, seine Kontrolle zu bezwingen und seine Emotionen zu entblößen.»

Veronica überdachte, was sie erzählt hatte, und lachte über ihre jugendliche Dummheit.

«Zumindest bildeten wir uns ein, er würde mit leidenschaftlichen Anwandlungen kämpfen. Er war wahrscheinlich furchtbar verklemmt, und wir jagten ihm gräßliche Angst ein. Und ich glaube, er hatte alle möglichen langweiligen Gewohnheiten, so wie ich sie auch an deinem Sherlock Holmes entdecken würde. Verklemmt und durchgeistigt, eine tödliche Kombination. Trotzdem», fuhr sie fort, ohne zu ahnen, wie tief mich ihre Worte erschütterten, «muß es viele unverklemmte, umgängliche ältere Männer geben, die normalerweise nicht mehr heiraten würden, aber sich ganz gern umstimmen ließen, um was gegen den Frauenüberschuß in England zu unternehmen.»

«Um Himmels willen, Ronnie, red nicht solchen Unsinn! Was würde Margery Childe dazu sagen?»

«Ja, ich weiß, das hört sich grauenhaft an. Aber offen gestanden, der Gedanke, für immer allein zu bleiben, ist keineswegs angenehm. *Alte Jungfer* – das klingt einfach entsetzlich. Manche Frauen im Tempel ...» Abrupt verstummte sie, und ich lächelte im Dunkeln vor mich hin.

«Manche Frauen?»

«Ach, sie behaupten, die einzig wahre Liebe sei der Sapphismus, eine Beziehung zwischen Frauen.»

«Ist Margery eine Lesbierin?»

«Sicher nicht.»

«Wieso weißt du das? Ist sie verheiratet?»

«Nein. Aber vielleicht war sie's mal. Jedenfalls erzählte mir jemand, ihr Mann sei an der Somme gefallen.»

«Wer?»

«Du meinst, wer mir's erzählt hat? Das muß eins der ersten Tempelmitglieder gewesen sein, das sie schon vor dem Krieg kannte. Ivy? Nein, jetzt fällt's mir ein. Delia Laird. Sie stand Margery von Anfang an zur Seite, in den frühen Tagen, wo sie noch Gemeindehallen mieteten, um ihre Versammlungen abzuhalten. Ja, das stimmt. Und Ivy erwähnte, vor ein oder zwei Jahren haben sie Margery in Frankreich gesehen, mit einem umwerfenden dunkelhaarigen Südländer, einem Gangstertyp. Nein, Margery ist nicht lesbisch.»

«Diese Delia habe ich nicht kennengelernt, oder? Du sagtest, sie sei ein Mitglied *gewesen*? Hat sie den Tempel verlassen?»

«Nein, sie starb im letzten August. Sie ertrank in der Badewanne.»

Bestürzt blieb ich stehen. «Großer Gott!»

«Es war Selbstmord. Als offizielle Todesursache wurde ein Unfall angegeben. Aber wir wissen alle, daß sie ihrem Leben ein Ende gesetzt hat. Tabletten und Schnaps, in der Badewanne.»

«Warum?» fragte ich.

Sie umfaßte meinen Arm, und ich ließ mich weiterziehen. «Margerys wegen. Delia gehörte zu den Frauen, die ihren lesbischen Neigungen vielleicht frönen würden, wenn sie aus einem weniger spießigen Elternhaus stammten oder wenn man sie ermutigt hätte. Aber da sie sich nicht dazu durchringen konnte, weihte sie Margery ihr Leben. Eine unglückliche Frau, aus guter Familie. Irgendwas Undefinierbares stimmte nicht mit ihr. Über Tote soll man nicht schlecht reden, aber ehrlich gesagt, sie war ziemlich dumm. Als der Tempel vor zwei Jahren seinen Aufschwung nahm, ließ Margery sie gewissermaßen hinter sich zurück. Sie brauchte Leute mit Organisationstalent, keine Frauen, die nur Hallen mieten oder Koffer schleppen konnten. Außerdem hatte sie keine Zeit mehr, um Delia zu bemuttern. Und so brachte sich das arme Ding um.»

«Weiß Margery, daß es Selbstmord war?»

«O nein. Delias Tod ging ihr sehr nahe.»

«Wie traurig ...»

«Allerdings. Und was am traurigsten ist – Delia hat nie geheiratet. Sie wäre eine treuergebene Ehefrau gewesen.»

«Selbst wenn sie mit einer Liebhaberin zusammengelebt hätte.»

«Auch dann.»

«Hätte Margery so etwas gebilligt?»

«Im Tempel gibt es einige weibliche Paare, und das scheint sie nicht zu stören. Offenbar glaubt sie, dies wäre eine rein persönliche Angelegenheit und es käme nur auf die Liebe an.»

Es dauerte eine Weile, bis ich meine Meinung äußerte. «Um die Wahrheit zu gestehen, ich finde eine Beziehung zwischen Frauen öde.»

«Da muß ich dir recht geben. Bist du noch Jungfrau, Mary?» Plötzlich mußte sie kichern. «O Gott, das klingt ja fast blasphemisch.»

«Ja», antwortete ich, und sie warf mir einen scharfen Blick zu.

«*Gerade* noch?»

«Gerade noch. Und du?»

«Nein. Immerhin war ich mit Miles verlobt.»

«Entschuldige dich doch nicht, um Gottes willen!»

«Oh, ich bereue es kein bißchen. Offen gestanden, ich vermisse ihn ganz schrecklich. Daß ich nicht mehr mit ihm zusammen bin, finde ich fast noch schlimmer als die Qualen, die mir seine Drogensucht bereitet hat. Und ich hoffe inständig ...»

Was sie erhoffte, mußte sie nicht aussprechen. Ich legte einen Arm um ihre Schultern, drückte sie an mich, und wir wanderten in freundschaftlicher Verbundenheit weiter, um Margery Childe zu lauschen.

■

In der Nähe des Tempels begann die Luft zu vibrieren, von harmonischen Stimmen erfüllt. Lächelnd beschleunigte Ronnie ihre Schritte. «Wunderbar! Sie singen immer noch. Also haben wir Margerys Vortrag nicht versäumt. Beeil dich!» Sie führte mich nicht durch eine der Doppeltüren an der Rückfront des Gebäudes, sondern eine Seitentreppe hinauf, an der ein Schild verkündete: «Nur für Besucher mit Eintrittskarten». Am Eingang nickte uns ein Wachtposten und Platzanweiser zu. Als der Gesang verhallte, fingen wir an zu laufen. Hinter einer Tür mit der Aufschrift «Privat» erwarteten uns Gehüstel und scharrende Füße und der Innere Kreis. Die meisten Leute hatte ich bereits an jenem ersten Abend getroffen. Sie machten uns Platz, ein paar schauten mich an, doch schienen sie ihr Interesse an meiner schlichten Kleidung verloren zu haben. Tiefe Stille herrschte im

Saal, und alle Blicke richteten sich auf die kleine Gestalt, die das Podium betrat.

Diesmal trug sie eine Robe aus dunkelgrauer, silbrig schimmernder Seide und schien von innen her zu leuchten. Es dauerte einige Minuten, bis ich merkte, daß sie von einem Scheinwerfer verfolgt wurde, nur geringfügig heller als das Rampenlicht. Was für ein professioneller Effekt, dachte ich lächelnd. Aber wie ich zugeben mußte, strahlte sie nicht nur künstlichen Glanz aus. Obwohl ich mir einredete, ich hätte mir Margerys magnetische Anziehungskraft nur eingebildet, spürte ich sie wieder, noch stärker als am Montag abend. Und während der Abend seinen Lauf nahm – ich kann ihn nicht Gottesdienst nennen –, geriet ich vollends in ihren Bann. Die Augen hypnotisch verdunkelt, sprach sie über die Liebe und unterstrich ihre Worte mit geschmeidigen Gesten.

Zuvor hatte sie die ungeteilte Aufmerksamkeit und das Schweigen aller Anwesenden abgewartet. Siebenhundert Ohrenpaare lauschten begierig, und wie ich später erfahren sollte, bestand ein Viertel des Publikums aus Männern.

«Meine Freundinnen und Freunde, heute wollen wir uns mit der Liebe befassen», verkündete sie. Der sanften Stimme folgten unhörbare Vibrationen, und Margery wartete, bis sie nachließen. Plötzlich lächelte sie. «Andererseits ist die Liebe wohl kaum ein Thema, über das wir reden können. Eine Macht jenseits der Sprache – etwas, das auf uns einströmt. Um meinen Freund Johannes zu zitieren – Gott ist die Liebe. Ein Mensch, der nicht liebt, kennt Gott nicht. Und wenn man liebt, dann liebt man Gott. Aber was versteht Johannes unter der Liebe? Was verstehen *wir* darunter? Denken Sie einmal an ein anderes Wort – Licht. Wenn ich jedem von Ihnen ein Blatt Papier geben und Sie bitten würde, zu beschreiben, was das Wort ‹Licht› für Sie bedeutet – glauben Sie, ich würde auch nur zwei gleichlautende Definitionen erhalten? Sie könnten eine Glühbirne mit ihren Leuchtwendeln zeichnen, eine Glaslampe, eine Kerze, die Sonne.» Den Kopf schief gelegt, musterte sie das Publikum, wie eine Lehrerin, die auf Antworten wartete. «Oder einen Blitz», fügte sie hinzu, als wiederholte sie etwas, das sie gehört hatte, damit auch die anderen davon profitierten. «Und – o ja, ich verstehe – ein Baby, das nicht genug wiegt. Und eine Frau, die abnehmen möchte. Und ein heller, heißer Sommernachmittag, wo die Straßen das Sonnenlicht reflektieren, so daß es in den Augen schmerzt. Und der erste Widerschein des Sonnenaufgangs, und die Mühe eines Malers, die Essenz einer Szenerie in einem ganz bestimmten Licht einzufangen, und ein Mann ...» Ihre Mundwinkel zuckten. «Der es kaum erwarten kann, sich nach unserem Gottesdienst eine Zigarre anzuzünden ...» Zufrieden nahm sie das Gelächter zur Kenntnis. «‹Am Anfang schuf Gott Himmel und Erde›», deklamierte sie. «‹Und die Erde war wüst und leer, und es war finster aus der Tiefe; und der Geist Gottes schwebte auf dem Wasser. Und Gott sprach: Es werde Licht!›»

Abrupt verstummte sie, und das Schweigen dauerte sehr lange.

«Wenn das Wort ‹Licht› all diese Bilder erzeugt, wie viele muß erst das Wort ‹Liebe› heraufbeschwören? Ein unsichtbares Etwas, nur durch die Gefühle spürbar, die es bewirkt, ohne physische Realität oder meßbare Existenz – und doch belebt es das ganze Universum. Gott ist die Liebe. Gott erschafft, und wenn Er Seine Schöpfung betrachtet, liebt Er sie und heißt sie gut. Für uns sind die Liebe Gottes und die Freude Gottes an Seiner Schöpfung unbegreiflich. In seltenen Momenten können wir Seine Emotionen erahnen, dann bleiben wir durstig und einsam zurück, ferngehalten von der Schönheit und Macht der göttlichen Liebe, im Zwang unseres Tagewerks, unserer Schwäche und Zweifel. Aber die Seele dürstet, wir dürsten, und wir suchen den matten Abglanz der göttlichen Liebe, wo immer wir ihn zu finden hoffen. Wenn unser Durst nicht von gewaltigen Strömen gelöscht wird, überleben wir wenigstens mit Hilfe einiger Tropfen. Die Formen der Liebe sind mannigfaltig, die Gesichter Gottes zahllos. Während eine Mutter ihr Baby stillt, empfindet sie eine Liebe, die der göttlichen nahekommt. Ebenso wie ein Kind, das einen soeben ausgeschlüpften Vogel unter einem Baum findet und ihn in sein Nest zurücklegt. Oder eine Füchsin, die im Mondschein ein Küken stiehlt, um es ihren Jungen zu bringen. Auch ein Mann und eine Frau, die sich nachts im Liebestanz bewegen, greifen – wenn sie reinen Herzens sind – nach der göttlichen Liebe, die sie ineinander sehen.»

Sie wartete, bis die unhörbaren Reaktionen verebbten. Dann sprach sie weiter.

«Im Wasser sind wir geboren, und wir dürsten unser Leben lang. Wir gleichen einer Frau, die ihr Feld bebaut, einer Frau, die unter der Sonne schwitzt und weiß, wo das reine Quellwasser fließt, hoch oben in den Bergen. Doch sie trinkt aus einer schalen, schmutzigen Pfütze in der Nähe, denn die Quelle sprudelt in weiter Ferne, und sie muß das Unkraut jäten, und bald ist es an der Zeit, nach Hause zu gehen und das Essen vorzubereiten. Handelt die Bäuerin falsch, wenn sie sich mit weniger begnügt? Nein, natürlich nicht. Das Unkraut muß gejätet und das Essen gekocht werden, sonst verhungern die Kinder. Aber sollte die Bäuerin nicht einmal, nur ein einziges Mal, die Hacke beiseite legen, in die kühlen Berge hinaufgehen, sich niederlegen, das Gesicht ins Wasser tauchen und nach Herzenslust trinken, um dann im Dunkeln heimzugehen, mit der beglückenden Erinnerung an jenen vollkommenen Augenblick, wo sie ihren Durst restlos gestillt hat? Würde ihr diese Erinnerung nicht neue Kraft geben? Wird sie das Echo des süßen, kalten Quellwassers nicht jedesmal kosten, wenn sie aus der Pfütze trinkt, und sich gestärkt fühlen? Jesus nannte es lebendiges Wasser und sagte, wir würden nie wieder dürsten. Und sobald wir die Liebe Gottes gekostet haben, wird ihr süßer Geschmack auch die geringen Formen der Liebe erfüllen, die uns begegnen, während wir unsere Felder bebauen. Wir spüren sie überall, in höherer oder schwächerer Konzentration, und wir suchen Mittel und Wege, um ihren Strom zu intensivieren, der durch unser Inneres fließt. Und dann erkennen wir, daß der Strom der Liebe so wie die

Strömung eines Flusses leidet, wenn er eingeengt wird und allein bleibt. Eingedämmtes Wasser ist schal und trüb. Und wenn die Liebe nicht verschenkt wird, stirbt sie. Aber sobald wir unsere Liebe ausdrücken und die göttliche Liebe weiterleiten, erneuert sie sich immer wieder, gestärkt und erfrischt.»

Eine volle Stunde lang sprach Margery Childe über die Liebe und hielt ihr Publikum bis zum abschließenden Segen in ihrem Bann. Es wäre sinnlos, ihre ganze Predigt zu zitieren, denn ohne die dramatischen Pausen und rauchigen Vibrationen ihrer Stimme verlieren die Worte den Esprit, so wie lauwarmer Champagner. Noch während sie sprach, fand ich ihren Vortrag ärgerlich – ein unpassendes Gemisch aus Raffinesse und oberflächlicher Bibeldeutung, konfuser Metaphern und weitschweifiger Gedanken, nur von der Kraft ihrer Persönlichkeit zusammengehalten und manchmal von erstaunlichen Geistesblitzen erhellt. Ihre Theorie basierte auf einfachen wissenschaftlichen Grundlagen (wenn man überhaupt von Wissenschaft sprechen konnte), wirkte sporadisch in ihrer Entwicklung, unlogisch in ihrer Exegese, wenig überzeugend im Midrasch*. Dies alles hätte eine ernsthafte Wissenschaftlerin wie mich in die Nacht hinausgetrieben, wäre ich nicht von einer besonderen Erkenntnis fasziniert worden: Trotz ihrer plumpen, primitiven Bibelinterpretationen traf sie, wenn sie ihr spezielles Ziel ansteuerte, stets ins Schwarze.

Etwa nach der Hälfte ihrer Rede (Rede? Welch ein unpassendes Wort für diese leidenschaftlichen Ergüsse, die Jubel und Verzweiflung, Mitleid und Freude ausdrückten ...) merkte ich, wem ich da zuhörte, und lehnte mich so abrupt zurück, daß meine Nachbarinnen zusammenzuckten.

Margery Childe war eine Mystikerin, eine ungebildete Frau, die Gott mit der einzigen Stimme pries, die sie besaß – mit einer schlichten Stimme, ungeeignet für die große Oper, aber trotzdem schön. Mit der richtigen Ausbildung ...

* jüdische Auslegung des Alten Testaments (A. d. Ü.)

Verstört und erregt starrte ich sie an. Ich hatte Holmes erklärt, ich könne mir vorstellen, Margery würde mit Gott sprechen und tatsächlich tun, was ich und zahllose andere Bibelforscher ein Leben lang zu ergründen suchten. Das elektrisierte mich, und ich wollte mir Notizen machen. Aber es beunruhigte mich auch, mit anzusehen, wie sich das träge, schale Rinnsal, das ich studierte, vor meinen Augen in einen wilden, reißenden Strom verwandelte, in rasende Urgewalt. Dies übte eine brutale Wirkung aus – es gab mir das Gefühl, ich würde die Bibel trivialisieren, so als hätte ich zuversichtlich den winzigen Teil einer Mauer analysiert, nach getaner Arbeit mein Werk betrachtet und mich plötzlich in der Sixtinischen Kapelle wiedergefunden. Es war deprimierend, aber lehrreich. Und es faszinierte mich.

Tollkühn sprang und rutschte sie durch ihren Diskurs, verhedderte sich in ihren eigenen Gedanken, schweifte mit zusammenhanglosen Metaphern ab, mißbrauchte technische Fachausdrücke, so daß mir beinahe die Ohren weh taten. Und dann, wenn alles verloren schien, faßte sie die wirren Fäden mit einem Geistesblitz zusammen, dessen Brillanz mich verblüffte.

Ich bin unmusikalisch und besitze auch keinen besonderen Sinn für Poesie, habe aber ein ausgeprägtes, untrügliches Gespür für die Wahrheit, vor allem für die theologische Wahrheit. Und an jenem Abend hörte ich sie. Klar und deutlich sprach sie zu mir in diesem schmucklosen Saal, mit der Stimme einer Frau, die sich selbst und ihr Publikum in eine fast erotische Erregung hineinsteigerte.

Immer wieder kehrte sie zu ihrem Gleichnis vom Durst zurück und erfüllte das Wort mit wachsender Sehnsucht. Unweigerlich berief sie sich auf das Hohelied Salomos, aber nur andeutungsweise und spielerisch, und sie schreckte davor zurück, ehe sie sich auf eine hemmungslose Orgie einließ. (Zweifellos betört das Hohelied Salomos die Sinne. «Dein Wuchs ist hoch wie ein Palmbaum und deine Brüste gleich den Weintrauben», gurrt es. «Ich sprach: Ich muß auf den Palmbaum steigen und seine Zweige ergreifen. Laß deine Brüste sein wie Trauben am Weinstock … und deinen Gaumen wie guter Wein, der meinem Freunde glatt eingeht und der Schläfer Lippen reden macht.» Und: «Aber mein Freund steckte seine Hand durchs Riegelloch, und mein Innerstes erzitterte davor.» Dies wird als eine Allegorie für die Seele der Sehnsucht nach Gott betrachtet, und die Rabbis wurden gezwungen, jeden zu bestrafen, der das Hohelied Salomos in den Tavernen sang. Mit einem Wort, es ist obszön.)

Unvermittelt beendete Margery ihren Vortrag, mit einem Zitat aus dem Hohenlied: «Esset, meine Lieben, und trinket, meine Freunde, und werdet trunken!» Lächelnd verneigte sie sich. «Bis zum Samstag, meine Freunde.» Und dann verschwand sie.

■

Atemloses Stimmengewirr schwirrte durch den Saal, und der Innere Kreis, der mich umgab, erhob sich aufgeregt, obwohl die Leute solche Predigten schon oft gehört haben mußten. Halb herausfordernd, halb verlegen schauten sie einander an. Einige Herren in den unteren Reihen schienen zu schwitzen.

Im Gedränge des Foyers entdeckte ich mehrere bunte Sammelkörbe, die sich rasch füllten. Ein paar Mitglieder des Inneren Kreises ergriffen die Körbe und trugen sie in die Menge, andere eilten zum Ausgang.

«Findet heute keine Versammlung statt?» rief ich in Veronicas Ohr.

«Nein, am Donnerstag nicht!» schrie sie zurück.

Wir ließen uns vom Strom des Publikums zur kühlen, realen Straße hinaustreiben, landeten bei einem Laternenpfahl und ignorierten die Hausierer und Musikanten, die den Tempelmitgliedern auflauerten.

«Warum nicht am Donnerstag?» fragte ich.

«Was? Oh, du meinst Margery. Am Donnerstag meditiert sie immer vor und nach der Predigt.»

Verwirrt überlegte ich, was die Frau bei diesen Meditationen denken mochte. «Wie bitte?»

«Ich wollte wissen, ob du was essen oder trinken willst.»

«Oh. Keine richtige Mahlzeit.»

«Also gehen wir in einen Pub.»

Da das Lokal in der Nähe lag, hatten sich bereits viele Tempelmitglieder eingefunden. Fröhlich lachten sie. Eine Kirchengemeinde nach dem Gottesdienst? Wohl kaum ... Wir zwängten uns auf zwei Stühle an einem winzigen Ecktisch, mit Gläsern und bleichsüchtigen Sandwiches von der Bar.

«Nun, was meinst du?» erkundigte sich Veronica. Mißtrauisch sah ich sie an, aber in ihren Augen funkelte keine Bosheit. Und ich konnte ihre Unschuld nicht einmal mit jungfräulicher Naivität begründen.

«Das war der erstaunlichste Gottesdienst, an dem ich jemals teilgenommen habe», erwiderte ich, den Mund voller Käse und sauren Gurken. «Das übliche Donnerstagsspektakel?»

«Heute abend hat sie sich etwas zurückgehalten, weil Iris gestorben ist. Eigentlich wollte sie einen Gedenkgottesdienst veranstalten, aber Mrs. Fitzwarren war dagegen. Sie ärgerte sich von Anfang an, weil Iris dauernd in den Tempel rannte, und jetzt gibt sie Margery die Schuld an diesem Mord.»

«Wieso?»

«Vielleicht habe ich's etwas übertrieben ausgedrückt. Sagen wir mal so – sie ist noch nicht bereit, ihre Trauer mit Leuten zu teilen, die nicht zur Familie gehören. Das versteht Margery, aber sie fühlt sich gekränkt. Kein Wunder! Deshalb war sie heute ziemlich reserviert. Normalerweise fliegen die Funken.»

«Eigentlich gehört so etwas verboten», murmelte ich. «Schon gut, reg dich nicht auf. Ich dachte nur, wenn sie sich so in ihr Thema reinsteigert, kann sie nachher nicht ruhig dasitzen und trinken. Ich müßte zehn Meilen weit laufen, um mich abzureagieren.»

«Wenn sie meditiert, sammelt sie innere Kräfte für ihren Vortrag. Was für eine außergewöhnliche Frau!» fügte Veronica überflüssigerweise hinzu.

«Offensichtlich. Meditiert sie manchmal auch gemeinsam mit ihrer Anhängerschar?»

«Hin und wieder. Sie nennt es ‹einfache Lektion des Schweigens›. Dabei lauscht man dem Universum und ‹öffnet sich, um die göttliche Liebe aufzunehmen›. Frag sie doch danach.»

«Das habe ich vor.»

«Willst du sie besuchen?»

«Wahrscheinlich. Ich wollte heute abend mit ihr reden, aber ...»

«Tut mir leid, das hätte ich dir erklären sollen. Möchtest du dieses Wurstbrot essen? Danke. Ruf doch Marie an und frag sie, wann Margery Zeit für dich hat.»

«Ja, das werde ich tun.» Ich ergriff das letzte dreieckige Schnittchen und musterte den undefinierbaren Belag von vager fischiger Konsistenz.

Blicklos starrte Veronica das Sandwich in ihrer Hand an. «Sie ist wirklich außergewöhnlich», wiederholte sie, zog die dichten Brauen zusammen, und ich wartete. Dann hob sie den Kopf und errötete. «Ach, nichts Besonderes ... Nur etwas, das ich sah – oder zu sehen glaubte. Vielleicht sollte ich's nicht erzählen. Du würdest glauben, ich wäre übergeschnappt ... Oh, zum Teufel, warum nicht? Eines Abends quartierte ich eine Frau und ihre beiden Kinder in der Zufluchtsstätte ein. Ich wußte nicht, wie spät es war, und ich mußte mit Margery über die Leute reden. Also ging ich in den Tempel. Sie saß nicht im Wohnzimmer, wo sie uns damals empfing, und ich eilte durch den Flur zu ihren Privaträumen, denn ich wollte wenigstens Marie aufspüren. Nun, ich fand sie. In Margerys sogenannter privater Meditationskapelle. Ehe ich fragen konnte, wo Margery sei, sprang sie auf, packte meinen Arm und drängte mich zur Tür. Vermutlich kannst du dir jetzt vorstellen, was wir alle von Marie halten. Ich meine, sie tut ihre Pflicht und beschützt Margery vor zudringlichen Leuten. Aber wir kommen nicht besonders gut mit ihr aus. ‹Um Himmels willen, Marie, was ist denn los?› fragte ich. Da brachte sie mich zum Schweigen, und ihr Blick irrte umher, als wollte sie sich vergewissern, daß ich niemanden gestört hatte. Entschlossen schüttelte ich ihre Hand ab, trat vor und entdeckte

Margery. Sie kniete am Boden, hockte auf ihren Fersen, die Schultern nach hinten gestreckt. Schlaff hingen die Arme herab, ihr Kopf lag reglos im Nacken. Offensichtlich war ihr meine Ankunft entgangen. Nicht einmal eine Bombenexplosion hätte sie aufgerüttelt. Obwohl ich ihr Gesicht nicht sah, gewann ich den Eindruck, sie hätte den Mund geöffnet. Irgendwie wirkte sie überirdisch und entrückt. Dann griff Marie wieder nach meinem Arm – o Gott, was für eine unangenehme Person –, und ich ließ mich zur Tür schieben. Dort drehte ich mich um und sah Margery zusammenbrechen, wie eine Marionette mit durchschnittenen Fäden. Verkrümmt und kraftlos lag sie da. Marie gab mir einen letzten Stoß, verriegelte die Tür hinter mir, und ich hörte ihre Schritte. Aber sie rannte nicht. Ganz langsam durchquerte sie die Kapelle. Was ich an jenem Abend beobachtet hatte, erzählte ich niemandem – nicht einmal mit Margery sprach ich darüber. Keine Ahnung, ob sie mich gesehen hat ... Es war ein Dienstag», erklärte Veronica, obwohl das keine Rolle spielte.

Nach der Sperrstunde wurde es still im Pub, aber wir achteten nicht darauf, bis der Besitzer erschien und angelegentlich den Nebentisch abräumte. Wir leerten unsere Gläser und zogen die Mäntel an.

«Danke, daß du mir's erzählt hast, Ronnie», sagte ich. «In der Tat, Margery ist eine hochinteressante Frau.»

«Also hältst du mich nicht für verrückt?»

«Keineswegs», beteuerte ich.

■

Als ich in mein schmales Bett sank, dachte ich noch lange an die Ereignisse des Tages, an Miles Fitzwarrens Elend, Sherlock Holmes Beweggründe, Margery Childes spirituelle Existenz. Erst im Morgengrauen schlief ich ein.

9

Freitag, 31. Dezember
–
Samstag, 1. Januar

■

Ein Weib lerne in der Stille mit aller Untertänigkeit. Einem Weibe aber gestatte ich nicht, daß sie lehre, auch nicht, daß sie des Mannes Herr sei, sondern stille sei.

DER ERSTE BRIEF DES PAULUS AN TIMOTHEUS, 2,11–12

Am nächsten Morgen rief ich im Tempel an. Ich mußte lange warten, und die Verbindung wurde zweimal unterbrochen, bevor ich endlich mit der ungehobelten Marie sprach. Aus dem Hörer drang ihr ausgeprägter Akzent. Ich wechselte ins Französische, doch sie beharrte stur auf ihrem gebrochenen Englisch. Wie sich bei der zweisprachigen Konversation herausstellte, konnte mich Miss Childe an diesem Tag nur für fünfzehn Minuten empfangen, wollte mich aber länger sehen und schlug mir vor, am folgenden Abend, Samstag um halb sieben, mit ihr zu dinieren. In meinem blumigsten Französisch versicherte ich Marie, dieses Arrangement würde mich entzücken, und legte auf.

Eine Minute lang saß ich am Telefontisch und pfiff tonlos vor mich hin, dann nahm ich den Hörer wieder von der Gabel und bat die Vermittlung, mich mit einer Nummer in Oxford zu verbinden. Während ich auf das Ferngespräch wartete, blätterte ich in der Morgenzeitung. Der Leitartikel über Iris Fitzwarren begnügte sich mit dürftigen Neuigkeiten (am späten Donnerstagabend hatte Scotland Yard eine Razzia im Nachtclub durchgeführt, wo Iris gewesen war, und einige skandalöse Verhaftungen vorgenommen). Aber trotz aller Mühe des Verfassers verrieten die beiden Spalten, daß nichts Besonderes passiert war. Hätte das Mordopfer keinen prominenten Namen getragen, wäre die Story nicht erschienen oder ins Innere der Zeitung verbannt worden.

Als die Verbindung zustande kam, führte ich ein kurzes Gespräch mit dem Mann am anderen Ende der Leitung, spielte diskret auf den Gefallen an, den er mir schuldete, und erklärte, welche Informationen ich brauchte. Dann teilte ich ihm mit, ich würde in einer Stunde wieder anrufen. Holmes hätte das telegraphisch erledigt, aber bei sanfter Erpressung zog ich persönliche Kontakte vor.

Nach dem Frühstück kehrte ich zum Telefon zurück. Mein Informant nannte mir die gewünschte College-Adresse und die Privatnummer, die ich in mein Notizbuch schrieb, und ich bedankte mich. Mit Hut, Handschuhen und meiner leichtesten Handtasche ausgerüstet, rief ich der Concierge (welch eine grandiose Bezeichnung für diese verschrumpelte Person) einen Abschiedsgruß zu. Mehrere Taxis führten mich in Versuchung. Aber ich ging entschlossen zur U-Bahn. So lächerlich es auch klingen mag, meine zügellose Großzügigkeit im Armenviertel des nächtlichen East End hatte meine Börse beinahe geleert, und ehe die Banken am Montag öffneten, konnte sie nicht gefüllt werden. Während ich die Stufen zur lärmenden Station hinabstieg, brachte mich ein plötzlicher Gedanke zum Lachen. Die Kosten für die Garderobe, die ich von den Kobolden anfertigen ließ, überstieg mein Taschengeld für die drei Jahre in Oxford um fünf Pfund. Und nun geizte ich mit meinen letzten Shillings. Am Montag eine Menschenfreundin in Lumpen, am Freitag zu arm für ein Taxi, am Sonntag auf der Schwelle zum Millionenvermögen (vielleicht in Dollars, falls es Börsenmarkt und Wechselkurs gestatteten).

In Oxford wanderte ich durch milden Nieselregen zu der Adresse, die in meinem Notizbuch stand, und wurde überraschend freundlich aufgenommen, obwohl ich den bedeutsamen Mann zweifellos bei der Arbeit störte. Ich verbrachte aufschlußreiche zweieinhalb Stunden in seiner Gesellschaft. Dann verließ ich ihn, mit einer Liste von Büchern und Namen gewappnet. Die ersteren spürte ich in der Bodleian-Bibliothek auf, wo ich den ganzen Nachmittag saß und ein paar tausend Seiten durchblätterte. In einer kurzen Pause opferte ich ein paar Shillings für eine schwerverdauliche Pub-Mahlzeit, und danach arbeitete ich weiter. Auf dem Weg zum Stadtzentrum schaute ich bei dem Kollegen vorbei, den ich Duncan getauft hatte und mit dem ich meinen Essay im Januar der Öffentlichkeit präsentieren würde. Der kurze Besuch entwickelte sich zu einem Dinner und ausführlichen Diskussionen. Erst spätabends erreichte ich mein

Quartier am Nordende der Stadt, las zwei Stunden lang und versank in einen unruhigen Schlaf.

Am Samstag morgen stand ich zeitig auf, kochte Tee und begann Evelyn Underhills gewichtige (dem Inhalt, nicht dem Umfang nach) Abhandlung über Mystizismus zu lesen. Zu einer christlicheren Stunde erschien meine Vermieterin mit Kaffee und Buttertoasts. Widerstrebend klappte ich Miss Underhill zu und holte das Material hervor, das Duncan mir am vergangenen Abend gegeben hatte. Gegen Mittag suchte ich sein Haus auf, ein liebenswertes Chaos voller schreiender Kinder – und mittendrin eine Ehefrau, die ebenso zerstreut war wie er. Nach einer freundschaftlichen einstündigen Debatte wanderte ich gedankenverloren durch den Park und Magdalens Wildpark zu einem umfunktionierten Waschsalon in Headington, einem Gebäude, das bei warmem Wetter seltsamerweise immer noch nach Stärke und frischgebügelten Laken roch. Wenn Passanten an den weißgestrichenen Fensterläden vorbeigingen und eigenartige Geräusche hörten, hielten sie erschrocken inne.

Watson nannte diese Kampftechnik «Baritsu», aus Gründen, die nur er kannte. (In seiner Jugend hatte es eine glorifizierte Rangelei dieses Namens gegeben, von einem Engländer erfunden und mit einen orientalischen Titel geehrt, aber wäre Holmes dazu übergegangen, hätte er Reichenbach niemals überlebt.) An diesem Tag, konditionsgeschwächt nach wochenlanger wissenschaftlicher Arbeit und von anderen Dingen abgelenkt, nannte ich die Kampftechnik «Tortur», und mein sanfter, mitfühlender Lehrer verpaßte mir diverse blaue Flecken. Hölzern verbeugte ich mich vor ihm, schleppte meine müden Knochen zum Bahnhof und überlegte, wie lehrreich es ist, sich manchmal den Händen eines unbestrittenen Meisters anzuvertrauen.

■

Punkt fünf stand ich vor dem Tempeltor, das von der Straße zum Versammlungssaal führte. Ich war mit Veronica verabredet, und während der nächsten Stunde zeigte sie mir, wie die

Alltagsgeschäfte abgewickelt wurden. Zunächst besichtigten wir die Zufluchtsstätte für notleidende Frauen, die langen Eßtische, die kleine Arztpraxis und den kleinen Hintergarten, mit Schaukeln für die Kinder. («Für die meisten ist das der einzige Garten, den sie kennen», bemerkte Ronnie.) Dann sah ich die Schulzimmer, die Kinderfibeln, die aber laut Veronica hauptsächlich von den Frauen gelesen wurden. («Wir schreiben gerade eine einfache Fibel für Erwachsene.») Im Verpflegungsmagazin stapelten sich Nahrungsmittel und Kleidungsstücke für Bedürftige, und in dem Raum, wo die Frauen zu Sekretärinnen ausgebildet wurden, standen mehrere Schreibmaschinen. («Wenn eine Frau den Job einer Hausangestellten ablehnt, wegen der schlechten Bezahlung, der langen Arbeitszeit und des unwürdigen Status, wird ihr das Arbeitslosengeld gestrichen. Hast du das gewußt?» fragte Ronnie, was ich verneinen mußte.) In einem Lagerraum reihten sich Bücherregale aneinander – eine erträumte künftige Bibliothek. («Diese Leute würden alles lesen, wenn sie eine Gelegenheit fänden.»)

Das nächste Gebäude, zwischen der Zufluchtsstätte und dem Vortragssaal, beherbergte das Herz des Tempels. Im Erdgeschoß lagen Büros, wo Margerys Geschäfte erledigt und Gespräche mit interessierten Außenseitern geführt wurden. Diese Räume glichen den Büros x-beliebiger florierender Firmen, ohne die massive Eichenholzwürde. Was mich überraschte, war das Ausmaß der Nebenräume.

Hinter den Büros an der Straßenseite regierte die politische Organisation des Tempels. Einer dieser Räume enthielt nur Telefonzellen und eine große Schalttafel. («Wir erhalten innerhalb weniger Sekunden Antworten und Informationen. Hier werden die Frauen ausgebildet, während sie etwas Geld verdienen.») In einem anderen Zimmer stand ein runder Tisch, fast sieben Meter im Durchmesser («für politische Entscheidungen»). An den Wänden hingen handgeschriebene oder getippte Aktennotizen. «Erste Verhandlung über die Gesetzesvorlage zur Änderung des Scheidungsrechts – im März??» las ich. «Frauen in Zufluchtsstätte daran erinnern, daß die Hebammen für jede Beratung einen Shilling bekommen», mahnte ein anderer Zettel. «Wenn Sie interessierte Journalisten kennen, wenden Sie sich an Bunny Hillman.» – «Die Pamphlete für die Parlamentsdemo sind am 5. Januar gegen Mittag fertig.» – «Gesucht: Schreibmaschinen, Bettwäsche, Kinderschuhe, Brillen.» – «Hygieneunterricht beginnt am 20. Januar; melden Sie sich bei Rachel.» – «Gespräch über ‹Definition der Geschlechterrolle, Eheverträge und das Zeitalter des Feminismus›, Samstag, 22. Januar, St. Gilberta's Kirche, W 1.» – «Gesucht: Übernachtungsmöglichkeit auf dem Land für Mutter-Kind-Ausflüge in diesem Sommer, vorzugsweise in der Nähe eines Waldes oder eines Sees. Wenden Sie sich an Gertrude P.» – «Verloren: Malvenrosa Schal mit dunklem Besatz, wenden Sie sich an Helen im vorderen Büro.» – «Nächste Frankreichreise 18. Februar. Sofort anmelden!! Denken Sie an praktische Schuhe, und seien Sie pünktlich! Wenden Sie sich an Susanna Briggs oder Francesca Rawley.» – «Gesangbücher verschwinden beängstigend oft! Bitte achten Sie nach dem Gottesdienst im Foyer darauf, und bitten Sie die Mitglieder, die Bücher zu ihren Plätzen zurückzubringen!» – «BÜCHER GESUCHT für Leihbibliothek, guter Zustand, keine langweiligen Themen. Veronica Beaconsfield.»

Wir betraten den nächsten Raum, ein Arbeitszimmer voller Regale mit Büchern über Jura und Geschichte, Aktenschränken mit Zeitungsartikeln, Landkarten und Statistiken; mehreren Witzbüchern; und zahlreichen Journalen, von Suffragettentraktaten bis zum *Punch* («hier haben wir unsere Reden konzipiert»). In der Ecke gab es sogar eine kleine Druckerei, in der man Flugblätter und Broschüren produzieren konnte.

Vor einer Woche hatte ich nicht einmal geahnt, daß all dies existierte. Darauf wies ich Veronica hin. «Bald hättest du's ohnehin erfahren», entgegnete sie, und ich glaubte ihr. In meiner Konzentration auf Margery Childes Persönlichkeit und ihre Botschaft hatte ich die praktischen Aspekte ihrer Tätigkeit kaum beachtet. Jetzt, in den Mauern dieses Bienenstocks, erkannte ich, wofür ihre Anhängerinnen die Kraft brauchten, die sie dreimal wöchentlich beim Gottesdienst schöpften.

Der Tempel war eine politische Maschinerie, ein hocheffizientes Instrument, das Geld sammelte und verteilte und den Enthusiasmus aller Mitglieder, auch der geringsten, in eine bestimmte Richtung lenkte. Werbung, Entwurf von Reden, Herstellung von Flugblättern, ärztliche Versorgung der Armen, Unterricht der Analphabeten, Ernährung der Hungrigen, die Planung von Angriffen auf die Gesetze – dies alles wurde hier vollbracht, organisiert von Mitgliedern des Inneren Kreises und letztlich von Margery Childe selbst. Mochte sie auch eine Mystikerin sein, sie erkannte, daß die praktische Arbeit ebenso wichtig war wie die Meditation. In diesen Gebäuden sammelten sich die einzelnen Kräfte unter Margerys Leitung und trugen sie – wohin? Zu einem Sitz im Gemeinderat? Ins Parlament? Die heilige Katharina von Genua war im 15. Jahrhundert eine Lehrerin gewesen, eine Menschenfreundin, die Verwalterin eines großen Krankenhauses – und eine Mystikerin. Ein Jahrhundert davor hatte eine andere Katharina – von Siena – Könige und Päpste beraten, eine Schlüsselrolle bei der päpstlichen Reformation gespielt und einen Krankenschwesternorden geleitet; Miss Underhill bezeichnete sie als Visionärin und Mystikerin, die sich mit dem heiligen Franziskus messen könne. Warum nicht Margery Childe im London des 20. Jahrhunderts?

Als wir das Haus durch den Seitenausgang verlassen wollten, trat uns eine Angestellte der Zufluchtsstätte in den Weg. «Oh, Miss Beaconsfield, wie gut, daß ich Sie treffe! Eine Queeny Soundso will mit Ihnen reden. Angeblich ist ihr Mann durchgedreht. Jetzt weint sie und regt sich furchtbar auf.»

«Kümmere dich um sie!» forderte ich meine Freundin auf. «Ich muß ohnehin bald zu Margery gehen.»

«Bist du sicher? Gut, dann sage ich Marie, daß du schon da bist.» Sie rannte die Treppe hinauf, kehrte eine Minute später zurück, winkte mir zu und bog in den Korridor, der zur Zufluchtsstätte führte. Ehe ich mich in den Vorraum setzte, nickte ich den Frauen hinter den Schreibtischen zu. Ihr Interesse an mir war gewachsen, seit ich Margery erwähnt hatte. Offensichtlich stand die Leiterin des Tempels hoch über den normalen Sterblichen. Ich blätterte in einer Broschüre und informierte mich über «Kinderkrankheiten», «Die Behandlung von Tuberkulose» und «Frauen in der Schule», bevor Marie erschien, meinen Namen rief und sich ohne ein weiteres Wort abwandte. Ich folgte ihr die Treppe hinauf, beschwatzte den schweigsamen grauen Rücken in viel zu fröhlichem Französisch und staunte nicht sonderlich, als sie mich in den Korridor führte, wo Veronica und ich am Montag abend gelandet waren. Vor einer Tür gegenüber dem Versammlungsraum des Inneren Kreises blieb sie stehen, klopfte einmal, wartete auf die Antwort und ließ mich eintreten.

Margery Childe saß vor einem Kaminfeuer, in einem Morgenmantel aus orangegelb und grau changierender Seide, ein Buch auf den Knien. Anmutig stand sie auf, ging mir entgegen und schüttelte meine Hand. «Mary, wie nett – ich darf Sie doch Mary nennen? Alle Leute nennen mich Margery, und ich hoffe, Sie entschließen sich auch dazu. Sind Sie mit einem zwanglosen Dinner vor dem Feuer einverstanden? Vor dem Gottesdienst esse ich nicht viel, und ich müßte mich noch umziehen und eine Stunde lang meditieren. Das macht Ihnen doch nichts aus? Was für ein hübsches Grün! Es betont Ihre Augen.»

«Ja, natürlich, sehr gut, natürlich nicht, ich verstehe, vielen Dank», so lauteten meine Antworten. Dann übergab ich Marie meinen Mantel und den Hut und setzte mich an einen kleinen Tisch mit zwei zierlichen Stühlen, die ich als Louis-quatorze identifizierte, aber ich war mir nicht ganz sicher. Auf papierdünnen Deckchen lag massives altes Silber neben reichverzierten, modern verschnörkelten Gläsern. Schamhaft versteckte ich meinen zweimal verlängerten Rocksaum unter dem Tisch.

«Veronica hat Sie herumgeführt, nicht wahr?»

«Ja, es war sehr eindrucksvoll.»

«Offensichtlich sind Sie überrascht.» Nach ihrer Miene zu schließen, war das die übliche Reaktion.

«Vor allem, weil ich bis zum Montag nichts von diesem Tempel gehört habe.»

«Nun, wir bemühen uns, die Aufmerksamkeit der Öffentlichkeit zu erregen. Ein Schluck Wein?»

«Danke.» Sie ergriff eine Kristallkaraffe und füllte zwei Gläser mit orangegelben Stielen. «Aber in dieser Form kann der Tempel noch nicht allzulange existieren», fügte ich hinzu und nahm den Kelch entgegen. «Eine der Pressen in der Druckerei ist fast unbenutzt.»

«Gewiß, das stimmt. Vor fünf Jahren mieteten wir einmal wöchentlich zwei Räume, und jetzt besitzen wir vier Häuser.»

Nur zu gern hätte ich erfahren, wie die Verwandlung zustande gekommen war, aber ich hielt den Mund. Vielleicht hätte eine solche Frage anklagend oder zumindest mißtrauisch geklungen, und vorerst wollte ich Margery nicht alarmieren.

«Sehr eindrucksvoll», wiederholte ich. «Übrigens, ich möchte eine größere Summe für den Bibliotheksfonds spenden.»

«Was für ein liebenswerter Entschluß», bemerkte sie unverbindlich, ohne einen Blick auf meine schäbige Kleidung zu werfen. «Veronica setzt große Hoffnungen in ihre kostenlose Leihbibliothek.» Wenigstens rückt der Blaustrumpf ein paar Shilling heraus, dachte sie wahrscheinlich, und ich nahm mir boshafterweise vor, sie am nächsten Montag zu überraschen.

«Noch etwas verblüfft mich – die politischen Aktivitäten des Tempels.»

«Meinen Sie, die Religion dürfte ihre Hände nicht beschmutzen? Wenn wir keine wesentlichen Gesetzesänderungen anstreben, werden wir bis zum Jüngsten Tag Essensausgaben und Kinderkrankenhäuser betreiben.»

«Aber glauben Sie nicht ...» Ich unterbrach mich, als Marie ein großes Tablett mit zugedeckten Schüsseln hereintrug. Nachdem sie es auf den Tisch gestellt hatte, entfernte sie die Deckel und rückte das Besteck zurecht. Zu meiner Überraschung ging sie wieder hinaus, und Margery füllte unsere Teller. Sie nahm sich nur eine kleine Portion, aber ich bekam mehrere Hühnerbruststreifen in Estragonsauce, glacierte Möhren, schön knakkig, Kartoffeln und Salat.

Sekundenlang neigte sie den Kopf über den Teller, dann begann sie konzentriert zu essen, kaute jeden Bissen gründlich durch und spülte ihn mit hellem Kräutertee hinunter, in dem eine Zitronenscheibe schwamm, dazu trank ich fruchtigen deutschen Wein. Nach einer Weile blickte sie auf. «Was wollten Sie sagen?»

«Ich frage mich, ob Ihnen die Rolle einer – sagen wir – nonkonformistischen religiösen Führerin in der politischen Arena nicht schaden wird.»

«Das bezweifle ich. Manche Leute werden diese Rolle als ein Zeichen meines Engagements betrachten und mir um so aufmerksamer zuhören – andere werden mich einfach für eine Exzentrikerin halten.»

«Hoffentlich haben Sie recht.» Es war nur eine Höflichkeitsfloskel, aber sie schien zu glauben, ich würde sie enthusiastisch unterstützen.

«Wie nett von Ihnen. Ehrlich gesagt, ich habe lange über Sie und Ihr Angebot nachgedacht – und dafür gebetet.» (Welches Angebot, fragte ich mich ärgerlich.) «Und ich gewann eine wichtige Erkenntnis. Meine Vorträge sind in der Tat sehr persönlich. Vielleicht sollte ich sie auf eine allgemein akzeptable Grundlage stellen. Eines Nachts beschloß ich, ein akademisches Projekt zu starten, sobald alle anderen gesichert sind. Dann könnten wir uns mit Forschungen und Diskussionen befassen – in der Richtung, die Sie an jenem Abend erwähnten – und prominente Wissenschaftler einladen. Möglicherweise würde die derzeit unbenutzte Presse sogar ein Journal drucken. Was halten Sie davon?»

Verdammt, dachte ich und überlegte grimmig, ob diese Frau sich einbildete, ich wäre käuflich. Sie schien meine Gedanken zu lesen, denn sie legte ihre Gabel beiseite und beugte sich vor. «Natürlich möchte ich Sie um nichts bitten, was Ihnen widerstrebt, Mary. Ich habe sicher vieles gesagt und getan, womit Sie nicht einverstanden sind. Und ich werde nicht versprechen, mich zu ändern. Aber ich möchte meinen Horizont erweitern. Zu meinem eigenen Wohl und zum Nutzen des Tempels will ich wissen, wie Ihre Welt die Fragen behandelt, die ich bisher allein zu klären suchte. Sie sagen, unsere Existenz habe Sie überrascht; doch das läßt sich gar nicht mit dem Eindruck vergleichen, den Sie auf mich machten. In der Montagnacht konnte ich nicht schlafen und warf mir unentwegt vor, wie blind und arrogant ich gewesen war. Irgendwie fühlte ich mich wie eine Bäuerin, die ein hübsches Kästchen besaß, und jemand anderer mußte es öffnen und die Juwelen enthüllen, die darin lagen. Mary, ich brauche Ihre Hilfe. Natürlich sollen Sie mir nicht allzuviel von Ihrer kostbaren Zeit opfern. Das würde ich niemals verlangen. Ich bitte Sie auch gar nicht, dem Tempel beizutreten. Aber ich brauche Sie – nur am Anfang, damit Sie mir den richtigen Weg zeigen. Ich flehe Sie an!»

Wie kann man einer solchen Bitte widerstehen? Ich brachte es nicht übers Herz. Als Mary mit einem zweiten Tablett hereinkam, Kaffee und Erdbeeren (im Januar!), hatte ich mich bereit erklärt, Margery mehrere Unterrichtsstunden zu geben und am Monatsende eine Rede vor dem Inneren Kreis zu halten.

Nachdem Margery ihr Ziel erreicht hatte, lehnte sie sich zurück und trank ihren Kaffee. «Erzählen Sie von Ihrer Vergangenheit, Mary. Veronica deutete an, Sie würden dunkle Geheimnisse hüten und hätten aufregende Abenteuer bestanden.»

Ich nahm mir vor, meine Freundin gegen das Schienbein zu treten, wenn ich sie das nächste Mal sah. «Da hat Ronnie maßlos übertrieben. Während meines zweiten Studienjahrs in Oxford mußte ich für einen guten Monat verreisen. Es ging um eine leidige Familienangelegenheit, und weil ich später nicht darüber sprach, verbreiteten sich alberne Gerüchte.» Obwohl die Wahrheit komplizierter und gefährlicher war, hatte ich's bisher geschafft, meinen Namen aus den Zeitungen herauszuhalten. «Ein paar Monate später wurde ich bei einem Unfall verletzt, und die

Gerüchte verwandelten sich in Fakten. So ist das nun einmal. In Wirklichkeit bin ich eine ganz normale Studentin. Vielleicht keine gewöhnliche Oxford-Studentin ... Meine Mutter war Engländerin, mein Vater Amerikaner – beide sind tot. Was gibt's sonst noch zu sagen? Ein Haus in Sussex, ein paar Freunde in London, mein Interesse an Feminismus und Theologie ...»

«Und dieses Interesse besteht schon sehr lange, nicht wahr? Mal ehrlich, Mary – was halten Sie von all dem, was Sie hier gesehen und gehört haben?»

Ich wollte eine höfliche Antwort geben. Dann las ich in ihren Augen, daß ihr keine belanglose Konversation vorschwebte, sondern eine ernsthafte Debatte. Also stellte ich meine Kaffeetasse ab und runzelte nachdenklich die Stirn. Was sollte ich sagen? Es mußte aufrichtig klingen, durfte aber nicht zuviel verraten. Geduldig wartete sie, und ich ergriff mein exquisites mundgeblasenes Weinglas.

«Etwa zehn Jahre nach Jesu Kreuzigung», begann ich, «wurde ein Jude namens Akiba geboren – ein einfacher Ziegenhirt, der erst als erwachsener Mann lesen lernte. Trotzdem zählte er zu den bedeutsamsten Rabbis des Judaismus. So wie Jesus faßte er seine Botschaft in kurzen Epigrammen und ironischen Gleichnissen zusammen. Zufällig regte er auch einige Reformen an, die den Status der Frauen betrafen. Aber darauf kommt es jetzt nicht an. Ich werde Ihre Frage mit einem seiner Kommentare beantworten. ‹Die Armut paßt zur Tochter Israels wie ein roter Riemen zum Hals eines weißen Pferdes.›» Dann stellte ich das kostbare Glas auf das leuchtend weiße Leinentuch und verspeiste die letzte meiner winzigen aromatischen Erdbeeren.

«Mißbilligen Sie den Reichtum?»

«Ich bin keine Sozialistin.»

«Aber im Tempel?»

«Offenbar verstehen Sie mich falsch. Ich habe von der ästhetischen Schönheit der Armut gesprochen, und Sie faßten es als persönliche Kritik auf.»

«Fühlen Sie sich unbehaglich, weil Sie glauben, das Geld würde zweckentfremdet? Das verstehe ich. Läge es nur an mir, würde ich die Spenden benutzen, um meine Schwestern zu ernähren. Aber es gibt einen biblischen Präzedenzfall – das teure Öl wurde verbraucht und nicht verkauft, so wie Judas es gewünscht hätte.»

«Um einen Toten vor der Bestattung zu salben», ergänzte ich. «Nicht als Parfüm fürs tägliche Leben. Ein unpassender Vergleich.»

Eindringlich, verwirrt und erbost schaute sie mich an. «Dies alles ist sehr schwierig», erklärte sie abrupt. «Damit uns die Leute ernst nehmen, die wir erreichen wollen, müßten wir ein glamouröses Spektakel inszenieren. Wenn wir uns wie Fanatiker gebärden, schaden wir unserem Anliegen. Wir versuchen einen Balanceakt zu bewältigen, vor den Menschen stolz einherzuschreiten und uns demütig vor Gott zu neigen. Macht und Luxus sind große Versuchungen, Mary. Und Bescheidenheit, Disziplin und Entsagung helfen uns, reinen Herzens zu bleiben, unserem Ziele zuliebe.»

Ihre Erklärung verblüffte mich, oder vielmehr die Art, wie sie ausgesprochen wurde. Bisher war mir Margery Childe wie die Seele des rationalen Humanismus erschienen, und obwohl ich Beweise ihrer religiösen Gefühle erhalten und Veronicas Bericht über die mystische Trance dieser Frau gehört hatte, erkannte ich erst jetzt ihre ungezügelte Leidenschaft. Für einen kurzen Moment glühten ihre Augen, und sie beugte sich vor, als wollte sie meine Schultern packen.

Doch sie beherrschte sich. Sekundenlang wirkte sie etwas verwirrt, dann ergriff sie die Kaffeekanne und füllte unsere Tassen zum zweitenmal. «Übrigens, Sie haben das Thema dieses Abends erwähnt.»

«Tatsächlich?»

«Ja. Wir nennen es eigentlich Macht. Aber das klingt zu aggressiv, und ich spreche lieber vom ‹Sieg über die Machtlosigkeit›, wenn ich vor Außenseitern rede. Bei unseren Samstagsversammlungen werden Sie sehr viel über Kraft und sogar Zorn hören. Wie ich bereits an jenem Abend sagte – das Stimmrecht für die Frauen ist ein gewaltiges Täuschungsmanöver und gaukelt ihnen vor, die Macht, die sie während des Krieges errungen haben, würde in ihren Händen bleiben. Aber das Recht der Frauen, Eigentum zu besitzen, die Zukunft ihrer Kinder zu bestimmen und eine grausame oder erniedrigende Ehe zu beenden, hat sich seit dem letzten Jahrhundert kaum geändert – ebenso wenig wie tausend andere Menschenrechte, die immer noch ausschließlich den Männern zuerkannt werden. Dagegen wollen wir kämpfen. Die Suffragettenbewegung ist in einem ziellosen Chaos versunken und hat sich gespalten. Und ich glaube, unser Tempel kann die zersplitterten Teile wieder zusammenfügen.»

«Mittels neuer Gesetze?»

«Ja, indem wir Änderungen vorschlagen, die Wähler informieren und Parlamentarier überzeugen. Doch wir brauchen Frauen im Parlament – viele Frauen.»

«Also möchten Sie sich selbst zur Wahl stellen?»

«Innerhalb der nächsten zwei Jahre wird ein Sitz in Nord-London zur Verfügung stehen. Darum werde ich mich bewerben. Warum schauen Sie so skeptisch drein, Mary?»

«Vielleicht unterschätzen Sie die Bedenken der Wählerschaft gegen eine ‹Priesterin›, die ein öffentliches Amt anstrebt. In Amerika könnten Sie sich durchsetzen, aber hier?»

«Da bin ich anderer Meinung. Wir Engländer sind ein vernünftiges Volk und bereit, so geringfügige Faktoren wie religiöse Exzentrik oder das falsche Geschlecht zu übersehen, wenn sich der Kandidat für den Job eignet. Außerdem ist es meine Spezialität, skeptische Männer zu umwerben.» Ironisch hob sie die Brauen, und ich stimmte in ihr Gelächter ein.

Danach sprach sie über Politik, die geplante Demonstration vor dem Parlament, eine Gesetzesvorlage zur Änderung des Scheidungsrechts, deren erste Verhandlung kurz bevorstand, die immer noch ungenutzte Möglichkeit, die Presse zu benutzen und die Öffentlichkeit auf ungerechte Gesetze und menschliche Probleme hinzuweisen, über die Hauptforderung, die sie darin sah, ein öffentliches Image aufzubauen und eine neue Verfassung anzustreben, ohne sie zu kompromittieren. Vielleicht hätte sie mir die ganze Nacht lang Vorträge gehalten, wäre Marie nicht hereingekommen, wie immer mit mürrischer Miene.

«Großer Gott!» rief Margery. «So spät ist es schon! Mary, tut mir leid, jetzt muß ich mich beeilen. Es war sehr nett, mit Ihnen zu reden, und ich freue mich schon auf unsere nächste Unterhaltung. Gehen Sie heute abend zu unserer Versammlung?»

«Natürlich.»

«Sehr gut. Selbst wenn Sie keinen politischen Standpunkt vertreten, werden Sie das Thema interessant finden. Für unseren Tempel arbeiten ein paar sehr kluge Köpfe und gütige Herzen. Am Samstag abend nutzen sie die Gelegenheit, sich Gehör zu verschaffen. Aber jetzt muß ich mich wirklich entschuldigen. Danke für Ihren Besuch. Ich blicke meiner ersten Unterrichtsstunde am Montag erwartungsvoll entgegen. Und – Mary? Ich werde an diesen roten Riemen denken.»

Wenig später betrat ich den Versammlungssaal und setzte mich in die hinterste Reihe, obwohl Veronica mir bedeutete, in der Loge des Inneren Kreises Platz zu nehmen. Und dann tat ich mein Bestes, um einen Sinn in den Ereignissen des Abends zu erkennen. Wie Margery festgestellt hatte, vertrete ich keinen politischen Standpunkt, und was da so heftig diskutiert wurde, erschien mir noch fremdartiger als die Politik im alten Rom. Während sich die gegnerischen Parteien anbrüllten, schlich ich davon und wanderte zu meinem Club, tief in Gedanken versunken.

Ich dachte an Margery Childe, an den Mystizismus, den Rabbi Akiba – und insbesondere an ein anderes seiner Dikta: In einem Satz kommt jedem Wort, selbst wenn es unwichtig erscheint, seine eigene Bedeutung zu. Damit bezog er sich auf die Bibelinterpretation, aber das Diktum enthält auch eine allgemeine Wahrheit, die Freud erkannt hat. Nun fragte ich mich: Warum hatte Margery die Begriffe der Disziplin und Entsagung so emphatisch in die Diskussion über die Armut geworfen? Die Londoner Straßen gaben mir keine befriedigende Antwort.

10

Sonntag, 2. Januar – Montag, 3. Januar

Sie schwankt, sie zögert:
Mit einem Wort, sie ist eine Frau.

JEAN RACINE (1639–1699)

Feuchtkalt und grau dämmerte der Sonntag herauf, doch das störte mich nicht. In meinem Herzen schien die Sonne, die Vögel sangen. An diesem Tag feierte ich meinen einundzwanzigsten Geburtstag, und ich war endlich frei.

Es kostete mich einige teure Geschenke, meinen Anwalt und die Nachlaßverwalter zu entschädigen, die ich an einem Sonntagmorgen in die Kanzlei Gibson, Arbuthnot, Meyer und Perowne bestellte. Aber die Extravaganz lohnte sich, und da sie alle wußten, was ich für meinen Vormund empfand (und meine Tante für mich), erfüllte sie meinen Wunsch nur zu gern. Aus irgendeinem Grund mochten sie mich.

Um ihre Gefühle zu schonen, trug ich keinen Anzug meines Vaters, sondern das korrekte marineblaue Kleid. Ich stieg in ein Taxi, und vor der glänzenden Tür in der menschenleeren Straße schüttelte ich den gesamten Inhalt meiner kleinen Börse in die Hände des Fahrers. Und so hatte ich die letzten Brücken hinter mir abgebrochen. Ich griff nach dem fleckenlosen Türknauf unter der ebenfalls fleckenlosen Messingplakette und betrat die Welt meiner Volljährigkeit.

Drei Stunden später verließ ich das Haus, eine klügere und reichere Frau, ein bißchen schwindlig von dem Wohlwollen, mit dem man mich überschüttet hatte, einem Glas Champagner und einem Wortschwall über die Einzelheiten meines Erbes sowie die damit verbundene Verantwortung. Als ich die Straße entlangging, merkte ich plötzlich, daß ich keinen Penny in der Tasche hatte. Verlegen kehrte ich um, lieh mir ein paar Pfund von meinem Anwalt und benutzte sein Telefon, aber während meiner Abwesenheit war im Club keine Nachricht von Holmes eingetroffen.

Ich fuhr mit dem nächsten Zug nach Sussex und inspizierte mein Haus. Auf meine Anweisung war die Tante mit ihren

Dienstboten ausgezogen. Nun schleppten kräftige Männer sämtliche Möbel, Teppiche und Vorhänge, Töpfe und Pfannen und Bilder hinaus und luden alles auf diverse Laster. Einige Sachen sollten gereinigt, andere verkauft werden. Vom Dachboden bis zum Keller breitete sich gähnende Leere aus, nur die Einrichtung meines Schlafzimmers blieb unberührt. Während der letzte schwere Stiefel in seinen Möbelwagen stieg und davonratterte, öffnete ich alle Türen und Fenster, ließ die Nachtluft herein, und der Meeresnebel vertrieb die vergangenen sechs Jahre aus meinem Heim.

Mein Heim.

Eine halbe Stunde später verfluchte ich meine eigene Dummheit, zum zweitenmal an diesem Tag zerknirscht, und suchte ein Gefäß, in dem ich Wasser kochen konnte. Da erklang eine Stimme an der Eingangstür. «Miss Mary?»

«Patrick!» Ich warf den Kohleneimer in den Kamin meines Schlafzimmers, rannte die Treppe hinab und begrüßte den Verwalter meiner Farm. Skeptisch schaute er sich in der leeren, kalten Halle um. Wie ich eingestehen mußte, wirkte der kahle Raum mit der abblätternden Tapete ziemlich trostlos. «Hallo, Patrick.»

«Guten Abend, Miss Mary», erwiderte er und tippte an seine Mütze. «Offensichtlich haben die Leute alles ausgeräumt.»

«O ja. Morgen kommen die Dekorateure und reißen die Tapeten runter. Dann werden die Wände frisch getüncht. Nur die Außenmauern müssen bis zum Frühling warten.»

«Das Haus wird anders aussehen.»

«Allerdings», bestätigte ich mit grimmiger Genugtuung. «Ganz anders.»

Sanft und phlegmatisch schaute er mich an, ein guter Freund. Dann nickte er zweimal und kräuselte die Lippen. «Nachdem sie gestern alle ausgezogen sind, dachte ich, Sie würden heute abend was brauchen? Kann ich Ihnen einen Teller Suppe anbieten? Die schickt Ihnen Tillie, dazu ein Huhn und ein Käsebrot, falls Sie Hunger haben.» Tillie war seine Freundin, die Besitzerin des

Dorfgasthofs, deren Küche viele Gäste aus Eastbourne und sogar London anlockte. Enthusiastisch nahm ich das Angebot an und begleitete ihn zu seinem gemütlichen kleinen Haus neben der Scheune.

Später kehrte ich in mein Heim zurück, erwärmt und gesättigt. In der Halle blieb ich stehen, ohne das Licht einzuschalten, und lauschte dem Knacken der zweihundertfünfzigjährigen Deckenbalken, der flüsternden Brise in den Ritzen des Küchenfensters, den leisen Geräuschen eines alten Gebäudes, das sich an seine Leere gewöhnte.

Als Kind hatte ich unser Sommer-Cottage geliebt, bevor meine Familie in Kalifornien bei einem Autounfall ums Leben gekommen war – ein Jahr vor meiner ersten Begegnung mit Holmes. Ich starrte ins Dunkel und fragte mich, ob ich jetzt, wo die Tante nicht mehr hier wohnte, die Geister meiner Mutter und meines Vaters und meines kleinen Bruders zurückholen könnte. Nach einer Weile stieg ich die Treppe hinauf und betrat das Schlafzimmer der Eltern – während der Regentschaft meiner Tante ein selten benutzter Gästeraum. In diesen vier Wänden erschien es mir etwas wärmer, trotz der Nebelschleier. Ich lächelte über meine Phantasie, schloß das Fenster und ging zu Bett.

Am Morgen rief ich bei Holmes an, aber Mrs. Hudson hatte ihn seit Tagen nicht mehr gesehen. Das Haus war kalt und feucht und vorwurfsvoll. Also überließ ich es den Dekorateuren und beschloß, nach London zu fahren.

■

Patrick brachte mich im alten Dogcart* zum Bahnhof. Nachdem er das Pferd gezügelt hatte, griff er in seine Manteltasche und zog ein kleines Päckchen hervor, das er in meine Richtung hielt. «Alles Gute zum Geburtstag, Miss Mary. Gestern abend hab ich's vergessen.»

* leichter zweirädriger Einspänner (A. d. Ü.)

«Das war wirklich nicht nötig, Patrick.» Noch nie hatte er mir etwas geschenkt. Ich entfernte das Papier, das offenbar schon oft benutzt worden war, und betrachtete ein Taschentuch aus feinem Leinen. In einer Ecke schlangen sich meine gestickten Initialen ineinander, winzige purpurrote und blaue Blumen säumten die Ränder. Unpraktisch, hübsch, lächerlich und rührend. «Oh, wie zauberhaft!»

«Gefällt's Ihnen? Freut mich. Meine Schwester hat's gemacht und mich gefragt, was für Blumen Sie mögen. Und ich sagte, am liebsten hätte Sie Stiefmütterchen. War das richtig?»

«Völlig richtig. Mit diesem Taschentuch werde ich allen Leuten zuwinken und mir manierlich die Nase putzen, und ganz London wird's bewundern. Das ist mein schönstes Geburtstagsgeschenk.»

«Haben Sie viele gekriegt?»

«Eh – nein.» Abgesehen von Pfunden und Dollars und Francs, zwei Fabriken und einer Ranch in Kalifornien, was allerdings nicht zählte. «Aber Mrs. Hudson hat sicher was für mich, wenn ich sie das nächste Mal besuche.»

«Wahrscheinlich hält Mr. Holmes nichts von Geschenken.»

«Das letzte, was ich von ihm bekam, war ein Dietrich. Und dieses Taschentuch ist viel hübscher», beteuerte ich und schwenkte es umher. Dann küßte ich Patricks stoppelbärtige Wange, ignorierte sein heftiges Erröten und rannte zum Zug.

Als die Kobolde ihren Laden aufsperrten, stand ich davor, und ich verbrachte mehrere Stunden in ihrer Gesellschaft. Mit den hohen Kosten hatte ich gerechnet. Aber ich hätte nie erwartet, daß ich so viel Zeit opfern müßte, um mich einzukleiden. Seltsamerweise wirkten die beiden verängstigt und zögerten kurz, ehe sie mich in den Raum führten, wo die fertigen Modelle präsentiert wurden (sie beschäftigten keine Mannequins und schienen nur zwei menschliche Wesen in ihrer Nähe zu ertragen – ihre Enkelsöhne, die in der Werkstatt saubermachten, Schnittmuster falteten, Stoffballen aufrollten, Stecknadeln und Schnipsel zusammenfegten). Mit einem Blick erkannte ich den Grund des

Unbehagens. Die Kobolde hatten sich – angesichts einer mageren Frau, die in Strümpfen über eins achtzig maß, den Gang eines Holzfällers besaß und Kinkerlitzchen haßte – schlicht und ergreifend fürs Dramatische entschieden.

Vorerst war nur ein einziges Ensemble fertig, das ich nicht allzu schlimm fand, ein Kostüm aus weicher blaugrauer Wolle mit breiten, im Kaschmirstil bestickten blauweißen Borten. Es saß beinahe so bequem wie die alten Leinenhemden meines Vaters, und dafür war ich dankbar. Dann erblickte ich, was sich die Kobolde unter meinem Abendkleid für mich vorstellten.

Bezüglich meiner Garderobe gab es ein Problem, das in der Jugendzeit meiner Mutter niemals aufgetaucht wäre. Aber seit dem Krieg wurden die Kleider immer knapper. Für mich kamen Abendroben nicht in Frage, und ich mied formelle Anlässe, die mich zwingen würden, solche Modelle zu tragen. Am Donnerstag hatte ich mich vor Mrs. Kobold ausgezogen und demonstriert, warum ich auf tiefe Dekolletés verzichten mußte. Weder an der Dinnertafel noch auf der Tanzfläche sollten meine Narben Abscheu oder Neugier erregen. Mit vierzehn hatte ich jenen Autounfall erlitten, bei dem meine Familie gestorben war, und danach züchtige Ausschnitte bevorzugt. Fünf Jahre später hatte eine Kugel in meiner Schulter alle Gedanken an nackte Haut unterhalb des Halses verdrängt.

Aber dieses Kleid, ein Meisterwerk penibler Planung, faszinierte mich. Obwohl noch unvollendet, schien es die Schneiderpuppe, an der es hing, in ein lebendiges Wesen zu verwandeln. Von der rechten Schulter fiel es hinunter, entblößte die linke, wallte noch tiefer hinab, umspielte die Taille und öffnete sich an der linken Seite zu einem Schlitz. Der Saum war so ähnlich gerafft wie das Oberteil. Durch die eisblaue Seide wirkte es kühl – in jeder wärmeren Farbe hätte es zuviel Aufsehen erregt.

Ich schluckte, schenkte Mrs. Kobold ein schwaches Lächeln, widerstand der eifrigen Aufforderung, die Robe anzuprobieren, und wandte mich den beiden anderen halbfertigen Produkten zu. Im Rock eines braunen Modells klafften karmesinrote

Schlitze, die sich bei jedem Schritt abwechselnd öffnen und schließen würden. Das andere war ein nilgrünes Futteralkleid mit unzähligen kleinen Biesen und Rüschen, die der Schneiderpuppe viel üppigere Rundungen verleihen würden, als es meiner Figur entsprach.

Beklommen packte ich die Revers meiner neuen Kostümjacke und versprach, ich würde bald zu einer Anprobe erscheinen. Aber so leicht ließen mich die Kobolde nicht entkommen. Zuerst mußte ich ein Paar Schuhe aus einem riesigen Haufen heraussuchen, den sie eigens für mich bestellt hatten. (Wahrscheinlich fürchteten sie, ich würde ihre Kreationen mit schlammbespritzten Wanderschuhen verunstalten.) Dann arrangierte Mrs. Kobold einen glockenförmigen Hut (natürlich passend bestickt) auf meinem Haar, und ich mußte versichern, daß ich meinen Mantel so oft wie möglich ausziehen und das Modell präsentieren würde.

Als ich auf die Straße trat, fühlte ich mich wie eine teure Puppe. Meine Zehen rebellierten gegen die ungewohnten Schuhe, und der Glockenhut kam mir wie ein Nachttopf vor. Hungrig und müde und keineswegs in der Stimmung, Margery und ihren Tempel zu besuchen, blieb ich stehen und sprach den ersten Gedanken aus, der mir einfiel: «Holmes, wo zum Teufel stecken Sie?»

Sofort senkte ich beschämt den Kopf. Weder der Leierkastenmann noch der Pastetenverkäufer verwandelten sich in Holmes. Der Kutscher des Lieferwagens warf mir nur einen kurzen Blick zu und schwenkte seine Zügel.

Ja, ich mußte es zugeben – ich sehnte mich nach Holmes, dem seltsamsten, aber auch vernünftigsten und verläßlichsten Individuum, das ich kannte. Außerdem wollte ich erfahren, was vor vier Tagen mit Miles Fitzwarren geschehen war. Ich hatte erwartet, Holmes würde Kontakt mit mir aufnehmen. Unschlüssig schaute ich mich um, bis mein Blick das Schild eines Postamts streifte.

Da wußte ich, was ich tun würde. Zunächst telefonierte ich.

An der Rezeption des Clubs Revolution lag noch immer keine Nachricht für mich. Und so schickte ich ein Telegramm an fünf verschiedene Adressen, inklusive Holmes' Cottage in Sussex, falls ihn irgendein Zufall dorthin verschlagen hatte. Es lautete: FÜHLE MICH ELEND BRAUCHE RAT RUSSELL.

Sobald die Botschaft nicht mehr aufzuhalten war, bereute ich meinen Entschluß. Vielleicht wird er nicht antworten, versuchte ich mich zu trösten und ging ins Selfridges, wo ich meinen Lunch einnahm.

■

Um halb fünf begann Margerys erste Unterrichtsstunde. Ich betrat den Vorraum des Tempelbüros, setzte mich an einen Tisch und stellte einen Scheck aus, den ich der verwirrten Sekretärin überreichte. «Für den Bibliotheksfonds, den Miss Beaconsfield verwaltet. Wären Sie so freundlich, ihr den Scheck zu übergeben?»

Innerhalb des Tempels funktionierte die Kommunikation ausgezeichnet. Als Margery mich begrüßte, strahlten ihre Augen vor Freude über die großzügige Spende, obwohl sie natürlich nichts davon erwähnte. Beim Anblick meiner verwandelten äußeren Erscheinung geriet sie fast aus dem Häuschen. Sosehr mir dieser Luxus auch mißfiel, es wäre zu mühsam gewesen, noch länger den Blaustrumpf zu spielen, der seine Laufmaschen flicken mußte. Höflich erwiderte ich den Gruß, setzte mich und weihte sie in die Geheimnisse der Bibel ein.

Nur einmal wurden wir unterbrochen. Ich nahm ein Telegramm entgegen und las: ACHT UHR DOMINICS SH.

Das munterte mich beträchtlich auf. Ich faltete das Blatt zusammen und wollte es in meine Tasche stecken, fand aber heraus, daß mein neues Kostüm nichts dergleichen aufwies. Also verstaute ich es in meiner Handtasche, wandte mich wieder zu Margery und setzte meinen kurzen Vortrag über die Geschichte des Judaismus und des Christentums fort. «Die hebräische Bibel enthält das Alte Testament, die Geschichtsbücher, die Lehrbücher und die prophetischen Bücher. Dazu kommen die Apokryphen, die nichtkanonischen Schriften. Im griechischen oder Neuen Testament finden wir die vier Lebensgeschichten Jesu, Evangelien genannt, die Apostelgeschichte des Lukas, verschiedene Briefe und die Offenbarung des Johannes. Nichts davon wurde in englischer Sprache geschrieben. Vielleicht klingt es lächerlich, aber man gewöhnt sich daran, die autorisierte Version für das direkte Wort Gottes zu halten. Deshalb muß man bedenken, daß sie erst dreihundert Jahre alt und das Werk von Menschen ist.» Ich griff in meine Tasche und nahm zwei beschriebene Blätter heraus, die ich vorbereitet hatte. «Bitte, prägen Sie sich diese beiden Alphabete ein. Für Ihre Zwecke eignet sich das griechische besser als das hebräische. Die Buchstaben lauten *‹alpha, beta, gamma›*. Danach nannte ich alle weiteren, bis zu *omega*. «Und hier sehen Sie die Lautschrift. Sie werden gewisse Ähnlichkeiten feststellen, weil unser englisches Alphabet teilweise vom griechischen abgeleitet wurde. Benutzen Sie jetzt die Tabelle und lesen Sie diese drei Wörter.»

Mühsam, aber korrekt befolgte sie meine Anweisung. *«Anthropos, anēr, gunē.»*

«Gut. Im Englischen bedeutet das Wort *anthropos* ‹Mann› oder ‹Mensch›. *Anēr* ist eine männliche Person, *gunē* eine Frau. Meistens ergibt sich aus dem Zusammenhang, was der Verfasser meint. Gelegentlich findet man im Griechischen *‹anēr›*, wenn man eigentlich *‹anthropos›* erwarten würde, und vice versa. Doch man sollte zum Beispiel beachten, daß Jesus als Menschensohn bezeichnet wird, nicht als Sohn eines Mannes.»

Mit diesem Thema befaßten wir uns noch eine Weile, und ich lieh ihr ein griechisches Testament. Dann erörterten wir den Unterschied zwischen dem grammatikalischen und tatsächlichen Geschlecht. Aber da Margery fließend Französisch sprach, mußte ich diesen Punkt nur kurz streifen.

Es waren sehr interessante neunzig Minuten. Wie erwartet, besaß Margery eine rasche Auffassungsgabe und ein untrügliches Gespür für theologische Feinheiten, und sie war eifrig bedacht, ihre Wissenslücken zu schließen. Vielleicht würde sie niemals die umfassende Bildung einer Oxford-Absolventin erwerben, aber sie verstand alles, was ich ihr erklärte. In dieser ersten Unterrichtsstunde wurde sie unweigerlich auf ihre Ignoranz hingewiesen.

Wehmütig beobachtete sie, wie ich meine Bücher einpackte. «Ist es hoffnungslos, Mary?» fragte sie und lachte gequält. «Ich fühle mich wie ein Kind, das vor der Auslage einer Konditorei steht, die Süßigkeiten betrachtet und weiß, daß es niemals alle bekommen kann.»

«Hier geht es wohl kaum um alles oder nichts, Margery. Denken Sie doch an Akiba – *Sie* können wenigstens lesen.»

II

Montag, 3. Januar
–
Samstag, 8. Januar

■

Die Frau ist dem Mann unterlegen; die wahre Leidenschaft ist mein,
und ihre gleicht ihr wie Mondlicht der Sonne, wie Wasser dem Wein.

ALFRED LORD TENNYSON (1809–1892)

In meinem Club war kein Badezimmer frei. Und so wusch ich mich nur, statt im heißen Wasser zu schwelgen, steckte die Nadeln in mein Haar zurück und zog das bestickte Kostüm wieder an. Mit einem Taxi hatte ich etwas mehr Glück. Wenige Sekunden nachdem ich aus der Haustür getreten war, hielt es an der Bordkante, dann fuhr es auf verkehrsarmen Nebenstraßen zum Restaurant (das in Wirklichkeit nicht «Dominic's» hieß; Holmes hatte es so getauft, unter Anlehnung an den Namen des Besitzers, der «Masters» lautete).

Der Maître erkannte mich (oder vielleicht gaukelte er das jedem Gast vor) und führte mich zu dem Tisch, der für Holmes reserviert war. Als er fragte, ob ich etwas trinken wolle, lehnte ich das Angebot ab und schaute mich um. Im Vorjahr war das Lokal sehr populär gewesen. Aber mittlerweile hatte der Ansturm nachgelassen, was zweifellos an der Masters' Weigerung lag, Cocktails zu servieren, für Dinnermusik zu sorgen und ausgefallene ausländische Gerichte auf die Speisekarte zu setzen.

Wenig später kam Holmes herein. Mit einer einzigen grandiosen Geste bugsierte er seinen Mantel, den Gehstock, den Hut, den Schal und die Handschuhe in Masters' Arme und bahnte sich zwischen den Tischen einen Weg zu mir. Offensichtlich laboriert er an Gelenkschmerzen, dachte ich. Der Kontrast zwischen meiner Stimmung und seinem fahlen, müden Gesicht traf mich wie ein Blitzschlag.

«Holmes, Sie sehen schrecklich aus!»

«Tut mir leid, wenn meine äußere Erscheinung Ihr ästhetisches Empfinden beleidigt, Russell», bemerkte er trocken. «Ich fand keine Zeit, um mich zu rasieren und das Hemd zu wechseln.»

«Nein, so meine ich es nicht. Das ist alles in Ordnung. Aber

Sie wirken – ungewöhnlich ruhig», fügte ich hinzu, womit ich gewaltig untertrieb. Nur eine extreme körperliche und geistige Erschöpfung konnte seine vibrierende Persönlichkeit dermaßen schwächen.

«Das will ich Ihnen natürlich nicht zumuten. Also werde ich ein gigantisches Spektakel veranstalten. Aber vorher würde ich gern essen – wenn ich darf?» Erleichtert atmete ich auf. Wenn er mich hänselte, begann er sich zu erholen. Er setzte sich und schenkte mir ein mattes Lächeln. «Und Sie, Russell? Allem Anschein nach genießen Sie das Leben in vollen Zügen.» Ich hielt seinem prüfenden Blick stand und beobachtete, wie sich einige Falten in seinem Gesicht allmählich glätteten. «Kann ich daraus schließen, daß Sie Gefallen an Ihrer Mündigkeit finden?»

«Gewiß. Wo waren Sie, Holmes?»

Er hob einen Finger und wandte sich dem schweigenden Kellner zu. «Vielleicht sollten wir erst einmal bestellen, Russell? Seit unserer letzten Begegnung habe ich ziemlich unregelmäßig gegessen, und nun konzentrieren sich meine Gedanken geradezu schamlos auf eine schmackhafte Fleischspeise.» Wir wählten eine Mahlzeit, die sogar seinem fettleibigen Bruder Mycroft zugesagt hätte. Als wir allein waren, lehnte Holmes sich zurück und spielte mit dem Brötchen auf seinem Teller. «Wo ich war, fragt sie? Meine liebe Russell, ich wanderte durchs Fegefeuer in die Hölle. Den Rückweg konnte ich erst zur Hälfte bewältigen. Ich mußte mit ansehen, wie ein junger Mann mit Furien kämpfte, und das erinnerte mich an einige Phasen meiner Vergangenheit, die ich lieber vergessen hätte. Die ganze Zeit mimte ich einen Krankenpfleger – eine Rolle, für die ich mich wahrlich nicht eigne.»

«*Sie?* Holmes, Sie haben Miles gepflegt? Niemals hätte ich angenommen ...»

«Ihr Vertrauen in meine wohltätigen Neigungen ist rührend, Russell. Ja, ich half dem Personal, Miles Fitzwarren zu betreuen. Dachten Sie, ich würde ihn aus seinem Haus und seiner gewohnten Welt zerren, um ihn in ärztliche Obhut zu geben und dann seinem Schicksal zu überlassen? Ohne mich wäre er nicht im Sanatorium geblieben.»

«Also sind Sie ... Tut mir leid, Holmes. Ich wußte nicht, was ich Ihnen da aufgehalst habe.»

«Nein? Nein, vermutlich nicht. Schon gut, Russell, schauen Sie nicht so zerknirscht drein. Seit ich erwachsen bin, stecke ich meine lange Nase in die Probleme anderer Leute, und das war nur eine Variante dieser Aktivitäten. Bitte, Russell, wenn Sie mir helfen wollen, verschonen Sie mich mit dieser tragischen Miene. Gönnen Sie meinen alten Knochen die Freude, im Glanz Ihrer Jugend zu baden. Ah, jetzt gefallen Sie mir besser. Ein Schluck Wein?»

«Danke», sagte ich zu Holmes und der diskreten Gestalt, die neben dem Tisch auftauchte, die Gläser füllte, noch während er sprach, und verschwand. «Wie geht's Miles?»

«Miserabel. Er hat seine Selbstachtung völlig verloren, und sein Selbsthaß droht ihn zu verzehren. Wenigstens sind die schlimmsten körperlichen Reaktionen überstanden, Gott sei Dank, und er ist jung und stark. Der Doktor sieht keine unmittelbaren Probleme.»

«Wird er wieder gesund?»

«*Gesund?* So ein Wort können wir in diesem Zusammenhang nicht verwenden. Man unterzieht seinen Körper einer gründlichen Reinigung, alles Weitere liegt bei ihm.»

Die Kellner servierten das Essen.

«Ich bin Ihnen aufrichtig dankbar, Holmes. Aber ich hoffe, diese Tortur wird nicht mehr allzu lange dauern.»

«Warum?» Abrupt hob er den Kopf. Eine vollbeladene Gabel blieb auf halbem Weg zu seinem Mund in der Luft hängen. «Ist irgendwas im Busch?»

«O nein, nichts Dringendes. Sonst hätte ich Sie früher verständigt.» Ich konzentrierte mich auf meinen Teller und das Besteck. «Wahrscheinlich kommt's mir nur seltsam vor, daß Sie nicht da sind, wenn ich mit Ihnen reden will.»

Während ich weiteraß, verstrichen einige Sekunden, ehe er die Gabel in den Mund schob. «Ich verstehe. Möchten Sie mir mitteilen, was Sie seit Donnerstag getrieben haben?»

Genau das wollte ich, und so schilderte ich die Ereignisse. Unterdessen verspeiste er zielstrebig seine Portion und warf gelegentlich eine Frage oder einen Kommentar ein. Ich erzählte alles, vom Besuch bei den Kobolden bis zum Aufenthalt in meinem Sussex-Cottage, und erheiterte ihn mit einem dramatischen Bericht über den Versuch, Wasser im Kohleneimer zu kochen.

Beim Kaffee lehnte er sich zurück. Seine Augen nahmen jenen vertrauten weltfernen Ausdruck an, der eine massive Mobilmachung hinter dem schütteren Haaransatz signalisierte. «Woher bezieht sie ihr Geld?»

«Elias' Raben servierten keine französischen Treibhauserdbeeren auf edlem Porzellan.»

«In dieser Hinsicht sind die Informationsquellen meines Bruders Mycroft ergiebiger als unsere», meinte er beiläufig.

Der Plural, der mich so selbstverständlich einbezog, erwärmte absurderweise mein Herz und erweckte den Eindruck, wir würden an einem Fall arbeiten, statt meine sonderbaren, individuellen Interessen zu erörtern. «Vielleicht wird sie von einem großzügigen Mentor unterstützt. Das würde ich gern herausfinden. Auf der politischen Bühne braucht man die seltsamsten – Partner, nicht wahr?»

«Glauben Sie, daß nur politische Machenschaften dahinterstecken? Nichts Schlimmeres?»

«Hinter Margerys Geld? So zynisch es auch klingen mag, ich kann mir nicht vorstellen, daß sie in ein schwereres Verbrechen als die Mißachtung der Arbeitsgesetze verwickelt ist. Sicher, das ist strafbar. Aber allzuviel dürfte sie nicht davon profitieren. Nein, ich glaube eher, irgend jemand ist restlos von ihr begeistert und unterstützt sie nach Leibeskräften. Ich wüßte gern, wer ... Vielleicht eine reiche amerikanische Witwe? Oder ein frustrierter Suffragettenverein?»

«Oder ein Gentleman, der sie bewundert und anbetet?»

Seltsam, wie empfänglich ich für die Untertöne seiner Vermutung war ... Legte er es aus irgendeinem Grund darauf an?

«Wenn ja, ist er sehr diskret. Ich habe keine Gerüchte über Margerys Liebesleben gehört, abgesehen von einem Verehrer in Frankreich.»

«Nach allem, was Sie mir erzählt haben, ist sie nicht besonders asketisch.»

«Wohl kaum.»

«Soll ich Mycroft auf die Lady ansetzen?»

«Vorerst nicht», entschied ich nach kurzer Überlegung. «Vielleicht später, nach dem 28. Januar.»

«Ach ja, die große Präsentation. Wie kommen Sie mit Ihrer Arbeit voran?»

«Erstaunlich gut. Aber der arme Duncan sitzt wie auf glühenden Kohlen, weil eine Horde amerikanischer Theologen zu einer Konferenz nach Berlin reisen und in Oxford Station machen wird. Die Leute haben angekündigt, sie wären gern dabei, wenn wir unser Werk vorstellen, und ihn gebeten, sie irgendwo einzuquartieren.»

«Sie werden offensichtlich ernst genommen, Russell.» Wie immer wies Holmes treffsicher auf die Quintessenz der Situation hin.

«Nun ja, ich fühle mich sehr geehrt. Daran wird sich hoffentlich nichts geändert haben, wenn am 29. die Sonne aufgeht.»

«Und Ihre Pläne bis dahin? Übrigens, haben Sie Ihren Kaffee getrunken? Gehen wir am Ufer spazieren? Oder müssen Sie nach Hause?»

«Nein, ein Spaziergang wäre wundervoll.» Nachdem wir Mäntel und alles andere angezogen hatten, traten wir ins Freie, wo der Nebel hellgraue Kegel unter den Straßenlampen bildete. «Vorläufig ziehe ich nicht nach Sussex. Ich würde erfrieren und mich über faule Handwerker ärgern, und wegen des ständigen Lärms könnte ich nicht arbeiten. In meinem Club gibt es einen ruhigen Leseraum mit drei selten benutzten Schreibtischen. In Oxford würde es mir natürlich besser gefallen, aber ich habe Duncan ohnehin versprochen, ihn alle paar Tage zu besuchen und zu besänftigen.»

«Warum bleiben Sie in London? Möchten Sie Margery Childe im Auge behalten?»

«Hin und wieder werde ich sie sehen. Warum interessieren Sie sich für meine Pläne, Holmes?»

«Bedauerlicherweise kann ich Ihnen vorerst nicht als Berater dienen. Heute nachmittag bekam ich nicht nur Ihr Telegramm, sondern auch noch ein zweites. Mycroft bittet mich, für ein oder zwei Tage nach Paris und dann nach Marseille zu fahren. Dort soll ich ein paar widerwilligen Zeugen gewisse Informationen über einen großen Drogenschmugglerring entlocken. Haben Sie eigentlich schon bemerkt», fügte er hinzu, «wie häufig Mycrofts Metaphern mit Speisen und Getränken zusammenhängen?»

«Also wollen Sie mich mitnehmen?» Obwohl ich das Angebot ablehnen mußte, lächelte ich erfreut.

«Ich dachte, das würde Ihnen Spaß machen.»

«Natürlich. Aber es geht nicht. Vor dem 28. möchte ich mich nicht allzuweit von Oxford entfernen. Falls ein Blizzard losbricht oder die Eisenbahner streiken, kann ich von London aus zu Fuß hingehen. Diese Reise kann wohl nicht warten?»

«Leider nicht. Also, dann sehen wir uns ein andermal.» Seine Stimme klang gleichmütig. Trotzdem hatte ich das Gefühl, daß er enttäuscht war.

«So bald wie möglich. Wie lange werden Sie wegbleiben?»

«Am Mittwoch reise ich ab, und am nächsten Donnerstag komme ich zurück – oder etwas später, wenn sich die Dinge verkomplizieren.»

«Ah ...», murmelte ich, und jetzt fühlte ich mich selber enttäuscht. «Vielleicht habe ich bei Ihrer Rückkehr was Interessantes zu erzählen.»

Er begleitete mich bis zur Tür meines Clubs. Als er an seinen

Hut tippte, überlegte ich, ob ich mir die gewisse Wehmut in seiner Geste nur einbildete.

■

Die nächsten Tage verliefen so, wie ich es Holmes erklärt hatte: Der Dienstag in London, der Vormittag im British Museum, mit einem Experten für palästinensische und babylonische Antiquitäten, der Nachmittag bei Margery, die Abende in meinem Club; der Mittwoch in Oxford; der Donnerstagmorgen in der Bodleian-Bibliothek, dann zurück nach London, am frühen Nachmittag ein Termin mit Mr. Arbuthnot, meinem Anwalt, danach eine Anprobe bei den Kobolden, die ich mit riesigen Schachteln unter dem Arm verließ. Als ich sie in meinen Club trug, fand ich ein Paket vor – drei Bücher, die ich für Margery bestellt hatte. Die nahm ich in Veronicas Haus mit, wo wir – wie sie es ausdrückte – «eine späte Teestunde oder frühes Dinner» mit einer Diskussion über die bestmögliche Verwaltung der Leihbibliothek verbanden. Wir beschlossen, den Tempel etwas früher aufzusuchen und vor dem Gottesdienst Veronicas Räumlichkeiten zu inspizieren. Noch eine «Liebes-Nacht» ... Wie ich zugeben muß, mischte sich eine gewisse Besorgnis in meine erwartungsvolle Spannung.

Auf der Straße vor dem Saal hielt ich das Päckchen hoch. «Das würde ich Margery gern vor dem – vor ihrem Vortrag geben, oder ich möchte es wenigstens Marie anvertrauen. Ist der Haupteingang versperrt?»

«Wahrscheinlich, aber ich führe dich durch den Saal.» Ich folgte ihr zu der Tür, die ich vor zehn Tagen zum erstenmal gesehen hatte. Jetzt war sie verschlossen, und Veronica öffnete sie mit ihrem Schlüssel. Während ich hinter ihr die Treppe hinaufstieg, warf sie mir einen kurzen Blick über die Schulter zu und bemerkte: «Um diese Zeit meditiert Margery. Geben wir das Päckchen Marie, oder wir legen es in den Gemeinschaftsraum mit einem Zettel. Da wird sie sicher ... Marie! Was ist denn los?»

Ich spähte an ihr vorbei. Am Ende des Korridors stand die ansonsten so phlegmatische Dienerin – völlig aufgelöst. Verzweifelt rang sie die Hände und starrte eine Tür zu unserer Linken an. Bevor wir zu ihr eilten, schien sie uns gar nicht wahrzunehmen. Dann fuhr sie herum und wies auf die Tür – eine Geste, die wohl eher um Hilfe bitten als die Ursache des Problems anzeigen sollte. Im Aufruhr der Gefühle vergaß sie beide Sprachen und bewegte nur ihre Lippen, eine Hand ausgestreckt.

«Margery? Ist es Margery?» fragte Veronica.

Offenbar gab es nur diese eine Möglichkeit. Nichts anderes würde Marie dermaßen aufregen. Sie nickte ruckartig, und endlich gehorchte ihre Stimme. «Madame ... ein Eindringling.»

«Ist Margery da drin?» erkundigte ich mich auf englisch, weil ich sie zwingen wollte, ihre Gedanken zu ordnen.

«Oui.»

«Und ist jemand bei ihr?»

«*Non. Elle est seule.* Allein, aber – verletzt ...»

«Margery ist verletzt? Wieso?»

«Il y avait du sang dans la face.»

«Blut auf ihrem Gesicht? Ist sie allein hineingegangen? Hat sie sich eingeschlossen?»

«Eingeschlossen, ja, bevor ich sie erreichen konnte. *Pas de réponse.*»

Entschlossen bückte ich mich und rief durch die Tür. «Margery, wenn Sie bei Bewußtsein sind – antworten Sie, bitte! Sie bereiten Marie und Veronica große Sorgen. Wenn Sie sich nicht rühren, müssen wir das Schloß aufbrechen oder die Polizei verständigen.»

Fast zehn Sekunden verstrichen, ehe ihre Stimme erklang – leise und zögernd, aber klar. «Nein. Gehen Sie.»

Ich kniete nieder und schaute durchs Schlüsselloch, in dem zu meiner Verblüffung kein Schlüssel steckte. Und da beobachtete ich eine dramatische Szene, eine der seltsamsten und unerklärlichsten, die ich jemals mit angesehen hatte.

Was ich erblickte und dann tat, prägte sich unauslöschlich in meiner Erinnerung ein. Noch Jahre später hätte ich es mühelos zu Papier bringen können. Aber während ich meine Memoiren schreibe, liegt ein Brief vor mir – der Bericht über die Ereignisse, den ich Holmes am nächsten Tag schickte. Diesen Brief werde ich nun zitieren, um die krassen Fakten der Dinge, die sich damals abspielten – oder auch nicht –, anschaulich wiederzugeben.

■

Am anderen Ende des Raums sah ich ihren Hinterkopf vor einem Altar. Stühle verdeckten ihren restlichen Körper, und ihr Haar war wild zerzaust, aber seine Farbe klar zu erkennen.

«Was für ein Raum ist das?» fragte ich Veronica.

«Die kleine Kapelle. Ist sie drin?»

«Ja.» Ich richtete mich auf. «Bleib hier bei Marie. Ich will mal sehen, ob ich durch die Tür da drüben hineingehen kann. Dann versuche ich diese hier aufzusperren.»

Ohne eine Antwort abzuwarten, rannte ich zu den beiden Türen am Ende des Korridors. Die rechte war unverschlossen. Als ich hindurchschaute, entdeckte ich eine Verbindungstür – ebenfalls unversperrt. Aber die Kapellentür mußte ich mit meinem Dietrich öffnen. Leise schob ich den Riegel hinter mir vor, dann schlich ich die Wand entlang zum Ausgang, der zum Flur führte, und hängte meinen Hut übers Schlüsselloch. Auf der anderen Seite erklang ein Schreckensruf, den ich ignorierte. Margery kniete immer noch vor dem Altar, und ich ging zu ihr. Holmes, bei ihrem Anblick dachte ich, ein Lastwagen müßte sie überrollt haben. Ihr linkes Auge war fast zugeschwollen, die Haut über den Wangenknochen aufgeplatzt. Von der Wunde zog sich eine Blutspur zum Hals hinab und ins Haar. Auch die Lippen zeigten Blutspuren, die vermutlich von den Zähnen herrührten. Ein Umhang aus Wollstoff verhüllte ihre übrige Gestalt. Unbewegt starrte sie ein keltisches Kreuz an und beachtete mich nicht.

Bevor ich entschied, was ich tun würde, wollte ich erst einmal ihre Wunden untersuchen. Sie wehrte sich nicht, als ich den Umhang von ihren Schultern streifte, und erschien mir wie ein schlafendes Kind. Abgesehen von Blutflecken am Kragen, war der Umhang unversehrt und sauber, aber das Kleid darunter am Ausschnitt und am rechten Ärmel zerfetzt. Vom Oberteil hing eine Spitzenborte herab. Ich knöpfte es auf – immer noch keine Reaktion – und sah breite rote Striemen, umgeben von schwächer verfärbter Haut. Wie ich ihren flachen Atemzügen und der Körperhaltung entnahm, mußte mindestens eine Rippe gebrochen sein.

Holmes, sie war geschlagen worden – von einem Mann (oder einer kräftigen Frau, die ihre Fäuste zu schwingen wußte). Gewiß ist diese Person viel größer als Margery, rechtshändig, mit einem schweren Ring. Und gewiß kein Fremder. Es sei denn, Margery wäre im Januar auf die Straße gegangen, in einem dünnen Wollkleid.

«Wer hat Ihnen das angetan?» fragte ich, aber sie schien nichts zu hören. Ich schloß die Knöpfe wieder, zog meinen eigenen Mantel aus und verdeckte damit das zweite Schlüsselloch. Dann kehrte ich zu Margery zurück und kniete direkt vor ihr nieder.

«Margery!» Mehrmals wiederholte ich ihren Namen, mit lauter Stimme. «Sie müssen mir antworten. Und Sie brauchen ärztliche Hilfe. Ich glaube, Sie können gehen. Aber wenn Sie sich nicht vom Fleck rühren, trage ich Sie in Ihr Bett.» Langsam kehrten die Augen in dem verwüsteten Gesicht in die Wirklichkeit zurück. Als sie mich anschaute, seufzte ich erleichtert auf. Die Größe ihrer Pupillen erschien mir völlig normal.

«Nein», wisperte sie.

«Bitte, Margery, Sie wurden verletzt. Wenn Sie Ihren Brustkorb nicht bandagieren lassen, wird Ihnen jeder Atemzug weh tun. Und die Platzwunde in Ihrem Gesicht muß genäht werden, sonst bleibt eine Narbe zurück. Jetzt öffne ich die Tür und hole Marie herein. Sie wird Sie ins Bett bringen. Und Veronica wird den Gottesdienst absagen.»

«Nein», wiederholte sie, diesmal etwas lauter, wie aus weiter

Ferne. Plötzlich gewann ich den Eindruck, sie wäre in Trance, und schaute forschend in ihre Augen. Falls ihr Kopf keinen ernsthaften Schaden genommen hatte, würden die Wunden ihr Leben nicht bedrohen. (Wie Sie zugeben müssen, Holmes, verstehe ich ein bißchen was von solchen Verletzungen, aus eigener Erfahrung und weil ich während des Krieges im Hospital gearbeitet habe.) Unterhalb des Brustkorbs dürfte sie keine Schläge abbekommen haben, und an ihrem Schädel entdeckte ich weder Platzwunden noch Beulen. Auch die klaren Augen beruhigten mich. Der hypnotische Zustand, oder wie Sie's nennen möchten, blockierte den Schmerz.

Da sie mit aller Macht allein bleiben wollte, stimmte ich zu. «Also gut. Dann werde ich Veronica nur bitten, den Gottesdienst abzusagen, und der Doktor soll warten, bis Sie bereit sind.»

«Kein Doktor. Keine Veronica.»

«Glauben Sie etwa, Sie könnten Ihre Predigt halten? O Margery, das ist unmöglich ...»

«Gehen Sie weg, Mary», befahl sie in energischem Ton. «Und nehmen Sie die beiden Frauen mit.»

Was blieb mir anderes übrig, als zu gehorchen? Sie war ein vernünftiger, erwachsener Mensch, und sie schwebte nicht in unmittelbarer Gefahr. Außerdem las ich in ihrem Blick eine Autorität, die ich nicht bekämpfen mochte.

Während ich vor ihr kniete, entfernten sich Maries und Veronicas Stimmen von der Tür, wo ich die beiden zurückgelassen hatte, und folgten meinem Weg durch Margerys Schlafzimmer und Ankleideraum. Geräuschvoll, aber wirkungslos klirrte Maries Schlüssel im Schloß.

Nach einem letzten Blick auf Margerys Wunden verließ ich sie und ging durch die Flurtür hinaus. Da sie kein richtiges Schloß aufwies, mußte ich nur einen Riegel zurückschieben. Dann rief ich die anderen zu mir. Nachdem ich erklärt hatte, Margery sei nur leicht verletzt und wolle allein sein, versuchte Marie die Tür hinter mir zu öffnen. Aber ich hinderte sie daran und wiederholte die Worte ihrer Herrin. Schließlich führte ich die beiden ins angrenzende Wohnzimmer.

Ich servierte Veronica einen Drink und bot auch Marie ein Glas an. Haßerfüllt schüttelte sie den Kopf, und ich setzte mich, um zu warten.

Um halb acht fragte ich Veronica, ob irgend jemand den Gottesdienst übernehmen könne, falls Margery dazu nicht fähig sei. (Natürlich bezweifelte ich, daß sich die geschundene Frau aufs Podium schleppen und genug Atem holen konnte, um eine Predigt zu halten, die man zumindest in den vorderen Reihen verstehen würde. Schon gar nicht ohne Rippenverband ... Doch das verschwieg ich.)

«Manchmal sprang Ivy ein, wenn Margery im Dezember verreist war. Sie hält selbstverständlich keine Predigt, aber sie sang mit uns und las Bibeltexte vor.»

Das nützte uns nicht viel, da Ivy nur einfache, langweilige Hymnen beherrschte. Und so erkundigte ich mich, ob sonst niemand zur Verfügung stehe.

«Vielleicht läßt sich Rachel Mallory dazu überreden.»

Ich schickte Ronnie zu Rachel oder zu einem anderen Tempelmitglied, das Margery vertreten könnte. Dann richtete ich meinen warnenden Blick auf Marie, die in sich zusammensank und französische Flüche murmelte. Wie gern hätte ich ihre Worte verstanden, um mich weiterzubilden ...

Unten im Saal schlug die Uhr. Viertel vor acht. «Jetzt braucht sie mich», platzte Marie plötzlich heraus. «Bei ihrer Toilette ...»

«Wenn sie bis acht nicht auftaucht, sehen wir nach ihr.»

Ihr wütender Protest gellte mir in den Ohren, und ich unterbrach ihn, indem ich betonte, falls Margery sich nicht auf den Beinen halten könne, sei Marie wohl kaum fähig, sie ohne Hilfe zu tragen.

Langsam verstrichen die Minuten. (Verzeihen Sie die Dramatik, Holmes, aber ich möchte einen lückenlosen Bericht niederschreiben.)

Sechs Minuten vor acht schwang eine Tür auf, und Stimmen

drangen zu uns – Veronica und eine andere Frau. Dann erschienen sie auf der Schwelle des Wohnzimmers, beide sichtlich besorgt. Zudem wirkte Rachel, Veronicas Begleiterin, noch ängstlich und verwirrt. Meine Freundin wollte mir eine Frage stellen, doch sie kam nicht zu Wort. Denn nun öffnete sich eine andere Tür. Rachel drehte sich um, schrie auf und stürmte davon, gefolgt von Veronica und Marie. Ein paar Sekunden später redeten alle drei durcheinander, erleichtert und neugierig. Zu meiner Verblüffung antwortete Margery leichthin und scherzhaft. Ich stand immer noch im Wohnzimmer, als sie hereinkam, um mir meinen Hut und den Mantel zu reichen.

«Das haben Sie in der Kapelle vergessen, Mary. Heute nacht werden Sie die Sachen brauchen. Es ist ziemlich kalt.» Mit diesem prosaischen Kommentar verschwand sie, entschuldigte sich bei den anderen für die Verspätung und erklärte, nun müsse sie sich beeilen. Ehe die Tür ins Schloß fiel, hörte ich Margery lachen.

Holmes, sie war völlig unverletzt. Kein geschwollenes Auge, keine Platzwunde über den Wangenknochen. Sie bewegte sich anmutig wie eh und je. Und sie konnte genug Atem holen, um zu lachen. Nur eine einzige Spur bewies, was ich gesehen hatte – das feuchte Haar an der linken Seite.

Natürlich durchsuchte ich ihr Zimmer und fand kein blutverschmiertes Kleid. Aber der Kragen des Umhangs war naß abgewischt worden, und als ich ein Taschentuch auf den hellbraunen Stoff preßte, entstand ein rostfarbener Fleck. Zwischen den Kohlen im Kamin entdeckte ich neun Elfenbeinknöpfe und mehrere Metallhäkchen. Sonst war nichts von ihrer seidenen Unterwäsche und dem ruinierten Kleid übriggeblieben.

Marie sah mich vor dem Kamin knien. Beinahe wäre sie über mich hergefallen. Sie beschimpfte mich, nannte mich eine gottverdammte Närrin und verstummte erst, als ich ihr die immer noch heißen Knöpfe in die Hand drückte und den Raum verließ.

Margery hielt eine ganz normale Predigt, gestikulierte mühelos, und ihre Stimme erreichte die hintersten Reihen des Saals. Eindringlicher denn je verkündete sie ihre Botschaft, wortgewandt und enthusiastisch. Sie dachte gar nicht daran, den Abend früher zu beenden.

Wie ich aus Erfahrung weiß, ignorieren manche Menschen ihre Schmerzen in hypnotischer Trance. Einmal beobachtete ich sogar, wie ein hypnotisierter Mann seine Hand ins Feuer hielt oder hindurchging, ohne sich zu verbrennen. Angeblich vollführt man im Südpazifik ähnliche Kunststücke, indem man über glühende Kohlen läuft. Aber ich kenne keine hypnotischen Methoden, die akute Wunden entfernen.

Falls man bei irgendwelchen Ermittlungen mit dem Unmöglichen konfrontiert wird, soll man vom Unwahrscheinlichen ausgehen – so lautet einer Ihrer Grundsätze, Holmes. Und wie soll man sich verhalten, wenn man zwischen zwei unmöglichen Tatsachen wählen muß? Ich habe ihr Gesicht *gesehen*, aus nächster Nähe – und dann noch einmal, als sie mir meinen Mantel gab. Da war es völlig unverletzt, und sie hatte kein Make-up aufgetragen, um ihre Wunden zu übertünchen. Die Existenz einer Zwillingsschwester oder eines Doubles schließe ich aus, denn die Iris ihres rechten Auges weist zwei winzige Flecken auf, die es gewiß kein zweites Mal gibt. Entweder wurde ich das Opfer einer subtilen, raffinierten, machtvollen geistigen Manipulation, oder ich habe etwas Unmögliches beobachtet – kurz gesagt, ein Wunder.

Diesen Brief werde ich erst morgen abschicken, wenn ich Margery gesehen habe. Vielleicht befand sie sich in tiefer hypnotischer Trance (von Gebeten heraufbeschworen?), die gebrochene Rippen und ein geschundenes Gesicht zurückließ? Wird sie mir zeigen, wie man ein geschwollenes Auge und eine Platzwunde mit unsichtbarer Schminke verdeckt? Wenn ja, werde ich diesen Brief vernichten und mich schrecklich albern fühlen. Jedenfalls wünsche ich, außer Marie und mir hätte noch jemand anderer die Verletzungen gesehen.

Ihre R.

Postskriptum, Freitag: Heute morgen sah ich M. C. nur wenige Minuten lang. Da Sie diesen Brief in Händen halten, wissen Sie, daß sie völlig gesund ist. Holmes, haben Sie jemals irgendwelche Zeichen beginnenden Wahnsinns an mir bemerkt und nichts davon erwähnt?

M. R.

■

Wie dieser Brief verrät, war ich zutiefst erschüttert. Ich ließ ihn Holmes mit Hilfe seines Bruders Mycroft zukommen, dessen scharfe Augen und Octopusfinger ihn schneller finden würden als die Post. Schon am nächsten Tag erhielt ich eine Antwort. Das Telegramm folgte mir von meinem Club bis zum Tempel, wo ich Veronica half, Regale für die Leihbibliothek aufzustellen. Mit schmutzigen Händen riß ich das dünne Kuvert auf, las die kurze Nachricht, gab dem Botenjungen eine Münze und erklärte, er brauche nicht auf eine Antwort zu warten.

«Was steht denn drin, Mary?»

Ich zeigte meiner Freundin das Telegramm und wartete. Welchen Sinn würde sie darin finden?

«Aus Marseille. ‹Ab esse ad posse.› – ‹Von es ist bis zu es ist möglich›», übersetzte sie den Text frei und schaute mich unsicher an. «Was soll das heißen? Wer hat das abgeschickt?»

«Ein Experte für frührabbinischen Judaismus, der gerade auf Reisen ist», improvisierte ich. «Im British Museum stieß irgend jemand auf Schriftstücke aus dem 1. Jahrhundert, die vielleicht belegen, daß eine Frau eine Synagoge in Palästina geleitet hat. Ich wollte wissen, ob das möglich ist. Keine besonders aufschlußreiche Antwort.»

«Seltsam», meinte sie und studierte die wenigen Worte, um eine verborgene Bedeutung zu suchen. Hastig lenkte ich sie ab.

«Man sollte das anders übersetzen: ‹Wenn es geschieht, ist es möglich.› Ein guter Slogan für die feministische Bewegung, nicht wahr?»

«Unsinn, Mary. Zuerst muß die Möglichkeit bestehen.»

Ich nahm ihr das Telegramm weg und schob es in meine Hosentasche. «Wenn du die Geschichte studierst, wirst du immer wieder merkwürdige Ereignisse entdecken, die im Nichts untergingen, statt einen neuen Anfang einzuleiten.»

Nun vergaß sie das Telegramm, und wir diskutierten über Jeanne d'Arc, Königin Elizabeth, die Frauen des Neuen Testaments, George Sand und die Vergeudung essentieller Theorien.

■

Am Nachmittag gab ich Margery eine Unterrichtsstunde. Marie führte mich zu ihrer Herrin und servierte Tee. Ohne meinen Blick zu erwidern oder auch nur ein Wort an mich zu richten, schaffte sie es, tiefe Verachtung, Überlegenheit und heftigen Abscheu auszudrücken. Offensichtlich verdrängte sie die Erinnerung an Margerys verwüstetes Gesicht und entsann sich nur noch, daß ich sie ausgetrickst, schlecht behandelt und mich lächerlich gemacht hatte.

Ich saß da, betrachtete meine Hände, bis sie das Tablett abgestellt und die Tür hinter sich geschlossen hatte. Dann wandte ich mich Margery zu. «Was ist geschehen? Wie konnten Sie so schnell genesen?»

Erstaunlicherweise lachte sie. «Sie auch? Marie scheint zu glauben, ich hätte gestern abend auf der Schwelle des Todes gestanden – keine Ahnung, warum. Eigentlich hätte ich Sie für vernünftiger gehalten, Mary.»

«Waren Sie nicht in Gefahr?»

«Natürlich nicht! Ich schnitt mich mit einer Glasscherbe in den Finger, und irgendwie geriet ein bißchen Blut auf meine Wange.» Um ihre Erklärung zu bekräftigen, streckte sie die linke Hand aus. Um den Mittelfinger wand sich ein Pflaster.

«Aber Ihr Kleid war zerrissen.»

«Ja, weil die Spitzenborte an der rauhen Kante eines Bücherregals hängenblieb», erwiderte sie gleichmütig.

«Und warum haben Sie's verbrannt?»

«Wie neugierig Sie sind, Mary! Der Anblick von Blut widert mich an. Und wenn ich Blutflecken sehe, wird mir übel.»

«Bitte, darf ich Ihren Finger untersuchen?»

Seufzend zuckte sie die Achseln und hielt mir ihre Hand hin, die sich kühl und entspannt anfühlte, während ich das Pflaster löste. Der tiefe Schnitt stammte zweifellos von einem Glassplitter. Aber Donnerstagabend hatte er noch nicht existiert.

Doch ich konnte nichts tun und mit niemandem reden. Außer mir hatte nur Marie jene Verletzung gesehen, und sie würde beharrlich das Gegenteil behaupten. Hätte ich Ronnie doch nur erlaubt, die Kapelle zu betreten! Von einer Zeugin unterstützt, könnte ich Margery zu einem Geständnis zwingen. So, wie die Dinge lagen, kannte nur ich die Tatsachen. Und allmählich begann ich daran zu zweifeln. Ich ließ Margerys Hand los, und sie schlang wieder das Pflaster um den Finger.

«Wirklich, ich finde es sehr nett, daß ihr alle so besorgt um mich seid. Aber hebt euch das auf, bis ich ernsthaft erkranke, zum Beispiel an einer Grippe.» Sie drehte ihre Hand herum, um festzustellen, ob das Pflaster richtig saß. Dann hielt sie inne und betrachtete die Haut über ihrem zarten Handgelenk, wo ich am Donnerstagabend einen blutigen Striemen gesehen hatte. Diese hilflose Hand war von einer Faust getroffen worden – von einem scharfkantigen Ring. Wie gebannt starrte Margery darauf. Ihre Stimme klang so leise, daß ich sie kaum verstand. «Manchmal wird die Gnade auch jenen zuteil, die sie nicht verdienen.» Ein paar Sekunden später zog sie die Hand zurück, berührte das Pflaster und schaute mich an. In ihren Augen las ich nichts Verdächtiges, nur eine leise Belustigung. «Nun, Mary, Sie nehmen Ihren Tee mit Sahne und Zucker, nicht wahr?»

An diesem Nachmittag erörterten wir eines ihrer wichtigsten Themen – die Liebe. Ich sprach über die erdhaften Wurzeln des Hebräischen *ahew* und *hesed, haschaq, dod, raham* und *rea*, dann über das ätherische griechische *agape* und *phileos* (ebenso über *eros*, obwohl dies nicht zum Vokabular des Neuen Testaments gehört).

Aufmerksam lauschte sie meinem Vortrag, aber ich spürte eine gewisse Distanz zwischen uns. Und ich kannte nur einen einzigen Gedanken – wie mühelos sie gelogen hatte.

Während ich meine Bücher einpackte, stand sie auf und holte eins, das noch auf ihrem Schreibtisch lag. Sie gab es mir, und mein Blick fiel auf das Pflaster. Dann unternahm ich einen letzten Versuch, ihr eine Antwort zu entlocken. «Wollen Sie mir nicht erzählen, was geschehen ist?»

«Das habe ich bereits getan, Mary.»

«Oh, ich weiß einfach nicht, was ich von Ihnen halten soll!» platzte ich frustriert heraus.

«Und Sie sind mir genauso rätselhaft. Ehrlich gesagt, ich begreife nicht, warum Sie den Großteil Ihres Lebens der Erforschung eines Gottes widmen, an den Sie nicht glauben.»

Ich zuckte zusammen, als hätte sie mich in die Magengrube geschlagen. Prüfend musterte sie mich, um die Wirkung ihrer Worte zu ergründen.

«Mary, Sie glauben an die Macht, die der *Gedanke* an Gott, auf die Menschen ausübt. Sie glauben an die Art und Weise, wie die Menschen über das Unfaßbare reden, nach dem Unerreichbaren greifen, ihr unvollkommenes Leben organisieren und ihre armselige Verehrung dem existenzlosen Wesen anbieten, das unser Universum geschaffen hat und seinen Fortbestand sichert. Aber Sie glauben nicht, was Sie mit Ihren eigenen Augen sehen – daß Gott ganz konkret in das Leben eines Menschen eingreifen kann.» Ein trauriges Lächeln umspielte ihre Lippen. «Seien Sie doch nicht so gefühlskalt, Mary! Sonst werden Sie nur einen kalten Gott kennen, kalte Freunde, kalte Liebe. Und Gott ist nicht kalt – niemals. Er besteht nicht aus Eis. Er glüht vor Hitze, die tausend Sonnen enthält und alles entflammt, aber nicht verzehrt. Mary, Sie brauchen Seine Wärme. Sie haben Angst davor, Sie flirten damit, Sie bilden sich ein, Sie könnten diese Wärme ertragen und Ihren kühlen Intellekt bewahren – und mit Ihrem Verstand lieben. Oh, meine arme Mary, Sie sitzen im Saal und hören mir zu, wie ein wildes Tier, das ein Lagerfeuer anstarrt – unfähig, davonzulaufen, und Sie fürchten, Sie würden Ihre Freiheit verlieren, wenn Sie näher kommen. Das Feuer wird Sie nicht verzehren, und ich werde Sie nicht festhalten. Eine solche

Wirkung geht nicht von der Liebe aus. Sie läßt nur das Leben entstehen. Bitte, Mary, lassen Sie sich nicht von kalter akademischer Logik fesseln.»

Wie eine gewaltige Woge erfaßte mich die Überzeugungskraft ihrer Worte, die mir den Atem nahm. Und als ihr Echo verklang, zerrten sie immer noch an mir und versuchten mich zu umgarnen. Ich kämpfte, wehrte mich energisch gegen die Magie von Margerys Vision. Allmählich verebbte ihre Macht in der Stille des Raumes, und ich erkannte entsetzt, daß ich nur mit knapper Not entkommen war.

Mit einem höflichen, nichtssagenden Kommentar verabschiedete ich mich. Während ich aus dem Tempel floh, redete ich mir ein, Margery habe meine Frage nicht beantwortet. Doch ich wußte es besser.

12

Sonntag, 9. Januar
–
Donnerstag, 13. Januar

■

Dem Mann das Feld, der Frau den Herd:
Dem Mann das Schwert und ihr die Nadel:
Der Mann besitzt seinen Kopf, die Frau ihr Herz:
Der Mann soll befehlen, die Frau gehorchen;
Alles andere wäre Verwirrung.

ALFRED LORD TENNYSON

Am nächsten Morgen fuhr ich nach Oxford und hatte das Gefühl, ich würde Staub von meinen Stiefeln schütteln. Alles wollte ich abstreifen und hinter mir lassen – die Verwirrung, in die mich Margerys scheinbare Duplizität stürzte, die unerklärlichen Ereignisse des Donnerstags. Nichts sollte mich belasten, weder jene verführerische Magie der «richtigen Gesinnung» noch meine schmeichelhafte Position als Miss Childes Privatlehrerin, die höfische Intrigenwelt des Inneren Kreises oder Maries Animositäten. In dieser Phase fand ich es nicht einmal erstrebenswert, mein Buch über den Mystizismus zu konsultieren und herauszufinden, was Miss Underhill über die physischen Nebeneffekte mystischer Verzückung zu berichten wußte – über körperliche Symptome, die auftreten können, wenn sich die Seele ekstatisch mit dem Göttlichen vereint.

Sobald die Türme von Oxford im Nebel erschienen, gewann ich eine wichtige Erkenntnis. Hier war ich zu Hause, wie sonst nirgends auf der Welt. Wozu brauchte ich London oder Sussex? In meinem Sommer-Cottage konnte ich hin und wieder die Bäuerin spielen, so wie damals meine Mutter. Aber hier, zwischen den Flüssen, inmitten der ätherischen und zugleich erdhaften Gebäude fühlte sich mein Herz heimisch. Vielleicht Boar's Hill oder Marston ... Holmes kam auch ohne mich zurecht. Also war es besser, wenn ich mich von seiner reizbaren und irritierenden Präsenz befreite. Ich beschloß mit einem Immobilienmakler zu sprechen. Nach dem 28. Januar.

Tagelang vergrub ich mich in meinen Büchern und tauchte erst auf, wenn ich abends aus der Bodleian-Bibliothek verbannt wurde. Es war zu dunkel, um im Licht der Straßenlampen zu lesen, und so hing ich während der Viertelstunde, die ich für den Heimweg durch die feuchte, kalte Luft benötigte, ziellosen Gedanken nach. Morgens nahm ich einen Schirm mit, um auf der

Wanderung zur Bibliothek zu lesen, und jeden Tag versank ich im Miasma alten Leders und nasser Wolle, froh und erleichtert wie ein Fisch, der ins Wasser zurückgeworfen wird.

Aber sogar ein Fisch muß essen. Am Mittwoch stand ich etwas zu schnell von meinem Tisch auf, um in einem Nachschlagewerk zu blättern. Plötzlich erfaßten mich Schwindelgefühle und eine heftige Übelkeit. Ich hielt mich an der Tischkante fest, bis der Schwächeanfall überstanden war, und überlegte, wann ich die letzte anständige Mahlzeit zu mir genommen hatte. Am Freitag oder Samstag? Als hätte mein Körper nur darauf gewartet, dem Gehirn seine Rechte zu signalisieren, verspürte ich qualvollen Durst, den Drang, das WC aufzusuchen, Rücken- und Kopfschmerzen und eine fast leichenähnliche Trägheit in allen Arm- und Beinmuskeln. Ich ließ meinen Stift fallen, schlüpfte in den Mantel und eilte in den nächstbesten Pub, wo anständige Mahlzeiten serviert wurden.

Wie sollte ich meine Ungeduld bezähmen, bis das Essen endlich vor mir auf dem Tisch stehen würde? Inmitten der dichtgedrängten Gästeschar entdeckte ich mehrere schwarze Dozentengewänder. Während ich mir einen Weg durch das Gewühl bahnte, schnellte eine Hand in Taillenhöhe heran und hielt mich gebieterisch auf. Verwirrt wandte ich mich dem Tisch zu, neben dem ich stehengeblieben war. Drei vertraute Gesichter musterten belustigt meine grimmige Miene, aber auch mit schmeichelhafter Wiedersehensfreude und Jovialität. Allzu leicht schließe ich keine Freundschaften, aber diese drei waren mehr als bloße Bekannte.

«Mary, genau das richtige für meine trüben Augen! Hol ihr ein halbes Bier, Reggie!» befahl Phoebe. Die beiden waren ein ungleiches Paar – sie groß und brüsk und stark wie ein Pferd, er klein, dünn und still, aber beide brillant auf ihrem Fachgebiet, der Zellularbiologie. Vor zwei Jahren hatte ich sie bei einer Anatomievorlesung kennengelernt.

Diesem kleinen Bier folgten noch mehrere größere, und nicht einmal die zahlreichen Sandwiches konnten den Alkohol absorbieren. Es wurde ein sehr fröhlicher, lautstarker Lunch. Etwas später zerrte mich Phoebe vor die Dartscheibe (an die irgendein geschmackloser Studienanfänger, falls das keine Tautologie ist, ein Schild mit der Aufschrift ABSALOM* geheftet hatte). Nachdem ich alle Leute in der Kneipe besiegt hatte, gab ich noch eine Extravorstellung vor einem großen Publikum und verdiente fast zwei Pfund. Ein guter Wurf ist vielleicht das einzige körperliche Talent, das ich besitze. Wie ich zugeben muß, hat es mir das Leben gerettet, aber es eignet sich hauptsächlich fürs Amüsement im Salon (oder im Pub). Strahlend setzte ich mich wieder an den Tisch und nutzte meinen Gewinn, um eine Runde fürs ganze Lokal auszugeben.

Als wir wegen der Nachmittagssperrstunde hinausgeworfen wurden, standen wir blinzelnd auf der Straße und wußten nicht recht, was wir anfangen sollten. Das vierte Mitglied unserer kleinen Gruppe, dessen Hand mich so herrisch aufgehalten hatte, war ein schlaksiger junger Baronet, immer noch Student, der für Einstein und süß duftenden Pfeifentabak schwärmte und die unvermutete Gabe besaß, brillante Wortspiele oder obszöne Limericks zu ersinnen. Seit achtzehn Monaten war ich mit ihm befreundet. Nun zog der junge Mann eine Pfeife aus seiner Tweedtasche, betrachtete sie mißtrauisch und steckte sie wieder ein, ohne sie anzuzünden. «Also, Leute, wollen wir diese wilden Ausschweifungen daheim fortsetzen oder frische Luft schnappen?»

Wir entschieden uns für beides, wanderten in weitem Bogen durch den Park und Mesopotamia, über den High und den Cherwell entlang, wo sich im Sommer Enten und Steckkahnfahrer tummelten, dann hinunter zur Isis. Dort brachen die Dunkelheit und ein Schneeregenschauer gleichzeitig über uns herein, und wir rannten die Wiese hinauf, um Schutz zu suchen. In bester Laune stürmten wir das warme Quartier. Am Boden häuften sich Mäntel und Schals. Der Baronet befahl seinem Fak-

* biblischer Brudermörder (A. d. Ü.)

totum, warme Getränke zu bringen, servierte uns Cognac, und wir alle vier fühlten uns einfach himmlisch.

Wie immer war es Phoebe, die unsere Emotionen in Worte faßte. «O Gott, ich hab die Schufterei so satt! Ich möchte laufen und laufen, bis meine Finger erfrieren und meine Füße Blasen kriegen, und dann in ein Bett fallen, als wär's ein Paradies. Dann runzelte sie nachdenklich die Stirn. «Warum eigentlich nicht?»

«Weil's draußen regnet, liebste Phoebe», erwiderte der Baronet gedehnt, «und ich möchte meinen Tee trinken.»

«Heute abend nicht. Das habe ich auch gar nicht gemeint. Aber bald. Morgen? Warum nicht morgen? Bevor das Semester wieder losgeht. Sei kein Faultier, Mary! Nimm einen Schneebesen und feg die Spinnweben aus deinem Gehirn! Genau das brauchst du jetzt.»

Phoebes verantwortungsloser, unkluger, ungeheuerlicher Vorschlag fiel auf fruchtbaren Boden und erweckte helle Begeisterung. Endlich wollte ich wieder einmal über die Stränge schlagen. Von der Logik des Alkohols beseelt, stimmte ich sofort zu, und die beiden wundervollen Männer machten mit. Unser Entschluß stand fest: Eine ausgedehnte Wanderung, querfeldein, genau das brauchten wir jetzt, so bald wie möglich. Schon morgen. Um acht Uhr würden wir uns am Friedhof St. Sepulchre's treffen, um von dort aus die Tour zu beginnen, flußaufwärts gehen, so weit uns die Füße trugen, in einem Gasthof übernachten und am Freitag zurückkehren. Wenn es regnete – nun, dann wurden wir eben naß.

Auf diesen Unsinn hätte ich mich niemals einlassen dürfen. Das wußte ich, sobald ich am nächsten Morgen erwachte. Aber jetzt gab es kein Zurück mehr. Hastig stopfte ich alle warmen Sachen, die ich besaß, in meinen schäbigen Rucksack und rannte zum Friedhof. Wir wurden tatsächlich naß, doch es war erträglich. Tapfer folgten wir der Isis, die sich durch die Felder wand. Am Nachmittag erreichten wir ein vielversprechendes Gasthaus, verspeisten ein erstaunlich gutes Dinner und tranken zuviel. Um die Frage zu klären, wer das schmale Bett benutzen dürfte, warfen Phoebe und ich eine Münze. Ich verlor, aber es gab genug Decken, so daß ich den harten Fußboden kaum spürte. Herrlich müde und leicht beschwipst, schlief ich ein. Gegen drei Uhr morgens klopfte es an der Tür, und ich erwachte. In eine Daunendecke gewickelt, taumelte ich durchs Zimmer und spähte hinaus. Meine Brille steckte in einem Stiefel. Trotzdem erkannte ich das Gesicht des Wirts im Widerschein der Lampe, die er hochhob. Das Haar wild zerzaust, starrte er mich ärgerlich an. «Gibt's hier eine Mary?»

Mein Herz schlug schneller. «Ja, ich bin Mary Russell.»

«Genau. Draußen ist jemand. Der Kerl hat mich zu dieser unchristlichen Stunde geweckt und behauptet, er muß unbedingt mit Ihnen reden – wenn ich auch keine Ahnung habe, warum das nicht bis morgen warten kann ...» Um sein Gejammer zu beenden, schlug ich ihm die Tür vor der Nase zu, zog mir einen dicken Pullover über den Kopf, steckte meine Füße in die Stiefel, nachdem ich die Brille gerettet hatte, und schlüpfte in meine Wollhose – natürlich erst einmal verkehrt. Inzwischen hatte Phoebe ruhig und umsichtig die Kerzen angezündet, und ich konnte etwas sehen. «Was ist los, Mary?»

«Irgendein Notfall. Ich schau mal nach.»

«Soll ich mitkommen?»

«Um Gottes willen, nein. Warum sollen wir alle mitten in der Nacht unsere nassen Sachen anziehen? Gleich bin ich wieder da.»

«Nimm deinen Wanderstock mit!» befahl sie. «Ein fremder Mann, zu nachtschlafender Zeit ...»

Es war einfacher, zu gehorchen, als Erklärungen abzugeben. Mißgelaunt führte mich der Wirt die schmale Treppe hinab zur Haustür. Er hatte meinen Boten doch tatsächlich draußen stehenlassen. Inzwischen regnete es wieder, und ich erkannte die vermummte Gestalt nicht. «Holmes?» fragte ich skeptisch.

Nun wandte er sich mir zu, und da glaubte ich mich an ihn zu erinnern.

«Billy, nicht wahr?» Früher war er irregulärer Soldat gewesen, dann Holmes' Botenjunge in den Baker-Street-Tagen, und jetzt, in mittleren Jahren, immer noch ein enthusiastischer Assistent bei Londoner Abenteuern. In dieser ländlichen Gegend wirkte er völlig deplaziert.

«Ja, Ma'am.»

Energisch zog ich ihn in den Flur und ignorierte den Protest des Wirts. Billy nahm seinen Hut und den Wollschal ab, sah sich nach einer Stelle um, wo er beides deponieren konnte, und ließ es einfach fallen. Dann knöpfte er mit blaugefrorenen Fingern seinen Mantel auf. Ich griff in meine Hosentasche, zog einen x-beliebigen Geldschein hervor und drückte ihn in die Hand des Wirts. Offenbar hatte ich ihm eine beträchtliche Summe überreicht, denn er verstummte sofort. «Machen Sie Feuer. Und bringen Sie was Warmes zu essen und zu trinken.»

«Jawohl, Miss. Sofort, Miss.»

«Miss Russell, ich soll Sie in die Stadt bringen, sobald ich Sie gefunden habe.»

«Wenn Sie erfrieren, kommen wir auch nicht schneller voran. Außerdem muß ich erst meine Stiefel anziehen. Sind Sie allein?»

«Draußen wartet mein Bruder», murmelte Billy. Endlich war es ihm gelungen, seinen Mantel vollständig aufzuknöpfen. Er zog ein Kuvert aus der Brusttasche seines Jacketts, und ich nahm es entgegen, riß es aber nicht auf.

«Wie haben Sie mich gefunden?»

«Ich erfuhr in Ihrem Quartier, Sie würden einen Ausflug machen und irgendwo übernachten. Bevor ich dieses Gasthaus fand, klopfte ich an achtundzwanzig Türen.» Offensichtlich fand er die Erinnerung an neunundzwanzig wütende Wirte sehr unangenehm, und der Gedanke, daß zwei Cockneys in einem Londoner Taxi durch die Wildnis von Oxfordshire gefahren waren, von einer Kneipe zur anderen, faszinierte mich irgendwie.

«Warum haben Sie nicht ...? Ach, schon gut. Hier, setzen Sie sich und essen Sie. Inzwischen hole ich Ihren Bruder herein. Sie müssen sich beide erst einmal aufwärmen.» Das Kuvert in der

Hand, steckte ich den Kopf in den Regen hinaus und pfiff leise. Wenig später saß der Fahrer neben seinem Bruder vor dem Kaminfeuer, den Kopf zwischen die Schultern gezogen. Beide tranken eine grausige Mischung aus Tee und Brandy, während ihre Mäntel dampften. Erst jetzt schob ich meinen Daumen in den Umschlag, riß ihn auf und las Holmes' hastig geschriebene Zeilen.

«Heute (Donnerstag) um 16 Uhr erlitt Veronica Beaconsfield in einer U-Bahn-Station beinahe einen tödlichen Unfall. Ihr Arzt sagt, sie wird es überleben. Jetzt liegt sie im Guys, Zimmer 356. Watson paßt auf sie auf.»

Dies war also das Ergebnis meiner Wandertour, meines Versuchs, wieder ein reales Leben zu führen. Ich holte meinen Rucksack, dann stieg ich mit Billy und seinem Bruder in das mit Schlamm bespritzte schwarze Taxi.

■

Meine Freundin Ronnie lag in einem Privatzimmer, bandagiert und eingegipst. Von ihrer Haut waren nur wenige Quadratzentimeter zu sehen. Als ich die Tür öffnete, blickte ein grauhaariger Mann auf, der neben dem Bett saß. Ich wußte, daß unter seinem Mantel, quer über den Knien, ein alter Armeerevolver auf mich zeigte. Sofort erhellte sich seine Miene. Er sprang auf und hängte seinen Mantel über die Stuhllehne. Um Veronica nicht zu stören, trat ich in den Flur zurück.

«Mary! Ich dachte schon, der Bursche wäre in die Irische See gefallen.» Billy, der «Bursche», hätte mein Vater sein können.

«Hallo, Onkel John. Wie lieb von Ihnen, Ihre Nachtruhe zu opfern!» Ich küßte seine glatte Wange. Also hatte er Zeit gefunden, sich zu rasieren. Das bedeutete, daß zunächst Holmes bei Veronica Wache gehalten und Watson erst später ersucht hatte, ihn abzulösen. «Wo ist er?»

«Holmes? Keine Ahnung. Irgendwo in der Gegend. Wahrscheinlich schaut er morgen früh vorbei. Das wird nicht mehr lange dauern. Wie geht's Ihnen, Mary? Haben Sie ein schönes

Weihnachtsfest gefeiert? Leider habe ich Ihren Geburtstag verpaßt, aber ich habe was für Sie, aus Philadelphia. Eine wunderbare Stadt.»

«Oh - eh – vielen Dank. Ja, Weihnachten war sehr nett.» In diesem Augenblick konnte ich mich gar nicht an Weihnachten erinnern. «Wie geht's Veronica? Wissen Sie, was geschehen ist?»

«Allem Anschein nach fiel sie in einer U-Bahn-Station vor einen Zug. Elephant and Castle – oder Borough? Nein, die Elephant-and-Castle-Station. Eine Gehirnerschütterung, ein gebrochener Arm, eine Menge Kratzer und Abschürfungen. Nichts Schlimmes. Das Mädchen hatte Glück. Wie leicht so was passieren kann! Aber Holmes glaubt, es sei kein Unfall gewesen. Deshalb spiele ich jetzt für ein paar Stunden das Kindermädchen. Ihre Familie war da und ein junger Mann – in Holmes' Begleitung. Sonst niemand, nur die Krankenschwestern. Bis Sie gekommen sind, Mary.»

«Sicher hat er recht, Onkel John. Wir dürfen nichts riskieren. Nicht einmal dem Klinikpersonal kann man trauen. Passen Sie gut auf, und wenn Ihnen irgendwas verdächtig erscheint – eine überflüssige Prozedur, eine Injektion –, verhindern Sie's und überprüfen es erst mal.»

Seufzend schüttelte er den Kopf. «Mary, Sie und Holmes glauben immer wieder, ich wäre ein Anfänger. Natürlich werde ich keinen Fremden mit einer Injektionsspritze in Miss Beaconsfields Nähe lassen – nicht einmal, wenn er einen weißen Kittel trägt. Beruhigen Sie sich, Ihre Freundin ist in Sicherheit. Und jetzt laufen Sie los und machen Sie sich frisch, bevor irgend jemand diese schmutzigen Stiefel sieht und sie rauswirft.»

Holmes' Vertrauen in Watson war zweifellos berechtigt. Im Augenblick konnte ich nichts für Veronica tun, und so wandte ich mich ab. Aber dann hörte ich dieses besondere Räuspern, das bei Army-Colonels sehr beliebt ist, und drehte mich wieder um.

«Übrigens – eh – Mary, Holmes erwähnte ... Hat er Ihnen irgendwas – eh – von Elfen gesagt?»

«Elfen?» Holmes verfolgte zwar viele extravagante Interessen, aber Kindermärchen gehörten nicht dazu.

«Ja, Sie wissen doch, diese Elfen, die herumtanzen, mit Flügeln und so ...» Vage schwenkte er eine Hand durch die Luft und schaute sehr unbehaglich drein.

«In letzter Zeit haben wir uns nur selten getroffen. Und wenn ich ihn sah, hat er dieses Thema nicht angeschnitten. Warum sollte er?»

«Also haben Sie's nicht gelesen. Wirklich, es war nicht meine Schuld», beteuerte er, «und wäre ich konsultiert worden, hätte ich protestiert. Natürlich beschwerte ich mich bei den Redakteuren, und da sagten sie, dazu hätte ich keinen Grund, weil er mein Mitarbeiter ist.»

Bei diesem Wort horchte ich auf. «Reden Sie von Doyle? Was hat er denn angestellt?»

Watson stöhnte unglücklich. «O nein, ich ertrage es nicht, darüber zu sprechen. Holmes war furchtbar unhöflich und behauptete, ich hätte seine Karriere ruiniert, weil ich mich mit diesem Mann einließ, und niemand würde ihn mehr ernst nehmen.»

«Sicher hat er's nicht so gemeint, Onkel John. Gerade Sie müßten ihn doch kennen. In einer Woche hat er es vergessen.» Was immer «es» auch war.

«Jetzt ist es schon zwei Wochen her. Und er war immer noch unhöflich, als er mich hierherbestellte. Wirklich», beteuerte er, «da gab's gar nichts, was ich tun konnte.»

«Ich werde mit ihm reden», versuchte ich ihn zu beruhigen, aber damit regte ich ihn nur noch mehr auf.

«Nein! Das dürfen Sie nicht! Sobald er an dieses Thema erinnert wird, kann er nicht klar denken. Glauben Sie mir, Mary. Sagen Sie nichts über Elfen oder Doyle oder den *Strand*. Oder über mich.»

«Keine Bange, Onkel John, ich werde mich in acht nehmen. Und machen Sie sich keine Sorgen. Das wird sich alles wieder einrenken.»

Verwirrt verließ ich die Klinik, ohne ein fluchtartiges Tempo anzuschlagen. Nicht einmal mein guter Freund Watson konnte ahnen, daß mir alle Krankenhäuser einen kalten Schauer über den Rücken jagten. Von dieser Phobie hatte mich meine Arbeit für den freiwilligen Kriegsdienst nicht geheilt. Sobald ich das Gebäude verlassen hatte, beschleunigte ich meine Schritte und stolperte über den Besen eines Straßenkehrers, obwohl ich erwartet hatte, ihn hier anzutreffen, in dieser oder jener Verkleidung.

Er schaute mich nicht an, steckte den ausgefransten Besen in die Halterung an seinem Karren und wischte mit einem widerwärtigen Handschuh über seine Nase. Beinahe überhörte ich seine gemurmelte Instruktion: «London Bridge Station, erste Bank auf der rechten Seite.» Dann begann er krächzend zu husten, und ich eilte davon, bevor er sich noch spektakulärer aufführen konnte.

Vor der Station kaufte ich die Morgenzeitung und entdeckte auf der letzten Seite eine kurze Meldung über Veronicas Unfall. Ich setzte mich und überflog einen Bericht aus der Jagdszene (Der Prinz von Wales war in Warwickshire gewesen, und man hatte drei Füchse erlegt. Wahrscheinlich sind sie vorher aus dem Zoo geholt worden, dachte ich mißmutig.) Soeben fand der «erste Mordprozeß mit weiblichen Geschworenen» statt, und diese wackeren Pioniere würden die Nacht zusammen mit den männlichen Geschworenen in einem Hotel in Aylesbury verbringen, abgeschirmt gegen die Außenwelt. Über der Skizze eines dünnen Kleidchens und eines unglaublichen Huts prangte der Titel «Maßgeschneidert für die Riviera». Als ich die rätselhaften und oft unheimlichen Informationen im Kummerkasten zu lesen begann, sank eine schwerfällige, übelriechende Gestalt neben mir auf die Bank. Indigniert schüttelte ich die Zeitung, rückte weg und steckte die Nase noch tiefer in die Seiten. «Sie sind früher zurückgekommen als erwartet, Holmes. Warum sind Sie nicht in Marseille?»

«Nicht einmal ich kann ein erfolgreiches Verhör mit Leichen

anstellen, Russell. Offensichtlich ist es irgend jemandem gelungen, die drei Zeugen vor mir ausfindig zu machen.»

Ich versuchte an der Zeitung vorbeizuspähen und ihn zu mustern. Aber sie flatterte unkontrollierbar im Wind. Ärgerlich zog ich sie glatt. «Ist dieses Theater nötig, Holmes? Ich fühle mich wie eine Närrin. Nächstes Mal müssen wir ein Losungswort vereinbaren.»

«Vielleicht ist die Tarnung überflüssig. Aber vorhin war ein Beobachter im Krankenhaus. Er folgte Miles Fitzwarrens Taxi – um Himmels willen, lassen Sie nicht die Zeitung fallen! Also muß auch er untertauchen.» Holmes lispelte, was ich unschwer auf überdimensionale Zahnkronen zurückführte. Nun sprach er noch unverständlicher, weil er in ein Sandwich biß (Speck, nach dem Geruch zu schließen – wie konnte er mit falschen Zähnen Speck kauen?). «Für ein paar Tage ist Miss Beaconsfield in Sicherheit, aber Fitzwarren und ich werden ihren Eltern klarmachen, daß sie private Pflege braucht. Dann sind wir diese Sorge los und können ungestört ermitteln.»

«Was soll ich tun?»

«Gehen Sie in den Tempel. Dort liegt die Lösung des Problems.»

«Und die Polizei?»

«Was meinen Sie?»

«Müßte man Scotland Yard nicht verständigen?»

«Was für eine bewundernswerte Staatsbürgerin Sie sind», bemerkte der schmutzige, unrasierte Mann an meiner Seite und mampfte geräuschvoll. «Gehen Sie doch zu Ihrem Freund, Inspector Lestrade. Er wird sich wahnsinnig für den Fall interessieren.»

«Großer Gott, Holmes, seien Sie doch ernst!»

«Vielleicht haben Sie recht», meinte er zu meiner Verblüffung. «In den nächsten drei oder vier Tagen muß Miss Beaconsfield in der Klinik bleiben, und Watsons Wachsamkeit könnte nachlassen. Also wäre es durchaus vernünftig, einen Polizisten neben dem Krankenbett zu postieren. Ein Jammer, daß Scotland

Yard solche Besitzansprüche stellt, sobald es um einen Kriminalfall geht! Die werden sich nicht besonders kooperativ zeigen, wenn wir verschweigen, wo wir die Patientin verstecken. Aber bis jetzt ist es keine Straftat, einem Opfer zu helfen oder ein kirchliches Gebäude zu durchsuchen. Noch nicht.»

«Und Miles ...», begann ich, wurde aber von einer lauten, kraftvollen Stimme unterbrochen.

«Hören Sie», verkündete der Constable, «diese Bänke wurden nicht aufgestellt, damit Sie hier frühstücken können. Kaufen Sie eine Fahrkarte, oder verschwinden Sie.» Gehorsam verstaute Holmes das restliche Sandwich in seiner ekelhaften Manteltasche, nickte mir zu und lüftete seinen Hut (obwohl ich meine schmutzige Wanderkleidung trug). Dann schlurfte er zu seinem Karren. Als der Polizist mich zu mustern begann, legte ich hastig meine Zeitung über den dicken Umschlag, den Holmes auf die Bank gelegt hatte, verfrachtete alles in meine Tasche und stellte mich hinter einigen Frühaufstehern am Fahrkartenschalter an.

13

Freitag, 14. Januar

Die Frauen neigen zum Dünkel und finden auch noch Geschmack daran.

JOHANNES CHRYSOSTOMUS

Mit Hilfe eines entschuldigenden Lächelns und fadenscheiniger Erklärungen bekam ich wieder ein Zimmer im Club Revolution. Sobald ich die Tür hinter mir geschlossen hatte, öffnete ich Holmes' Kuvert und schüttete den Inhalt aufs Bett. Zu meiner Verwunderung bestand er aus vielfältigen Informationen über den Tempel, finanzielle und geschichtliche Aspekte sowie einige Mitglieder, darunter Margery Childe.

Bei meiner Lektüre gewann ich die Überzeugung, daß Holmes die Dokumente nicht selbst zusammengetragen haben konnte. Noch interessanter als die Angaben war die Art und Weise ihrer Übermittlung: Offenbar stammte die Handschrift von einem professionellen Schreiber, der einheitliches Papier verwendet hatte, und die Tinte wirkte ziemlich frisch; die Sammlung hatte Methode und verriet – auf den ersten Blick allerdings nicht zu erkennen – einen raffinierten Ermittlungsstil, den ich zu kennen glaubte; und die Informationen (Gespräche mit Angehörigen des Inneren Kreises, aufschlußreiche Zettel aus Papierkörben, Berichte über die Observation einiger Schlüsselmitglieder) roch nach einer subtilen, peniblen Strategie, wie sie von der offiziellen Polizei nicht angewandt wurde.

Aus irgendeinem Grund hatte Holmes' Bruder Mycroft, der das Amt eines «Buchhalters» für eine nicht näher definierte Regierungsbehörde versah und sich keineswegs nur mit finanziellen Angelegenheiten befaßte, schon vor Monaten ein vages Interesse an Margery Childes Kirche genommen. Er erforschte ihre Aktivitäten und Geldquellen, überprüfte die Leute, die mit ihr zusammenkamen. Und als sein Bruder ihn um Informationen gebeten hatte, war es für Mycroft ein leichtes gewesen, das Material von einem Schreiber kopieren zu lassen. Holmes und ich hätten mehrere Wochen gebraucht, um eine solche Akte anzulegen, und sicher einiges übersehen.

Meine Diagnose einer eher beiläufigen Neugier beruhte nicht auf dem flüchtigen Stil des Dossiers, sondern auf den Lücken, die wohl kaum entstanden wären, hätte Mycroft diesem Thema seine volle Aufmerksamkeit geschenkt. Zum Beispiel fand ich einen Bericht über Iris Fitzwarrens Tod, aber keine Einzelheiten. Die Angaben über den Tod Delia Lairds, die letzten Sommer in der Badewanne ertrunken war, bestätigten nur etwas detaillierter, was ich bereits von Veronica erfahren hatte. Außerdem wurden ein paar unwichtige Dinge erwähnt, etwa Veronicas Flirt mit dem Sozialismus während ihres letzten Oxford-Semesters. Doch im großen und ganzen gab mir die Akte wertvolle Hinweise, trotz ihrer Mängel.

Am gründlichsten hatte Mycroft die finanziellen Daten eruiert, mit beunruhigenden Ergebnissen.

Delia Lairds – laut Veronica – «gute Familie» besaß eine traditionsreiche Fabrik in den Midlands. Nachdem ihre Brüder in Frankreich gefallen waren, hatte sie einen Großteil des väterlichen Vermögens geerbt und Margery das gesamte Geld hinterlassen. Iris hatte ihr weniger vermacht, nur zehntausend Pfund. An dritter Stelle stand eine Frau, deren Namen ich zum erstenmal las. Lilian McCarthy, ebenfalls begütert, war im vergangenen Oktober einem Autounfall zum Opfer gefallen, ohne Zeugen. Offensichtlich hatte ihr Tod Mycrofts Interesse geweckt. Auch ihr Erbe war zu einem beträchtlichen Teil an den Neuen Tempel Gottes gegangen.

Abgesehen von diesen drei verdächtigen Todesfällen hatte Mycroft nichts Konkretes gefunden. Einige Gerüchte kursierten, hauptsächlich über Margery, aber nichts Substantielles, eher absurde Beschuldigungen, die eine solche Persönlichkeit unweigerlich heraufbeschwor. Sogar Mycroft, der sie nicht kannte und den meisten Menschen mißtraute, insbesondere weiblichen Wesen, hatte die Geschichte über schwarze Messen und Hexerei als Unsinn abgetan. Margery war nicht vorbestraft und wurde auch von Leuten respektiert, die ihre Tempelideologie ablehnten. Für die Todestage der drei Frauen hatte sie hieb-

und stichfeste Alibis. Interessanterweise stimmte Ronnies Information. Margery war tatsächlich verwitwet, und wie der schlaue Mycroft herausgefunden hatte, sprach sie niemals über ihren verstorbenen Ehemann.

Im Club wurde es still, nachdem die anderen Mitglieder sich angekleidet, gefrühstückt und das Haus verlassen hatten. Mit einiger Mühe schob ich die Papiere in den Umschlag zurück und nahm sie ins Badezimmer mit. Ich dachte nicht über das Material nach, zumindest nicht ausschließlich. Statt dessen erinnerte ich mich an die Begegnung mit Holmes, bei der er mir das Dossier übergeben hatte, an seine Manie, stets unerkannt zu bleiben, und seine Vorliebe für Verkleidungen. Während ich in der Wanne lag, malte ich mir aus, wie er als ältlicher Zeitungsjunge eins seiner Schlupflöcher besuchte und in Nonnentracht wieder herauskam, in ein anderes mit dem Bauchladen eines Hausierers (voller Bleistifte und Schreibwaren) huschte und mit zotteligen Mops und Eimern auftauchte. Nicht zum erstenmal fragte ich mich, wie man auch nur ein einziges solcher Verstecke einrichten und nach Belieben in seltsamen Kostümen frequentieren konnte, ohne Aufsehen zu erregen. Sicher war es unmöglich, so ein Etablissement per Annonce zu finden. Außerdem fehlte eine Köchin, die Post wurde nicht zugestellt, und die Zahl der Gäste, die man zu bewirten vermochte, beschränkte sich auf ein Mindestmaß.

Meine Gedanken durchwanderten die verschiedenen Nachteile eines Doppellebens. Bis zum Kinn im warmen Wasser, erwog ich die einzelnen Probleme: Wenn man Kleider brauchte, die in einem anderen Versteck lagen? Wenn das Gebäude den Besitzer wechselte und der Zugang zum Zufluchtsort eines Abends zugemauert war? Konnte man ein Telefon installieren? Und wenn die Handwerker eine Wand aufbrachen, um irgendwas zu reparieren, die Kabel neu verlegten und den heimlichen Bewohner von der Elektrizität abschnitten?

Diese einschläfernden, amüsanten Überlegungen wurden von einer inneren Stimme unterbrochen, die mich in aller Deutlichkeit auf eine sanfte Bemerkung Mr. Arbuthnots, meines Anwalts, hinwies. «Jetzt sind Sie eine sehr reiche junge Lady, Miss Russell, die unglücklicherweise keine praktischen Erfahrungen in finanziellen Angelegenheiten besitzt. Wenn meine Partner oder ich Ihnen in irgendeiner Weise helfen dürfen, würden wir uns geehrt fühlen. Wir alle hatten große Hochachtung vor Ihren Eltern.» Dann fügte er hinzu, nicht mehr ganz so förmlich: «Und ich mochte meine Kusine, Ihre Mutter, sehr gern.»

Punkt zehn Uhr telefonierte ich mit seinem Büro, und die hochnäsige Sekretärin verband mich sofort mit dem Seniorpartner. «Miss Russell, es freut mich, von Ihnen zu hören», meldete sich Mr. Arbuthnot.

«Eigentlich wollte ich Sie nicht mit meinen Fragen belästigen, Sir. Aber an jenem Tag boten Sie mir so überaus großzügig Ihre Hilfe an, und nun wäre ich darauf angewiesen.»

«Ja, Miss Russell?»

«Ich brauche eine Wohnung und ein Dienstmädchen, und ich will nicht tagelang danach suchen und zahllose Gespräche mit Bewerberinnen führen. Vielleicht könnte mir einer Ihrer Juniorpartner oder eine Sekretärin – Sie persönlich möchte ich nicht damit behelligen – die Namen zuverlässiger Immobilienmakler und Stellenvermittler nennen.»

«Natürlich», antwortete er, merklich erleichtert, weil ich kein extravaganteres Anliegen vorbrachte. «Ich werde mich mal erkundigen, dann rufe ich zurück.»

Nachdem ich ihm meine Nummer gegeben und mich bedankt hatte, legte ich auf. Zehn Minuten später läutete das Telefon, und ich lauschte Mr. Arbuthnots milder Stimme.

«Miss Russell, ich glaube, ich habe genau den richtigen Mann für Sie, Mr. Bell. Soll ich Sie mit ihm verbinden?»

«Ja, bitte.» Ich dankte ihm noch einmal, und wenig später erklang eine jugendliche East-End-Stimme.

«Miss Russell? Hier ist Freddy Bell. Wie Mr. Arbuthnot mir mitteilte, suchen Sie ein Apartment und ein Dienstmädchen. Würden Sie etwas genauer beschreiben, was Sie sich vorstellen, wo Sie wohnen und was Sie dafür ausgeben wollen? Dann kann ich Ihnen sicher helfen.»

«Nun, ich brauche keine allzu große Wohnung, nur fünf oder sechs Räume und natürlich ein Dienstbotenzimmer. Die Gegend ist sehr wichtig. Nicht gerade Bloomsbury, aber nicht weit davon entfernt, wenn Sie verstehen, was ich meine.»

Das verstand er sofort, und mein Respekt vor Gibson, Arbuthnot, Meyer and Perowne wuchs. «Also ein Apartment, in das Sie Leute aus allen Gesellschaftsschichten führen können, ohne daß sie sich deplaziert fühlen?»

«Genau. Eindrucksvoll – und trotzdem nicht furchterregend.»

«Selbstverständlich, Miss. Und das Personal?»

«Ein Mädchen, das hin und wieder ein Ei kochen kann, genügt mir.»

«Hm – eine Haushälterin, die Sie hin und wieder frisiert ... Und ein Chauffeur?»

«Ich fahre lieber selbst», erwiderte ich entschieden.

«Vielleicht brauchen Sie gelegentlich einen Butler oder Chauffeur?» beharrte er. Ein kurzes Schweigen entstand.

«Handelt es sich um Ihre Verwandten?» Ein längeres Schweigen.

«Miss Russell, ich weiß meine Position in dieser Firma zu schätzen, und ich hoffe es weit zu bringen. Um nichts auf der Welt würde ich meine Chancen verderben.»

«Verzeihen Sie, Mr. Bell. Daran werde ich in Zukunft denken. Und da Sie Ihre Position so wichtig nehmen, will ich mich Ihnen anvertrauen. Eins muß ich betonen – die Kosten spielen eine geringere Rolle als eine möglichst schnelle Erledigung meines Anliegens. Wahrscheinlich werde ich die Wohnung und das Personal nicht lange behalten. Aber ich brauche sofort einen funktionsfähigen Hausstand, praktisch über Nacht, und ich weiß, daß ich dafür bezahlen muß. Was das Apartment betrifft, würden Sie mir bitte eine Immobilienagentur empfehlen?»

«Ich bin Ihr Agent, Miss Russell, nachdem Mr. Arbuthnot

mich gebeten hat, diese Aufgabe zu übernehmen. Nun werde ich einige Telefongespräche führen. Wenn ich Sie heute nachmittag abholen darf ... Dann kann ich Ihnen vermutlich schon einige Wohnungen zeigen.»

«So bald? Sehr gut. Sagen wir, um drei? Hier in meinem Club?»

«Im Revolution, nicht wahr? Um drei. Bis später, Miss Russell.»

Welch eine ungewöhnliche Konversation! Die meisten «sehr reichen jungen Ladies» wären vermutlich vor diesem Cockney-Akzent zurückgeschreckt, und solide Anwaltskanzleien beschäftigten normalerweise höfliche, gebildete junge Krawattenträger. Die Firma Gibson, Arbuthnot et cetera war flexibler als erwartet. Und wie ich allmählich erkannte, hatte der Vetter meiner Mutter gewußt, daß der Akzent mich nicht zu Mißverständnissen verleiten würde. Ich freute mich auf den Nachmittag.

Vorerst konnte ich die praktischen Aspekte meines Plans unserem Freddy überlassen und mich mit meiner äußeren Erscheinung befassen. Aber ich wußte nicht so recht, wo ich anfangen sollte. Die Kobolde hatten nur vier Hände, und ich glaube, ihr Markenzeichen subtiler Qualität eignete sich nicht für meine Zwecke. Vielleicht wäre ein etwas frecheres Image besser gewesen, etwas sündhaft Teures, dem man das auch ansah – nichts von der Stange, sondern absolute Spitze. Ich ging nach unten, um die Empfangsdame und die Clubleiterin zu befragen. Aber diese ernsthaften, vernünftigen Ladies wußten nicht, wo man solche Sachen kaufen konnte. Dafür waren die anderen Gäste hilfreicher, und bald brach ich auf, um die Londoner Modewelt zu erobern, in einer Hand eine Liste mit Namen und Adressen, in der anderen mein Scheckheft.

Der Zeitmangel war ein Nachteil. Tapfer kämpfte ich mich durch die einzelnen Geschäfte, unterstützt von freundlichen Verkäuferinnen. Als ich in den Club zurückkehrte, stapelten sich große Kartons in der Eingangshalle, die Empfangstheke verschwand unter Hutschachteln, die Päckchen mit Strümpfen und seidener Unterwäsche ergossen sich bis in den Nebenraum. Ein kleiner Schreibtisch, ein Seidenteppich und ein lackierter Vogelkäfig blockierten die Treppe. (Der Vogel sollte später in die Wohnung geliefert werden. Ich wollte nicht, daß er vernachlässigt wurde und starb.) Soeben verabschiedete sich ein Lieferant in grüner Livree, und die Empfangsdame stand entsetzt da, auf den Armen einen großen Karton mit dem Namen des teuersten Pelzgeschäfts, das ich gefunden hatte. Sanfte Röte überzog ihre Wangen. Vermutlich war so etwas noch nie in der Clubgeschichte vorgekommen.

«Miss Russell!» quietschte sie. «Miss Russell, ich muß – ich muß Sie wirklich fragen, was das bedeuten soll. Für diese Sachen haben wir zuwenig Platz. Und das alles zu verwahren ...» Beinahe ließ sie die schwere Schachtel fallen.

«Ja, ich weiß, Miss Corcoran, und ich bin Ihnen sehr dankbar für Ihre Mühe. Vor dem Dinner werde ich alles wegräumen. Das verspreche ich.» Freddy Bell würde eine Gelegenheit finden, seine Fähigkeiten zu beweisen. «Aber jetzt muß ich mich umziehen. Ich gehe auf Wohnungssuche.» Aufs Geratewohl ergriff ich ein paar Schachteln, flüchtete zur Treppe und schlug mir die Hüfte an meinem neuen Schreibtisch an.

Pünktlich um drei erschien Freddy Bell in einem Daimler, mit livriertem Chauffeur. Bei meinem Anblick blinzelte er – wahrscheinlich hatte Mr. Arbuthnot ihn auf was anderes vorbereitet, und die Empfangsdame blinzelte, als sie das Automobil sah. Liebenswürdig lächelte ich nach allen Seiten und ließ mir in den Wagen helfen. Dann verbot ich dem jungen Mr. Bell, auf dem Beifahrersitz Platz zu nehmen, denn es wäre zu mühsam gewesen, durch die Glasscheibe zu schreien.

«Guten Tag, Miss Russell», sagte er und setzte sich zu mir in den Fond.

«Mr. Bell ...»

«Hier habe ich eine Liste von sieben Apartments, die in Frage kämen. Wenn Sie sich die mal ansehen würden – dann könnten

Sie mir gleich sagen, was Ihnen gefällt und was nicht. Außerdem habe ich drei Dienstmädchen und zwei Ehepaare in die Kanzlei bestellt. Um sieben Uhr werden sie sich vorstellen. Sind Sie damit einverstanden?»

«O ja», antwortete ich, klopfte an die Scheibe, und das Auto reihte sich in den Verkehr ein. Die dritte Wohnung auf der Liste erschien mir ideal. Wirklich und wahrhaftig in Bloomsbury, nahe der Great Ormond Street, in einem schicken neuen Haus auf einem Grundstück, wo 1917 eine Bombe aus einem Zeppelin herabgefallen war. Das Apartment lag im dritten Stock, sechs große Räume und eine Küche. Derzeit unternahmen die Eigentümer eine ausgedehnte Amerikareise. Sie hatten ihre Wohnung im neuen spröden Stil eingerichtet – viele Ecken und Kanten und Röhren, Metall und Spiegel und sehr viel überflüssige Dramatik, ein hellbrauner Teppichboden, primelgelbe Wände und Vorhänge. Im Schlafzimmer stand ein Bett von der Größe eines kleinen Luxusdampfers, und überall hingen exotische Vorhänge – an den Fenstern, an den Wänden, über Möbelstücken. Perfekt – grauenhaft, aber genau das, was ich brauchte.

«Diese Wohnung nehme ich.»

«Tatsächlich? Freut mich, daß sie Ihnen gefällt. Im Kellergeschoß liegen die Dienstbotenquartiere.»

«Die nehme ich auch. Sie sagten doch, Ihre Verwandte kann kochen?»

«O ja, Ma'am.»

Klebrige Puddings und wäßriges Gemüse. Zweifellos würde ich sehr oft in Restaurants essen. «Wunderbar. Ich möchte sofort den Mietvertrag unterschreiben, falls Sie den Bevollmächtigten der Besitzer aufstöbern. Vielleicht könnten Sie jemanden in den Club schicken, der meine Sachen holt.»

«Natürlich.»

Ebenso mühelos wurde die Personalfrage geklärt. Freddy Bells Kusine zweiten Grades und ihr Ehemann waren nette, ruhige, kluge Leute, die ihren früheren Arbeitgeber nach Indien begleitet hatten. Aber dort gab es leider billigere Dienstboten.

Und deshalb lebten die beiden jetzt wieder in London. Freddy und mein neuer Butler fuhren mehrmals zum Club, um meine Neuerrungenschaften zu holen, während meine Haushälterin ihr Quartier inspizierte.

Und ich wanderte durch mein neues Heim, das ich nicht allzu lange bewohnen würde. Erstaunlich, wie schnell man sich solche Wünsche erfüllen konnte, wenn man erklärte, Geld würde keine Rolle spielen ...

Zu den wenigen – und wie ich hinzufügen muß – unbeabsichtigten Vorteilen der sechs Jahre, die ich unter der Vormundschaft meiner Tante verbracht hatte, zählte die Tatsache, daß ich in finanzieller Hinsicht nicht verwöhnt war. Ich hatte ein geradezu lächerliches Taschengeld bekommen. Und mein Stolz verbot mir, an die Vermögensverwalter heranzutreten, um die Situation einer reichen jungen Dame, die an der Armutsgrenze lebte, ein wenig zu verbessern. Obwohl ich theoretisch zu den reichsten Frauen in Sussex gehörte, erhielt ich weniger Taschengeld als die Tochter des Metzgers. Doch das akzeptierte ich.

Nur ein einziges Mal war ich meinen Fesseln entronnen, an jenem Tag, wo ich mit einer prall gefüllten, von Holmes geliehenen Börse in meinem Kaufrausch geschwelgt hatte. Jetzt empfand ich ein ähnliches Vergnügen.

Die Rolle, die ich bei den Ermittlungen im Fall Margery Childe spielen würde, war bestens vorbereitet worden, mit der großzügigen Spende für die Leihbibliothek und der Haute Couture, die meine schäbige alte Kleidung ersetzte. Nun sollte der Auftritt der reichen Erbin erfolgen. Margery würde inzwischen in der *Times* gelesen haben, daß der beträchtliche Nachlaß einer Mary Russell aus Sussex geregelt war. Und während ich die theologischen Lektionen fortsetzte, würde sie mich umwerben.

Eine Zeitlang stand ich am breiten Fenster und schaute zwischen den kahlen Zweigen junger Platanen zur Straße hinab. Das Taxi hielt zum letztenmal auf dem nassen Pflaster vor dem Eingang, und Freddy stieg aus. Dann bückte er sich, um die Pakete aus dem Auto zu holen, und ich kehrte in meiner Erinnerung für einen schrecklichen Augenblick in eine andere Straße zurück: Vor zwei Jahren hatte ich in einem Pferdewagen die zerfetzten Reste meiner eben erst erworbenen Kleider gesehen. Im Dunkel da draußen lag eine unerklärliche Bedrohung, die mich erschauern ließ. Freddy überquerte den Gehsteig und verschwand im Hauseingang. Rasch schloß ich die Vorhänge und öffnete die Wohnungstür, um den jungen Mann einzulassen.

Diese Nacht verbrachte ich bereits in meinem neuen Apartment. Die Schränke quollen von lächerlich teuren Kleidern über, und das alberne breite Bett verströmte den Zigarren- und Parfümgeruch fremder Leute, kahle Wände erzeugten eine geisterhafte Atmosphäre. Im Bad gab es keine Handtücher und keine Seife, in der Küche nur ein Spülmittel.

Und das ganze Spiel erschien mir immer amüsanter.

■

Meine neuen Dienstboten hießen Quimby, aber ich nannte sie Q und Mrs. Q. Was sie von dieser Vertraulichkeit hielten, weiß ich nicht, weil ich niemals danach fragte. Ich hatte sie gebeten, um neun in die Küche zu kommen, und da waren sie. Als ich mich an den kleinen Tisch setzte, wies ich einladend auf die beiden anderen Stühle. Sie wechselten einen Blick, ehe sie sich zögernd auf den Holzkanten niederließen.

«Zweifellos ist Ihnen inzwischen klargeworden, daß ich nicht die leiseste Ahnung habe, was ich mit Ihnen machen soll», begann ich. «Ich bin einundzwanzig, die Erbin eines beträchtlichen Vermögens. Nun überlege ich, was ich damit anfangen könnte. Ich will Ihnen nicht vorgaukeln, ich wäre an einen formellen Haushalt gewöhnt, denn ich hatte noch nie eine Zofe, einen Butler oder einen Chauffeur. Also werde ich Ihnen jeden Tag ein dutzendmal auf die Zehen treten, selber ans Telefon gehen, die Post holen und mir was kochen – lauter Dinge, die ich nicht tun dürfte. Das wird Sie ganz schrecklich ärgern. Wenn Sie bereit sind, mich zu ertragen, wollen wir's miteinander versuchen. Was meinen Sie?»

Was ich da behauptete, stimmte nicht ganz. Aber es paßte zu meinem neuen Image und bildete die Grundlage für mein künftiges Verhalten. Ich würde meinen Willen durchsetzen und mich nicht von meinen Dienstboten herumkommandieren lassen. Skeptisch schauten sie sich an, dann stand Mrs. Q auf und begann den großen Korb auszupacken, den sie mitgebracht hatte. Zu meiner Freude entdeckte ich eine Kaffeedose. Dann lehnte sich Mr. Q ein bißchen zurück. «Damit sind wir einverstanden.»

«Großartig! Sicher kommen wir irgendwie zurecht. Erst einmal brauchen wir was zu essen, Mrs. Q. Im Fortnum & Masons kennt man mich. Sagen Sie den Leuten einfach, ich würde jetzt hier wohnen und nicht mehr in Sussex. Q, kennen Sie einen anständigen Wein- und Spirituosenladen?»

«Allerdings, Miss.»

«Kaufen Sie, was immer die Leute gern trinken. Alles, was man für Cocktails braucht. Können Sie Cocktails mixen?»

«Ja, Miss.»

«Klar, das ist eine gräßliche Mode, aber was soll man machen? Die Leute mögen nun mal Cocktails. Und – Q, wenn Sie lieber einen Straßenanzug tragen, würde es mich nicht stören.»

Zum erstenmal schaute er bestürzt drein, so als hätte ich ihn gebeten, das Essen in einer Badehose zu servieren. «Das ist nicht nötig, Miss.»

«Aber Sie verstehen, was ich meine?» In seinen Augen las ich, daß er's begriffen hatte. Vielleicht würden wir tatsächlich gut miteinander auskommen. «Heute habe ich sehr viel zu tun. Ich werde nicht frühstücken, aber eine Tasse Kaffee wäre wundervoll. Übrigens, ich trinke am liebsten sehr starken Kaffee mit Milch und ohne Zucker.»

«Natürlich, Miss, ich werde ihn sofort zubereiten», versprach Mrs. Q. «Soll ich zuerst Ihr Bad einlassen und Ihnen beim Ankleiden helfen?»

«Danke, das schaffe ich schon allein, und Sie müssen sicher was Wichtigeres erledigen. Nur manchmal – könnten Sie mich frisieren?»

«Vor meiner Heirat war ich Zofe bei einer Lady, Miss. Mit diesen kurzen Haaren, die jetzt modern sind, kenne ich mich nicht so gut aus. Aber ich glaube, mit Ihnen hätte ich keine Schwierigkeiten.»

«Eine Frau mit vielen Talenten ... Und Mr. Bell erwähnte, Sie würden auch kochen?»

«Von der Haute Cuisine verstehe ich nichts. Aber vor einiger Zeit habe ich die Gäste meines früheren Arbeitgebers bewirtet. Die Vizekönigin von Indien bat mich sogar um ein Rezept.»

«Tatsächlich? Das ist gut, zu wissen. Vorerst werde ich keine Dinnerparties geben, und heute müssen Sie nur den Haushalt organisieren. Kümmern Sie sich um Handtücher und alles andere, was wir noch brauchen?» Ein paar Minuten lang erklärte ich, welche Farben ich bevorzugte, welche Blumendüfte ich nicht mochte und wie ich mich ernährte (ich esse kein Schweinefleisch, keine Schalentiere, keine Sahnesaucen et cetera). Außerdem verkündete ich, daß ich öfter auswärts essen würde als zu Hause. Wenn Mrs. Q Omeletts braten würde, wäre ich schon zufrieden. Dann beauftragte ich Q, ein Auto zu mieten, das er für geeignet hielt (eine Verantwortung, die ihn in stummer Ekstase strahlen ließ) und beauftragte Mrs. Q, alles zu kaufen, was wir brauchten. Nachdem ich mich angekleidet hatte, ohne Hilfe, schüttelte ich den häuslichen Ballast ab und fuhr im Taxi über den Fluß, zum Guys Hospital. Danach würde ich Scotland Yard aufsuchen.

14

Samstag, 15. Januar

■

Was eine Frau glaubt, kommt der Wahrheit viel näher als die Gewißheit eines Mannes.

RUDYARD KIPLING (1865–1936)

Miles war bei ihr, und die beiden verschwanden fast hinter Blumenbergen, Obstkörben, Karten mit Genesungswünschen, Büchern und Zeitschriften. Argwöhnisch, aber höflich erhob er sich, und sie musterte mich freundlich. Dann veränderte sich das Gesicht unter den Schürfwunden und Bandagen. «Mary! Großer Gott, bist du's wirklich? Du siehst phantastisch aus!»

«Wie mir deine Verblüffung schmeichelt, Ronnie ... Oh, sei nicht albern. Ich weiß, normalerweise sehe ich wie ein Landstreicher aus. Aber wenn ich nichts von meinem Geld ausgebe, wird das Finanzamt alles einheimsen. Guten Tag, Lieutenant Fitzwarren. Setzen Sie sich wieder, ich bleibe nicht lange.» Natürlich folgte er meiner Aufforderung nicht. «Ronnie, erzähl mir, was passiert ist.»

«Das weiß ich nicht, Mary, ehrlich. Ich erinnere mich nur an eine gräßliche Menschenmenge. Auf den Schienen lag irgendwas, und die Bahn, auf die wir warteten, konnte nicht weiterfahren. Dann wurde das Hindernis weggeräumt. Ich spürte den Luftzug, der aus dem Tunnel wehte, die Leute drängten nach vorn, und das ist alles. Eigentlich bin ich froh, daß ich nicht weiß, was danach geschah.»

«Hast du jemanden gesehen, den du kennst?»

«Wäre meine eigene Mutter dagewesen, hätte ich sie nicht bemerkt. Es sei denn, sie wäre direkt vor mir aufgetaucht. Warum fragst du?»

Forschend betrachtete ich ihr Gesicht. Die Farbe ihrer Wangen beunruhigte mich nicht sonderlich. «Weil man dich vermutlich vor die U-Bahn gestoßen hat, Ronnie.»

«Ja, ich wurde gestoßen. Das sagte ich doch. Moment mal – du meinst ...? Jemand hat's absichtlich getan? Was bildest du dir denn ein? Wer um alles in der Welt sollte mir so was antun? Es war ein Unfall.»

«Ist dir entgangen, wie viele tödliche Unfälle sich im Dunstkreis des Tempels ereignet haben?» fragte ich sanft.

«Sei nicht absurd! Nein – ausgeschlossen ...»

«Was glaubst du, warum wir dich hier nicht allein lassen? Erst war Holmes bei dir, dann Dr. Watson oder Lieutenant Fitzwarren.»

Damit nahm ich ihr den Wind aus den Segeln. Eine Zeitlang lag sie reglos da, fast so weiß wie das Bettzeug. Dann griff sie nach der Hand ihres Exverlobten, der genauso elend aussah.

«Tut mir leid, Ronnie, ich sag's dir nur ungern. Aber im Tempel geht irgendwas vor, und ich muß herausfinden, was.»

Sie starrte mich an und wurde noch bleicher. «Iris?»

«Ja, dieser Mord gehört dazu. Offensichtlich sollte er den Anschein erwecken, die Drogenszene würde irgendwen warnen. Im Oktober Lilian McCarthy. Und im letzten August ...»

«Delia Laird. Also glaubst du's wirklich.»

«Noch weiß ich's nicht. Ronnie, wieviel Geld hast du dem Tempel vermacht?»

«Zwangzigtausend. Warum ...? O nein, Mary, das meinst du nicht ernst.»

«Ronnie», erklärte ich in möglichst aufrichtigem Ton, «ich bezweifle, daß Margery darin verwickelt ist.»

«Wenn dein Verdacht stimmt – wie könnte sie unschuldig sein?»

Eine gute Frage. «Zumindest war sie an den drei Todesfällen nicht direkt beteiligt, weil sie Alibis hat.»

«Dann war's jemand anderer?»

«Vielleicht eine Person, die ihr nahesteht. Selbst wenn sie dazu fähig wäre, sie würde keinen Mord begehen. Verzeih, ich drücke mich etwas unklar aus.»

«Ja, ich verstehe, was du sagen willst. Wenn sie morden könnte, würde sie's nicht tun, um sich zu bereichern.»

Das hatte ich zwar nicht gemeint, aber ich ließ es dabei bewenden.

«Wer war's», fragte Miles.

«Wie ich bereits erwähnt habe – jemand, der ihr nahesteht. Eine skrupellose, intelligente Person. Entweder profitiert sie von Margerys Vermögen, oder sie glaubt ihr einen Dienst zu erweisen.»

«Marie», wisperte Veronica.

«Wäre Margery ohne sie nach York gefahren?»

Sie seufzte. «Nein, wahrscheinlich nicht.»

«In dieser Richtung werde ich Nachforschungen anstellen, wenn ich auch bezweifle, daß Marie raffiniert genug ist, um einen Mord zu verüben. Wer kennt den Inhalt der Testamente und weiß, wer dem Tempel wieviel hinterlassen wird?»

«Natürlich Margery. Rachel Mallory, die Chefin des Büropersonals. Und jeder, der zu den Aktenschränken Zugang hat. Darin verwahren wir eine Akte mit dem Vermerk ‹Testamente›.»

Sehr praktisch. «Ist der Schrank versperrt?»

«O ja. Allerdings liegt der Schlüssel in Susannas Schreibtischschublade, und die wird nicht verschlossen.»

«Also könnten etwa zweihundert Leute die Testamente studiert haben. Das schränkt meine Suche beträchtlich ein. Ich muß nur rauskriegen, wer lesen kann und Margery liebt.»

«Was wirst du tun, Mary?»

«Ich mache mich im Tempel unentbehrlich und stelle viele geschwätzige Fragen.» Und ich deute demnächst an, ich würde mein Testament ändern. Doch das behielt ich für mich.

«Sei vorsichtig!»

«Ich? Du lieber Himmel, ich schwebe nicht in Gefahr. Du hast doch nichts über Holmes erzählt – oder gesagt, er sei mein Freund?»

«Nein, seit du mir's verboten hast.»

O Gott. «Und vorher?»

«Das weiß ich nicht mehr. Ich erinnere mich nur vage. Irgendwann erwähnte ich, eine Theologiestudentin, die Sherlock Holmes kennt, sei in Oxford meine Zimmernachbarin gewesen. Oder so was Ähnliches.»

«Mit wem hast du darüber gesprochen?»

«Keine Ahnung. Tut mir schrecklich leid, Mary. Das war ein halbes Dutzend Leute. Vermutlich im Tempel ... Aber es könnte genausogut bei einer Hausparty gewesen sein, an einem Wochenende.» Sie regte sich auf, und das schadete ihr.

«Mach dir keine Sorgen, Ronnie. Wenn's dir wieder einfällt, gib mir Bescheid. Wahrscheinlich war's nur eine beiläufige Bemerkung, die keine Rolle spielt. Jetzt ist es viel wichtiger, daß du wieder auf die Beine kommst und beschützt wirst. Ich glaube, sie werden's nicht noch einmal versuchen. Aber ich möchte meine Freundin nicht verlieren, weil ich einen Verrückten falsch eingeschätzt habe. Und nun bitte ich dich um zwei Gefallen.»

«Was immer du willst!»

«Hör mich erst mal an, bevor du zustimmst. Erstens, ich möchte Scotland Yard informieren. Die Beamten werden dich befragen. Erzähl ihnen von deinem Testament. Wenn sie wissen wollen, ob du vor die U-Bahn gestoßen wurdest, sag einfach, daran könntest du dich nicht erinnern, aber es wäre möglich.»

«Ist das alles?»

«Nein. Zweitens, du mußt verschwinden, nur für zwei oder drei Wochen. Wir erzählen den Leuten, du würdest dich in einer Privatklinik erholen. Übrigens solltest du diese Möglichkeit ernsthaft erwägen.»

«Nein, Mary, das geht nicht.»

«Aber du mußt irgendwo untertauchen. Bitte, Veronica, ich flehe dich an. Ich bin zu beschäftigt, um dich im Auge zu behalten.»

«Darf ich einen Vorschlag machen?» mischte Miles sich ein. «Ich besitze eine Jagdhütte in Schottland. Da ist es um diese Jahreszeit zwar ziemlich trostlos, aber es gibt genug Brennholz.»

«Großartig!» meinte ich, ehe Veronica protestieren konnte. «Bringen Sie Ronnie hin, sobald sie aus dem Krankenhaus entlassen wird, und kleben Sie bis zur Entwarnung wie eine Klette an ihr.»

Ich ignorierte ihr Erröten, und Miles warf ihr einen kurzen Blick zu. Dann entzog er ihr seine Hand und starrte die Bettdecke an. «Natürlich wohnen auch Dienstboten in der Hütte. Die werden als Anstandsdamen fungieren. Wenn Sie glauben ...»

«Lieutenant Fitzwarren, ich sehe nur eine einzige Komplikation», unterbrach ich ihn, und er schaute mir in die Augen.

Langsam straffte er die Schultern. «Darum brauchen Sie sich nicht zu kümmern, Miss Russell. Solange ich für Miss Beaconsfields Sicherheit verantwortlich bin, müssen Sie sich keine Sorgen um meinen Gesundheitszustand machen.»

«Das freut mich», erwiderte ich. Keiner von uns fand es seltsam, daß er sein Verhalten vor mir – einem jungen Mädchen – rechtfertigte. «Morgen sind Holmes und ich nicht da. Wir organisieren Ihre Reise und den Kontakt, den wir miteinander halten werden. In der Zwischenzeit weihen Sie hoffentlich niemanden in unseren Plan ein, nicht einmal Ihre Familie. Auch du mußt schweigen, Ronnie.» Sie nickten nervös. Als ich mich zur Tür wandte, fiel mein Blick auf den Lesestoff. «Ist zufällig ein *Strand* dabei?» Ohne Veronicas Erlaubnis abzuwarten, wühlte ich in den Zeitschriften, bis ich die Dezemberausgabe und den gesuchten Artikel fand. «Darf ich mir den ausleihen? Vielen Dank.» Ich beugte mich vor und küßte die Luft über ihrer Wange, eine Geste, die uns beide erstaunte. Krankenhäuser üben eine sonderbare Wirkung auf die Persönlichkeit aus, selbst wenn man sich nur kurzfristig darin aufhält.

Nur mühsam widerstand ich der Versuchung, Ronnie und Miles zuzuwinken, ehe ich sie ihrer problematischen Liebe überließ. Zwei Wochen in der schottischen Jagdhütte würden sie wieder vereinen. Oder sie gingen einander an die Kehlen.

■

Ich eilte in eine Telefonzelle und ließ mich mit Scotland Yard verbinden. Während ich wartete, überflog ich den Artikel «Epochales Ereignis – Elfen fotografiert», unter Mithilfe von Arthur Conan Doyle verfaßt und offensichtlich ernst gemeint.

Der Bericht war mit Aufnahmen von kleinen Mädchen illustriert, die durch transparente Bilder von steifen Elfenfiguren spähten und albern lächelten. Da es sich zweifellos um Fotomontagen handelte, hätte ich das Ganze für einen Scherz gehalten (einen sehr raffinierten, verglichen mit Conan Doyles normalerweise ziemlich schwerfälligem Stil), wäre Watsons Reaktion nicht so sonderbar gewesen. Seit einigen Jahren wuchs Conan Doyles Begeisterung für das Übernatürliche, vor allem, nachdem er im Krieg seinen Sohn verloren hatte.

Bisher war der Spiritualismus in seinen Geschichten über Holmes nicht zum Vorschein gekommen (abgesehen von gelegentlichen Ausflügen ins Reich der Phantasie, die den echten Holmes ärgerten). Aber den Entschluß, ein so sensationelles Werk wie den Elfenartikel im selben Magazin zu veröffentlichen, das auch die Holmes-Stories brachte, mußte man zumindest als gedankenlos bezeichnen. Holmes führte Doyles Exzentrik auf amerikanische Einflüsse zurück, und bei der Lektüre des Artikels verstand ich seinen Groll.

Es klickte in der Telefonleitung, dann verkündete eine Frauenstimme, nun sei ich mit Scotland Yard verbunden. Bis sich das Morddezernat meldete, dauerte es noch eine kleine Weile.

«Guten Tag», ich bemühte mich zunächst um einen freundlicheren Tonfall. «Bitte, ich würde gern Inspector John Lestrade sprechen. Er ist nicht da? Oh, wie schade! Sagen Sie mir doch ...» Ich wartete. Nachdem die Stimme verstummt war, schwieg ich eine Zeitlang, ehe ich in eisigem Ton erwiderte: «Nein, guter Mann, Sie können nichts für mich tun. Darauf würde der Herzog nicht den geringsten Wert legen. Wenn Sie vielleicht ...» Die zweite Unterbrechung quittierte ich mit einem noch längeren Schweigen, senkte die Stimme und ließ das Ohr meines Gesprächspartners gefrieren. «Junger Mann, falls Sie Karriere machen wollen, sollten Sie sich etwas bessere Manieren aneignen. Würden Sie mir freundlicherweise mitteilen, wann der gute Inspector bereit wäre, einen Anruf entgegenzunehmen? Und bevor Sie sich zu der Frage bemüßigt fühlen – nein, er soll mich *nicht* zurückrufen, sonst hätte ich diese Möglichkeit längst vorgeschlagen.»

Der Mann am anderen Ende der Leitung räusperte sich, und seine Antwort klang ziemlich gepreßt: «Ja, Ma'am. Bitte, verstehen Sie doch – über das genaue Tagesprogramm des Inspectors bin ich nicht informiert, aber soviel ich weiß, wird er um vier zu einer Besprechung hier im Yard erwartet. Gegen fünf wird er in sein Büro kommen.»

«Sehr gut. Richten Sie ihm aus, ich würde zehn nach fünf anrufen.»

«Ma'am? Wenn ich ihm erklären dürfte, wer ...» Ich hängte fast lautlos ein. Wunderbar. Vor fünf Uhr würde ich genug Zeit finden, um mich für die Begegnung mit Lestrade und mein Debüt im Tempel zurechtzumachen.

Den Nachmittag verbrachte ich im türkischen Dampfbad, wurde massiert, gepudert, parfümiert und manikürt, ließ mich frisieren und meine Augenbrauen zupfen und schlüpfte in die Kleider, die Mrs. Q auf meine Anweisung gebracht hatte. Schließlich eskortierte man mich aus dem Haus. Ich fühlte mich wie ein lebendes Kunstwerk, ein Monument, das den Talenten der Kosmetikerinnen und Schneidern huldigte. Jetzt fehlten mir nur noch zwei afghanische Windhunde.

Ich wählte ein Taxi, dessen Lederpolsterung keine Laufmaschen in meine Strümpfe reißen würde. «Scotland Yard, bitte. Fahren Sie von der Uferseite hin, nicht von Whitehall.»

«Sehr wohl, Miss.»

Natürlich hätte ich Mycroft um einen detaillierteren Bericht über die polizeilichen Ermittlungen im Mordfall Iris Fitzwarren bitten können. Fünf Sekunden lang erwog ich diese Möglichkeit. Aber ich war durch eine Freundin in die ganze Sache verwickelt worden, und es war nicht Holmes' Fall, sondern meiner. Nun trug ich persönlich die Verantwortung für Veronicas Sicherheit. Holmes durfte mich nicht daran hindern, das Problem auf meine Weise zu lösen.

An diesem Abend würde ich Inspector John Lestrade sehen, den einzigen Scotland-Yard-Beamten, den ich kannte. Holmes blieb aus beruflichen Gründen mit ihm in Verbindung, und in den Baker-Street-Tagen hatte er oft mit Lestrades Vater zusammengearbeitet. Vor zwei Jahren war ich dem Inspector zum erstenmal begegnet, als er die Ermittlungen bezüglich der Mordversuche an Mr. S. Holmes, Miss M. Russell und Dr. J. Watson geleitet hatte. (Es muß wohl nicht erwähnt werden, daß Holmes und ich den Fall aufklärten; Scotland Yard nahm das Verdienst dafür in Anspruch.)

Unglücklicherweise befaßte sich Lestrade nicht mit dem Mordfall Iris Fitzwarren. Selbst wenn es anders gewesen wäre, konnte ich ihn nicht einfach anrufen und erwarten, daß er meine Fragen um dubioser alter Zeiten willen beantworten würde. Nach dem Eindruck, den ich damals hinterlassen hatte, würde er vermutlich durch die Hintertür verschwinden, wenn man ihm mitteilte, vor seinem Büro warte eine gewisse Mary Russell. Nein, ich mußte mich etwas subtiler an ihn heranpirschen.

Als das häßliche Gebäude auftauchte, klopfte ich an die Glasscheibe und bedeutete dem Fahrer, an der Flußseite anzuhalten. Er stoppte unter einer Straßenlampe, stieg aus und eilte zu meinem Fenster.

«Nun müssen wir ein paar Minuten warten», erklärte ich ihm. «Ich möchte einen Freund abpassen, der den Yard bald verlassen wird. Leider kann ich nicht hineingehen. Das würden seine – Kollegen mißbilligen. Verstehen Sie, was ich meine?» Ich schaute ihm in die Augen und sah ihn im schwachen Licht grinsen, aber nicht so anzüglich, wie ich's erwartet hatte.

«Ja, Miss. Weiß er, daß sie ihn hier treffen wollen?»

«Guter Mann, Sie begreifen sehr schnell, worauf es ankommt. Nein, er weiß es nicht. Wäre es Ihnen sehr unangenehm ...»

«Sagen Sie mir nur, wie er aussieht. Dann kümmere ich mich um alles Weitere.»

Irgend etwas an meiner Beschreibung veränderte seine verständnisvolle Miene in diskrete Verwirrung. (Vielleicht Lestrades Körpergröße, verglichen mit meiner? Oder die Formulierung: «Wie ein Frettchen – eine Ratte ...») Wie auch immer, er ging bereitwillig in Lauerstellung. Um fünf Uhr zwanzig (nicht um fünf Uhr fünfzehn, wie ich es vermutet hatte) erschien Lestrade, und ich entnahm seiner Schulterhaltung den Ärger über den herzoglichen Anruf, auf den er vergeblich gewartet hatte. Der Taxifahrer stieß sich von einer Hausmauer ab, schaute zum Auto herüber, um meine Bestätigung abzuwarten. Dann durchquerte er den dichten Verkehr auf der Brücke und trat dem Inspector in den Weg. Die Pantomime, die sich nun abspielte, muß nicht näher geschildert werden. Verwundert, mißtrauisch und immer noch irritiert, folgte Lestrade dem Fahrer zum Wagen.

«Nun, Miss?» Er beugte sich zu mir herab und musterte meine äußere Erscheinung mit fachmännischen Augen. «Ihr Fahrer sagt, Sie wollen mich sprechen? Worum geht es?» Sein Blick kehrte zu meinem Gesicht zurück und blieb diesmal daran hängen. «Mein Gott, *Sie*! Miss Russell! Mit Ihnen hätte ich nicht gerechnet. Ist Mr. Holmes ...» Er riß seinen Kopf aus dem Fenster und ließ seinen Hut im Taxi zurück. Als sich der mittlerweile völlig verblüffte Chauffeur nicht in die graue Eminenz eines vermeintlich im Ruhestand lebenden Detektivs verwandelte, schaute der Inspector wieder zu mir herein. «Auf der Straße hätte ich Sie wohl kaum erkannt, Miss Russell», bemerkte er und räusperte sich. «Jetzt sehen Sie – eh – ganz anders aus.» Dieser Scharfsinn hatte ihm Holmes' Hochachtung eingetragen. Wie ich zugeben mußte, ähnelte die schicke Lady im dunklen Taxi dem schlaksigen Teenager von damals nur flüchtig.

«Das verstehe ich, Inspector, obwohl ich bei unserer ersten Begegnung ein Abendkleid trug. Aber das ist schon eine Weile her.» Ich reichte ihm seinen Hut.

Nachdem er meine Seidenstrümpfe ein letztes Mal betrachtet hatte, starrte er mir wieder ins Gesicht und konzentrierte seine

Gedanken auf meine Anwesenheit. «Also wollten Sie mich sehen?»

«Ich würde Sie gern zu einem Drink einladen, Inspector.»

Aus irgendeinem Grund schien ihn dieser Vorschlag nicht zu begeistern. Ganz im Gegenteil, seine ohnehin schon verkniffene Miene nahm den Ausdruck unverhohlenen Argwohns an. «Warum?» fragte er ohne Umschweife.

«Oder zum Dinner, falls Sie Zeit haben?»

«Warum?»

«Wenn Sie noch lange in dieser Position verharren, werden Sie ganz naß», mahnte ich sanft. Es nieselte.

«Ja, Sie haben recht. Und deshalb werde ich jetzt den Heimweg antreten.»

«Nur ein Drink und ein paar Fragen, Inspector. Vielleicht kann ich mich mit einer Information revanchieren.»

«Worüber?»

«Iris Fitzwarren.»

«Nicht mein Fall», erwiderte er prompt, und seine Augen verengten sich.

«Das weiß ich.»

«Wieso möchten Sie trotzdem mit mir reden?»

«Ein Drink, Inspector?»

Der lange Arbeitstag und das heftige Widerstreben, in meine Klauen zu geraten, kämpften mit schlichter Neugier, dem angeborenen Interesse eines Polizisten an Informationen und anderen, elementareren Bedürfnissen. Mit der Vorsicht eines Schwarzen Witwenmännchens, das sich seiner Liebsten nähert, kletterte er ins Taxi, und der Chauffeur stand wartend daneben. «Wohin, Miss?»

Hilfesuchend wandte ich mich an Lestrade.

«Kennen Sie das Bell and Bugle?» fragte er.

«Ja, Sir.» Der Mann setzte sich ans Steuer, legte die Regenpelerine über seine Knie, und wir fuhren los.

«Aber ich bezahle die Drinks», sagte Lestrade.

Die Dunkelheit verbarg mein Lächeln. Das hatte ich erwartet.

Wenig später half er mir aufs nasse Pflaster, und ich beauftragte den Taxichauffeur, der Mallow hieß, zu warten. Da er die Qualitäten eines Verbündeten besaß, wollte ich ihn nicht verlieren.

Lestrade bestellte ein halbes Bier, und ich entschied mich für einen Cocktail, ein monströses Getränk, das ich normalerweise wie die Pest mied. Doch es paßte zu meinem derzeitigen Image.

In einem Zug konsumierte er die Hälfte seines Biers, stellte das Glas ab und fixierte mich mit hellwachen Augen. «Also, junge Dame, was soll das alles?»

Um ihm zu bedeuten, sein stechender Blick würde die beabsichtigte Wirkung verfehlen, lächelte ich mitleidig und zog ganz langsam meine Handschuhe aus, einen Finger nach dem anderen. «Ladies first, Inspector. Bevor ich alles erzähle, muß ich wissen, was die Zeitungen *nicht* über den Fall Iris Fitzwarren schreiben.»

«Wieso glauben Sie, ich könnte Ihnen helfen?»

«Um Himmels willen, Inspector, das ist doch offensichtlich. Ich glaube, heute nachmittag hatten Sie eine Besprechung mit dem Ermittlungsteam.» Zu meiner Erleichterung traf der riskante Schuß ins Schwarze, und ich sprach hastig weiter. «Irgend etwas an diesem Mord ist seltsam. Aber was? Hängt Iris Fitzwarrens Tod mit dem Tempelverein zusammen? Und warum überwachen Sie Miles Fitzwarren?»

Ruckartig hob er den Kopf. «Wissen Sie, wo er ist?»

Ich klimperte kokett mit den Wimpern und jammerte. «Da sehen Sie's – niemand erzählt mir was. Ich hatte keine Ahnung, daß Sie ihn suchen. Wie sollte ich auch? Was die Beamten von Scotland Yard wissen, weiß ich nicht. Wie könnte ich also erraten, was Sie nicht wissen?» Mein lackierter Fingernagel strich über den Rand meines Glases, und ich schaute den Inspector an. «Nun, wenn Sie mir verschweigen wollen, was Sie wissen ...»

«Hören Sie auf damit!» unterbrach er mich gereizt, und ich lehnte mich lachend in meinem Sessel zurück. «Also gut. Hoffentlich ist Ihre Information was wert. Und niemand darf erfahren, woher Sie Ihre Kenntnisse bezogen haben.»

«Niemand außer Holmes», stimmte ich zu.

Er nickte und trank einen Schluck Bier. «Ja, ich muß Ihnen recht geben», begann er mit leiser Stimme, «wenn ich mich auch frage, wie Sie's erraten haben.» Er machte eine kleine Pause und warf mir einen keineswegs humorlosen Blick zu. «Ach ja, das ist mir entfallen. Sie erraten nichts, Sie ziehen logische Schlüsse. In der Tat, irgend etwas an diesem Mordfall ist sonderbar. Sogar mehrere Aspekte ... Am seltsamsten ist die Art und Weise, wie sie getötet wurde. In den letzten Monaten hatten wir drei solcher Fälle, zwei während derselben Nacht im Juli, einen gegen Ende November. Nach dem Tod wurden alle vier Opfer verstümmelt.»

«Im Gesicht?»

Offenbar wollte er fragen, wie ich das erraten hatte, doch er besann sich eines Besseren. «Ja. Die beiden ersten hatten uns über einen gewissen – sagen wir mal, Importeur informiert. Auch das dritte Opfer grollte dem Mann.»

«Aus persönlichen Gründen?»

«Ja. Dieser Mann schien die – Ware des Importeurs nicht zu benutzen, aber sein Vetter und bester Freund. Nach dem Tod des Vetters stellte er Nachforschungen an, und fünf Wochen später wurde er umgebracht.»

«Inspector Lestrade, ich bin keine Anwältin, die eine Verleumdungsklage anstrebt, also reden wir im Klartext. Offensichtlich importiert der Mann Drogen. Er tötete drei Leute, die gedroht hatten, ihn zu entlarven, und er könnte Iris Fitzwarren aus demselben Grund ermordet haben wie den neugierigen Vetter. Wie heißt er?»

«Wo ist Miles Fitzwarren?»

«In Sicherheit. Es geht ihm schlecht, aber er wird von Holmes und einigen verantwortungsbewußten Ärzten betreut. Wenn Sie wollen, wird Holmes ein Treffen zwischen Fitzwarren und einem Ihrer Kollegen arrangieren. Also, der Name?»

«Im Augenblick nennt er sich Tommy Buchanan. Haben Sie von ihm gehört?»

«Nein. Warum bringen Sie Iris mit ihm in Verbindung, abgesehen von den Umständen ihres Todes? Kommen Sie schon, Inspector! Bevor ich Ihnen meine Informationen gebe, muß ich noch mehr wissen.»

«Viel verlangen Sie wirklich nicht, was?» Er stand auf und schaute in mein halbleeres Glas. «Noch einen Drink?»

«Danke. Dasselbe.» Ich hob das Glas an die Lippen, als wollte ich den Rest trinken. Sobald er mir den Rücken kehrte, vertauschte ich es mit einem leeren vom Nebentisch. Der Gast war in ein Gespräch mit einer jungen Dame vertieft, und keiner der beiden merkte was, obwohl der Mann mein Glas mit den Lippenstiftflecken ergriff und geistesabwesend den ungewohnten Cocktail in sich hineinschüttete.

Lestrade kam zurück. «Okay. Aber um Holmes willen müßten Sie mir was Interessantes mitteilen. In Iris Fitzwarrens Handtasche steckte eine Notiz, auf die Ecke einer Zeitung geschrieben. ‹Tommy, Poseidon, Mitternacht.› Das Poseidon ist Buchanans Club. Gegen halb zwölf ging sie hin, aber er war nicht da. An jenem Abend dinierte er mit ein paar Freunden in Surrey, und dort verbrachte er die ganze Nacht.»

«Wie praktisch.»

«Ja, aber es stimmt. Das haben wir überprüft.»

«Also kann man ihm persönlich nichts vorwerfen.»

«Genau.»

«Kollegen, Angestellte, Komplizen?»

«Ein halbes Dutzend. Bis jetzt haben wir keine Beweise. Immerhin sind zwei Männer wegen Messerstecherei vorbestraft.»

«Was war sonst noch in der Handtasche?»

Er zögerte, weil ich das Thema so abrupt gewechselt hatte, sah aber keinen Grund, dagegen zu protestieren. «Nichts Ungewöhnliches. Eine Geldbörse, eine Puderdose, ein Lippenstift, ein kleines Briefmesser mit Perlmuttgriff, Taschentücher, ein Schlüsselring mit Schlüsseln für ihre Wohnung und das Haus ihrer Eltern und alle ihre Krankenhäuser, wo mittellose Frauen umsonst behandelt werden. Den fünften Schlüssel konnte die Polizei noch nicht identifizieren. Offenbar ist es ein Hausschlüssel. Sie wurde nicht bestohlen. In ihrer Handtasche fanden wir Geld, außerdem trug sie ein goldenes Armband und einen kleinen Perlenring.»

«Inspector, ich würde gern eine detaillierte Liste aller Gegenstände sehen, die sie bei sich hatte.»

«Tut mir leid, Miss Russell, das geht zu weit.»

«Vielleicht könnte ich Ihnen erklären, wozu der fünfte Schlüssel paßt.»

Lestrade schnaufte verächtlich. «Dann müssen Sie mir noch viel mehr erzählen. Zum Beispiel, warum Sie sich für den Fall interessieren. War Iris Fitzwarren Ihre Freundin?»

«Keineswegs. Aber ich lernte sie kurz vor ihrem Tod kennen.»

«Wo? Doch nicht im Nachtclub?»

«Leider nein. Im Tempel.»

«*Sie?* Waren Sie *dort*?» Eine eigenartige Mischung aus Ungläubigkeit, Belustigung und Abscheu glitt über sein verkniffenes kleines Gesicht, und ich ignorierte all diese Gefühle.

«Ja, ich war dort. Wahrscheinlich öffnet Ihr fünfter Schlüssel eine Tempeltür. Entweder führt sie von der Straße in den Flur – oder in ein Büro.»

«Sehr gut, das werde ich den Ermittlungsbeamten erklären. Warum waren Sie dort?»

«Aus geschäftlichen Gründen», übertrieb ich.

«Was für Geschäfte? Ich dachte, Sie würden in Oxford studieren.»

«Eine Klientin bat mich, den Tempel aufzusuchen.»

«Eine *Klientin*? O Gott, fangen Sie nicht auch noch damit an! Wer ist Ihre Klientin?»

«Verzeihen Sie, Inspector, ich darf ihr Vertrauen nicht mißbrauchen. Aber es gibt andere Dinge, die Sie interessieren könnten.» Ich schaute mich um. Inzwischen hatte sich der verrauchte

Raum gefüllt, und wir mußten unsere Stimmen heben, um den Lärm zu übertönen. «Aber nicht hier. Gehen wir in Ihr Büro.» Ärgerlich starrte er mich an. «Ich weiß, dort waren Sie gerade. Aber Sie wären nicht bereit gewesen, mich zu empfangen, wenn ich meinen Namen genannt hätte.»

«Und warum soll ich Sie jetzt hineinführen?»

Ich beugte mich vor und schaute in seine Augen. «Wegen eines Verbrechens. Drei Frauen sind tot, wahrscheinlich ermordet. Und wir sollten das Leben einer vierten Frau retten.»

Wir gingen in sein Büro.

■

Seit mich ein Schütze beinahe durch das Fenster erschossen hätte, das zum Fluß hinausging, waren zwei Jahre verstrichen. Inzwischen hatte sich der Raum kaum verändert. Die Staubschichten waren dicker, die Wände schmutziger, aber ansonsten erschien mir das Büro recht ordentlich, verglichen mit Holmes' Rattenloch.

Einladend wies Inspector Lestrade auf den Sessel vor seinem Schreibtisch. Ich nahm Platz und erschrak beinahe vor seinem Frettchenblick. Aber ich mußte die Liste sehen, und das sagte ich auch.

Da explodierte er. «Moment mal, Miss Russell, ich hatte lange genug Geduld mit Ihnen – nur Gott weiß, warum, ausgerechnet an einem Samstagabend, den ein Christenmensch zu Hause verbringen müßte. Unentwegt ködern Sie mich mit Ihren Informationen, aber letzten Endes rede nur ich. Das ist zweifellos eine spezielle Technik, die Sie von Mr. Holmes gelernt haben. Allmählich glaube ich, daß Sie überhaupt nichts wissen.»

«Würde ich Ihnen so was antun?»

«Warum nicht?»

«Würde ich es Holmes antun?»

Das stimmte ihn nachdenklich, denn eine Person, die Holmes seine Partnerin nannte, würde seine Beziehung zur Polizei wohl kaum grundlos gefährden.

«Bitte, zeigen Sie mir die Liste», flehte ich, «dann werden Sie alles erfahren, was ich Ihnen erzählen kann.»

Ich hatte nicht gesagt: ‹Alles, was ich weiß.› Doch das entging dem Inspector. Zunächst glaubte ich, er würde meinen Wunsch nicht erfüllen. Doch dann ging er zu einem Schrank und holte eine Akte heraus.

«Nur der Himmel weiß, warum ich das tue», murrte er und warf den Ordner vor mir auf den Schreibtisch. Ich wußte, er tat es nur Holmes' wegen. Aber das erwähnte ich nicht. Dankbar öffnete ich den Ordner und hörte Lestrade davongehen. Ein Kessel und Tassen klirrten, während ich die Fotokopien studierte und mir einprägte, was Iris Fitzwarren in der letzten Nacht ihres Lebens unternommen und was sie besessen hatte.

Dabei erfuhr ich nichts Neues, da Holmes diese Informationen bereits von Mycroft bekommen und mir anvertraut hatte. Doch es wäre unklug gewesen, dies dem Inspector mitzuteilen. Und möglicherweise hatte Mycrofts Informant irgend etwas übersehen. Also studierte ich das gesamte Material. Dann lehnte ich mich zurück und griff automatisch nach der Tasse, die vor mir stand. Erstaunlicherweise war der Kaffee kalt. Lestrade saß in seinem Sessel, die Beine auf dem Schreibtisch, las eine andere Akte und machte sich Notizen. Schließlich hob er den Kopf. «Nun, sind Sie fündig geworden?»

«Ich habe nichts Besonderes gesucht, Inspector.»

«Allzu lange hat Ihre Lektüre nicht gedauert.»

«Aber ich habe alles gelesen. Und nun möchte ich Ihnen ein paar Fragen stellen, Inspector.»

«Zur Abwechslung», erwiderte er sarkastisch, klappte seinen Aktenordner zu und stellte die Füße auf den Boden.

«Eh – ja. Drehte der diensthabende Constable immer die gleiche Runde? Oder variierte er sie?»

«Früher war sie immer die gleiche. Jetzt nicht mehr.»

«Ich verstehe. Sind die Sachen, die Iris Fitzwarrens Handtasche enthielt, in einer bestimmten Reihenfolge angegeben? Oder ist es einfach nur eine Liste?»

«Mal sehen.» Lestrade ergriff das Blatt, überflog den Text und gab es mir zurück. «Vermutlich notierte der Beamte jeden einzelnen Gegenstand, nachdem er ihn aus der Tasche genommen hatte. In dieser Hinsicht ist der Mann sehr penibel.»

«Ich verstehe», wiederholte ich. Bei den mündlichen Informationen, die ich erhalten hatte, war die Liste nicht erwähnt worden. Ich dachte nach, dann merkte ich, daß er etwas gesagt hatte. «Verzeihen Sie – wie bitte?»

«Nun, ich fragte, warum Sie das so wichtig nehmen. Und wenn Sie jetzt Sherlock Holmes mimen und mir erklären, das sei doch ganz selbstverständlich, werde ich Ihnen nie wieder eine Minute von meiner kostbaren Zeit opfern.»

«O nein, diese schlechte Gewohnheit meines Lehrers habe ich mir nicht angeeignet. Ich versuche nur eine vernünftige Erklärung für die Fakten zu finden. Als der Constable den Inhalt der Handtasche prüfte, suchte er nicht nach einer Identifikation?»

Zwischen kleinen, spitzen Zähnen stieß er hervor: «Miss Russell, diese Tasche wurde nur von einer einzigen Person geöffnet – von dem Beamten, der die Liste schrieb.»

«Sie war nämlich erkältet», versuchte ich ihn zu besänftigen.

«Wer?»

«Iris Fitzwarren. Sie hatte einen furchtbaren Schnupfen.» Damit konnte ich ihn nicht beeindrucken. Bald würde er mich hinauswerfen. Ich seufzte. «Inspector, warum vergräbt eine erkältete Frau ihre Taschentücher ganz unten in der Handtasche? Warum steckten keine in den Manteltaschen? Aber zwei Stück unter der Puderdose und dem Lippenstift, sogar unter dem Zettel mit dem Namen und der Adresse des Clubs? Vielleicht öffnete sie die Handtasche und suchte irgend etwas – das mag erklären, warum die schwereren Gegenstände oben lagen. Aber sie hätte ihre einzigen Taschentücher niemals ganz unten verstaut. Sie hatte wirklich einen grauenhaften Schnupfen, und es war eine kalte Regennacht. Vermutlich mußte sie sich sehr oft die Nase putzen. Außerdem lag die Adresse ganz oben. Die brauchte sie nicht mehr, nachdem sie um halb zwölf im Club eingetroffen war. Aber nach ihrer Ermordung lag der Zettel obenauf. Das wäre unwahrscheinlich, hätte sie ihn selber hineingeschoben. Aber wo wäre der Zettel gewesen, hätte der Mörder die Handtasche geleert, um diskriminierende Sachen zu suchen? Er hätte alles wieder eingeräumt und die Adresse des Clubs obenauf gelegt, weil er Iris Fitzwarrens Tod erklären oder den Verdacht auf Tommy Buchanan lenken wollte.»

Während ich redete, beobachtete ich verstohlen Lestrades Gesicht. Die Bedeutung der Taschentücher war ihm entgangen, die Position des Zettels nicht. Allmählich wuchs meine Achtung vor den offiziellen Ermittlern.

«Wäre der Zettel nicht absichtlich an dieser Stelle deponiert worden», fuhr ich fort, «könnte man nicht vermuten, daß Tommy Buchanan oder seine Schlägertypen für diesen Mordfall verantwortlich sind. Aber es muß jemand sein, der Buchanan kennt und außerdem weiß ...» Ich verstummte, dann sprach ich langsam weiter. «Jemand, der genau weiß, in welchem Stil Buchanan seine Feinde beseitigt. Das wissen vermutlich viele Leute, zum Beispiel die Reporter – selbst wenn sie daran gehindert wurden, Einzelheiten zu veröffentlichen.»

«Zweifellos.»

«Arbeiten Reporterinnen für den *Clarion*?»

«Ich glaube, zwei.» Nun schaute er wieder mürrisch drein und schien sich in die zweite, wahrscheinlich letzte Explosion hineinzusteigern, die ich hastig entschärfte.

«Darf ich Ihnen eine Geschichte erzählen, Inspector? Es ist keine lange und auch keine angenehme Geschichte. Und sie enthält so viele Vermutungen, daß Holmes entsetzt wäre, aber auch gewisse Tatsachen.»

Seufzend lehnte er sich in seinem Sessel zurück, und seine Miene besagte: Endlich!

«Also, die Geschichte fängt mit dem Krieg an und den zahlreichen jungen Männern, die in diesen vier Jahren getötet oder verstümmelt wurden. Zu Beginn des Krieges lebten in diesem Land etwa sechs Millionen heiratsfähige Männer zwischen zwanzig und vierzig. Ende 1918 war fast eine Million gestorben. Weitere zwei Millionen litten an Verletzungen, die Hälfte an sehr schweren, seelisch oder körperlich, und davon werden sie sich nie wieder erholen. Was sollen die zwei oder drei Millionen gesunden jungen Frauen tun, die normalerweise gesunde junge Männer geheiratet und für den Rest ihres Lebens eine Familie versorgt hätten? In den Zeitungen werden diese Frauen – wir! – ‹überschüssig› genannt, so als wären wir selber schuld an unseren schlechten Zukunftsaussichten, während die Männer einfach verschwanden. Und nun verlieren die Frauen, die dieses Land zwischen 1915 und 1919 in Gang hielten – und zwar sehr gut – ihre Jobs, weil sie den einstigen Soldaten Platz machen müssen. Starke, tüchtige Frauen fühlen sich überflüssig, im Berufsleben und zu Hause. Nein, Inspector Lestrade, das ist kein feministisches Geschwätz, sondern die Grundlage dieses Mordfalls ... Kennen Sie Margery Childe?»

«Ja. Eine Frau, die in diesem Tempel wohnte, besuchte ihren Ehemann und wurde ermordet.»

«Welchen Eindruck haben Sie von Miss Childe gewonnen?»

«Eine nette Frau, aber seltsam.»

«Seltsam? Inwiefern?»

«Sie schien uns gar nicht zuzuhören, obwohl sie unsere Fragen höflich, sogar freundlich beantwortete. Aber sie erweckte den Eindruck, wir würden über unwichtige Dinge reden – so als hätten wir sie bei irgendeiner Arbeit gestört, an die sie immer noch dachte, während sie mit uns sprach. Aber ich glaube, sie hatte es nicht eilig, diese Tätigkeit fortzusetzen. Sie war nur – geistesabwesend.»

«Ja. Sobald eine Frau von ihren Problemen erzählt, hört Margery aufmerksam zu, weil sie sich dafür interessiert und mit Männern nicht viel anfangen kann. Was geschieht also, wenn diese überaus charismatische, wortgewandte, zielstrebige Person mit einem Teil der Bevölkerung Kontakt aufnimmt, der sich unerwünscht, unwichtig und nutzlos fühlt? Was geschieht, wenn solche reichen Frauen – viele haben nach dem Tod ihrer

Brüder ein Vermögen geerbt –, die eine hervorragende Ausbildung genossen haben und aus angesehenen Familien stammen, einen neuen Lebensinhalt finden und ihre Würde zurückgewinnen? Sie würden dem Menschen, dem sie das verdanken, alles geben. Wissen Sie, daß Margery Childe eine ganze Menge von Iris Fitzwarren geerbt hat? Das Geld wurde dem Neuen Tempel Gottes vermacht, doch das läuft aufs selbe hinaus. Natürlich hinterließ Iris ihr nicht das gesamte Vermögen, aber eine beträchtliche Summe. Im letzten Oktober kam eine junge Frau bei einem Autounfall ums Leben und vererbte dem Tempel ein kleines Vermögen. Eine dritte ertrank letzten August in der Badewanne. Von ihr bekam Margery noch viel mehr.»

Lestrades Augen verengten sich zu häßlichen Schlitzen. «Davon wußte ich nichts», erwiderte er zögernd. «Und ich werde herausfinden, ob Inspector Tomlinson informiert ist.»

«Vielleicht sollten Sie auch erwähnen, daß ein weiteres wohlhabendes Tempelmitglied vor zwei Tagen verletzt wurde. Die junge Frau fiel vor eine U-Bahn.»

In diesem großen Gebäude ist es nicht still, dachte ich während der nächsten Minuten, aber es hat dicke Mauern wie die Oper, als die es ursprünglich fungieren sollte. Lestrade griff zum Telefon und sprach mit einem Mann, der – wie ich seinem Tonfall entnahm – ein Vorgesetzter und Rivale war. «Tomlinson? Hier ist Lestrade. In meinem Büro sitzt jemand, der mir Informationen über den Fitzwarren-Fall gegeben hat ... Weil ich gerade da war und die junge Dame vor einiger Zeit im Lauf irgendwelcher Ermittlungen kennengelernt habe ... Ja, Sie sollten herkommen. Am Telefon werde ich weder ihren Namen nennen noch die Informationen wiederholen ... Nun, es liegt bei Ihnen. An Ihrer Stelle würde ich allerdings auf das Dinner verzichten ... Also gut, in zwanzig Minuten.» Er legte den Hörer auf die Gabel, ohne ihn loszulassen. «Wenn diese Frau in Gefahr schwebt ...»

«Sie heißt Veronica Beaconsfield – ja, aus dieser Familie. Zur Zeit wird sie im Guys behandelt. Dr. Watson bewacht sie – oder ein anderer von Holmes' Assistenten. Sicher lassen sich die beiden nur zu gern von einem Polizisten ablösen. Um die Situation noch zu verkomplizieren, ist Mrs. Beaconsfield mit Miles Fitzwarren verlobt. Sobald sie aus der Klinik entlassen wird, bringt er sie aufs Land, wahrscheinlich am Montag oder Dienstag. Er wird sie beschützen, bis der Fall geklärt ist. Übrigens, Holmes vermutet, Lieutenant Fitzwarren würde Sie über seine Kontakte zur Drogenszene informieren.»

«Vielleicht sollte ich einen Beamten vom Drogendezernat anrufen, bevor Sie davon erzählen.»

«Heute abend nicht. Jetzt muß ich gehen. Nein, wirklich, Inspector – ich arbeite sehr gern mit Ihnen zusammen. Aber heute abend muß ich im Tempel einen Gottesdienst besuchen. Den ersten Teil werde ich ohnehin versäumen. Wenn Margery Childe ihre Predigt beendet, muß ich da sein. Vor Montag findet keine weitere Veranstaltung statt, und es kommt auf jede Minute an.»

1921 ließ sich die Polizei nicht mehr so bereitwillig von Zivilisten helfen wie dreißig Jahre zuvor, als Holmes im Zenit seines Ruhms gestanden hatte. Die Beamten wollten nicht mit unfähigen Leuten zusammenarbeiten, die sich selbst in Gefahr brachten oder die Ermittlungen behinderten. Aber da ich den falschen Eindruck erweckte, Holmes wäre stets an meiner Seite, würde Lestrade die Aktivitäten, die ich vorschlug, gewiß unterstützen – allerdings nur widerstrebend.

Wenn ich ihn darum bat, würde ich eine Weigerung riskieren. Und so erzählte ich ihm einfach von meinen Plänen. «Vorerst gibt es kein Beweismaterial, das offizielle polizeiliche Ermittlungen rechtfertigen würde. Eine solche Untersuchung könnte die Leute sogar von ihrem Vorhaben abbringen. Aber ich bin bereits in der Lage, verdächtige Ereignisse zu beobachten und meinen Vorteil daraus zu ziehen. Und ich kann sehr gut auf mich selber aufpassen. Ich muß nur die Möglichkeit erhalten, Sie notfalls sofort zu alarmieren. Wenn Sie den Tempel überwachen oder unterwandern lassen, können Sie nicht mehr erreichen als ich, und Sie würden mich nur in Gefahr bringen oder meine Aktionen torpedieren.» (Mit anderen Worten: Ich liefere mich Ihnen aus; benutzen Sie meine Informationen nicht, verraten Sie mich nicht. Und das verstand er, obwohl es ihm mißfiel.)

«Bleiben Sie wenigstens hier, bis Tomlinson kommt, und weihen Sie ihn ein.»

«Ich habe Ihnen alles gesagt, was mir wichtig erscheint, Inspector Lestrade. Und ich kann nicht auf Ihren Kollegen warten, weil ich den Tempel aufsuchen muß.»

«Vielleicht beschließt er, Margery Childe sofort zu verhaften.»

«Dann wäre er ein verdammter Narr und sollte wieder auf Streife gehen. Erklären Sie ihm, das hätte Sherlock Holmes gesagt. Wenn Sie wollen, arrangieren Sie morgen ein Treffen. Oder heute um Mitternacht.» Ich gab ihm die Nummer des Telefons, das ich, ebenso wie die übrige Einrichtung des Apartments, vorübergehend benutzen durfte.

Kurz bevor ich die Tür öffnete, stellte er die wesentliche Frage. «Glauben Sie, Margery Childe hat diese Frauen getötet?»

Plötzlich verspürte ich einen heftigen Abscheu vor meinem neuen Image, meinen Schuhen und der Entscheidung, die mich hierhergeführt hatte.

«Offen gestanden, nein», entgegnete ich müde. «Aber Sie sollten sich diese Frau genau anschauen. Sie ist das Bindeglied zwischen drei toten Frauen und einer vierten, die glücklicherweise mit dem Leben davonkam. Und sie kennt alle Mitglieder ihres Inneren Kreises sehr gut. Natürlich weiß sie, daß Veronica Beaconsfield und die anderen einen Teil ihres Vermögens dem Tempel vermacht haben. Eine ihrer Freundinnen arbeitet für den *Clarion* und ist über die Verstümmelungen jener Mordopfer informiert. Übrigens, Margery bewohnt Privaträume im Tempelkomplex, zieht sich oft zurück und ist unerreichbar, von einer scharfzüngigen Dienerin bewacht. Wahrscheinlich gibt es auch einen privaten Eingang. Im Augenblick inszeniert sie eine kostspielige Werbekampagne und strebt ein politisches Amt an.

Sie kann ihre Krankenhäuser, das Bildungsprogramm und die Zufluchtsstätte für notleidende Frauen wohl kaum mit den Spenden finanzieren, die sie bei den Gottesdiensten einnimmt. Falls ich Ihnen erklären muß, wie Sie Ihren Beruf ausüben sollen – überprüfen Sie doch die Finanzen des Tempels, und studieren Sie die Polizeiakten über die Frau, die in der Badewanne ertrunken ist, und die andere, die einen tödlichen Autounfall erlitten hat. Jetzt gehe ich. Guten Abend, Inspector Lestrade. Danke für die Drinks.»

An der Tür begegnete ich Inspector Tomlinson, einem hochgewachsenen, elegant gekleideten Beamten, der seine Männlichkeit zu sehr hervorkehrte. In diesem besonderen Fall würde ihm das nichts nützen.

15

Samstag, 15. Januar
–
Freitag, 21. Januar

Die Frau darf sich nicht auf den Schutz des Mannes verlassen. Sie muß lernen, sich selbst zu schützen.

SUSAN B. ANTHONY (1820–1906)

An jenem Samstagabend begann ich mich intensiv mit dem Tempel zu befassen. Nach dem Gottesdienst gesellte ich mich zum Inneren Kreis, ignorierte die hochgezogenen Brauen und die Blicke, die einige Frauen wechselten, und erklärte Margery, bis zu Veronicas Rückkehr würde ich gern deren Pflichten übernehmen.

Dies war mein Entrée ins Tempelgeschäft. Natürlich konnte ich Veronicas Verwaltungsaufgaben nicht bewältigen, aber ich war in der Lage, Unterricht zu geben, und das tat ich. Außerdem erledigte ich Besorgungen und Einkäufe, tippte Briefe, steckte meine Nase in sämtliche verfügbaren Winkel und bot mich den Leuten als Mädchen für alles an. Ohne daß es näher erörtert wurde, war ich seit dem Samstagabend ein neues Mitglied des Inneren Kreises. In dieser Rolle steuerte ich (mit mißbilligender Miene) ein oder zwei Ideen zu einer geplanten politischen Demonstration bei, druckte Flugblätter, übergab sie den Mitgliedern und verteilte sie am Dienstag vor dem Parlament an Passanten; hätte mich ein Polizist befragt, wäre ich vielleicht in eine unangenehme Situation geraten, aber mein Engagement für die Aktion imponierte den Frauen, und ich gewann ihre Herzen, was ich mit harter Arbeit vermutlich nie geschafft hätte.

Während die Tage verstrichen, ausgefüllt mit diversen Aktivitäten und Margerys offenherzigem, freundlichem Enthusiasmus, begann ich zu überlegen, ob ich mir die seltsame Episode am Abend des 6. Januar eingebildet hatte. Die Tempelorganisation wollte armen Frauen helfen, die Welt stärken und schrittweise verändern, und der Gedanke, innerhalb dieser gediegenen Ziegelmauern könnten wundersame Heilkräfte wirken, erschien mir absurd, sogar geschmacklos. Aber am Donnerstag spürte ich eine gewisse Spannung, die in der Luft lag.

Um fünf Uhr verschwand Margery, so wie an jedem Donnerstag, in ihrem Studio und meditierte. Nach ihrer Predigt über die Liebe zog sie sich wieder zurück, nur von Marie begleitet.

Die Tage verbrachte ich im Tempel. Abends arbeitete ich, oft bis in die Nacht hinein, an meinem unzulänglichen, aber reichgeschnitzten Schreibtisch in der Wohnung aus Glas und Stahl. Am Mittwoch reiste ich nach Oxford und konferierte mit einem immer nervöseren Duncan (der mich an der Tür begrüßte, indem er ein Telegramm von den Amerikanern schwenkte und verkündete, sie würden sechs europäische Kollegen mitbringen). Am Montag und am Donnerstag traf ich mich heimlich mit Holmes, nachdem er aus Schottland zurückgekehrt war (er hatte Veronica und Miles zur Jagdhütte begleitet und wollte am Freitag nach Sussex fahren). Lestrade und Tomlinson leisteten uns am Montag Gesellschaft. Beim Abschied schauten sie ziemlich mißmutig drein, und ich besaß eine Telefonnummer, die ich regelmäßig anrufen sollte und unter der ich sofortige, diskrete Hilfe erhalten würde.

Irgendwie kam mir dieses Leben schizophren vor, aber es deprimierte mich nicht. Der Tempel-Job machte mir Spaß, und ich genoß es, keine spröden Aristokratinnen – mit dem silbernen Löffel im Mund geboren – in meiner Nähe zu wissen, sondern intelligente, hart arbeitende Frauen, deren distanziertes Verhalten eher Scheu als Herablassung ausdrückte. Es war ein Vergnügen, mit klugen Köpfen zusammenzuarbeiten. Eines Nachmittags bat mich ein Komitee, das Reden entwarf, um Vorschläge. Diesen Wunsch erfüllte ich nur zu gern. Einige meiner Ideen wurden in den Ansprachen Margerys und anderer Frauen verwertet, insbesondere die Zitate meiner Kindheitsheldin, Abigail Adams. Der Ausspruch «Alle Männer würden sich wie Tyrannen aufführen, wenn sie es könnten» fand ebenso Anklang wie «Willkürliche Macht (über Ehefrauen) kann man ebenso leicht zerbrechen wie alle harten Dinge». Um eine Rede zu ergänzen, die von den korrumpierenden Eigenschaften der Macht handelte, sagte ich: «Indem wir unseren Platz auf dem Thron der

Macht einnehmen, retten wir die Nation vor der Korruption, die Männer ebenso wie die Frauen.» Als ein Referat vor Ehefrauen von Geistlichen vorbereitet wurde, leistete ich den Beitrag: «Trunken von Macht, und die Gnade der Nüchternheit ...» Und für Margerys Samstagspredigt über die Liebe schlug ich vor: «Macht ohne Liebe ist der Tod, Liebe ohne Macht ist steril.» Ich amüsierte mich königlich, wurde mit Dinnereinladungen überhäuft und fragte mich, ob ich mein Talent für einen neuen Beruf entdeckt hatte und für andere Leute Reden schreiben oder in der Werbung arbeiten sollte.

Am Freitag nachmittag saß ich in einem stickigen Raum mit Zentralheizung. Fünf Frauen, die lesen lernten, neigten die Köpfe über frischgedruckte Fibeln. Die Augen zusammengekniffen, versuchten sie mit Hilfe ihrer Zeigefinger die Bedeutung der Zeilen zu ergründen, und ihre Lippen formten jeden einzelnen Buchstaben, ehe sie ihn aussprachen. Drei graue Köpfe, ein brauner und ein weißblonder. Mühselig enträtselten sie jedes Wort, dann das nächste, so langsam, daß der Sinn eines Satzes verlorenging, bevor sie sein Ende erreichten.

Fast eine Stunde lang quälten wir uns ab, meine Schülerinnen und ich. Voller Sehnsucht malte ich mir die stimulierende Wirkung von Tee oder Kaffee oder frischer Luft aus, als sich der braune Kopf abrupt hob. Ich blickte in zwei verwirrte Augen, und die Frau betrachtete sofort wieder die Seite der Fibel, entfernte ihren Finger von der Zeile, packte das Buch mit beiden Händen und las fließend vor: «Der Junge bringt seiner Mutter eine Tasse Tee.» Dann wiederholte sie den Satz, schaute lachend auf und strahlte, nachdem sie die Magie des geschriebenen Worts endlich verstanden hatte. In ihren Zähnen klafften Lükken, sie roch nach ungewaschener Wolle, ihr Haar hing strähnig herab, ihre Haut brauchte Milch und Obst. Aber in diesem Moment war sie schön. Veronica Beaconsfield weiß, warum sie sich für den Tempel engagiert, dachte ich, ergriff die rauhe, schwielige Hand und drückte sie.

Um halb fünf ging ich in den Teesalon hinunter und trank eine

Tasse, zusammen mit zwei Mitgliedern des Inneren Kreises, die ihre Wochenendfahrt aufs Land abwarteten. Erbost schimpften sie über den Nebel, der sich zusehends verdichtete, und die unvermeidlichen, damit verbundenen Verzögerungen. Bis jetzt hatte ich das Wetter nur oberflächlich wahrgenommen. Auf dem Weg zu Margerys Unterricht durchquerte ich die Büros, schaute aus dem Fenster und sah die bedrohlichen Schwaden vorbeiziehen. Noch war es nicht allzu schlimm, aber ich beschloß, an diesem Abend auf den Gottesdienst zu verzichten, statt im obskuren Grau nach Hause zu stolpern.

Ich traf ein paar Minuten zu früh in Margerys Studio ein und erzählte ihr vom Erfolgserlebnis meiner Schülerin. Darüber freute sie sich, zeigte echtes Interesses, und ich fragte mich erneut, was an jenem Abend vor zwei Wochen geschehen war.

Als Thema dieser Unterrichtsstunde hatte ich Jeremias Schmährede gegen die Weiber gewählt, die den Teig kneten, «daß sie der Himmelskönigin Kuchen backen». Zwanzig Minuten lang vertieften wir uns in den Text, dann klopfte es an der Tür. Marie kam herein und überreichte ihrer Herrin einen Zettel. «Da war ein Anruf, Madame, und ich dachte, Sie wollten sofort informiert werden.» Sie ignorierte mich und warf nur einen verächtlichen Blick auf unsere Bücher.

Während Margery die Nachricht las, runzelte sie besorgt die Stirn. «Ja, danke, Marie, Sie hatten völlig recht. Würden Sie mir bitte meine Sachen bringen und Thomas sagen, er soll den Wagen aus der Garage holen?»

Die Dienerin nickte. Ehe sie das Zimmer verließ, starrte sie mich triumphierend und voller Abneigung an. Margery bemerkte es nicht, aber ich überlegte, daß diese Frau unentwegt vor Zorn kochen müßte, wenn sie dermaßen eifersüchtig auf die Aufmerksamkeit ihrer Herrin war. Es sei denn, ihr Groll galt nur mir – oder sie fürchtete mich.

«Tut mir leid, Mary», sagte Margery. «Ich muß mich entschuldigen. Soeben habe ich eine wichtige Nachricht erhalten. Sehen Sie doch.»

Ich ergriff den Zettel und las in Maries französischer Schulmädchenschrift: «Gerade hat Mlle. Goddart angerufen. Sie ist in sehr unangenehme Familienprobleme verwickelt und bittet dringend um Ihren Besuch, so bald wie möglich. 16, Norwood Place, Nummer 3.»

Dann trat Marie ein, mehrere Kleidungsstücke über dem Arm, mit unbehaglicher Miene. «Madame, bedauerlicherweise steht Ihnen kein Automobil zur Verfügung, weil Mademoiselle Archer noch nicht von ihrer Fahrt nach Cambridgeshire zurückgekehrt ist – obwohl sie versprochen hat, um vier sei sie wieder da. Ich habe ein Taxi bestellt. Aber man erklärte mir, es würde eine Weile dauern, wegen des Nebels.»

«Von hier aus kann man zu Fuß zum Norwood Place gehen», mischte ich mich ein. «Es dauert nur zwanzig Minuten. Wahrscheinlich kommt man bei diesem Wetter per pedes schneller voran als im Auto.»

Marie schaute noch mürrischer drein, und Margery wandte sich erfreut zu mir. «Wissen Sie, wo das ist?»

«O ja, ich wohne ganz in der Nähe», übertrieb ich.

«Dann beschreiben Sie mir den Weg. Sie müssen mich nicht hinführen. Bleiben Sie zum Dinner hier, oder trinken Sie wenigstens was.»

«Nein, ich begleite Sie.» Nach Einbruch der Dunkelheit durfte sich eine kleine, schwache Frau, die einen teuren Mantel trug, nicht schutzlos in die unerfreuliche Umgebung von Norwood Place wagen. Deshalb wollte ich sie bis zur Tür bringen. «Würden Sie meinen Mantel holen, Marie?»

Hin und her gerissen zwischen dem Wunsch, mich von ihrer Herrin zu trennen, und der Erkenntnis, daß Margery in meiner Obhut besser aufgehoben wäre, zögerte Marie. Dann begann sie heftig zu protestieren.

Aber Margerys Entschluß stand fest. «Nein, ich nehme Sie nicht mit. Miss Russell geht ohnehin in diese Richtung. Da wir zu zweit sind, wird uns nichts passieren. Es ist erst halb sechs. Um halb acht bin ich vermutlich wieder daheim. Bezahlen Sie den Taxichauffeur, und schicken Sie ihn zum Norwood Place, falls Thomas bis dahin nicht zurückgekommen ist ... Ja, ich rufe an, wenn ich nach Hause fahren will und kein Auto vor der Tür steht ... Sicher gibt's ein Telefon in der Nähe, da Miss Goddart hier angerufen hat ... Oder wer immer es gewesen ist. Jetzt hören Sie mit diesem Getue auf, Marie, und holen Sie Miss Russells Mantel ... Manchmal führt sie sich wie eine Glucke auf», flüsterte sie mir zu. «Und sie hat gräßliche Angst, wenn ich abends ausgehe ... Danke, Marie, bis später ... Nein, ich habe keine Zeit für eine Tasse Tee ... Ja, ja, sollte ich mich verspäten, rufe ich an. Aber das bezweifle ich.»

Marie half mir in den Mantel. Nicht einmal ihre mißbilligenden Gesten konnten mir die Freude am weichen blaugrauen Vigogne-Wollstoff mit dem Kragen und dem Futter aus warmem schwarzem Seal verderben. Die Farbe betonte das intensivere Blau meines Kleides, für das der Mantel geschneidert worden war. Auch Margery bewunderte ihn. «Welch ein schönes Stück! Ein Chanel-Modell?»

«Nein», erwiderte ich und erzählte von den Kobolden.

«Bitte, könnten Sie die beiden fragen, ob sie mir was nähen würden? Und dieser Hut steht Ihnen ausgezeichnet, genau die richtige Form für Ihr Gesicht ... Oh, dieses Wetter!» seufzte sie, als wir durch den Korridor zu den Fenstern an der Vorderfront gingen.

Inzwischen war es dunkel geworden. Die Straßenlaternen und die Scheinwerfer der Autos, die langsam dahinfuhren, beleuchteten den gelben Nebel wie eine Szene aus einem Wilkie-Collins-Roman. Allzu dicht umwehten uns die Schwaden noch nicht, und nachdem sich unsere Augen daran gewöhnt hatten, konnten wir drei Schritte weit sehen. Wenigstens mußten wir nicht befürchten, über Gehsteigkanten zu stolpern oder gegen Hausmauern zu prallen.

Wir kamen nur langsam vorwärts. Wie überall in London wechselten sich belebte Straßen und menschenleere schmale Gassen ab, wo man nur gelegentlich einem Polizisten begegnete. Wegen des Nebels ging es auf den Hauptstraßen ruhiger zu als normalerweise. In Höfen und Remisen hallte die Einsamkeit wider. Laut klickten Margerys Absätze auf dem Pflaster, und meine weicheren Sohlen knirschten fast unhörbar. Hin und wieder sahen wir einen Pferdekarren, Autos und Laster schlichen vorbei, die Fahrer hingen aus den Seitenfenstern oder blinzelten durch die Windschutzscheiben.

Ich konsultierte den Stadtplan in meinem Gehirn, folgte dem richtigen Weg und entschied, es könnte nicht schaden, meine Neugier zu befriedigen, die Marie erregt hatte. «Vorhin sagten Sie, Marie würde es nicht gern sehen, wenn Sie abends ausgehen. Gibt es dafür einen besonderen Grund?»

«Eigentlich nicht. Sie will mich nur beschützen. Sicher wundern Sie sich, weil ich mich von meinem Dienstmädchen herumkommandieren lasse.»

«Nun ja ...», entgegnete ich lachend.

«Hinter ihrer schroffen Fassade verbirgt sich ein gutes Herz. Sie ist entfernt mit mir verwandt. Vor sechs Jahren wurde ihre Familie getötet und ihr Heimatdorf von den Deutschen zerstört. Danach kam sie zu mir. Sie hat das Gefühl, ich würde ihre Fürsorge brauchen. Zweifellos erleichtert sie mir das Leben.»

«Abgesehen von den Abenden, wo Sie ausgehen möchten.»

«Genau», bestätigte sie und stimmte in mein Gelächter ein.

«Werden Sie oft zu irgendwelchen Schützlingen gerufen?»

«Jetzt nicht mehr, obwohl die Mitglieder des Inneren Kreises wissen, daß sie sich jederzeit an mich wenden können. Aber mittlerweile habe ich viele Assistentinnen, die ...»

Ihre restliche Antwort hörte ich nicht. Automatisch erforschte ich die Umgebung – vielleicht noch aufmerksamer als sonst, wegen der Gefahren, die im Nebel lauern mochten. Auf einer verlassenen Straße beschleunigten sich die leisen Schritte hinter uns. Ich überlegte nicht lange, reagierte sofort, stieß Margery von mir und fuhr zu unserem Verfolger herum – einem schlanken jungen Mann mit dünnem schwarzem Schnurrbart und dunklen Augen. In seiner rechten Hand funkelte Stahl.

Meine unerwartete Initiative veranlaßte ihn stehenzubleiben. Unsicher musterte er mich, sein Blick suchte eine Waffe. Da er keine entdeckte, entspannte er sich, trat zur Seite und hielt nach Margery Ausschau, die gestürzt war und sich gerade aufrappeln wollte.

«Rühren Sie sich nicht, Margery!» befahl ich. «Bleiben Sie, wo Sie sind.»

Der Mann sah mich wieder an, und trotz des schwachen Lichts las ich bösartige Vorfreude in seinem Gesicht. Sekundenlang erstarrte ich. Aber während das Messer heranschnellte, reagierte mein Körper aus eigenem Antrieb. Die Klinge glitt an meinem Rücken vorbei, doch auch der Angreifer war blitzschnell, gewann sein Gleichgewicht sofort wieder und sprang aus meiner Reichweite, um seine nächsten Aktionen zu erwägen. Wie eine Schlangenzunge flackerte das Messer umher.

Wäre ich allein gewesen, hätte ich die Situation mühelos gemeistert. Ich hätte dem Burschen einfach nur ausweichen müssen und nicht über meine eigenen Schuhe stolpern dürfen, bis ich einen Gegenstand fand, den ich als Waffe benutzen konnte. Unglücklicherweise trug ich keine Handtasche bei mir, um einen Angriff kurzfristig abwehren zu können. Außerdem durfte ich es nicht riskieren, mich selbst zu behindern und meinen Mantel aufzuknöpfen, sowie ich es nicht wagte, zur Seite zu springen, solange Margery hinter mir am Boden kauerte. Schließlich riß ich meinen Hut vom Kopf, um ihn wenigstens als Schutzschild für meine Hand zu benutzen. Doch als das Messer wieder aufblitzte, konnte ich ihm nicht vollends entrinnen. Zielstrebig durchschnitt es den Vigogne-Stoff und das Sealfutter, Wolle und Seide, und die Spitze bohrte sich in meinen Arm.

Es fühlte sich so an, als hätte mich eine Rasierklinge geschnitten. Zunächst empfand ich keinen Schmerz, nur das Entsetzen über die Gewalttat. Ich bewegte die Hand, um festzustellen, daß ich sie immer noch gebrauchen konnte, spürte die brennende Wunde und kalte Luft, wo keine wehen dürfte – und plötzlich nur noch hellen Zorn. Ja, ich blutete stark; ja, Margery und ich schwebten beide in Todesgefahr. Trotzdem konnten sich der Schmerz und die Angst nicht mit der Wut messen, die mich erfaßte, weil der schöne Mantel und der Ärmel ruiniert waren. Verdammt wollte ich sein, wenn dieses Messer noch ein Kleidungsstück vernichtete, ganz egal, ob ich darin steckte oder nicht. O nein, nie wieder sollte ein Individuum mit schwarzem Schnurrbart meine Garderobe zerstören.

«Elender Bastard!» schrie ich und wußte nicht, wen von uns dreien meine schrille Stimme am meisten erschreckte. Er zögerte, dann stürzte er sich wieder auf mich. Diesmal wich ich nicht aus. Ich kehrte ihm den Rücken, und auf Kosten eines weiteren Schnitts (der Ärmel mußte sowieso ersetzt werden) packte ich sein Handgelenk. Als er sich wehrte, warf ich meinen Kopf in den Nacken und hörte das befriedigende Geräusch eines Nasenbeinbruchs. Klirrend rutschte das Messer über die Pflastersteine. Das Geräusch lenkte ihn vorerst ab, und ich nutzte die Chance, um ihn herumzuwirbeln und ihm den Arm auf den Rücken zu drehen. «Eine falsche Bewegung», fauchte ich in sein Ohr, «und ich breche Ihnen mindestens zwei Knochen.»

Aber er wollte nicht hören (dazu sind diese Typen nie bereit). Mit aller Kraft riß er sich los, und sein Ellbogen klickte einfach auseinander. Er stieß einen wilden Schrei aus. Als ich sein Handgelenk fallen ließ, kreischte er noch lauter. Rasch half ich Margery auf die Beine. Sie hatte sich ein Knie aufgeschürft, und am nächsten Morgen würde sie blaue Flecken bekommen. Ansonsten war sie nur entsetzt, vor allem wegen der verkrümmten Gestalt, die ihren rechten Arm festhielt.

«Mein Gott, Mary, was haben Sie ihm angetan?»

«Gar nichts. Es war seine eigene Schuld.»

«Aber er ist verletzt!» Bald würde sie auf der Straße knien, seinen Kopf in ihrem Schoß. Ich ging zur Bordkante, ergriff die scharfgeschliffene Klinge des Messers und hob es auf. Da zog sie erstaunt die Brauen hoch. Offenbar sah sie es zum erstenmal, da ich ihr die Sicht versperrt hatte. Dann starrte sie meinen Ärmel an, bemerkte den dunklen Fleck, der sich rasch ausbreitete, und ihre Augen wurden noch größer. «Oh, er hat Sie geschnitten», murmelte sie.

«Er wollte Sie töten, Margery», erwiderte ich sanft, obwohl mir ganz anders zumute war. Hätte sie sich allein auf den Weg gemacht... Plötzlich dachte ich an Iris und wandte mich zu meinem jungen Angreifer. Beinahe hätte ich den seltsamen Ausdruck verpaßt, den Margerys Miene sekundenlang verwandelte. Zwischen Entsetzen und Angst sah ich noch etwas anderes – ein sonderbares Staunen. Es galt nicht ihrem Feind, sondern irgendeinem Bild, das ein sechster Sinn heraufbeschworen hatte. Doch sie verdrängte es sofort, und ihr Blick verriet nur mehr kalte Furcht, die Nachwirkung des Schocks. Als der Polizist auftauchte, saß sie zitternd auf einer Eingangstreppe, und ich fragte mich immer noch, was sie gesehen hatte.

Es dauerte ziemlich lange, bis wir unsere Aussagen gemacht hatten, erst auf der Straße, dann in der Polizeistation. Dort nahm ich eine Salbe und ein Pflaster entgegen, lehnte eine ärztliche Behandlung ab (der Schnitt war nicht tief, nur lang), und nachdem ich die Blutung gestillt hatte, wechselte ich ein paar leise Worte mit dem diensthabenden Inspector. Danach wurde telefoniert, und die argwöhnische Skepsis wich respektvoller Überraschung. Mein Vorschlag, der junge Messerstecher müsse nach der Behandlung im Krankenhaus verhaftet werden, scheuchte einen Polizisten zur Tür hinaus, der die Fluchtgefahr bannen sollte. Sobald ich die Adresse 16, Norwood Place, Nummer 3, erwähnt hatte, eilte ein weiterer Beamter davon. Bei seiner Rückkehr verkündete er, es gebe keine Nummer 3, und niemand in der ganzen Gegend kenne eine Miss Cynthia Goddart. Das verblüffte mich nicht sonderlich. Margery wurde mit einer Polizeieskorte nach Hause geschickt, nur wenige Minuten nach dem Dinner, und ich saß immer noch in dem unordentlichen Polizeibüro – gegenüber einem korpulenten, rotbackigen Chief Inspector mit jovialer Attitüde und stahlharten Augen. Während wir die Ereignisse des Abends ein weiteres Mal erörterten, lächelte ich schwach.

«Also, Miss Russell, gewisse hochrangige Persönlichkeiten versichern mir, ich dürfe Ihnen trauen. Sind Sie auch dieser Meinung?»

Ich zuckte die Achseln und stöhnte. Offensichtlich hatte ich mir die Schulter verrenkt, was mir bisher noch gar nicht aufgefallen war. «Das spielt wohl keine Rolle», erwiderte ich und beobachtete, wie sein dicker Finger in den Gegenständen wühlte, die sich auf der Löschblattunterlage häuften und die mir eine Polizistin freundlich, aber bestimmt abgenommen hatte.

Fachmännisch inspizierte der Inspector meine Dietriche. «Haben Sie sonst noch Verletzungen abbekommen, außer dem Kratzer am Arm?» erkundigte er sich höflich.

«Nichts Besonderes. Meine Schulter ist schon länger lädiert.»

Erst untersuchte er meine linke Schulter, dann die rechte. Obwohl seine muntere Miene nichts verriet, ahnte ich, daß er genau wußte, wer ich war und woran meine Schulter krankte. Um den Preis eines zertrümmerten Schlüsselbeins hatte ich Holmes' Leben und mein eigenes gerettet. Zwei Jahre später kämpften sich immer noch Knochensplitter an die Oberfläche, mit deprimierender Konstanz.

«Der Besitz einiger dieser Sachen ist illegal», bemerkte er im Konversationston.

«Für den gewöhnlichen Staatsbürger», stimmte ich zu. «Und manche werden erst illegal, wenn man sie benutzt.»

«Hm. Und Sie sind keine gewöhnliche Staatsbürgerin.»

«Wenn ich irgendwo einbrechen oder jemanden umbringen will, verwende ich wohl kaum diese harmlosen Werkzeuge, Chief Inspector.» Gleichmütig hielt ich seinem Blick stand.

«Also wurden Sie attackiert», sagte er nach einer kleinen Pause.

«Das erklärte ich bereits.»

«Aber Sie hatten nicht vor, seinen Arm zu brechen.»

«Ich warnte ihn und betonte, was geschehen würde, wenn er

sich bewegte. Und er bewegte sich. Wäre er nicht in offensichtlicher mörderischer Absicht über uns hergefallen, hätte ich ihn vielleicht nur bewußtlos geschlagen. Jetzt wird er eine Zeitlang nicht mehr auf Frauen einstechen. Eins noch, und dann gehe ich. Scotland Yard befaßt sich mit dem Mordfall Iris Fitzwarren. Informieren Sie Ihre Kollegen über diese kleine Episode, die wird ihnen zu denken geben.» Ich stand auf und sammelte meine Sachen ein.

«Einen Augenblick, Miss Russell, Sie müssen noch Ihre Aussage unterschreiben.»

«Morgen, Inspector. Morgen früh komme ich vorbei. Bitte, lassen Sie den Mann nicht entkommen.»

«Nein», versprach er schlicht, und ich empfand eine gewisse Sympathie für ihn. «Bis morgen, Miss Russell.»

«Guten Abend, Chief Inspector.»

■

Mein Ruf – oder eher Holmes' Ruhm – war mir vorausgeeilt, und als ich das Polizeirevier verließ, folgten mir neugierige Blicke. Wenigstens mußte ich keine Reporter bekämpfen und überlisten. Noch bevor ich den Ausgang erreichte, wußte ich, daß auch vor der Tür keine Presse warten würde.

Inzwischen hatte sich der Nebel noch dichter zusammengeballt – Londons ureigenes Fegefeuer, ein schmutziges, brennendes, unbeschreiblich dickes gelbes Miasma, das in der Nase schmerzte und die Lungen peinigte, Kleider zersetzte und Häuser schwärzte, zahllose tödliche Unfälle verursachte und die stolze Hauptstadt eines Imperiums buchstäblich in die Knie zwang.

Vorsichtig stieg ich die vier Eingangsstufen hinab, die ich im Gedächtnis behalten hatte, und tastete mich an der Fassade entlang. Nach ein paar Schritten lehnte ich meine Schulter an die Ziegelmauer. O Gott, ich war hundemüde. Meine rechte Schulter schmerzte von der feuchten Kälte und der leichten Verrenkung, die Schnittwunde am linken Arm pochte, und mein Kopf dröhnte – eine Reaktion auf die Gewalt, die ich verspürt und selbst ausgeübt hatte. Danach ein zweistündiges Wortgefecht mit Inspector Richmond ...

Und ich hatte nichts im Magen außer schalem Bürokaffee. Ich lehnte meinen Kopf mit dem armen zerknüllten Hut an die Wand, bebte am ganzen Körper und versuchte neue Kräfte zu sammeln, um weiterzugehen, anderthalb blinde Meilen zu meinem ungemütlichen Apartment.

Schon immer habe ich gehaßt, was die Londoner mit ironischem Stolz ihre «Spezialität» nennen, ihre «Erbsensuppe», wie strahlende Eltern, die ihr unkontrollierbares, pathologisch destruktives Balg lobpreisen. Da meine Kurzsichtigkeit einem permanenten Nebel glich, fand ich es nicht amüsant, mit ausgestreckten Händen durch die Straßen zu taumeln, dauernd die Brille zu putzen und zu überlegen, ob ich nicht darauf verzichten sollte, bis die Themse gnädigerweise wieder ihren flüssigen Zustand annahm und zwischen den Ufern versank. Und ehrlich gesagt, ich war schon immer ein bißchen klaustrophobisch veranlagt.

Mein Kampf gegen eine irritierende, irrationale Angst und das keineswegs irrationale Widerstreben, eine Londoner Nacht voller Messerstecher zu durchqueren, die womöglich das Werk ihres Kollegen vollenden wollten, zerrten an meinen Nerven. Deshalb bedauerte ich, daß der Chief Inspector mich nicht eingesperrt hatte. Vielleicht sollte ich freiwillig ins Gefängnis gehen, dachte ich ärgerlich, meine Dietriche auf den Tisch werfen und mich in die Obhut des diensthabenden Sergeants begeben. Ich wischte die Brille mit meinem Taschentuch ab, setzte sie wieder auf die Nase und entfernte das weiße Leinenquadrat langsam von meinen Augen. Obwohl ich im Licht der Lampe stand, die über der Eingangstreppe hing, sah ich in der gelben Suppe nur einen hellen Streifen.

Weiter oben auf der Straße krachte es, dann hörte ich ein metallisches Kreischen, gefolgt von einem weiblichen Schreckensschrei und lautem Gewieher. Zwei Männerstimmen begannen einander wütend zu beschimpfen. Ich diagnostizierte einen Zusammenstoß zwischen einem Taxi und einem Pferdewagen und seufzte vernehmlich.

Aus der Düsternis zu meiner Rechten wehte eine Antwort heran. «Russell?»

Ruckartig fuhr ich herum, das Taschentuch entglitt meiner Hand und verlor sich für immer in den höllischen Tiefen des Pflasters. Wäre er sichtbar gewesen, hätte ich ihn vermutlich umarmt und geküßt. So, wie die Dinge lagen, begnügte ich mich mit einem idiotischen Grinsen und dachte an die zwiespältigen Gefühle, die dieser Mann seit einigen Wochen in mir weckte. Trotz allem war mir plötzlich viel leichter ums Herz. Das ließ sich nicht leugnen. Ich fühlte mich, als hätte sich plötzlich mitten auf der Straße meine eigene Haustür geöffnet.

«Verdammt, Holmes, wie schaffen Sie das? Offenbar sind Sie ein Hellseher, oder Sie besitzen das beste Zauberbuch der Welt.»

Seine Schritte näherten sich, so sicher und energisch wie an einem klaren Frühlingsmorgen, und ein verschwommenes Gesicht erschien in meinem Blickfeld. «Nur einen Bruder mit langen Ohren. Vor einer Stunde erreichte mich Mycrofts Nachricht, die Polizei würde eine gefährliche junge Frau verhören. Ich fuhr mit der U-Bahn hierher, die immer noch funktioniert, allerdings im Schneckentempo fährt. Wären Sie nach einer halben Stunde noch immer nicht aufgetaucht, hätte ich Sie gerettet. Aber ich dachte, es wäre einfacher, wenn Sie sich da selber rauslavieren. Sie wurden doch nicht verletzt?»

«Nicht ernsthaft, weder von dem Messerstecher noch von der Londoner Polizei – danke. Was machen Sie in der Stadt? Gestern sagten Sie doch, Sie würden für ein paar Tage nach Sussex fahren.»

«Ich bin gar nicht abgereist, obwohl die Stadt nichts von Sherlock Holmes gesehen hat.»

Vor meinem geistigen Auge schlich ein geduckter Holmes durch die Unterwelt, in verschiedenen Tarnkleidern.

«Basil, der Kutscher?»

«Vielleicht einer seiner Vettern», erwiderte er. «Ich fand, meine Experimente in Sussex wären nicht so wichtig wie das Geschäft, das ich hier erledigen muß.»

«Und ich halte Sie davon ab.»

«Sie sind das Geschäft.» Ehe ich entscheiden konnte, ob diese Erklärung mich warnen oder mein Herz erwärmen sollte, fuhr er fort: «Sie wollten nach Oxford fahren, nicht wahr? Oder haben Sie sich anders besonnen?»

«Holmes, ich kann meine Pläne nicht ändern. Duncan erwartet mich.»

«Ganz recht. In diesem Fall werde ich bis zu Ihrer Rückkehr den Londoner Teil der Ermittlungen übernehmen. Nein, nicht im Tempel, nur in der Nähe. Andererseits, falls die Ladies einen Handwerker oder eine Putzfrau brauchen ...»

«Es wäre mir lieber, Sie würden darauf verzichten, Holmes.»

«So? Nun, da muß ich Ihnen vermutlich beipflichten. Immerhin sind es Ihre Ermittlungen. Kann ich Ihnen irgendwie helfen?» fragte er höflich, als würde er tatsächlich erwägen, hinter den Kulissen auf eine Einladung zu warten. Beinahe hätte ich gelacht.

«Leider brauche ich im Augenblick keine detektivische Unterstützung, sondern häusliche Dienste. Holmes, ich friere, und ich bin hungrig.» Natürlich konnte ich seine Miene nicht sehen, aber ich bezweifelte, daß er über mein unabsichtliches Gejammer lächelte. Er schlang einfach meinen rechten Arm in seinen linken, und wir wanderten durch die currygelbe Nacht.

Unterwegs verlangte er nicht einmal Erklärungen. Während er mich sicheren Fußes durch die Straßen steuerte (es mußten Straßen sein, unterbrochen von ungemütlichen Nebengassen, was mir meine Ohren und die Nase verrieten), schilderte er ein Experiment, das er durchgeführt hatte, um die verminderte Sinneswahrnehmung zu erforschen. Acht Wochen lang hatte er eine undurchsichtige Brille getragen, einen Blinden gemimt und sich vom kleinen Straßenjungen Billy durch London führen lassen.

Vor einer unsichtbaren Mauer, die ein vertrautes Echo unserer Schritte zurückwarf, zog Holmes einen Schlüssel hervor. Die Wand öffnete sich. Höflich begrüßte ich den Constable und den Vernet wie einen alten Freund, verspeiste die Mahlzeit, die Holmes mir servierte, und trank den Cognac, den er in meine Hand drückte. Dann ließ ich mich ins Schlafzimmer schubsen. Hinter mir fiel die Tür ins Schloß. Ohne Bedenken oder Zweifel warf ich die ruinierten Kobold-Kreationen zu Boden, kroch dankbar unter die Decke und schlief ein.

16

Samstag, 22. Januar

■

Bedenken Sie, alle Männer würden sich wie Tyrannen aufführen, wenn sie es könnten. Falls den Frauen keine besondere Achtung und Aufmerksamkeit geschenkt wird, wollen wir eine Revolution ausrufen und uns nicht mehr von Gesetzen fesseln lassen, die uns das Recht der freien Entscheidung und eigenen Meinung absprechen.

ABIGAIL ADAMS (1774–1818)

Als ich erwachte, stand ein Koffer neben der Tür, mit Kleidern aus meiner Wohnung. Vorerst verschmähte ich die Seide zugunsten eines Morgenmantels, den ich im Schrank fand, so alt, daß der gesteppte Stoff an den Manschetten und am Kragen durchgescheuert war, aber lang genug, um meine Extremitäten zu bedecken. Holmes saß vor dem Kaminfeuer, eine Tasse neben dem Ellbogen, eine Pfeife in der Hand, ein Buch auf den Knien.

«Welch eine häusliche Idylle!» bemerkte ich. «Das Porträt eines Amateurs im Ruhestand. Wie spät ist es?»

«Fast zehn.»

«Großer Gott, wie verweichlicht ich bin!»

«Grauenhaft», stimmte er zu. «Tee oder Kaffee?»

«Gibt's Milch?»

«Ja.»

«Also kein Mangel an Komfort. Tee. Und den mache ich selber, denn die pittoreske Szene, die Sie gerade darstellen, darf nicht gestört werden.»

Sobald ich nach dem Wasserkessel und der Teedose griff, begann mein Arm zu schmerzen, aber nicht so schlimm wie erwartet. Ich merkte nicht, daß Holmes mich beobachtete, bis er einen Kommentar abgab. «Wie ich sehe, bereitet Ihnen die Schnittwunde keine Schwierigkeiten.»

«Nein, sie brennt nur ein bißchen. Ich hatte Glück.»

«Im Gegensatz zu Ihrem Angreifer. Er ist tot.»

«*Was?* Ich habe doch gar nicht ... Aha, er wurde ermordet.»

«Heute morgen um vier, im Krankenhaus – in seinem Bett. Leider nicht mit dem Schwert, von dem er lebte. Vor der Autopsie will die Direktion der Klinik keine Erklärung abgeben, aber sogar die Ärzte wissen, daß Schurken nur selten aus natürlichen Gründen tot umfallen, schon gar nicht unter diesen Umständen. Zweifellos pirschte sich irgend jemand in einem weißen Kittel mit einer Injektionsspritze oder einem Kissen heran, während der Constable Tee holte.» Holmes war eher verärgert als bestürzt.

«Blitzschnelle Arbeit. Inspector Richmond wird toben. Möchten Sie eine Tasse?»

«Ja, danke. Wenn Sie soweit sind, bereite ich das Frühstück zu.»

Er benahm sich wie ein perfekter Gastgeber, tischte gekochte Eier, Toast, Marmelade, Dosenpfirsiche und Kaffee auf. Davon abgesehen, war er der alte Sherlock Holmes, mein Freund und Gefährte. Seit ich zu Beginn des letzten Oktobers nach Oxford gezogen war, hatten wir kaum Zeit für gemütliche Plaudereien gefunden. Das holten wir an diesem Morgen nach. Seine Monographien und mein Essay beanspruchten über eine Stunde, ganz zu schweigen von seinen Bienen, den chemischen Experimenten und neuesten Entwicklungen in der Gerichtsmedizin – stets ein aufregendes Thema.

Eigentlich sah ich keinen Grund, ihn um Rat zu bitten. Und da er kein Interesse an den Informationen zeigte, die ich gesammelt hatte, vermutete ich allmählich, es wäre nicht die Sorge um mein Wohl gewesen, die ihn zum Polizeirevier getrieben hatte. Welche Alternative? Amüsement?

Als ich aufstand, weil ich mich anziehen wollte, hatte ich die Wunde vergessen, und mein Arm stieß schmerzhaft gegen die Stuhllehne. Holmes beschloß die Verletzung zu inspizieren, und ich zögerte. Unter dem Morgenmantel trug ich nur seidene Unterwäsche. Doch dann sagte ich mir: Sei nicht albern, Russell, er hat schon viel mehr von dir gesehen. Trotzdem verwirrten mich seine Finger auf meiner Haut. Davon schien er nichts zu merken, untersuchte den Schnitt, der bereits verheilte, und legte mir in aller Ruhe einen neuen Verband an. Genausogut hätte er sich selber verarzten können. Was anderes will ich auch gar nicht, redete ich mir entschieden ein.

Wenig später verließen wir den Schlupfwinkel, ganz die alten Freunde, und nur darauf kam es an.

■

Der Eigentümer des Bürogebäudes, in dem Holmes sein Refugium eingerichtet hatte, war ein fortschrittlicher Chef, und die Halbtagsarbeit am Samstag wurde strikt eingehalten. Um zwei Uhr nachmittags trafen wir keine Menschenseele und eilten unbehelligt zum Ausgang. Als ich durch die Schrankwand kletterte, handelte ich mir eine Laufmasche ein (kein Wunder, daß sich die Frauen überall raus- und reinhelfen lassen, nachdem sie so unpraktische Sachen anziehen müssen).

Zuerst gingen wir aufs Polizeirevier, wo ich meine Aussage unterschrieb und flüchtete, ehe Inspector Richmond mich über einen Todesfall befragen konnte, von dem ich nichts wußte. Wir schlenderten zum nächstbesten Lyon's, um Kaffee zu trinken, in einer fröhlichen Atmosphäre, die meines Erachtens nicht zu Holmes paßte. Aber dann wurde mir die Anonymität des Lokals bewußt. Draußen auf der Straße fiel ihm die Trennung sichtlich schwer. «Lassen Sie den Arm in ein oder zwei Tagen untersuchen?»

«Ich hab's doch schon versprochen, Holmes.»

«Soll ich wirklich nicht ...»

«Holmes, ich bleibe nur eine Woche weg. Sechs Tage. Veronica ist in Sicherheit, meine Position im Tempel gefestigt. Nein, Sie werden keine Putzfrau mimen. Nach der Präsentation meines Essays gehe ich wieder an die Arbeit.»

«Das mißfällt mir», platzte er heraus.

«Hände weg, Holmes! Wie Sie selber gesagt haben, sind es *meine* Ermittlungen – zumindest, was den Tempel betrifft. Vielleicht können Sie die beiden anderen Todesfälle klären. Diese Aufgabe müßte sogar Sie herausfordern, da sie vor Monaten als Unfälle eingestuft wurden. Dafür gebe ich Ihnen eine Woche Zeit, und dann attackieren wir mit vereinten Kräften den Tempel.»

Seine schmalen Augen folgten einem Brauereiwagen, der mühsam in eine enge Gasse bog. Energisch schüttelte er den Kopf. «Ich nehme keine Befehle entgegen, von niemandem», murmelte er so leise, daß ich ihn kaum verstand.

«Dann wird's höchste Zeit, Holmes», erwiderte ich in scharfem Ton. «Am Dienstag oder Mittwoch komme ich vielleicht in die Stadt. Ansonsten erwarte ich Sie am Samstag in meiner Wohnung.» Ich wandte mich ab und ging davon.

■

Bei Margery erzielte ich geringere Erfolge. Inzwischen hatte sie ihr inneres Gleichgewicht restlos wiedergewonnen und behauptete, sie sei nicht in Gefahr. Mit flehender Stimme redete ich auf sie ein. Schließlich verlor ich die Geduld und schrie sie an, was nicht die geringste Wirkung zeigte. Sie erklärte, sie sei nur zufällig überfallen worden. In Zukunft würde ihr nichts mehr passieren. Deshalb weigerte sie sich, ihren Lebensstil zu ändern und einen Leibwächter zu engagieren.

Erbost sprang ich auf. «Ich habe Sie bis jetzt für eine kluge Frau gehalten, aber nun muß ich meine Meinung ändern. Offensichtlich wollen Sie Ihre eigene Haut nicht retten. Was ist mit meiner? Ich wäre fast gestorben. Hätte mich der Messerstich ein paar Zentimeter weiter unten getroffen, könnte ich nicht mehr schreiben. Und nächstes Mal? Welche Freundin wird Sie begleiten? Was wird sie verlieren? Einen schönen Mantel? Ihr Leben? Margery, bitten Sie Inspector Richmond, er möge Ihnen einen Leibwächter empfehlen – nur für ein oder zwei Wochen, bis der Fall geklärt ist. Gewiß, ein Martyrium steigert das Selbstbewußtsein. Trotzdem finde ich es unsinnig.»

Sie saß stocksteif da und schien zu überlegen, ob sie Marie befehlen sollte, mich hinauszuwerfen. Immerhin hörte sie mir zu, und nach einer Weile gab sie klein bei. «Also gut, ich denke darüber nach, Mary», versprach sie, und wir beendeten die Unterrichtsstunde ohne weitere Turbulenzen.

17

Samstag, 22. Januar – Dienstag, 1. Februar

■

Die Natur ... hat sie schwach geschaffen, zerbrechlich, ungeduldig, hinfällig und närrisch, und wie die Erfahrung lehrt, sind sie unbeständig, wankelmütig, grausam, und sie besitzen nicht die Gabe, Ratschläge zu erteilen und zu herrschen.

JOHN KNOX

In Reading stiegen die meisten Fahrgäste aus dem Zug. Einige Minuten lang hielt er in der Station, mehrmals wurden Türen geöffnet und geschlossen. Dann ging ein Ruck durch den Waggon, und wir fuhren weiter. Ich lehnte mich mit meinem Buch zurück, die Lider schwer und träge, obwohl mich jetzt, so kurz vor dem Präsentationstermin am Freitag, eine keineswegs unangenehme innere Anspannung erfaßte.

Seit ich Margery Childe kannte, fühlte ich mich – seelisch und körperlich und vor allem geistig – zwischen dem London, das sie mit Holmes teilte, und meinem gemütlichen Oxford hin und her gerissen. Fast vier Wochen lang war ich unentwegt von diesem Ort zu jenem gefahren und wieder zurück, in Gedanken und im Zug. Und ich spürte immer intensiver, daß ich mich entscheiden mußte. Aber jetzt – erfüllt von der Entschlossenheit, die ich Holmes gezeigt hatte, und meinem Ärger über Margery – fühlte ich mich von den beiden und ihrer Problematik weit entfernt. Während die Meilen vorbeizogen, erschien mir die Zeit nach Weihnachten beinahe wie ein Urlaub, ein interessantes, pikantes Zwischenspiel voll intellektueller Herausforderungen und pittoresker Darsteller, sogar mit einem Mord garniert. Und vielleicht ließ sich die ganze Sache komplikationslos beenden, ehe sie ins wirkliche Leben herüberzugleiten drohte. Ich hatte eine alte Freundschaft erneuert und Margery kennengelernt. Sogar die diffizile Beziehung zu Holmes verlor ihre gefährlichen Elemente. Ich brauchte einfach nur Zeit und etwas mehr Distanz, dann würden wir Freunde bleiben wie eh und je.

Nun war das Intermezzo der faszinierenden Feministinnen und Wohltäterinnen und meines verführerischen Mentors erst einmal überstanden, eine Episode, an die ich in ferner Zukunft belustigt und liebevoll zurückdenken würde. Vor mir lag der Freitag – ein klares Ziel, bekannte Hindernisse, alle Gegner deutlich erkennbar, eine schwierige Herausforderung, auf die ich mich vorbereitete, seit ich mit siebzehn Jahren mein Studium in Oxford begonnen hatte. Margery Childe, Veronica Beaconsfield, Miles Fitzwarren und Sherlock Holmes steckten in einem Kästchen mit der Aufschrift LONDON. Auf dieser kurzen Bahnfahrt mußte ich seinen Deckel schließen und es in ein Regal stellen, zumindest kurzfristig.

Nein, nun durfte ich nicht mehr an das alles denken.

Ohne Vorwarnung wurde mein vermessener Plan durchkreuzt. Ein mittelgroßer Mann im Tweedmantel öffnete seelenruhig die Tür meines Abteils, mit einem offenkundig falschen schwarzen Bart getarnt, der zwar seine untere Gesichtshälfte verbarg, aber nicht die Augen. Um seinen Beruf zu erraten, mußte ich nicht einmal einen kurzen Blick auf die Revolvermündung vor meiner Brust werfen. Solche Augen hatte ich schon öfter gesehen. Das war ein Killer. Schlimmer noch, ein intelligenter Killer, dem der Job sichtlich Spaß machte.

Reglos saß ich da, und er schloß die Tür hinter sich. «Miss Russell», begann er in geschäftsmäßigem Ton, «nun haben Sie zwei Möglichkeiten. Ich kann Sie sofort erschießen, oder Sie schlucken eine Mixtur, und ich nehme Sie für ein paar Tage in Gewahrsam. Da ich meine Waffe noch nicht benutzt habe, können Sie sich denken, daß ich letzteres vorziehe. Kugeln sind phantasielos und fügen dem Fleisch beträchtlichen Schaden zu. Außerdem erzeugen sie einen gewissen Lärm, der mein persönliches Risiko erhöhen würde. Das mag Ihnen zusagen, aber Sie wären unfähig, meine Verhaftung zu genießen. Also gebe ich Ihnen einen guten Rat – nehmen Sie das Schlafmittel.»

Sein grotesker Auftritt und die dramatischen Worte verschlugen mir zunächst die Sprache. Minutenlang starrte ich ihn an, ehe ich hervorwürgte: «Wer sind Sie?»

«Wenn ich mein Inkognito lüfte, kann ich Sie später nicht laufenlassen, Miss Russell.»

«Erwarten Sie, daß ich fügsam Ihr Gift schlucke und Ihnen alle Mühe erspare?»

«Also wählen Sie die Kugel? Eine unwiderrufliche Entscheidung, keine Chance zur Flucht, keine Gelegenheit, ihre Gefängniswärter zu becircen oder mich umzustimmen ...» Er entsicherte den Revolver.

«Nein, warten Sie!» Es ist sehr schwierig, klar zu denken, während man in eine schwarze Mündung starrt. Allem Anschein nach besaß dieser Killer eine gewisse Kultur, die seine vulgäre Herkunft übertünchte. Nur ein Mann, der schwielige Hände fürchtete, vertraute sich einer Maniküre an. Immerhin – zu seiner Brutalität gesellte sich ein gewisser Verstand, keine angenehme Kombination. «Wie setzt sich diese Mixtur zusammen?»

«Das sagte ich bereits – ein gebräuchliches Schlafmittel, in Cognac aufgelöst. Übrigens, es ist ein anständiger Cognac, falls Sie Wert darauf legen. Sie werden riechen, als hätten Sie sich betrunken, und drei oder vier Stunden schlafen, vielleicht etwas länger, je nachdem, wie Sie auf die Droge reagieren. Jetzt haben Sie noch eine Minute Zeit, um einen Entschluß zu fassen.» Gelassen lehnte er an der Tür des Abteils.

«Warum?» fragte ich verzweifelt.

«Weil wir Sie für einige Zeit aus dem Verkehr ziehen müssen. Wir hatten erwogen, Sie einfach nur zu entführen, einen Sack über Ihren Kopf zu stülpen und ein chloroformiertes Tuch auf Ihr Gesicht zu pressen. Oder vielleicht eine Injektion, inmitten einer größeren Menschenmenge. Aber Ihre kleine Demonstration gestern abend hat uns gewarnt. Seither wissen wir, wie gut Sie die Kunst der Selbstverteidigung beherrschen. Deshalb beschlossen wir, nicht mehr in der Öffentlichkeit an Sie heranzutreten, wo ein längerer Kampf Aufmerksamkeit erregen könnte.»

Lüge und Wahrheit, bunt gemischt. Was die Mixtur betraf, sagte er vermutlich die Wahrheit. Und das galt wohl auch für seine Absicht, mich gefangenzuhalten. Andererseits belog er mich, wenn er behauptete, er würde mich freilassen. Ich glaubte ihn zu kennen, obwohl ich ihm noch nie begegnet war. Einen solchen Mann hatte Ronnie beschrieben. Unter diesen Umständen fand ich ihn zwar keineswegs «umwerfend», doch ich bezweifelte nicht, daß mir Margery Childes südländischer Gangster gegenüberstand. Noch nie hatte ich mich so einsam gefühlt.

«Dreißig Sekunden», verkündete er, ohne eine Uhr zu konsultieren.

Vielleicht – wenn er ein bißchen näher zu mir kam ... Ich nickte kühl und streckte meine Hand aus.

Da griff er in seine Innentasche und zog ein verziertes Silberfläschchen hervor. Aber er brachte es nicht wie erhofft zu mir, sondern warf es auf den Nebensitz. Ich legte mein Tuch beiseite und umfaßte das Fläschchen, das der Körper des Mannes erwärmt hatte, schraubte den Verschluß ab und schnüffelte – Cognac und noch etwas. Jedenfalls keine Bittermandeln, auch kein anderes Gift, das seinen Geruch verströmte. Ich hob die Flaschenöffnung an meine Lippen, benetzte die Zunge und nahm kein Gift wahr, aber einen vertrauten bitteren Beigeschmack, der mich an Krankenhäuser erinnerte.

Diesen Geschmack kannte ich, und alle Sinne sträubten sich dagegen, mein Körper und meine Seele. Der Gedanke, daß ich mich diesem Killer bewußtlos ausliefern würde, war unerträglich. Plante er die Waffe zu benutzen, oder bluffte er nur? Ein Versuch, in diesem kleinen Abteil mit ihm zu kämpfen, wäre Selbstmord. Was sollte ich wählen, die Kugel oder das Gift? Von Giften verstand ich genug, um zu wissen, daß dieses Fläschchen weder Arsen noch Strychnin enthielt, aber es gab hundert andere Substanzen, von Aconitin, das schon in geringer Dosis tödlich wirkte, bis zu ...

«Zehn Sekunden.»

Sollte ich so schnell wie möglich vergiftet werden? Dann müßte die Substanz ihre Wirkung ausüben, bevor der Zug seine Endstation in Oxford erreichte. Wenn ich dann noch lebte, war ich vielleicht gerettet. Zumindest konnte ich der Polizei wertvolle Hinweise geben, und die Beamten würden der Spur des

Killers folgen. Aber letzten Endes wurde meine Entscheidung nicht von logischen Überlegungen beeinflußt, sondern von der irrationalen Überzeugung, der Mann hätte wenigstens teilweise die Wahrheit gesagt und eine Gefangenschaft wäre dem Tod vorzuziehen. Während die Revolvermündung bereits auf mich zielte, nahm ich einen großen Schluck.

«Trinken Sie alles!» befahl er. Ich gehorchte und hustete. In meinen Augen brannten Tränen.

Dann drehte ich das Fläschchen um und demonstrierte, daß es leer war. Nur ein Tropfen fiel heraus. Doch darauf achtete er nicht.

«Legen Sie die Flasche auf den Sitz, und entspannen Sie sich. Es dauert nur ein paar Minuten.»

Mit dem Rücken zur Tür blieb er stehen. Ich saß da, starrte ihn an, und nach ein paar Meilen fühlte ich mich wie in einem der avantgardistischen französischen Theaterstücke, die neuerdings so populär waren. Vielleicht ist dies der richtige Augenblick, um einen originellen Kommentar über meinen linken Zehennagel oder das Alter der Sonne abzugeben, dachte ich voller Galgenhumor. Und in der nächsten Sekunde spürte ich das erste Zittern einer drohenden Ohnmacht, während die Droge mein Nervensystem durchdrang.

Eine Bewegung hinter meinem Peiniger ermutigte mich, und mein Herz schlug schneller vor Freude, bis ich über der Tweedschulter ein zweites Gesicht mit falschem Bart sah. Ärgerlich und enttäuscht wollte ich mich über die phantasielose Tarnung beklagen, doch zu meinem Entsetzen brachte ich nur ein unverständliches Gestammel hervor. Ein Neuankömmling musterte mich. Wie aus weiter Ferne drang seine Stimme in mein Ohr. «Schläft sie noch nicht?»

«In einer Minute. Jetzt dauert es nicht mehr lange ...» Die Wände des Abteils rückten näher, die Gepäckablage und Sitze verschwanden. Schließlich sah ich nur noch die beiden Gestalten in der Tür, zwei Köpfe und einen Oberkörper – und dann nichts mehr außer der winzigen Narbe über dem Schnurrbart meines

Angreifers. In meinem Gehirn dröhnten seine letzten Worte – *nicht mehr lange* – und löschten alle Gedanken aus.

■

Als ich zu mir kam, war ich blind. Eine qualvolle Übelkeit erfaßte meinen Körper. Verständlicherweise übergab ich mich, und ich fror erbärmlich auf einer kalten, harten Fläche. Stöhnend drehte ich mich zur Seite, um der unangenehmen Situation zu entrinnen. Da erkannte ich, daß ich auf einem Steinboden lag. Blind und elend, bis auf die Unterwäsche ausgezogen, dachte ich, immer noch benommen: Mary Russell, das alles ist sehr unerfreulich. Ich legte mein heißes Gesicht auf den kühlen Stein und hatte das Gefühl, mein Gehirn würde nicht mehr funktionieren.

Immer noch blind, immer noch halb nackt, erwachte ich ein zweites Mal und fühlte mich genauso miserabel. Aber ich erbrach nicht mehr, obwohl mich ein scharfer Geruch und ein fauliger Geschmack dazu verleiteten. Kraftlos strich ich mir das wirre Haar aus dem Gesicht und versuchte automatisch, meine Brille hochzuschieben, aber sie war nicht da. Dann richtete ich mich mühsam auf, was ich sofort bereute. Mein Kopf dröhnte, mein Magen rebellierte, das Dunkel schien sich noch zu verdichten. Trotzdem blieb ich sitzen, und allmählich erholte ich mich.

Ich lebte. Immerhin. In der Finsternis, an einem unbekannten Ort, aus unbekannten Gründen gefangengehalten, von einer unbekannten Zahl gefährlicher Feinde, nur mit Unterhose und Hemd bekleidet, ohne Brille und Haarnadeln, die ich als Waffen benutzen könnte. Aber ich lebte.

Das beruhigte mich nicht sonderlich. Den Kopf in die Hände gestützt, saß ich auf dem Steinboden und bemühte mich, trotz der pochenden Schmerzen nachzudenken. Nach einer halben Stunde hatte ich zwei Schlüsse gezogen: Erstens, mein Widersacher war ein erstaunlich intelligenter, tüchtiger und mutiger Mann, dessen Manieren den Exsträfling nicht verrieten, und deshalb gehörte er wohl zu den erfolgreichen, polizeibekannten

Verbrechern. Wenn man wußte, wo man suchen mußte, dürfte er nicht schwer zu finden sein – vorausgesetzt, ich konnte seinen Klauen entkommen und die Beamten informieren. Zweitens konzentrierte ich mich auf eine beiläufige Bemerkung, Kugeln seien phantasielos. Diesen Worten entnahm ich, daß er mich nicht nur in diesem schwarzen Loch festhalten wollte, sondern irgend etwas mit mir vorhatte. Kein angenehmer Gedanke ...

Da ich ihn weder persönlich noch vom Hörensagen kannte, ergab sich eine andere Frage: Für wen oder mit wem arbeitete er? Wer hatte ihn beauftragt, mich so effizient und skrupellos zu überwältigen und in dieses Verlies zu werfen? Irgendwie mußte es mit dem Tempel zusammenhängen. Aber für diese Annahme gab es keinen Grund, und mein Lebensstil war kompliziert genug, um andere Möglichkeiten anzubieten. Eine Stimme aus der Vergangenheit? Rache für Erfolge, die Holmes und ich vor langer Zeit erzielt hatten? Oder sollte ich nur als Schachfigur dienen und Holmes in eine Falle locken? Meine Gedanken klammerten sich an einzelne Anhaltspunkte, gingen verschlungene Wege, drangen in fernere Bereiche der Realität vor. Gewiß, Marie haßte mich, und ich traute ihr solche Maßnahmen durchaus zu. Andererseits vermutete ich, sie würde mich eher von einem Lastwagen überrollen oder erschießen lassen. Vielleicht war ich von einem Amerikaner gekidnappt worden, der mit seinen Kollegen nach Berlin reiste und die Präsentation meines Essays verhindern wollte. Ein akademischer Rivale von Duncan, eifrig bestrebt, uns beide zu ruinieren? Oder – meine Tante! Versuchte sie das Testament anzufechten, indem sie mich in den Wahnsinn trieb? Wenn sie bewies, daß ich unfähig sei, das Vermögen meines Vaters zu verwalten, würde alles wieder in ihre Hände fallen – und ich auch ...

Diese Überlegung holte mich auf den Boden der Tatsachen zurück. Mochte die Tante auch nach meinem Erbe trachten – sie besaß weder den nötigen Verstand noch den geeigneten Bekanntenkreis, um einen so komplizierten Plan durchzuführen. Wenn ich eine solche Möglichkeit ernsthaft erwog, war ich wirklich nicht ganz bei Sinnen. Ich schüttelte den Kopf, um die Nebel aus meinem Gehirn zu verscheuchen, verfluchte mein zerzaustes Haar und zwang mich aufzustehen. Mit diesen absurden Gedankenspielen durfte ich keine Zeit mehr vergeuden. Statt dessen mußte ich herausfinden, wo ich festgehalten wurde, und so bald wie möglich einen Fluchtversuch unternehmen.

In meinem Gefängnis war es kalt, aber nicht eisig, und so finster, daß ich nicht die Hand vor Augen sehen konnte. Unebene Steine pflasterten den Boden, und der Raum erschien mir ziemlich groß. Um diesen Eindruck zu bestätigen, räusperte ich mich. «Hallo?» rief ich, wobei ich keine Antwort erwartete, sondern nur das Echo erforschen wollte. «Hallo? Ist da jemand?»

Die Decke konnte nicht besonders hoch sein, und ich stand nicht allzuweit von den Wänden entfernt. Vorsichtig setzte ich einen Fuß vor den anderen. Dann blieb ich stehen, bis der dumpfe Druck in meinem Kopf nachließ. Die Hände ausgestreckt, ging ich weiter. Ich wußte nicht, welche Strecke ich zurückgelegt hatte, vor meinen Augen war nur dichtes Schwarz, mir gruselte vor Spinnweben und Ratten, und ich fürchtete mich vor lauernden Händen, die nach mir greifen mochten. Als meine Finger endlich kalten Stein berührten, wie ein schiffbrüchiger Seefahrer, der den ersehnten Strand erreicht, hätte ich am liebsten die ganze Mauer umarmt.

Wie meine forschenden Fingerspitzen verrieten, bestand sie nicht aus Ziegeln. Große Steinblöcke, sorgsam aneinandergefügt. Erst wandte ich mich nach links, dann besann ich mich anders, und meine linke Hand folgte der rechten, während ich mich langsam an der Mauer entlangtastete, Zentimeter um Zentimeter, bis ich eine zweite Wand erreichte. Zusammen mit der ersten schien sie einen rechten Winkel zu bilden.

Diese Wand tätschelte ich wie einen freundlichen Hund, ehe ich den Weg zurückging, den ich gekommen war, und die Maße meines Gefängnisses ergründete. Meine Füße waren knapp siebenundzwanzig Zentimeter lang. Zweiunddreißigmal konnte ich sie voreinandersetzen, ehe ich die nächste Ecke erreichte, also mußte die Wand über achteinhalb Meter lang sein. Ich tappte weiter in die linke Richtung, und nach etwa zweieinhalb Metern stolperte ich über einen Haufen.

Zum Glück war es keine Leiche. Zwei vermoderte Strohsäcke lagen nebeneinander. Vorsichtig glitten meine Finger umher und berührten eine seltsame glatte Kugel. Als ich sie anfaßte, schwankte sie. Ich hob sie auf, erforschte sie mit der linken Hand und entfernte den Stöpsel eines Flaschenkürbisses. Darin gluckste schales und doch unendlich süßes Wasser. Aber ich widerstand der Versuchung, alles auf einmal in meine trockene Kehle zu schütten, und nahm nur einen einzigen winzigen Schluck.

Den Kürbis an meine Brust gepreßt, strich ich wieder über den Boden und fand einen weiteren glatten, diesmal vertrauten Gegenstand – einen kleinen Brotlaib. Ich setzte mich, an die Strohsäcke gelehnt, und umklammerte meine Reichtümer. Nach ein paar Minuten fühlte ich mich lächerlich. Ich trank noch ein wenig Wasser, biß von dem Brot ab (zäh und geschmacklos, ohne Salz oder Zucker). Dann zwang ich mich, meine Schätze hinzulegen, so schwer es mir auch fiel. Ich mußte meine Entdekkungsreise beenden.

Nach dem Rundgang fand ich mein Lager und die Vorräte genau da, wo ich sie zurückgelassen hatte, zweieinhalb Meter von der zweiten Ecke entfernt. Erleichtert atmete ich auf. Mein Gefängnis maß etwa achteinhalb mal achtzehn Meter. Es gab keine Fenster, nicht einmal zugemauerte, nur eine massive Tür in der Wand gegenüber meinem Lager, so unbezwinglich wie die Steine, die sie umrahmten. Auch die hohe Decke mußte, dem Echo zufolge, aus Stein oder Ziegeln bestehen. Ein Weinkeller, überlegte ich, nicht gewölbt, mit konstanter Temperatur, ohne Vibrationen.

Und ein Weinkeller konnte nur in einem großen Haus liegen. Wäre ich in eine Stadt oder Kleinstadt geraten, müßte das Gepolter von rollenden Rädern oder Hufen auf Pflastersteinen herabdringen, nicht in Form von Geräuschen, aber ich würde zumindest die Erschütterung spüren. Also saß ich im Keller eines Landhauses gefangen. Vorerst nutzte mir diese Erkenntnis nichts, aber möglicherweise würde sie mir später weiterhelfen.

Noch etwas hatte ich herausgefunden. Man wollte mich nicht verhungern lassen. Wenn man einen Gefangenen einsperrte, um ihn zu vergessen, versorgte man ihn nicht mit Wasser und Brot. Bald würden sie zu mir kommen, wer immer «sie» auch waren – und welche phantasievolle Tortur sie auch planen mochten.

An die Strohsäcke gekuschelt, hielt ich mit einer Hand den Kürbis fest, mit der anderen den Brotlaib. Eine Zeitlang schlief ich, und als ich erwachte, immer noch blind, erfaßte mich die klaustrophobische Angst, ich wäre lebendig begraben.

Ich stand auf und tastete mich zur nächsten Ecke. Allmählich gewöhnte ich mich an die schwarze Finsternis, denn das Echo der Schritte verriet meinen Ohren, wann ich mich einer Wand näherte. Hatte Holmes mit einer undurchsichtigen Brille trainiert, um sich auf solche Situationen vorzubereiten? Entschlossen ging ich ins Leere, einen vorsichtigen Schritt nach dem anderen. Über mir nichts, vor mir nichts, am Boden Staub und Kies.

Schließlich kehrte ich zu den Strohsäcken zurück, um zu frühstücken. Bei meiner Wanderung hatte ich ein halbes Dutzend kleine Kieselsteine, ein paar Holzsplitter, Porzellan- und Glasscherben gefunden. Das alles versteckte ich jetzt unter meinem Lager. Außerdem hatte ich – wie erwartet – den ersten Stützpfeiler der hohen Decke aufgespürt. Zwei oder drei mußte es noch geben. Für mich waren sie nur von Interesse, weil ich mich dahinter verstecken konnte. Viel tiefer beeindruckte mich die Vision, die vor meinem geistigen Auge erschienen war, kurz vor meiner Begegnung mit dem dicken Pfeiler. Sekundenlang hatte mich Holmes sicheren Schrittes durch den dichten Nebel geführt.

Ich aß einen Teil des geschmacklosen Brots und trank etwas Wasser, ehe ich weitere Nachforschungen anstellte. Bald fand ich den zweiten Pfeiler, aber keinen dritten. Als ich diesmal zu den Strohsäcken zurückging, ahnte ich, wo sie lagen – nicht genau, und ich vertraute meinem Gespür zu wenig, um einfach auf das Lager zu sinken. Aber ich folgte meinem Instinkt mit Bedacht, und er trog mich nicht. Inzwischen hatte sich meine Sammlung vergrößert. Ich besaß zwei walnußgroße Steine, eine Handvoll kleinere, einen Hornknopf und – welch ein Schatz – einen verbogenen, etwa sechs Zentimeter langen Nagel. Auch diese Dinge verschwanden unter den Strohsäcken. Dann besann ich mich anders, holte die Hälfte wieder hervor, trug sie in eine Ecke und schob sie in eine Ritze, dicht über dem Boden. Danach rückte ich meine imaginäre Brille zurecht und setzte mich auf die Strohsäcke.

Wie lange war ich schon hier? Der bärtige Killer hatte erklärt, die Wirkung der Droge würde drei oder vier Stunden anhalten. Aber ich wußte nicht, wie lange die Männer gebraucht hatten, um mich hierherzubringen. Vier Stunden bewußtlos, eine halbe Stunde Schlaf, nachdem mir übel gewesen war. Ungefähr eine Dreiviertelstunde, die ich benötigt hatte, um mein Gefängnis zu erforschen ... Also mußten acht bis zehn Stunden verstrichen sein, seit ich das Silberfläschchen geleert hatte. Sonntag morgen – doch es kam mir viel später vor.

Wann würden sie zurückkehren?

Als ich wieder nach dem Wasserkürbis griff, spürte ich in der linken Armbeuge einen leichten Schmerz – nicht von der Schnittwunde, die man offenbar frisch verbunden hatte. Da mir ohnehin alles weh tat, hatte ich diese kleine Verletzung bisher nicht bemerkt. Nun untersuchte ich sie mit den Fingerspitzen der rechten Hand, und einige Sekunden später wußte ich, was ich bei hellem Tageslicht sehen würde – eine winzige rötliche Geschwulst, mit einem Einstich in der Mitte.

Jemand hatte mir eine Injektion verpaßt, direkt in eine Ader, oder Blut abgenommen. Letzteres erschien mir zweifelhaft, aber was war mir injiziert worden? Ein zweites Schlafmittel? Wenn ja, warum in die Ader? Wie lange hatte ich geschlafen? Was zum Teufel ging hier vor?

Nicht nur meine Augen sind blind, dachte ich. Irgendwie

hing das alles mit Margery Childe zusammen. Soviel stand fest. Ansonsten tappte ich im dunkeln. Steckte Margery hinter meiner Gefangenschaft? Oder hatte man mich aus ihrer Nähe entfernt, damit ich keinen weiteren Mordanschlag verhindern konnte? Nein, ich hatte sie ohnehin verlassen, um nach Oxford zu fahren. Sollte ich freigelassen werden, so wie es mein Entführer angekündigt hatte, weil man mir die Schuld an ihrem Tod in die Schuhe schieben wollte? Oder würde man zwei Leichen finden, mit irreführenden Hinweisen für die Polizei? Und es gab noch eine dritte Möglichkeit: Man ließ mich einfach laufen, weil man mich für harmlos hielt – für unfähig, den Kidnapper zu identifizieren.

Weil mein Augenlicht nicht mehr existierte?

Plötzlich erfaßte mich das ganze Grauen der Finsternis. War ich tatsächlich erblindet? Hatte ich die Wände im hellen Licht einer Glühbirne abgetastet? War ich beobachtet worden, von Leuten, die hoch oben an einem Fenster gesessen und die Possen einer halbnackten Verrückten mit wild zerzaustem Haar verfolgt hatten? Wie amüsant mußte es gewesen sein, als ich den Wasserkürbis und das altbackene Brot umklammert hatte und dann zur Ecke aufgebrochen war, um einen Teil meiner armseligen Schätze in der Ritze zu verstecken ...

Plötzlich spürte ich Vibrationen in der Stille, im Steinboden unter meinen Füßen, in der Luft an meinen Wangen. Ich legte den Kürbis an die Stelle, wo ich ihn gefunden hatte, und drehte den Brotlaib herum, so daß er seine unversehrte Seite der Tür zuwandte. Dann streckte ich mich aus, in der Haltung einer Leiche.

Ein Schloß klirrte, ein Riegel knarrte und noch einer, Türangeln knirschten und – Licht! Himmlisches, tanzendes, blendendes Licht. Und ein Fluch. Ohne sichtbar zu atmen, spannte ich alle Muskeln an, um aufzuspringen. Flache, hastige Atemzüge. Schritte näherten sich.

«Macht die Tür zu.»

Die Stimme meines Entführers, immer noch vom falschen Bart gedämpft.

Wieder knirschten Angeln, die Tür krachte dumpf. Auf dem

Steinboden scharrten Stiefel. Das Licht schwankte heran, meine Lider färbten sich rötlich. Blitzschnell sprang ich auf, schlug dem Mann die Laterne aus der Hand, stürmte zur Tür und packte den Knauf, bevor mein Kopf schmerzhaft zurückgerissen wurde. Ich sank auf die Knie, meine Faust traf den Mann, und er stöhnte, aber er ließ mein Haar nicht los. Und dann fielen sie alle über mich her.

«Schlagt sie nicht!» befahl der Anführer. Sie gehorchten und drängten mich nur an die Wand. Brennend stach das Licht der Taschenlampe in meine Augen.

«Haltet sie fest!» Zunächst dachte ich an die naheliegende Gefahr, die mir drohte. Doch ich erkannte schon nach wenigen Sekunden, daß meine Feinde andere Absichten hegten. Der Mann, der meinen linken Arm umklammerte, zog mein Handgelenk hoch und preßte meine Schulter an die Mauer.

«Bringt die andere Lampe!» Sobald ich sah, was mein Kidnapper aus seiner Tasche holte, begann ich zu toben. Beinahe hätte ich mich befreit. Der Kampf fand erst ein Ende, als mich drei bärenstarke Männer – zerschunden, gebissen und blutend – zu Boden drückten. Da mir der Anführer Mund und Nase zuhielt, konnte ich kaum atmen. Vergeblich versuchte ich, in seine Finger zu beißen. Der Raum verdunkelte sich. Kurz bevor mir die Sinne schwanden, entfernte der Schurke seine Hand, und während ich verzweifelt nach Luft rang, machte er sich an die Arbeit.

Nie zuvor war ich der unerbittlichen Macht kräftiger Männer ausgeliefert gewesen. Zutiefst gedemütigt, in fast panischem Entsetzen konnte ich nur zusehen, wie der Mann ein Seidentuch um meinen Oberarm schlang und grausam fest verknotete. Ein schwarzes Samtetui enthielt eine bereits gefüllte Injektionsspritze. Mit fachmännischen Fingern tastete er meine Armbeuge ab, und die Nadel stach direkt in eine Ader.

Dann löste er das Seidentuch von meinem Arm, trat zurück, und mein Körper explodierte. Jede einzelne Zelle erwachte, schrie auf, erkannte die Substanz wieder, die in meine Adern strömte, und sonderbare Gefühle überfluteten mich wie riesige, langsame elektrische Wellen. Was mich vom Scheitel bis zur Sohle erzittern ließ, kann ich nur als Ekstase bezeichnen. Es schien meine Seele bis ins Innerste zu durchdringen und zu zerreißen. Etwa eine Minute lang erlebte ich ein zweifaches Bewußtsein, die simultane Wahrnehmung der jetzigen Ereignisse und jener anderen, die sechs Jahre und drei Monate früher stattgefunden hatten.

Unter meinem Rücken fühlte ich den Steinboden. Ich roch vergossenes Paraffin. Aus meiner Kehle rang sich ein Stöhnen, das sogar in meinen eigenen Ohren obszön klang, und die Männer lachten schallend. Während sie die Scherben der Lampe einsammelten und mein Erbrochenes wegwischten, machten sie alberne Witze.

Zur gleichen Zeit spürte ich, genauso lebhaft, das Bett im Krankenhaus unter meinem Körper. Der Geruch von Desinfektionsmitteln und Äther stieg mir in die Nase, Kittel raschelten, Stimmen stürmten auf mich ein – amerikanische Stimmen. Eine gebieterische amerikanische Männerstimme. Nicht mein Vater. Nie wieder mein Vater . . .

Mama? Doch das Wort verkrampfte sich zu tief in meinem Hals, um seinen Weg nach oben zu finden. Ringsum Worte, gewichtige Worte. Wie Blasen glitten sie im Sumpf vager Geräusche empor, der mich einhüllte. *Arzt, Infektion, Fieber, Dosis, Schwäche.*

Irgendwo in diesem sauberen, hellen Raum übergab sich jemand. Ein anderer begann zu stöhnen, ein bebender Laut, der die Worte abschnitt und mit hastigem Rascheln ersetzte. Ein paar knappe Kommentare. Zu starkes Licht, zu grell und weiß. Überall weiße Schatten, gekrönt von dunkleren Flecken – Haare, Köpfe, Hände, die mich berührten. Ein Gesicht tauchte auf und fing zu sprechen an. Aber ich verstand nichts. Ich schloß die Augen. Wie ein Dämon überwältigte mich der Schmerz, nahm mich in Besitz, die Hüften und die Brust und den Kopf. Noch ein Stöhnen, diesmal schriller. Kühle, flinke Hände, ärgerliches Stimmengewirr, ein abrupter Stich in meinen Oberarm, dann ein schwankendes Gefühl, als würde der Raum zerschmelzen – wie ein Zelluloidfilm vor der heißen Lampe des Projektors, ehe er sich kräuselte und auflöste.

Wieder im dunklen Keller, erbrach ich über dem Eimer, den ich zwischen meinen Händen fand. Riegel knarrten und hinterließen ihren Widerhall. Einsam blieb ich in meiner schwarzen Welt zurück, auf dem kalten Steinboden. Sobald das Echo verklang, herrschte Grabesstille, und ich hörte nur meine qualvollen Atemzüge, das Dröhnen in meinen Schläfen. Ich tastete den Boden ab, bis ich die Strohsäcke entdeckte, legte mich hin und versuchte in wilden Wirbelstürmen irgend etwas zu finden, das mir glich. Nur ein einziger Gedanke nahm Gestalt an, und er paßte sehr gut zu meiner Situation – Hiob.

«Und in der Finsternis ist mein Bett gemacht», sagte ich laut und fing beängstigend zu kichern an. Nach einer Weile senkte ich den Kopf und weinte.

■

Damals wußte ich noch nicht, was der Killer mir injiziert hatte. Aber es erinnerte mich an die schmerzstillenden Mittel, die ich kannte, und ich hielt es für Morphium oder dessen stärkeres Derivat, Heroin. Allmählich erriet ich den Plan meines Gegners – sichere Anzeichen von Drogenkonsum, Nadelstiche in meinem Arm, Rauschgift in meinem Blut. Doch nun beschäftigten mich ähnliche Fragen wie zuvor. Sollten diese Spuren meine Zeugenaussage entkräften oder meinen Tod erklären? Eine dritte Möglichkeit ging mir durch den Sinn: Glaubte er, ich könnte heroinsüchtig werden, wenn er mir das Zeug regelmäßig verabreichte, und mich für seine niederträchtigen Zwecke einspannenlassen? Sogar in meinem benebelten Zustand hielt ich das für romantischen Unsinn, eine viktorianische Phantasiestory, so ähnlich wie die weiße Sklaverei. Aber vielleicht glaubte er an diese Möglichkeit, und ich beschloß, ihn darin zu bestärken.

Bis ich mir das alles überlegt hatte, dauerte es eine Weile. Anfangs lag ich einfach nur da und spuckte in den Eimer. Dann begann mein Gehirn wieder zu arbeiten, obwohl sich mein Körper sehr merkwürdig anfühlte.

Opiate erzeugen eine heftige Abneigung gegen irgendwelche Aktivitäten. Wenn es einem auch nicht sonderlich schwerfällt, die Prozeduren des Lebens zu bewältigen und zu denken (abgesehen von der ersten halben Stunde nach einer Injektion) – man *will* sich nicht bewegen oder essen oder denken. Im Grunde ist man sehr zufrieden mit dem Leben. Nur ein Tiefschlaf wäre noch besser.

Und so lag die einzige Hoffnung in meiner Willenskraft, im Kampf gegen den fast überwältigenden Wunsch, einzunicken und in Lethes verführerische Arme zu sinken. Taumelnd stand ich auf. Meine desinteressierten Gliedmaßen schleppten mich notgedrungen an den Gefängnismauern entlang, bis ich den Eindruck gewann, meine Beine würden wieder mir gehören. Und die Bewegung half mir ebenso wie die Gewißheit, im Dunkeln den Weg zu finden. Ich bestimmte die Zahl der Schritte, die ich für einen Rundgang brauchte, rechnete mir aus, wann ich eine Meile zurückgelegt hatte. Dreißig Rundgänge für eine Meile.

Nach zwei Meilen beschleunigte ich meine Schritte, ich hielt mich kaum noch an den Wänden fest. Nachdem ich das Training beendet hatte, schmerzte meine rechte Schulter, weil ich ein paarmal gegen die Mauern gestoßen war, und ein Zeh blutete. Aber meine Sohlen kannten den glatten Steinboden bei der Tür, die leichte Steigung in der Nordostecke (um mich irgendwie zu orientieren, hatte ich entschieden, die Tür müßte sich an der Südseite des Raums befinden).

Als ich auf mein Lager sank, fühlte ich mich immer noch seltsam, aber etwas besser. Ich trank Wasser und aß ein Stück Brot. Allmählich gerieten meine zahllosen Körperzellen wieder ins Gleichgewicht, mein Gehirn funktionierte einwandfrei, und ich lehnte mich an die Wand, um nachzudenken.

Ich dachte an Margery Childes Predigt über das Licht und die Liebe. Ich dachte an Miles Fitzwarren und fragte mich, welchen

Charakter er in Wirklichkeit besitzen mußte, um Veronicas bedingungslose Loyalität zu verdienen.

Ich dachte an das sonderbare, längst vergessene Fieber, das mich nach dem Unfall jahrelang heimgesucht hatte, an die Muskelkrämpfe und Krankheiten während des Heilungsprozesses, zu einem Zeitpunkt, wo ich bereits ohne die hohe Medikamentendosis ausgekommen war.

Ich dachte an Margery und überlegte, ob sie ihre Liebe an meinen Entführer verschwendete; ob ihr Durst – in jener Predigt erwähnt – von diesem cleveren, brutalen Mann gestillt wurde, der es offensichtlich genoß, seine Mitmenschen zu peinigen.

Ich dachte über das Entzücken der Mystiker nach, den Preis für die Ekstase. Ließen sich solche Emotionen mit den alltäglichen Leidenschaften schlichter Gemüter vergleichen?

Ich dachte an meine frühe Kindheit und fragte mich, was meine Mutter sagen würde, wenn sie ihre Tochter in diesem Keller sähe, wie mein Vater vor Zorn toben, wie mein Bruder Fluchtpläne schmieden mochte.

Ich dachte an Patrick und seine Freundin, bis der Duft von Tillies Brathuhn den Paraffingestank übertünchte.

Und ich dachte an Mrs. Hudson, ihr Teegebäck, an den Tag, wo sie mir gezeigt hatte, wie ich mich frisieren mußte.

Dann trank ich wieder aus der Kürbisflasche und verspeiste die Hälfte des restlichen Brotes. Zu meiner Freude entdeckte ich einen verschrumpelten kleinen Apfel, den irgend jemand in mein Verlies gebracht hatte, einen zweiten Eimer mit kaltem Wasser und einen Lappen aus Flanell.

Ich aß den Apfel mitsamt dem Gehäuse, wusch mich, fühlte mich stark und sauber, war wieder ich selbst.

Zwei Stunden später kehrten meine Feinde zurück, und alles begann wieder von vorn.

■

In diesem Rhythmus verlief mein Leben neun endlose Tage lang, und die Phase schien sich etwa vier dutzendmal zu wiederholen. Allmählich verlor ich mein Zeitgefühl. Ich wußte nur, wie viele Injektionen ich bekommen hatte, weil ich in der Südostecke Splitter und Steine sammelte, um die Anzahl zu markieren. Nach dem ersten Dutzend glaubte ich, meine Gefängniswärter würden mich immer öfter besuchen, erst alle sechs Stunden, dann alle fünf oder sogar vier.

Es gab keine Möglichkeit, die Stunden zu zählen, denn mein normalerweise intaktes Zeitgefühl wurde durch die Drogen beeinträchtigt, die man mir in immer kürzeren Abständen und immer höheren Dosen verabreichte. Gelegentlich hafteten den Schlägertypen gewisse Gerüche an. Gebratener Speck und Eier schienen auf einen Morgen außer Haus hinzuweisen, Bier auf einen Dämmerschoppen in irgendeinem Pub. Doch da war ich mir nicht sicher. Die Variationen meines Speiseplans folgten keinem bestimmten System. Manchmal wurde der Apfel durch eine rohe Möhre, eine Zwiebel oder drei gedörrte Aprikosen ersetzt, zweimal bekam ich ein Stück Käse, hin und wieder ein hartgekochtes Ei.

Nur ein einziges Mal nahm ich deutlich wahr, wie die Zeit verstrich. Als sich zwei Dutzend Steine angesammelt hatten, dachte ich in dumpfer Resignation an Oxford, an den Sitzungssaal, wo sich schwarzgewandete Männer und Frauen versammeln würden. Und ich war nicht da. Aber danach spielte es keine Rolle mehr, ob die Uhr in meinem Kopf tickte. Nach jeder Injektion fiel es mir schwerer, meine Runden zu drehen, mein Haar zu kämmen und mich zu waschen. Und ich mußte mich nicht mehr so krampfhaft beherrschen, um den Arm stillzuhalten, wenn mein Entführer die Nadel zückte. Wäre er jemals unvorsichtig geworden und ohne seine drei Schläger erschienen, hätte ich ihn sicher attackiert, doch dazu kam es nicht. Bald verlor das Brot, das sie mir brachten, seinen Reiz, und ich lebte nur von Wasser und den kleinen Extrarationen.

Die einzige Abwechslung boten mir das Essen und meine Gedanken. Zunächst zwang ich mich zu geistiger Gymnastik, deklamierte literarische Texte, löste mathematische Probleme und trainierte mein logisches Denkvermögen. Aber nach einigen Tagen funktionierte die Maschinerie in meinem Gehirn nur mehr sporadisch. Meistens dachte ich an viele unzusammenhängende Dinge. Zum Beispiel erinnerte ich mich glasklar an meine erste Mahlzeit mit Margery und ihre elegante Robe. Ich schmeckte den Honigwein, den Holmes mir an einem Frühlingstag in einem anderen Leben serviert hatte, entsann mich, wie Watson seine Frühstückseier köpfte und wie Lestrade sein Bier trank. Und ich dachte an die Mathematiklehrerin, die mit mir Tee getrunken und versucht hatte, mich umzubringen.

Aber mit der Zeit verblaßten diese Erinnerungen, und ich dachte fast nur noch an Holmes – an Holmes, den ich liebte. Meiner Würde und Sehkraft und wahrscheinlich auch meines Lebens beraubt, unterlag ich keiner Selbsttäuschung mehr. Ich liebte ihn, seit ich ihn kannte, und ich würde ihn bis zu meinem letzten Atemzug lieben.

War es die «große Liebe»? Ein lächerlicher Gedanke, den ich sofort verwarf. Die Zweifel und Glückstaumel einer übermächtigen Leidenschaft müssen allein schon ihrer Natur wegen unter dem grellen Licht alltäglicher Tatsachen verwelken.

Ergeht es einer tröstlichen, engagierten, besorgten wechselseitigen Liebe anders? Wieviel bedeuten die physischen Elemente? Welchen Platz nimmt das Verlangen des Körpers ein?

Als ich mir diese Frage stellte, wußte ich, daß ich mich niemals in einer «großen Liebe» verlieren könnte. Margery hatte mir vorgeworfen, ich sei kalt – mit Recht, aber auch zu Unrecht. Für mich war der Geist stets das wichtigste Organ der Liebe gewesen. Dies mag unnatürlich und absurd erscheinen, aber es ist meine feste Überzeugung: Ohne Intellekt gibt es keine Liebe.

Seit jenem Augenblick hinter dem Dach des Hansom, wo die letzte hartnäckige romantische Seifenblase zerplatzt war, suchte ich eine Alternative: Freiheit, akademische Leistungen, ein Regime der Frauen.

Seltsam – die Überlegungen, die Holmes von einer Heirat abhielten, spiegelten sich in mir selbst wider – in meinem Freiheitsdrang, meiner Ungeduld mit minderbegabten Köpfen, meiner totalen Unkonventionalität. Wie gräßlich wäre es, wenn ich mir jemanden aufhalste, den ich beschützen und verhätscheln müßte ... Allein schon deshalb könnte ich mich Margery Childe nicht anschließen, abgesehen von all den anderen Dingen.

Doch ich fand die Parallelen zwischen Holmes und mir nicht erstaunlich. Er war ein Teil meines Wesens. Wegen meines jugendlichen Alters bei der ersten Begegnung hatte keiner von uns die normalen Verteidigungsbastionen errichtet. Und jetzt, wo ich mich mit einundzwanzig Jahren zur Frau entwickelte, war es zu spät: Er hatte mich bereits in seiner Seele aufgenommen, ich ihn in meiner. Und weil er ein Teil von mir war, konnte ich ihn nicht mit heißer Leidenschaft lieben – ebenso wenig wie meinen Arm und meine Rückenmuskeln. Trotzdem gehört die körperliche Kasteiung nicht zum Judaismus. Es wäre falsch, ein Gottesgeschenk zurückzuweisen, man akzeptiert es als Schöpfungsakt und weiß es zu würdigen. Und so liebt man auch den Körper des anderen, mit all seinen Mängeln. Auf diese Weise konnte ich Holmes lieben. So schrecklich er mich auch ärgern mochte, er war ein Teil von mir. Ja, ich liebte ihn.

Keiner von uns war häuslich veranlagt. Wegen seines Wesens und der beruflichen Anforderungen hatte er sich nie von einer häuslichen Idylle einengen lassen und das Schicksal einer Ehe auch niemals wissentlich herausgefordert. Der einzigen Frau, die zu lieben er sich gestattet hatte, war die Unabhängigkeit ebenso wichtig gewesen wie mir: Irene Adler hatte ihn eine Zeitlang geliebt und dann weggeschickt. Und Mary Russell, eine junge Frau, eigenwillig und ebenso vom Freiheitsdrang besessen wie Holmes, genauso imstande, für sich selbst zu sorgen?

Intellektuell betrachtet, war es ein faszinierendes Problem, das mich tagelang beschäftigte. Dabei gelangte ich allmählich, unterbrochen von Drogen und Schlaf und wachsender Verwirrung, zu einer Einigung mit dem abwesenden Holmes.

Als dreißig Steine und Splitter in der Ecke lagen, bemerkte ich ein neues Element im Zyklus – gespannte Erwartung. Nach ein oder zwei Tagen steigerte sie sich zu offenkundiger Unrast – jedesmal, bevor mein Kidnapper eintrat. Ich spielte ihm keineswegs etwas vor, wenn ich eifrig aufstand und ins plötzliche Licht blinzelte, um ihn zu begrüßen.

Letzten Endes begann eine dritte Phase zwischen dem süßen Grauen des Gifts, das meine Adern durchströmte, und der Sehnsucht des Körpers nach dem nächsten Geschenk, ein Zustand der Gnade (in diesem Fall muß ich mich an das christliche Weltbild halten). Sobald die Wirkung der Droge nachließ, genoß ich eine kurzfristige Erholungspause. Ich aß, und eines Tages sprach ich zu meiner eigenen milden Verblüffung den traditionellen hebräischen Segen über dem Brot. Danach nutzte ich die Zeit, um die Dinge zu tun, die mich zu mir selbst zurückführten und meine Nerven beruhigten. In diesem Stadium saß mein Gefährte Holmes stets an meiner Seite, in der schwarzen, endlosen Nacht. Ich ging in meinem Keller umher, mied die Wände, wich den Pfeilern aus, als wanderte ich durch helles Tageslicht, wiederholte in Gedanken die Schachpartien mit Holmes, streitlustig und temperamentvoll, rezitierte Psalmen und die rituellen Gebete, die meine Mutter mir beigebracht hatte. Und hinter der Fassade des Wahnsinns wartete ich den richtigen Augenblick ab.

18

Dienstag, 1. Februar

Dein Ehmann ist dein Herr, ist dein Erhalter,
Dein Licht, dein Haupt, dein Fürst, er sorgt für dich
Und deinen Unterhalt, gibt seinen Leib
Mühselger Arbeit preis zu Land und Meer ...
Wenn du im Hause warm und sicher ruhst ...

WILLIAM SHAKESPEARE

Fünfundvierzig Steine und Splitter lagen in der Ecke, und die Sehnsucht nach dem sechsundvierzigsten quälte mich. Während ich die Schalen eines gummiartigen hartgekochten Eis zusammenfegte, erstarrte ich, denn ich nahm im Gebäude über mir eine ungewöhnliche Bewegung wahr. Allmählich, in den Phasen meines wachen Bewußtseins, hatte ich gelernt, die subtilen Vibrationen im Stein zu erkennen, die von fernen Schritten stammten, die schwache Bewegung der Wasserrohre in den Mauern und ganz selten das leise Summen einer menschlichen Stimme im Türspalt. Ich verspeiste das stumpfe Ende des Eis und rannte zu der aufschlußreichsten meiner vier Wände.

Ja, da rührte sich etwas. Die Steine zitterten fast unmerklich. Offenbar war die Organisation in eine Krise geraten. Ich lief zur Tür, wollte mein Ohr an den Spalt pressen, und da hörte ich das vertraute Geräusch von Schritten auf den Steinstufen. Ein einzelner Mann, der sich beeilte. Kam der Tod zu mir?

Ich floh in die Ecke, wo ich die größeren Steine verwahrte, sammelte sie ein, warf mich auf die Strohsäcke, holte die Steine und den Nagel hervor, mit dem ich ihre Kanten geschärft hatte. Wenig später knirschte der Schlüssel, die Riegel wurden zurückgeschoben, und ich wappnete mich für den letzten Kampf. Licht strömte herein, helleres Licht denn je – eine Glühbirne außerhalb der Tür. Erschrocken blinzelte ich eine verschwommene Silhouette an.

«Russell?» Mein Atem stockte. «Sind Sie da drin, Russell? Großer Gott, sie wurde hier gefangengehalten!» Seine Stimme klang heiser vor Verzweiflung. «Constable! Bringen Sie eine Taschenlampe herunter!»

«Holmes?» flüsterte ich. Die armseligen Steine, die Waffen für den Verteidigungskampf, landeten klirrend zu meinen Füßen.

«Russell! Alles in Ordnung? Ich kann Sie nicht sehen.»

«Vielleicht wollen Sie das gar nicht, Holmes», krächzte ich und wagte mich ins Licht, eine Hand vor den Augen, um sie vor dem grellen Licht zu schützen.

Die große, dunkle Gestalt stieß einen halberstickten Schrei aus und trat zu mir. Im selben Augenblick polterten die Stiefel des Polizisten auf der Treppe, und Holmes fuhr herum. «Nein, wir brauchen keine Taschenlampe, Constable. Bleiben Sie oben auf Ihrem Posten.» Er wartete, bis sich die Schritte entfernten, dann ging er an mir vorbei in mein Gefängnis, um das Lager, die Essensreste und die verstreuten Steine zu inspizieren. Nur widerstrebend wandte er sich mir zu und prüfte mit ausdruckslosen Augen den Zustand meiner Pupillen, das verfilzte Haar, die stinkenden Lumpen. Er griff nach meinem Arm, und ich zuckte zurück, als hätte er mich geschlagen.

Nun geduldete er sich eine Weile, ehe er seine Hand langsam ausstreckte, mein Handgelenk umfaßte und den Arm herumdrehte. Forschend betrachtete er meine Venen, und nach einigen Sekunden ließ er mich los. Seine einzige Reaktion war ein angespannter Kinnmuskel. Er schaute mir wieder ins Gesicht. «Kommen Sie allein zurecht, während ich ein paar Kleider für Sie hole?»

«Lassen Sie die Tür offen ...» Meine Stimme rang sich mühsam aus der Kehle und brach.

«Natürlich», versprach er und rannte leichtfüßig die Stufen hinauf. Drei Minuten später kehrte er zurück und sah mich neben der Tür kauern wie ein verschüchtertes Tier, das um seine Freiheit bangte. Er hielt mir eine Hose, ein Leinenhemd und Pantoffeln hin, und ich starrte das alles nur an. Offenbar mißverstand er mein Zögern. «Es wird einige Zeit dauern, bis wir Ihre eigenen Sachen finden.»

Da nahm ich die Kleidung entgegen, wobei ich es vermied, seine Hand zu berühren. Rasch wich ich ins Dunkel zurück und zog mich an. Das Hemd und die Hose rochen nach meinem Entführer. Beinahe glaubte ich seinen Körper zu berühren – eine eigenartige Intimität, aber sonderbarerweise nicht unangenehm. Dann straffte ich die Schultern und trat ins Licht. Als ich die beleuchtete Treppe hinaufstieg, fühlte ich mich wie eine Meerjungfrau, der man Beine geschenkt hatte.

Holmes eskortierte mich ins Haus. Kein einziges Mal faßte er mich an, führte mich nur durch seine Nähe, blieb verläßlich neben mir, wie einer meiner Stützpfeiler. Im Hauptflur eilte uns ein uniformierter Constable entgegen und starrte mich erschrocken an, bevor er sich zusammenriß und meinen Freund begrüßte. «Mr. Holmes, Sir, Inspector Dakins hat mich beauftragt, Sie zu fragen, ob die junge Lady die verhafteten Männer identifizieren könnte. Er glaubt, ein oder zwei sind uns entkommen, und es wäre hilfreich, wenn die junge Lady diese Leute beschreiben könnte. Falls sie's verkraften kann ...», fügte er skeptisch hinzu.

Wieder straffte ich die Schultern und spürte die rastlosen Finger, die auf meinen Nervenenden Klavier spielten. «Ja, ich fühle mich gut», versicherte ich mit einer fremden Stimme, die aus weiter Ferne heranzudringen schien.

«Das freut mich, Miss. Wenn Sie mir folgen würden ...»

Holmes wich mir nicht von der Seite, und ich spürte sogar seine Körperwärme. Aber wir streiften einander nicht. Ein Teil von mir begann sich aufzulösen, nicht nur wegen der Droge. Ohne Holmes' Beistand hätte ich die wissenden, anzüglichen Blicke der Schlägertypen (trotz der fehlenden falschen Bärte mühelos zu erkennen) und die neugierigen, mißbilligenden Mienen der Polizisten nicht ertragen. Und es wäre mir wohl kaum gelungen, meinen Entführer zu beschreiben (etwa 1,77 groß, hundertsiebzig Pfund, schwarzes Haar, eine kleine Narbe auf der rechten Oberlippe und in der linken Augenbraue, aus Yorkshire, in London aufgewachsen, mit französischem Akzent, mehrere Leberflecken, gewisse Fähigkeiten und Gewohnheiten, die ich beobachtet hatte). Ich hätte es auch nicht geschafft, zur Tür hinauszugehen und die Treppe zu einem anonymen Gästezimmer hinaufzusteigen. Geduldig wartete ich, während der Constable ein Tablett mit Tee, Biskuits, Käse und reifen, frischen Äpfeln hereintrug und ungeschickt auf einen Tisch stellte. Holmes scheuchte ihn hinaus, füllte eine Tasse und brachte sie zum Fenster. Dort stand ich, das Gesicht an die Scheibe gepreßt, und genoß die wundervolle Aussicht auf eine verregnete Hügellandschaft. Die Intensität des grünen Rasens unter dem grauen Himmel wirkte fast beängstigend und schmerzte in meinen Augen. Eine Zeitlang harrte Holmes neben mir aus, bevor er die Tasse auf einen polierten Tisch stellte. Dann griff er an mir vorbei und öffnete das Fenster. Süße, kühle Luft hüllte mich ein, eine fast greifbare Substanz, die mein Gesicht und mein Haar streichelte.

«Wie spät ist es?» fragte ich.

Seine Uhr schabte an der Münze, die stets in seiner Tasche steckte – ein leises, metallisches Geräusch. Tausendmal hatte ich es gehört und gedacht, ich würde es nie mehr vernehmen. «Zwölf Minuten nach elf.»

Zum erstenmal seit vielen Tagen registrierte ich, wie die Sonne über den Himmel wanderte. Holmes drückte die Tasse in meine Hand und nahm sie mir sofort wieder weg. Sonst wäre sie aus dem Fenster gefallen. Er stellte sie aufs Tablett, verrührte drei Löffel Zucker darin und kehrte zu mir zurück, hielt sie mir an die Lippen, und ich trank. Als sie leer war bis auf den nassen Zuckerrest, schloß er das Fenster und geleitete mich zu einem Sessel vor dem Kaminfeuer. Von hier aus schaute ich immer noch aus dem Fenster, und ich konnte meine zweite Tasse Tee selber halten. Aber die gräßlichen glasierten Biskuits, die er mir aufzudrängen versuchte, wies ich zurück. Und dann gähnte ich so herzhaft, daß mein Kiefer knackte.

«Wann haben Sie das letzte Mal gegessen?»

«Keine Ahnung. Allzu lange ist es nicht her. Ich bin nicht hungrig.»

«Sobald Sie sich ausgeruht haben, will Inspector Dakins Sie verhören.»

«Großer Gott, nicht heute!»

«Darauf wird er bestehen. Es sei denn, Sie liegen bewußtlos im Krankenhaus.»

«Vielleicht läßt sich das arrangieren», stöhnte ich, und seine Miene erhellte sich ein wenig. Erst jetzt bemerkte ich seine äußere Erscheinung – eingefallene, aschgraue, schlechtrasierte Wangen. Sogar sein Hemdkragen sah müde aus, ein höchst ungewöhnlicher Anblick. Ehe ich einen Kommentar dazu abgeben konnte, verschwand er im Nebenraum. Ein Boiler flammte auf, Wasser rauschte in eine Wanne.

In einer blumig duftenden Dampfwolke kehrte er zurück. «Kommen Sie allein zurecht?»

«Ja. Mir geht's gut, Holmes, ich fühle mich nur ein bißchen fiebrig.»

«Soll ich hierbleiben oder Ihre Kleider suchen?»

«Wirklich, mit mir ist alles in Ordnung. Bitte, holen Sie meine Kleider.» Ich beschrieb, was ich getragen hatte. «Und meine Brille. Aber – sperren Sie die Tür nicht zu.»

Dies war ein Eingeständnis, doch er wies mich nicht darauf hin und sagte nur: «Nein.»

Im Badezimmer starrte ich die Tür an. Dann zwang ich mich, sie zu schließen, ohne den Schlüssel herumzudrehen. Ich legte ihn auf den Fliesenboden, zog mich aus, stopfte die schmutzige Unterwäsche und die Sachen meines Entführers in den Mülleimer und versank im heißen, schaumbedeckten Wasser. Allzu gründlich mochte ich meinen Körper nicht inspizieren. Doch ich sah, daß die Schnittwunde an meinem Arm (die ich mir in einem anderen Leben eingehandelt hatte, um Margery zu verteidigen) endlich verheilt war und nur mehr eine rosa Linie bildete.

Die Hitze half mir, mich zu entspannen. Trotzdem zuckte ich zusammen, als Schritte im Nebenzimmer erklangen. «Russell? Darf ich reinkommen?»

Natürlich – deshalb hatte Holmes so großzügig Badesalz in die Badewanne gestreut. Unter dem dicken Schaum war mein Körper nicht zu sehen. Ich erlaubte ihm einzutreten. Sorgsam breitete er vertraute Kleidungsstücke über den Toilettentisch.

Meine Brille landete auf einem Stuhl in meiner Reichweite. In einer Schublade fand er einen Silberkamm, den er zu den Kleidern legte.

«Holmes?» rief ich, als er sich zur Tür wandte. «Wie lange war ich gefangen?»

«Am 22. Januar wurden Sie aus dem Zug entführt. Heute ist der 1. Februar.» Er wartete ab, ob ich weitere Fragen stellen würde. Schließlich ging er hinaus.

Er blieb im Nebenraum, obwohl ich wußte, daß er lieber die Gangster und Dienstboten verhört und Spuren gesichert hätte, die der Polizei womöglich entgingen oder vernichtet wurden. Zweimal hörte ich ein Klopfen und kurze Gespräche im Korridor, immer wieder klirrte eine Teetasse. Ich schrubbte meinen Körper ab, seifte mein Haar mehrmals ein, bis die verfilzte Masse endlich sauber war, und ließ heißes Wasser nachlaufen – vergeblich. Sobald ich den Stöpsel aus dem Abfluß gezogen hatte und aus der Wanne stieg, begann ich heftig zu erschauern. Die vertraute Kleidung beruhigte mich ein wenig, ebenso die Brille, die mir die Welt in klarem, hellem Licht zeigte. Aber ich fröstelte immer noch. Den geliehenen Kamm in der Hand, ging ich ins Nebenzimmer. Holmes blickte von einem Buch auf.

«Könnten Sie das Feuer schüren?» bat ich mit klappernden Zähnen. «Sonst wird mein Haar nicht trocken.»

Bald loderten knisternde Flammen im Kamin. Aber ich fror immer noch, obwohl ich mich in eine Decke gewickelt hatte. Holmes schenkte mir eine Tasse Tee ein. Erfolglos versuchte ich, mein Haar zu entwirren.

«Man hat Anklage gegen Sie erhoben.»

«Anklage?» wiederholte ich geistesabwesend. «Verdammt, ich muß mir das ganze Haar abschneiden lassen.»

Ungeduldig stand er auf. «Geben Sie mir den Kamm», befahl er und trat hinter meinen Sessel. Statt einfach mit den Zinken durch das Chaos zu fahren, wie es die Dilettanten tun, hielt er die schwere, feuchte Masse mit der linken Hand fest und kämpfte sich Zentimeter um Zentimeter bis zur Kopfhaut vor. Das macht er nicht zum erstenmal, dachte ich und erschauerte wieder. Nach einer Weile fügte er hinzu: «Die vier Kerle da unten behaupten, daß Sie drogensüchtig sind.»

«Da haben sie irgendwie recht.»

«Aber sie sagen, Sie seien schon in diesem Zustand hierhergekommen. Angeblich wissen sie nicht, ob Sie von ihrem Boß mit Drogen versorgt wurden. Und manchmal hätten Sie sich aus unerklärlichen Gründen im Keller eingesperrt.»

«Du lieber Himmel, Holmes!» Ich sprang auf, wich seinen Händen aus und schlang die Decke noch fester um meinen Körper. Ziellos wanderte ich umher, griff in meine Rocktasche, fand das Taschentuch, das ich zehn Tage zuvor eingesteckt hatte, und putzte mir die Nase.

«Natürlich. Andererseits benahmen Sie sich in den letzten Wochen sehr ungewöhnlich. Sie verkehrten in einem Personenkreis, dem zumindest ein bekannter süchtiger Heroinkonsument angehört. Nachdem Sie ein Vermögen geerbt hatten, schienen Sie einem Lebensstil zu frönen, der häufig auf Drogenexperimente hinweist. Das weiß der gute Inspector da unten, und die Einstiche an Ihrem Arm sind verdächtig genug. Wenn er die Symptome beobachtet, die Sie derzeit demonstrieren, wird er Sie wahrscheinlich einsperren.» Sprachlos starrte ich ihn an. «Ihre Reaktion läßt ein fortgeschrittenes Stadium erkennen. Erstaunlich, da Sie nur wenige Tage verschwunden waren.»

«Nach meinem Unfall vor sechs Jahren bekam ich eine ganze Menge von dem Zeug. Man dachte, die Suchtgefahr wäre geringer als bei Morphium.»

«Ja, eine sehr beliebte Hustenmedizin. Aber Sie wollen dem guten Inspector wohl kaum die Ursache der Prädisposition erläutern, die damals in Ihr Nervensystem bugsiert wurde.» Er griff in die Innentasche seines Jacketts und zog dasselbe längliche, schmale Samtetui hervor, das ich inzwischen etwa vier dutzendmal gesehen hatte – ein widerwärtiges und doch faszinierendes Ding. Als er meinen Blick festhielt, las ich kein Urteil in seinen Augen, keine Verdammnis. Wie in Trance krempelte ich einen Blusenärmel hoch. Holmes versperrte die Tür, dann kam er zu mir zurück, drehte ein blütenweißes Taschentuch zu einem Strick zusammen und schlang die improvisierte Adernpresse um meinen Oberarm. «Halten Sie das fest!» befahl er und öffnete das Etui. Die Spritze war schon vorbereitet, so wie immer, der Kolben zurückgezogen. Aufmerksam inspizierte er das Gerät. «Ich glaube, er hat die Spritze kurz vor unserer Ankunft gefüllt. Gab er Ihnen stets das volle Quantum?»

«Ja.» Beinahe überschlug sich meine Stimme. Holmes schien es nicht zu bemerken.

«Dann injiziere ich Ihnen das halbe Quantum.» Er tastete nach der Ader, stach die Nadel in die richtige Stelle und drückte den Kolben zur Hälfte nach unten. Dann entfernte er die Spritze, nahm mir das Taschentuch aus der Hand und drückte es auf die winzige Wunde.

Ich schloß die Augen und konnte meine Reaktion nicht kontrollieren, das angenehme Zucken, den wohligen Schauer, der vom Bauch zum Gehirn hinaufstieg. Nach einer Minute atmete ich aus, hob die Lider und begegnete dem Blick meines liebsten Freundes. Darin las ich die ganze Sorge, die sein Gesicht verbarg. Minutenlang schaute ich ihn an, dann betrachtete ich die Spritze, die auf dem Tisch lag. Ich packte sie, schwang sie hoch, bohrte die Spitze mit aller Kraft in das makellose polierte Holz und rüttelte daran, bis die Nadel brach. Nachdem ich das kleine Wrack in sein seidenes Bett gelegt hatte, schloß ich das Etui und drückte es in Holmes' Hand. Sein Gesicht blieb unverändert, aber die Angst in seinen Augen verebbte.

Behutsam entwirrte er mein restliches feuchtes Haar, das ich zu einem strengen Nackenknoten band. Ich aß zwei Biskuits und ein Stück Käse. Von Holmes gefolgt, stieg ich die Treppe hinab. Als ich den Gangster sah, den Inspector Dakins gerade verhörte, fröstelte ich.

Holmes ließ den Polizisten nicht zu Wort kommen. «Gehe ich richtig in der Annahme, daß man Miss Russell vorwirft, sie habe sich freiwillig und wiederholt Heroin injiziert?»

«Ja, das stimmt», antwortete der Beamte vorsichtig. «Mr. Bigley hat es mir soeben erzählt.»

«Klar, ich hab's doch gesehen», bekräftigte der Schurke. «Und sie versuchte auch gar nicht, irgendwas zu verhehlen.» Die gespielte Unschuldsmiene und der unbefangene Tonfall standen in groteskem Kontrast zu seinem anzüglichen Blick, zur lebhaften Erinnerung an die Qualen, die ich ihm verdankte. Nur mühsam widerstand ich dem Impuls, mich hinter Holmes zu verkriechen.

«Sie hat sich das Zeug selber gespritzt?» fragte mein Freund mit scharfer Stimme.

«O ja, in der Bibliothek. Sie wand dieses Band um ihren Arm und hielt das Ende mit den Zähnen fest. Anfangs wußte ich gar nicht, was sie da trieb», fügte er in moralischer Entrüstung hinzu, «und sie schämte sich kein bißchen.»

«In einer Hand hielt sie das Band fest und in der anderen die Spritze?» erkundigte sich Holmes.

«Natürlich. Wie sollte sie's denn sonst machen?»

Wortlos nahm Holmes meinen Arm und knöpfte die linke Manschette auf. Er schob den Ärmel hoch, dann zeigte er den beiden Männern meinen Arm, der schlimmer aussah denn je, mit fast fünfzig Einstichen, teilweise infiziert und stark gerötet. Angewidert schüttelte Dakins den Kopf, und Bigley grinste selbstgefällig. Dann ergriff Holmes mein rechtes Handgelenk und entblößte einen unverletzten Arm. «Miss Russell ist Linkshänderin.» Eindringlich schaute er dem Inspector in die Augen. «Mit der rechten Hand hätte sie sich unmöglich die Droge injizieren können – eine heikle Prozedur, wie Sie zugeben müssen.» Nun drehte er den linken Arm etwas herum und zeigte auf einen grünlichen Fleck, der vor fünf Minuten noch nicht dagewesen war. «Allmählich verblassen die Spuren, doch sie beweisen immer noch, daß dieser Arm festgehalten wurde. Wie ich Miss Russell kenne, bedurfte es dazu mehrerer starker Männer. Es könnte durchaus mit den Bißspuren auf Mr. Bigleys Hand zusammenhängen. Also wurde ihr die Droge injiziert. Gegen ihren Willen», betonte er, falls der gute Dakins diese Tatsache nicht registriert hatte.

Aber dies war dem Inspector keineswegs entgangen, und ich konnte förmlich beobachten, wie sein Groll gegen den unglücklichen Bigley wuchs. Vielleicht ist er mit Geschichten über weiße Sklavenhändler aufgewachsen, dachte ich und rollte meine Ärmel hinunter. «Brauchen Sie eine Aussage, Inspector?»

«Allerdings», bestätigte er und wandte sich an den uniformierten Polizisten. «Bringen Sie Bigley ins Nebenzimmer. Ich kümmere mich gleich um ihn.»

In knappen Worten schilderte ich meine Gefangenschaft und führte den Inspector in die Irre, was die Wirkung der Droge auf mein Nervensystem betraf. Ja, vor sieben oder acht Stunden hatte Bigleys Boß mir die letzte Injektion gegeben. Nein, ich nahm nicht an, daß ich heroinsüchtig war, obwohl man das zweifellos beabsichtigt hatte. Nein, warum ich einer solchen Behandlung unterzogen worden war, wußte ich nicht. (Gleichmütig hielt ich Dakins' ungläubigem Blick stand. In Holmes' Anwesenheit wagte er nicht, mich zu bedrängen. Außerdem hielt ihn mein entschiedener Tonfall davon ab.) Nein, ich spürte keine beunruhigenden Symptome, abgesehen von meiner Müdigkeit und Desorientierung, die vermutlich mit der unzulänglichen Ernährung zusammenhingen, mit dem Mangel an Schlaf und Sonnenschein.

Holmes nahm das Stichwort zur Kenntnis und stand auf. «Nun werde ich Miss Russell von hier wegbringen, Inspector. Sie hat viel durchgemacht, und der Arzt wird ihr sicher ein paar geruhsame Tage verordnen. Wenn Sie noch Fragen haben, rufen Sie Miss Russell am Montag an. Guten Tag. Hoffentlich finden Sie die beiden anderen Männer bald. Viel Glück. Kommen Sie, Russell.»

Zu meiner Verblüffung stand Q neben dem Auto. Sein korrekter Gruß strotzte geradezu vor Erleichterung und Sympathie. Inzwischen erlahmte die Kraft, die mir das Heroin verliehen hatte, und ich ließ mich in eine Decke wickeln. Als Holmes in den Wagen steigen wollte, erklang ein Ruf hinter ihm, und er sprach mit dem uniformierten Constable. Dann erklärte er mir, er würde sofort wiederkommen, und folgte dem Polizisten ins Haus.

Ehe Q die Tür schloß, teilte er meinen Füßen mit: «Er war völlig außer sich, Miss. Tagelang hat er kaum geschlafen und fast nichts gegessen. Meine Frau dachte schon, er würde zusammenbrechen.» Dann schloß er die Tür, bevor ich antworten konnte, und setzte sich ans Steuer.

Eine Minute später erschien Holmes und nahm an meiner Seite Platz. Er sieht beinahe so elend aus, wie ich mich fühle, dachte ich. «Dakins bat mich um meine Telefonnummer, die ich ihm schon mindestens fünfmal gegeben habe.» Dann warf er mir einen Seitenblick zu. «Sussex oder Ihre Wohnung?»

«Wo sind wir?» Erst jetzt kam ich auf den Gedanken, danach zu fragen.

«In Essex, bei Little Waltham.»

«Dann die Wohnung, wenn Sie glauben, daß ich dort in Sicherheit bin.»

«Das ist anzunehmen», erwiderte er doppeldeutig, beugte sich vor, um mit Q zu sprechen, und sank in die Polsterung zurück. Als wir die Zufahrt hinabrollten, drehte ich mich um und sah ein großes, häßliches, heruntergekommenes Landhaus. Es gab viele solcher Häuser, und nichts unterschied es von den anderen – nur die Erkenntnis, daß ich in diesem dunklen Keller den letzten Rest meiner Jugend zurückgelassen hatte.

19

Mittwoch, 2. Februar
–
Samstag, 5. Februar

Denn die Natur hat in allen Gattungen den männlichen Tieren eine gewisse Überlegenheit zugeordnet und den weiblichen eine gewisse Unterwürfigkeit, die sie unangetastet beibehalten.

JOHANNES CHRYSOSTOMUS

Die nächsten Tage waren grauenvoll. Aber ich hatte mich oft genug von diversen Krankheiten und Verletzungen erholt, um zu wissen, daß ich irgendwann gesunden würde. Die Schmerzen plagten mich nicht so sehr wie bei anderen Genesungsphasen, und mein Zustand glich eher der Grippe, die das Land in den letzten beiden Jahren während des Winters heimgesucht hatte.

Trotzdem ist das eine Lüge. Nicht mein Körper wurde gepeinigt, wenn ich auch an Schwäche und Fieber litt, immer wieder Krämpfe erdulden mußte und nichts essen konnte. Meine Seele war krank, so wie ich es nie zuvor erlebt hatte. Wie sollte ich darüber hinwegkommen?

Mit vierzehn war ich zum erstenmal schwer verletzt worden, bei jenem Autounfall, der meine Eltern das Leben gekostet hatte und für den ich mich verantwortlich fühlte. Jahrelang plagte mich mein Gewissen. Die zweite schlimme Wunde fügte mir jene Kugel zu, die Holmes galt. Danach zog ich mich in ein emotionales Schneckenhaus zurück, denn ich hatte die Täterin respektiert und geglaubt, sie würde mich lieben. Natürlich durfte ich Holmes nicht die Schuld an ihrem Tod geben.

Nun empfand ich tiefe Scham, weil mein Körper weiterhin nach dem Gift verlangte, das man mir verabreicht hatte. Inbrünstig sehnte ich mich nach der Nadel. Während des restlichen Donnerstags und den ganzen Freitag rannte ich in meinem verschlossenen Schlafzimmer umher und ignorierte Mrs. Q, die mir Tee und irgendwelche Leckerbissen aufzudrängen versuchte.

Es war keine einfache physische Abhängigkeit, da das Heroin niemanden innerhalb einer Nacht oder einer Woche in einen rasenden Süchtigen verwandelt. Doch die Umstände verschworen sich gegen mich, und das Zeug hatte schneller gewirkt, als man es erwarten konnte. Normalerweise hätte ich die Injektionen sogar nach einem Monat verabscheut. Aber einsam und unterernährt, im dunklen Gefängnis aus dem Gleichgewicht gebracht und an den längeren Konsum einer ähnlichen Droge gewöhnt, war ich unfähig gewesen, der einzigen Freude und Anregung zu widerstehen, die man mir geboten hatte.

Gewiß, die Sehnsucht ließ nach. Allzu lange war ich dem Heroin nicht ausgesetzt worden, und wie bei jeder Sucht entstanden die quälenden Wünsche hauptsächlich im Gehirn. Trotzdem wuchsen Scham und Zorn, und ich haßte alle Menschen; Margery, die irgendwie die Schuld an meinem Leiden trug; Veronica, der ich in den Tempel gefolgt war; Holmes, der mich in jener gräßlichen Situation gesehen und mit seinem Mitleid gepeinigt hatte. Ich ging nicht ans Telefon und beauftragte Q, den Leuten auszurichten, ich sei unpäßlich, man möge mich nicht besuchen und mir auch keine Blumen schicken. Unbeachtet stapelten sich die Briefe auf meinem Tisch – von Margery Childe, von Mrs. Hudson, von Duncan. Alle haßte ich, nur den wahren Schurken seltsamerweise nicht. Mein Entführer hatte sich immerhin als ehrlicher Feind erwiesen, nicht als maskierter Freund.

Erwartungsgemäß war es Holmes, der mich aus meiner Trübsal riß. Am Freitag abend erschien er in meiner Wohnung. Natürlich verwehrte ich ihm den Zutritt zu meinem Zimmer. Aber er schob einfach eine Zeitung unter der Tür hindurch, stocherte mit einem Bratspieß im Schloß herum, bis der Schlüssel herausfiel, und zog ihn blitzschnell zu sich heran.

Mein nackter Fuß, den ich gegen die Tür stemmte, war seiner Schulter nicht gewachsen. «Wie können Sie es wagen!» fauchte ich.

«Oh, ich wage sehr viel, Russell, und ich riskiere es sogar, das Boudoir einer Dame zu betreten – gegen ihren ausdrücklichen Wunsch.»

«Verschwinden Sie!»

«Russell, wäre Ihnen mein Besuch tatsächlich unwillkommen, hätten Sie den Schlüssel nicht in meiner Reichweite stekkenlassen. Ziehen Sie Ihren Mantel und Schuhe an. Wir gehen spazieren.»

Nur weil ich mich so schwach fühlte, gelang es ihm mittels sanfter Gewalt und verbaler Attacken, mich in den Mantel zu hüllen. Auf der Straße schubste und stieß er mich vor sich her, bis wir den Eingang zum Regent's Park erreichten.

Und dort wanderten wir die Wege entlang. Holmes hielt einen endlosen Monolog, was ihm keine Mühe bereitete, begann mit der Geschichte des Parks, erzählte von der Leiche, die man in einem Graben gefunden hatte, und von einem Aufstand, angezettelt in dem Haus da drüben. Dann wurde ich über die botanischen Spezialitäten des Parks informiert, die Flora des nördlichen Indien, die eigenartigen Giftkonsumenten aus Rajasthan, die Stickerei aus Kaschmir, die Unterschiede zwischen dem tibetanischen und dem nepalesischen Buddhismus – gefolgt von einer Beschreibung seiner neuesten Monographie über das Glas der Autoscheinwerfer, einer Analyse der Schnapssorten, die man für Cocktails benutzte, seinen Experimenten mit Motoren, die der Polizei und potentiellen Zeugen helfen würden, unbeleuchtete Autos bei Nacht zu identifizieren. Und ein weiterer Monograph verglich die Massenhysterien im Mittelalter mit der gegenwärtigen Begeisterung für Tänze mit zuckenden, unverständlichen Bewegungen ... Schließlich wandte ich mich ihm zu. «Hören Sie auf, Holmes, das ist doch absurd.»

«Gott sei Dank!» seufzte er, sank auf eine Bank und wischte sich dramatisch die Stirn ab. «Nicht einmal ich hätte dieses Geschwätz noch länger ertragen.»

Ich stand vor ihm, die Arme verschränkt. «Also gut, Sie genießen meine ungeteilte Aufmerksamkeit.»

«Setzen Sie sich, Russell.» Zögernd gehorchte ich. «Jetzt gefallen Sie mir endlich wieder. Wir müssen zehn Meilen gelaufen sein. So gründlich habe ich den Regent's Park nicht mehr erforscht, seit Watson mich hierherfuhr und zur Leibesertüchtigung zwang. Aus ähnlichen Gründen», fügte er hinzu. «Ich glaube, Ihre Genesung macht Fortschritte.»

«O Gott, Holmes, ist es nicht langweilig, immer recht zu behalten?» klagte ich.

«Sicher, es war unhöflich von mir, Ihnen so drastisch vor Augen zu führen, daß Onkel Sherlock alles besser weiß. Darf ich fragen, ob Sie Appetit verspüren?»

«Nein», erwiderte ich und korrigierte mich sofort. «Aber ich gebe zu, der Gedanke an eine Mahlzeit erscheint mir nicht mehr ganz so widerwärtig.»

«Wunderbar. Wollen wir in den Zoologischen Garten gehen und philosophische Betrachtungen über den Anthropomorphismus der Affen anstellen, oder reden wir über Ihren Entführer?»

«Hat ihn die Polizei schon geschnappt?»

«Keine Bange, Russell, nein. Und wenn Sie nichts unternehmen, wird er noch lange frei herumlaufen.»

Wir saßen da und lauschten den abendlichen Geräuschen des Parks, Verkehrslärm mischte sich mit fernem Dschungelgeschrei. Allmählich gewannen meine Hände ihre alte Sicherheit zurück. «*Touché*, Holmes. Nun haben Sie mir die gedankenlose Bemerkung über Ihren Sohn heimgezahlt.»

«Die war wohl kaum gedankenlos. Manchmal braucht es einen Anstoß, damit der Motor wieder in Gang kommt.»

«Inzwischen läuft mein Motor wieder. Welche Richtung soll ich einschlagen?»

«Wählen Sie einen Umweg. Wir dürfen dem Mann keine zweite Gelegenheit bieten.»

«Aber was will er von mir?»

«Würden Sie's interessant finden, daß Somerset House vor neun Tagen Mary Judith Russells Testament erhielt und registrierte – unterschrieben und bezeugt, am vergangenen Freitag datiert? Das dachte ich mir. Vielleicht wollen Sie auch wissen, was drinsteht. Ihrer geliebten Tante, Ihrer jämmerlichen Kusine, Ihrem Farmverwalter und Ihrem College hinterlassen Sie je fünftausend Pfund. Wie ich zu meinem tiefsten Kummer erfahren mußte, soll Ihr alter Freund Sherlock Holmes keinen Penny erhalten. Der Großteil Ihres Vermögens – die Häuser, die Fabrik, das Gold, die Gemälde und die Villa in der Toscana – gehen an den Neuen Tempel Gottes.»

«Verdammt», murmelte ich.

«Sie sagen es. Übrigens, die Unterschrift wirkt echt. Nicht einmal ich hätte sie besser hingekriegt. Ich glaube, sie stammt von einem Fälscher namens Penworthy. Arme Miss Russell!» Er seufzte tief auf. «Kurz nach dem Antritt ihres Erbes sollte sie in einen verfrühten Tod getrieben werden.»

«Jetzt verstehe ich, warum der Mann wie eine Klette an mir klebte. Ich fragte mich, warum er so lange von London wegbleiben konnte, wenn er eine Verbrecherorganisation leitet. Aber da das beträchtliche Vermögen meines Vaters auf dem Spiel stand, mochte er diese Farce keinem Untergebenen überlassen. Gibt es irgendeinen Zusammenhang mit dem Tempel, abgesehen vom Testament?»

«Bisher ist nichts erwiesen. Ich glaube allerdings, daß die Frau dahintersteckt.»

«O Gott. Immer wieder weist alles auf Margery hin.»

«Ja.» Er wollte etwas sagen, dann besann er sich anders. Eine Zeitlang saßen wir schweigend nebeneinander, ehe ich aussprach, was mir auf der Zunge brannte.

«Holmes, Sie hatten recht. Am Dienstag hätte Inspector Dakins nur die Symptome einer Süchtigen zur Kenntnis genommen – und nichts anderes. Es war mir so unangenehm, daß Sie mir die Spritze verpassen mußten. Das haßte ich ...»

«Sie haßten mich.»

«Wahrscheinlich.»

«Meine Schultern sind breit», bemerkte er leichthin.

«Und wer ist er?»

«Das Haus gehört ihm nicht. Vor sechs Monaten wurde es einem Mann vermietet, der sich Calvin Franich nannte.»

«Hat Mr. Franich eine kleine Narbe auf der Oberlippe?»

«Dies wurde vom Immobilienmakler bestätigt. Interessanterweise kennt Scotland Yard einen weiteren Gentleman mit einer kleinen Narbe auf der rechten Seite der Oberlippe und einer in der linken Augenbraue. Und der benutzt den Namen Claude Franklin.»

«Ist Mr. Franklin ...»

«Ein sehr mysteriöser Gentleman, der seine Finger in alle möglichen üblen Machenschaften steckt. Am Anfang seiner Karriere veranlaßte er alte Witwen, ihm kleinere Summen zu vererben. 1912 verschwand er aus England, weil ihm der Boden unter den Füßen brannte. Den Krieg überstand er recht gut, indem er illegale Waren in die Mittelmeerländer transportierte. Vor kurzem brachte man seinen Namen mit Drogen in Verbindung, die nach Südfrankreich geschmuggelt wurden. Anscheinend kam er unbemerkt nach England zurück, irgendwann im letzten Jahr. Sehr diskret, sehr clever, sehr gefährlich – so lautet Scotland Yards Urteil. Die waren gar nicht erfreut, als sie von seiner Ankunft erfuhren.»

«Das kann ich mir vorstellen.»

«Regt diese Information Ihren Appetit an?»

«Ein bißchen. Aber allzuviel kann ich nicht essen.»

«Wenigstens müßte meine Story Ihre Geschmacksnerven stimulieren. Nicht Ihr Magen verweigert die Nahrungsaufnahme, sondern Ihr Gaumen. Übrigens habe ich ein neues Etablissement entdeckt, von einem chronisch erfolglosen Safeknacker betrieben, der während seiner letzten Gefängnisstrafe glücklicherweise zum Küchendienst verdonnert wurde. Dabei fand er zu seiner wahren Berufung. Am besten beginnen Sie mit dem Prosciutto – nein, nicht Schweinefleisch. Ach ja, die gebackene Birne und der Stilton werden Ihre Geschmacksknospen sicher zu neuem Leben erwecken. Und dann ein Teller Zwiebelsuppe – er bereitet sie mit einem Hauch Knoblauch und einer hochinteressanten Käsekruste zu. Dazu ein erfreulicher junger Côte du Rhône, und wenn Sie an einer *sole almondine* mit einem Glas funkelnden Weißwein Gefallen finden ...»

Wir standen auf. «Schon gut, Sie haben mich überzeugt. Aber bevor wir dahin gehen, Holmes», fuhr ich in ernsthaftem Ton fort, «muß ich Ihnen eine Frage stellen. Dies ist vielleicht nicht der richtige Zeitpunkt. Trotzdem will ich's wissen, weil es mich während meiner Dunkelhaft immer wieder beschäftigt hat. Und wenn ich jetzt nicht darüber rede, werde ich's wohl niemals wagen.» Ich betrachtete meine behandschuhten Hände, sorgfältig wählte ich meine Worte. «Die Wochen nach Weihnachten waren so seltsam, und ich überlegte, ob ich Sie wirklich so gut kenne, wie ich dachte. Schließlich fürchtete ich sogar, Sie würden einen Teil Ihres Wesens vor mir verbergen, um Ihre Privatsphäre und Autonomie zu erhalten. Wenn Sie mir eine Antwort verweigern, würde ich's verstehen, wenn ich auch zugebe, daß ich gekränkt wäre. Trotzdem dürfen Sie sich nicht von meinen Gefühlen beeinflussen lassen.» Tapfer schaute ich in sein Gesicht. «Also, Holmes – was machen die Elfen in Ihrem Garten?»

Im gelben Laternenlicht beobachtete ich, wie sein Unbehagen in Erleichterung überging. Und dann erblickte ich die vertrauten Zeichen seines Zorns – vorquellende Augen, gerötete Haut, zusammengepreßte Lippen.

Er räusperte sich. «Eigentlich neige ich nicht zur Gewalt», begann er erstaunlich gelassen. «Aber wenn mir dieser Doyle heute abend vor die Augen käme, müßte ich mich sehr beherrschen, um ihn nicht zu verprügeln.» Welch eine vergnügliche Vision, dachte ich. Zwei Gentlemen in fortgeschrittenem Alter – der eine wie ein Windspiel gebaut, der andere wie eine Bulldogge – gehen mit erhobenen Fäusten aufeinander los. «Glauben Sie mir, es fällt mir schon schwer genug, Watsons endloses Geschwätz mit meiner wissenschaftlichen Stimme zu übertönen. Aber wenn die Leute jetzt meinen Namen hören, werden Sie nur noch an dieses widerliche kleine Mädchen mit den verträumten Augen denken, das hinter einer grotesken Pappfigur steht. Natürlich wußte ich schon immer, daß Doyle etwas beschränkt ist, aber ich hielt ihn nicht für verrückt ...»

«Betrachten Sie's doch von der positiven Seite, Holmes», unterbrach ich ihn belustigt. «Jahrelang haben Sie gejammert, weil alle Leute, die einen entlaufenen Hund oder ein gestohlenes Federmäppchen suchten, durch ihre Hecke krochen und die Blumenbeete zertrampelten. Nun wird die britische Öffentlichkeit annehmen, Sherlock Holmes sei eine Märchengestalt, ebenso wie die Elfen, und Sie nicht mehr belästigen. Also hat Ihnen der Mann einen großen Dienst erwiesen», behauptete ich und lächelte strahlend.

Ein paar Sekunden lang war es ungewiß, ob er meine Frechheit mit einem mörderischen Fausthieb ahnden oder einen Schlaganfall erleiden und selber tot umfallen würde. Aber dann warf er, wie ich es erhofft hatte, seinen Kopf in den Nacken und lachte schallend.

Und plötzlich – ich wußte selber nicht, wie mir geschah – drückte ich mich an ihn und vergrub das Gesicht in seinem Mantelkragen. «O Gott, Holmes, ich hatte solche Angst. Und der Gedanke, daß dieser Mann frei herumläuft, erfüllt mich mit lähmendem Entsetzen.»

Er räusperte sich wieder. «Für Ihr Problem gibt es nur eine einzige Lösung, Russell.»

«Ja, natürlich.» Sein weißer Abendschal schmiegte sich weich an meine Wange, und er roch nach Wolle und Tabak. Seufzend stand ich auf und sah, wie er die Arme sinken ließ. «In den letzten Wochen bin ich all den unangenehmen Dingen aus dem Weg gegangen. Das kann ich jetzt nicht mehr.»

«Sie sind nicht allein», versicherte er in ruhigem Ton. Und von diesem Augenblick an war ich wirklich nicht mehr allein. Ich nahm seinen Arm. In freundschaftlichem Einvernehmen verließen wir den Park und stiegen in ein Taxi.

■

Was der Spaziergang und das Gespräch begonnen hatten, vollendete das Abendessen. Vor allem half mir mein Zorn, der wieder das richtige Ziel traf. Nach dem Dinner schlenderten wir durch den nahen Covent Garden und dann in meine Wohnung, wo ich Kaffee kochte. Während wir vor dem Kaminfeuer saßen und redeten, nickte ich ein. Holmes weckte mich und schickte mich ins Bett. Allzu lange schlief ich nicht, dafür aber tief und fest. Mitten in der Nacht erwachte ich, schlüpfte in meinen Morgenmantel und wanderte durch die dunkle Wohnung, die jetzt nach Holmes' Tabak roch. Aber nun konnte ich die Unrast des vergangenen Tages kontrollieren, und ich beschloß, meine Scham zu akzeptieren und nicht länger darüber nachzudenken. Ich erhitzte einen Becher Milch, die ich mit Muskat würzte, trat ans Fenster und schaute zur menschenleeren Straße hinab. Nach einer Weile kam ein Polizist vorbei, der auf Streife ging, berührte Türklinken, leuchtete mit seiner Taschenlampe in alle Ecken – unvorbereitet auf die Gefahren, die ihm drohen mochten, seriös und gelassen und beruhigend englisch. Bald verschwand er aus meinem Blickfeld. Ich trank meinen Becher aus, durchquerte die Duftwolke einer Pfeife, kehrte ins Bett zurück und schlief weiter.

■

«Fühlen Sie sich auch wirklich stark genug, Russell?» fragte Holmes.

Statt zu antworten, streckte ich meine Hand über dem Frühstückstisch aus. Wie ein Fels in der Brandung, registrierte ich stolz, und dann bemerkte ich, was Holmes trug. «Wo haben Sie diesen Morgenmantel gefunden?»

«Den hat mir der gute Mr. Quimby geliehen.»

«Wie nett von ihm! Und ich dachte schon, Q und seine Frau wären schockiert – ein männlicher Gast in der Wohnung, eine Frau ohne Anstandsdame ...»

«Ich erklärte Ihrer Haushälterin, ich sei ein Leibwächter, und da schwanden ihre Bedenken. Viele Frauen finden meine Anwesenheit tröstlich.»

Normalerweise war Holmes so tröstlich wie ein Hai. Doch das erwähnte ich nicht und widmete mich meinem Frühstück. Die Eier und der Toast schmeckten mir tatsächlich wieder.

«Wollen Sie sofort anfangen?» erkundigte er sich.

«Natürlich. Wir haben keine Zeit zu verschwenden.»

«Glauben Sie bloß nicht, Sie wären schon wieder die alte Russell», mahnte er.

«Gut, ich werde versuchen, nicht mehr als sechs Schläger auf einmal niederzustrecken. Ein Scherz, Holmes, nur ein Scherz. Im Tempel hält sich niemand auf, den ich bekämpfen müßte, zumindest nicht zur Nachtzeit. Und der Wachtposten ist ein schläfriger alter Mann.»

«Miss Childe hat Leibwächter engagiert, die ihr tagsüber auf Schritt und Tritt folgen.»

Abrupt hob ich den Kopf. Mrs. Qs ausgezeichnete Rühreier, die ich gerade hinunterschlucken wollte, verwandelten sich in Pappe. «Und nachts?»

«Offensichtlich pflegt sie die Leibwächter nach den Gottesdiensten zu entlassen, an den anderen Abenden noch früher. Wie auch immer, Sie müssen sich vor dem Nachtwächter hüten, der im ganzen Tempelkomplex umherwandert.»

«Danke für die Warnung. Aber ich bezweifle, daß er die Nächte im Tempel verbringt. Und bevor er morgens Bericht erstattet, bin ich längst verschwunden.»

«Nehmen Sie eine Waffe mit.»

«O nein. Ich will es nicht riskieren, den Wächter oder sogar die widerliche Marie zu erschießen, nur um Ihre Nerven zu besänftigen.»

Das beglückte ihn nicht, aber er ließ es dabei bewenden. «Wissen Sie schon, wie Sie reinkommen?»

«Da ich mir wohl kaum ein oder zwei Kinder ausleihen kann, werde ich eine unglückliche junge Dame mimen, die ihren Beruf auf nächtlichen Straßen ausübt und sich mit ihrem Beschützer entzweit hat.»

«Also eine Prostituierte, die von ihrem Zuhälter verprügelt wurde.»

«Dafür brauche ich falsche Zähne und ein paar frische blaue Flecken. Da fällt mir ein – was haben Sie auf mein Handgelenk gemalt, um Inspector Dakins zu überzeugen?»

«Algen aus dem WC, vermischt mit einem Reinigungsmittel für Wasserrohre. Ein hübscher Effekt, nicht wahr? Ich gebe Ihnen zwei Zahnkapseln und eine gelbe Mundspülung. Die habe ich erst neulich hergestellt. Sogar wenn Sie essen, bleibt sie auf Ihrem Zahnschmelz haften. Sie läßt sich nur mit der Zahnbürste entfernen. Leider schmeckt sie abscheulich.»

«Was anderes habe ich auch gar nicht erwartet.»

Am Vormittag ruhte ich mich aus, dann aß ich zu Mittag. Holmes kehrte zurück, und Q ließ ihn eintreten, als ich gerade die letzten Käsereste von meinem Teller kratzte. Ohne die Gesetze des Anstands zu beachten, warf er ein Kleiderbündel und eine fleckige Segeltuchtasche auf den Tisch. Hastig trug ich die Unterwäsche ins Schlafzimmer, eilte wieder in den Speiseraum und sah meinen Freund vor einem gefüllten Teller sitzen.

«Danke, Mrs. Q!» rief ich.

«Perücke oder Haarfärbemittel?» erkundigte er sich, den Mund mit Curryhuhn vollgestopft.

«Ein Färbemittel, zur Sicherheit. Ich war schon lange nicht mehr rothaarig. O ja, ein temperamentvoller Rotschopf, einfach ideal.»

Nach der Prozedur sah mein Haar so aus, als wäre es von Natur aus rot und mit Henna aufgehellt worden. Natürlich mußte ich auf meine Brille verzichten. Aber ich steckte sie in die Tasche, falls ich irgend etwas genauer betrachten wollte. Bald konnte ich meine Verwandlung im Spiegel begutachten. Das weißgeschminkte Gesicht, die beiden Zahnkapseln, die übrigen Zähne, vom widerlichen Mundwasser gelb gefärbt. Mrs. Q brannte vor Neugier, doch sie sagte kein Wort. Den ganzen Nachmittag spielten Holmes und ich Schach. Schließlich nahmen wir ein leichtes Dinner zu uns, und ich zog mich um.

Der BH betonte alles, was – wie ich bisher geglaubt hatte – nicht vorhanden war. Formlos hing das Kleid an meiner abgemagerten Gestalt. Ich frisierte mich, dann zerzauste ich das Haar, und Holmes bemalte mich mit blauen Flecken. Fachkundig rötete er eins meiner Lider. Ich trat zurück und ließ mich begutachten. Wie immer blieb seine Miene verschlossen, nur ein Kinnmuskel zuckte. «Wahrscheinlich muß ich mich daran gewöhnen», murmelte er.

«Holmes, ich beabsichtige keineswegs, diesen Stil beizubehalten», protestierte ich.

«Von Ihrer Kleidung spreche ich nicht. Ich meine die Höhle des Löwen, in die Sie mit aller Macht gehen wollen. Verschwinden Sie, bevor ich mich versucht fühle, Sie in Ihrem Schlafzimmer einzusperren.»

Ärgerlich schob ich meine Arme in den zerlumpten Mantel und stürmte hinaus. Daß mich der Portier nicht sofort festhielt und der Polizei auslieferte, bestätigte meine Vermutung, was die unkonventionelle Atmosphäre des Apartmenthauses betraf.

■

Während ich zur U-Bahn-Station am Russell Square ging, zog ich schockierte Blicke auf mich und weckte das Interesse mehrerer Polizisten. Durch übelriechende Tiefen fuhr ich zur Liverpool Street. Dort stieg ich in einen Omnibus, der mich nach Whitechapel brachte. Wie immer wirkte dieser Stadtteil trostlos und bedrückend, und ich fühlte mich wieder elend und unsicher. Ich kaufte einem Straßenhändler eine heiße Pastete ab. Die ermutigte mich nicht sonderlich, und ich wollte den Rest einer halbverhungerten Katze schenken. Doch der Leckerbissen wurde ihr von einem Kind entrissen, ehe sie daran schnüffeln konnte.

Eine Stunde lang wanderte ich auf und ab, erst an der einen Ecke von angestammten Damen beschimpft und verscheucht, dann an der anderen. Zwei Männer näherten sich und verloren die Lust, sobald sie meinen tuberkulösen Husten hörten. Nachdem ich mich lange genug bemerkbar gemacht hatte, schlenderte ich davon und vergewisserte mich, daß mir niemand folgte. Gegenüber der Tempelfassade blieb ich zwischen den Musikanten, Akrobaten und Straßenhändlern stehen. Wie üblich warteten sie auf die Menschenmenge, die demnächst aus der Tür strömen würde. Mit ihren Kollegen aus dem West End konnten sich die Gaukler nicht messen. Ächzend streckten die zwergenhaften Akrobaten ihre Rücken, als wollten sie rheumatische Schmerzen lindern, und stritten heftig mit einem Musikanten, der einen Geigenkasten unter dem Arm trug. Die Ware des Pastetenbäckers sah unappetitlich und deformiert aus. Zu meiner Verblüffung unterhielten sich zwei Blumenverkäufer lebhaft und freundschaftlich, obwohl dieser Berufsstand sein Terrain eifersüchtig zu verteidigen pflegte. Und dann tauchte eine weitere groteske Gestalt auf, eine dicke Frau, deren üppiger Busen das grellgelbe Satinkleid über dem Bauchladen mit dem glitzernden Trödel zu sprengen drohte. Würdevoll, in der dramatischen Attitüde einer wahrhaft Beseelten, nahm sie eine strategische Position gegenüber dem Tempeltor ein. Sobald es aufschwang, begann sie aus voller Kehle zu singen.

«Ich heiße kleine Butterblume – liebe kleine Butterblume, und ich weiß nicht, warum», trällerte sie mit durchdringender Altstimme. Vor lauter Anstrengung wippten die Gagatperlen auf dem primelgelben Hut. Ihr Erfolg war bemerkenswert. Sicher lag der eigentliche Wert des Tands, den sie verkaufte, in den damit verbundenen Geschichten. «Niemals würden Sie erraten, woher ich dieses häßliche Ding habe. Da war diese Frau in den neunziger Jahren, ich schwöre, meine Liebe ...»

Als der Tumult verebbte und die Akrobaten abzogen, musterte ich die Ware auf dem Bauchladen der Butterblume. Soeben hatte sie Gilbert und Sullivan beendet («Sailors should never be shy ...») und wechselte zu Al Jolson über. «‹It's time for mating ...›», jubelte sie mit bebendem Jolson-Tenor. «‹Anticipating ... the birdies in the trees.› Möchten Sie was Hübsches kaufen, meine Schöne?» tirilierte sie, und eine Schnapsfahne wehte mir ins Gesicht. Verächtlich stocherte ich in den Broschen und Ketten herum und fand einen Ring, einen roten Glassplitter auf einem Silberreif, der meinen Finger noch vor dem nächsten Morgen verfärben würde. Trotzdem steckte ich ihn an. «Zauberhaft, meine Liebe, ein echter Rubin ist das. Den werden Sie bis an Ihr Lebensende in Ehren halten.»

«Das bezweifle ich», erwiderte ich trocken und handelte den lächerlichen Preis auf ein paar Pennies herunter. Ich bezahlte, steckte meine fast leere Börse wieder in die Tasche und wandte mich zur Tempeltür.

«Russell, ich bleibe hier, bis Sie herauskommen», verkündete Holmes mit seiner normalen Stimme.

«Wie Sie sicher wissen, gibt's noch eine andere Tür, weiter oben an der Straße», murmelte ich, eine Hand vor dem Mund.

«Falls beide Eingänge verschlossen sind, versuchen Sie nicht, gewaltsam einzudringen. Dann verschieben wir die Aktion.»

«Sie besitzen eine überirdische Singstimme, Holmes, und der Hut ist geradezu dämonisch. Trotzdem freut's mich, daß Sie da sind. In ein paar Stunden sehen wir uns wieder.»

«Wenn Sie im Morgengrauen noch immer nicht auf der Bildfläche erscheinen, stürme ich die Zitadelle der Frauen», versprach er. Ein schwacher Scherz ... Gemächlich schlenderte ich davon.

Zwanzig Minuten später, als die umliegenden Pubs ihre Gäste zur letzten Bestellung aufforderten, schlüpfte ich in eine dunkle Ecke, um meine letzten Vorbereitungen zu treffen. Die Schminke war schön und gut, doch sie würde einen Arzt nicht täuschen, und ich fürchtete, man würde mich im Tempel untersuchen. Also zog ich eine kleine Flasche aus der Manteltasche, und mein Mund saugte sich daran fest. Nach einer Weile entfernte ich sie und spürte, wie meine Lippen anschwollen. Ich lockerte meine Haarnadeln, zerriß einen Ärmel, verstaute meine Brille in der Tasche, beschmierte mein Gesicht und die Kleidung mit Straßenstaub. Dann stellte ich die Flasche auf den Boden, spähte vorsichtig aus meinen Versteck, um sicherzugehen, daß ich nicht beobachtet wurde, und trat auf den Gehsteig. Stöhnend und verkrümmt, als hätte ich Rippenschmerzen, wankte ich zu Margerys Childes Zufluchtsstätte für notleidende Frauen.

20

Samstag, 5. Februar – Sonntag, 6. Februar

Ich, das Feuer, das sich opfert, entreißt sie ihrer Finsternis und schenkt ihnen das Licht.

ST. KATHARINA VON SIENA (CA. 1347–1380)

Auf der kleinen Messingplakette neben der Tür stand

NEUER TEMPEL GOTTES,

ZUFLUCHT FÜR FRAUEN UND KINDER

Ich stieg die Stufen hinauf und läutete. Um diese Zeit hielt sich der Ansturm auf das Haus in Grenzen. Die Pubs hatten eben erst geschlossen, die Betrunkenen waren noch nicht in den Schoß ihrer liebenden Familien zurückgekehrt. Schon nach wenigen Sekunden erschien eine Frau auf der Schwelle und sah eine unglückliche Prostituierte, die ärztlich betreut und bekehrt werden mußte – nicht die junge Erbin, die mit ihr vor dem Parlament Flugblätter verteilt und danach mit Margery diniert hatte. Ruby Hepplewhite schaute mich an, lächelte höflich und etwas herablassend. Offensichtlich erkannte sie mich nicht. Ich drehte den Blechring an meinem Finger herum, bewegte die geschwollenen Lippen und versuchte meine Rolle möglichst überzeugend zu spielen.

«Ja, Miss ...?»

«LaGrand, Miss. Amie LaGrand.»

«Miss – LaGrand? Heißen Sie wirklich so?» fragte sie skeptisch.

«Eh – nein, Miss ...» Verlegen spielte ich mit meinem Ring. «Mudd. Annie Mudd. Aber ich wurde Amie LaGrand genannt, weil's besser klingt.»

«Ich verstehe. Also, Miss Mudd – Annie ... Sie wissen doch, daß die Frauen und ihre Kinder hier nur vorübergehend Zuflucht finden. Dieses Haus ist kein Hotel.»

«Das weiß ich, Miss. Ich habe auf der Straße von Ihnen und Ihrer Arbeit gehört. Und als das passierte, dachte ich – nun, ich könnte hierherkommen ...» Meine schwache Stimme erstarb.

Erst jetzt fiel ihr der Zustand meines Gesichts und meiner Kleidung auf. «Natürlich, setzen Sie sich. Wie alt sind Sie?»

«Einundzwanzig, Miss.»

«Diese Zufluchtsstätte wird vom Neuen Tempel Gottes geleitet. Und wir verlangen von allen unseren Schützlingen, die Wahrheit zu gestehen.»

«Tut mir leid, Miss. Ich bin achtzehn – an meinem nächsten Geburtstag im April.»

«Also sind Sie siebzehn. Wo wohnen Sie?»

«Ich hab kein Zuhause. Nicht mehr. Und da geh ich nie wieder hin. Dazu können Sie mich nicht zwingen, Miss. Lieber stürze ich mich in den Fluß, das schwöre ich bei Gott.»

«Beruhigen Sie sich, Annie. Niemand will Sie zu irgend etwas zwingen. Vielleicht sollten Sie mir alles erzählen. Warum können Sie nicht nach Hause gehen? Wurden Sie geschlagen?»

«Weil ich sagte, ich würde es nicht mehr tun. Und er befahl mir weiterzumachen – mit ...» Ich suchte nach einem abscheulichen Wort, fand keines und fuhr fort: «Aber dazu war ich nicht bereit. Da verprügelte er mich und sperrte mich in meinem Zimmer ein. Ich stieg aus dem Fenster, kletterte am Regenabfallrohr runter – und da bin ich.»

«Sprechen Sie von Ihrem – Beschützer?»

«Meinem – was?»

«Von Ihrem Zuhälter?» erklärte sie tapfer. Zweifellos überlegte sie, wie sich ihre Mutter verhalten würde, wenn sie einen solchen Ausdruck hörte.

«Oh. Ja, ich glaube schon.»

«Wo lebt Ihre Familie, Annie? Oder haben Sie keine?»

«Doch. Meine Mum ist tot, aber meine Schwester wohnt in Bristol. Da möchte ich hingehen, sobald ich das Geld zusammenkriege.»

«Und Ihr Vater? Ist er auch gestorben?»

«Bei Gott, das wünschte ich. Verzeihen Sie, Miss – er war's, der mir das angetan hat.» Vorsichtig berührte ich meine geschwollenen Lippen.

Sie blinzelte und lehnte sich langsam zurück. «Also Ihr Vater – du lieber Himmel», flüsterte sie. Dann triumphierte die englische Erziehung, und sie sammelte neue Kräfte. Sie stand auf, bat mich zu warten und eilte den Flur hinab.

Nach einer kurzen Untersuchung (da man sich nur für Ungeziefer und äußere Verletzungen interessierte und keine Spuren einer kultivierten Form von Drogenkonsum suchte, konnte ich meinen Arm glücklicherweise vor der Krankenschwester verbergen) und nach einem heißen Bad bekam ich saubere Kleidung, eine warme Mahlzeit und ein Bett in einer Nische, hinter einem Vorhang. Mittlerweile herrschte abendlicher Hochbetrieb. Niemand beobachtete, wie ich Kissen und Decken entwendete und unter das Metallbett schob. Dann schlenderte ich im Korridor vor der Kleiderausgabe umher, bis ich allein war, und nahm mir eine Kutte und einen Hut, die ebenfalls unter dem Bett verschwanden. Die Lampen brannten immer noch – elektrisches Licht, kein Gas. Ringsum erklangen laute Frauenstimmen und Kindergeschrei. Ich legte mich auf meine dünne Matratze und schloß die Augen.

Daß ich einschlafen würde, brauchte ich nicht zu befürchten, denn ich wurde von unangenehmen Gedanken an die moralische Berechtigung meiner Handlungsweise geplagt, von der inneren Anspannung, die man vor jeder gefährlichen oder illegalen Aktion empfindet. Nicht immer heiligt der Zweck die Mittel. Aber irgend jemand mußte in Margerys Privatsphäre herumschnüffeln, und für diese Aufgabe eignete ich mich am besten.

Offenbar nickte ich doch noch ein, was meine beklagenswerte Verfassung bewies. Als ich Schritte hörte, lag ich plötzlich wieder im finsteren Keller auf meinen Strohsäcken. Ruckartig fuhr ich hoch und starrte in Ruby Hepplewhites verwirrtes Gesicht, das neben dem Vorhang erschienen war. «Was ist denn los, Annie?»

Ich strich mir das Haar aus der Stirn. «Nichts, Miss, ich hab nur geträumt.»

«Vermutlich war's kein erfreulicher Traum. Wollen Sie Anzeige gegen Ihren Vater erstatten?»

«Meinen Sie, ich soll zu den Bullen gehen? O Miss, zwingen Sie mich nicht dazu! Sonst bringt er mich um ...»

«Annie, ich sagte doch schon – niemand wird Sie hier zu irgendwas zwingen. Morgen bringen wir Sie zum Bahnhof und setzen Sie in den Zug nach Bristol, wenn Sie glauben, daß Ihre Schwester Sie aufnehmen kann.»

«Würden Sie das wirklich tun? Oh, Gott segne Sie, Miss! Ja, meine Schwester will mich haben. Sie schrieb mir, ich soll kommen, wenn ihr Baby geboren wird. Aber er erlaubt's nicht. Ich werde sparen und Ihnen das Geld schicken, Miss, das verspreche ich.»

«Nicht nötig. Ich nenne Ihnen den Namen einer Frau in Bristol, die Ihnen helfen wird, falls Ihr Vater auftaucht oder wenn Sie Probleme haben. Sind Sie hungrig? Im Speiseraum gibt's Kakao und Brot.»

«Vielen Dank, Miss», erwiderte ich eifrig, obwohl sich mir der Magen umdrehte. «Ich schnüre mir nur rasch die Stiefel zu.»

«Nun muß ich mich um andere Dinge kümmern. Wir sehen uns morgen wieder, Annie. Hoffentlich schlafen Sie gut.»

«Danke, Miss.» Sie ging davon, und ich beugte mich zu meinen Stiefeln hinab. Wie so oft in solchen Situationen war der erste Reiz der Schauspielerei verflogen, und ich wollte meinen Plan möglichst schnell durchführen. Ich setzte mich in den Speiseraum, zu der ekligen Mahlzeit, die mir nicht einmal geschmeckt hätte, wenn ich bei Kräften gewesen wäre. Neben mir kauerten Kinder mit großen Augen, und ich gab ihnen die Hälfte meiner Portion. Nachdem wir ein paar aufmunternde Hymnen gesungen hatten, wurden wir entlassen. In meine Nische zurückgekehrt, kritzelte ich eine Nachricht auf einen Zettel, den ich im Vorübergehen von einem Schreibtisch genommen hatte. Dann schaltete ich die Lampe aus und lag auf meinem Bett, bis der Ruf ertönte, alle Lichter müßten gelöscht werden.

Endlich erklangen keine Schritte mehr, die Stimmen verstummten, das letzte Baby hörte zu quengeln auf. Als einige Frauen zu schnarchen begannen, verschnürte ich wieder meine Stiefel (die Spezialsohlen bestanden aus Kreppgummi, aber niemand hatte bemerkt, wie lautlos das armselige Mädchen durch die Gänge gehuscht war). Ich zog die Decken und Kissen unter dem Bett hervor und formte daraus eine schlafende Gestalt. Den geblümten Kittel – für eine zehn Zentimeter kleinere und vierzig Pfund schwerere Person bestimmt – hängte ich über meinen Mantel an den Haken, um zu bekunden, daß die Nische besetzt war; und den Hut legte ich auf den Tisch. Direkt auf der Haut trug ich einen Flanellgürtel, den ich während des Bades und der Untersuchung gerettet hatte. Nun nahm ich die beiden Gegenstände heraus, die ich bei meiner nächtlichen Expedition brauchte: meine Brille und den Ring mit den Dietrichen. Holmes hatte mir empfohlen, einen Revolver, eine Taschenlampe und ein Stemmeisen einzustecken. Aber diese Dinge wären sicher entdeckt worden. Ganz vorsichtig, damit die Dietriche nicht klirrten, verstaute ich sie in der Tasche, die so harmlose Sachen enthielt wie eine kleine Börse, ein billiges Taschentuch, einen Bleistiftstummel, Zigaretten und Wachsstreichhölzer.

Dann holte ich das Briefchen hervor, das ich in krakeliger Kinderschrift geschrieben hatte, um mein Gewissen zu beruhigen. «Liebe Miss Ruby Hebelwite, danke für Ihre Hilfe. Ich fahre mit einer Freundin nach Bristol. Gerade ist mir eingefallen, daß sie auch dahin will. Von dort werde ich Ihnen schreiben. Ihre ergebene Annie Mudd. P. S.: Der Ring ist für Sie, weil er zu Ihrem Vornamen paßt.»

Ich wickelte den Zettel um den Blechring, den ich Butterblume Holmes abgekauft hatte, und legte das Päckchen unter den Hut. Behutsam schob ich den Vorhang beiseite und trat in den Korridor.

Zwischen der Zufluchtsstätte und dem restlichen Tempelkomplex gab es nur zwei Verbindungstüren: die Haupttür im Erdgeschoß und eine kleinere im zweiten Stock, die tagsüber von den Putzfrauen benutzt und nachts versperrt wurde. Die Schlafquartiere der Frauen und Kinder lagen im ersten Stock, über den Büros, der Küche und der kleinen Arztpraxis und unterhalb der Lagerräume und Privatzimmer des Personals. Um ein Uhr morgens würde sich niemand in dieser zweiten Etage aufhalten.

Meine Kreppsohlen glitten flüsternd über die Holzstufen, lauter als bestrumpfte Füße, aber einfacher zu erklären, falls man mich ertappen würde. Wie ich irgend jemandem klarmachen sollte, warum eine junge Prostituierte das Schlafquartier verlassen hatte (eine Brille auf der Nase, in modernen Patentschuhen), war mir allerdings schleierhaft. Laß dich lieber nicht erwischen, Russell, ermahnte ich mich.

Die Tür im zweiten Stock hatte ein massives Schloß, doch die Sicherheitsmaßnahmen wurden durch den Schlüssel, der an einem Haken im angrenzenden Lagerraum hing, stark beeinträchtigt. So leise wie möglich sperrte ich die Tür auf und hängte den Schlüssel wieder an seinen Platz. Dann betrat ich das Tempelgebäude, schloß die Tür und wartete, bis sich meine Augen an das Dunkel gewöhnt hatten. Wie erwartet, erschien ein helles Rechteck am Ende des Korridors, beleuchtet von Lampen im unteren Stockwerk. Zwei Minuten lang blieb ich noch stehen, ehe ich langsam weiterschlich. Meine linken Fingernägel streiften die Tapete.

Nach sechs Schritten hatte ich mein Selbstvertrauen wiedergefunden, nach zehn erstarrte ich. War da irgendwas? Ich streckte meine Hände aus, spürte nur Luft, ging in die Hocke und berührte kaltes Metall – ein großer Blecheimer, daneben ein Besen. Beinahe wäre ich darüber gestolpert, wie in einem albernen Vaudeville. Erleichtert atmete ich auf, umrundete den Eimer und näherte mich dem Licht, noch vorsichtiger als zuvor.

Einen großen Safe kann man nicht so leicht verstecken. Wenn er inmitten eines Raumes steht, senken sich die Bodenbretter, und wenn man ihn verbirgt, verrät ihn die unnatürlich dicke Mauer. Ich suchte einen kleineren Tresor, für persönliche Gegenstände, zum Beispiel Juwelen oder – wie ich hoffte – Dokumente, Verträge und Korrespondenz. Den würde Margery sicher nicht im Erdgeschoß verwahren, das der Öffentlichkeit zugänglich war. Aber bloß nicht im Schlafzimmer ... Obwohl mir ein Fassadenkletterer (bisher von der Polizei unbehelligt) anvertraut hatte, es sei ihm gelungen, einem schlafenden Mann die

Fingernägel zu polieren, widerstrebte es mir, einen Raum zu durchsuchen, in dem jemand im Bett lag.

Das Ziegelgebäude, das Margery bewohnte und in dessen Erdgeschoß die Tempelgeschäfte abgewickelt wurden, stand zwischen dem Eckhaus, der Zufluchtsstätte, und der sogenannten Hall mit dem Versammlungssaal, ursprünglich ein Theater. Im ersten Stock befanden sich Margerys Privaträume. Die Treppe führte an der Rückfront hinauf, ein breiter Korridor verband sie mit Margerys Schlafzimmer, dem Ankleideraum an der Straßenseite und den anderen Zimmern. Zur Linken lag der Versammlungsraum, wo sich der Innere Kreis zu treffen pflegte. Daran grenzte die Kapelle. Rechts reihten sich eine kleine Rumpelkammer, Margerys Studio, wo wir die Unterrichtsstunden abhielten, und schließlich das Zimmer des Drachens Marie aneinander, die direkt vor Margerys beiden Türen am Ende des Korridors hauste.

Nach meiner Ansicht hatte Margery ihren Privatsafe im Studio oder im Ankleideraum aufstellen lassen, eher im letzteren. In meiner Feigheit wollte ich zuerst das Studio durchsuchen, doch es war wohl besser, an dieser Tür vorbeizugehen und zu hoffen, weder Margery noch ihre Dienerin würden im Schlaf wandeln. Über den zwei Türen der Hausherrin brannte eine Lampe, und falls jemand von der Treppe her in den Korridor kam, führte der einzige Fluchtweg durchs Fenster des Ankleidezimmers hinab zur Straße.

Tiefes Schweigen erfüllte das Gebäude. Aber in London ist es niemals wirklich still. Irgend etwas bewegte sich, nicht in der Nähe, vielleicht draußen auf der Straße. Lautlos schlich ich ein paar Stufen hinab und spähte in den hellen Flur mit dem aprikosengelben Wollteppich. An den Wänden hingen Aquarelle, die Landschaftsszenen zeigten. Sanft schimmerten die Farben im Schein der Lampe, deren Schirm aus einzelnen Glasstücken zusammengesetzt war, aprikosengelb und orange, in verschlungenen Mustern. Vage erinnerte es mich an Margerys Weingläser. Neben dem Treppenpfosten blieb ich stehen, und das Herz schlug mir bis zum Hals, als ich den Korridor betrachtete. Fünfzig Schritte ... Und der lange Raum glich dem Maul einer fleischfressenden Pflanze, die auf mich wartete, ihre Beute, ein winziges Insekt.

Viel zu laut knirschten meine Sohlen auf dem dicken Teppich. Während ich auf Margerys Türen zuging, flatterten meine Nerven, und ich fürchtete, Margery und Marie würden mir auflauern und sich jeden Augenblick auf mich stürzen.

Eine Ewigkeit schien zu verstreichen, aber es dauerte nur eine knappe halbe Minute, bis ich unter der Lampe stand. Ohne den gegenüberliegenden Räumen den Rücken zu kehren, ergriff ich die Klinke der Kapellentür, die sich mühelos öffnen ließ. Über dem Altar brannte das Ewige Licht und wies mir den Weg zum Ankleideraum. Diese Tür war versperrt.

Doch das Schloß bereitete meinem Dietrich keine Schwierigkeiten, und ich ahnte, was meine Nachforschungen wenig später ergaben: Dieses Zimmer enthielt nichts Kostbareres als die Kleider in den Schränken (allerdings teuer genug, hauptsächlich von Worth und Poiret, dazwischen ein paar Chanel-Modelle, die für eine moderne Nuance sorgten). Sicher würden die Preise dieser Garderobe den Laden der Kobolde zu einer billigen Boutique degradieren.

Mein langsamer Rundgang verriet mir nur, daß Margerys Unterwäsche einem erstaunlich exotischen Geschmack entsprach und daß sie schnarchte. Schließlich kehrte ich in die Kapelle zurück, schloß die Tür des Ankleideraums hinter mir und betrat wieder den Korridor.

Zu meinem Leidwesen war die Tür des Studios versperrt – und das Schloß ziemlich widerstandsfähig. Als ich es geöffnet hatte, rann mir der Schweiß von der Stirn. Stumm verfluchte ich alle Schlosser dieser Welt und insbesondere Mr. Yale. Volle zwölf Minuten hatte ich gebraucht, um dieses Hindernis zu überwinden, und in jeder einzelnen der siebenhundertzwanzig Sekunden erwartet, Margerys Tür würde auffliegen und mich in die Flucht schlagen. Endlich klickte das verdammte Ding, der

Dietrich ratterte leise im Messinggehäuse, und meine verschwitzte Hand konnte den Knauf herumdrehen. Ich schlüpfte hinein, schloß die Tür, schob lautlos den Riegel vor, an den ich mich erinnerte. Atemlos wartete ich drei volle Minuten, bis sich meine Nerven beruhigten. Der Drachen schlief.

Sobald sich meine Augen an das schwache Licht gewöhnt hatten, das unter der Tür hereindrang und vom Kaminfeuer ausging, stellte ich fest, daß sich seit der letzten Unterrichtsstunde nicht viel verändert hatte. Ich nahm den dicken Kaschmirschal von der Sofalehne und legte ihn vor den Türspalt auf den Boden, damit man außen keinen Schimmer bemerkte. Dann stopfte ich einen Zipfel meines Taschentuchs ins Schlüsselloch. Nun konnte ich die elektrischen Lampen gefahrlos einschalten.

Aufmerksam schaute ich mich in dem vertrauten Zimmer um. Soviel ich mich besann, gab es drei Möglichkeiten, einen Safe zu verstecken, und die zweite war ein Volltreffer. Der dekorativ verschnörkelte Kaminsims ließ sich zur Seite schieben und enthüllte eine eiserne Platte, zwanzig Zentimeter im Quadrat, mit einem Griff an der Seite und einer Wählscheibe in der Mitte – ein Kombinationsschloß, kein Schlüssel.

Seufzend sank ich auf die Armstütze des Sofas und starrte den Safe an. Hätte ich diesen Job doch Holmes überlassen ... Dieser Tresor war von bester Qualität und würde nicht auf die cleveren Tricks hereinfallen, die mir Holmes' Lieblingssafeknacker beigebracht hatte (*nicht* der Mann, der seit seiner Entlassung aus dem Gefängnis ein Restaurant betrieb). Trotz der populären Bilder von Einbrechern mit Stethoskopen werden Safes nicht mit den Ohren, sondern mit den Fingern geöffnet. Dazu braucht man Nerven wie Drahtseile und unendliche Geduld. Man muß langsam und konzentriert arbeiten, um jenes «unbeschreibliche Schwindelgefühl» (wie es unser Safeknacker nannte) zu erleben, wenn das Schloß aufschnappte. Vor fünf Tagen hatte ich in einem Kellerloch geschmachtet, halb verhungert und von Drogen benebelt, das konnte ich einfach nicht schaffen. In der kurzen Zeit, die mir zur Verfügung stand, würde sich der Safe nicht öffnen lassen.

Geh zu Holmes, drängte mich eine innere Stimme. Reg dich nicht auf, wenn sich sein sekundenlanger Ärger in Mitleid und Verständnis verwandelt. Damit kannst du leben, oder? Wenn du den Safe heute nacht nicht aufkriegst, morgen ist auch noch ein Tag, oder?

Ich trug einen Stuhl zum Safe, schwenkte meine Hände durch die Luft, um sie zu aktivieren, rieb die Fingerspitzen am Sims, um ihre Sensibilität zu steigern. Dann konzentrierte ich meinen ganzen Körper und alle Gedanken auf die schwierige Aufgabe. Wie sollte ich das Schloß knacken?

Bald war ich in Schweiß gebadet, was eher an meiner inneren Anspannung lag als an den Kohlen, die zu meinen Füßen glühten. Nach einer halben Stunde war das Zittern meiner Rückenmuskeln bis zu den Händen vorgedrungen. Deshalb mußte ich die Arbeit für ein paar geräuschlose gymnastische Übungen unterbrechen.

Eine Stunde kroch dahin, dann die zweite, und meine Wange klebte immer noch am Kaminsims. Die Augen geschlossen, richtete ich meine ungeteilte Aufmerksamkeit auf das Klicken der Wählscheibe. Mittlerweile konnte ich nur mehr zehn Minuten arbeiten, ehe meine bebenden Muskeln eine Pause verlangten. Zwei Minuten lang stand ich aufrecht da, streckte mich, lag erschlafft auf dem Sofa und turnte hektisch, ehe ich mich wieder ans Werk machte. Anfangs spornte mich die Vision von Holmes' Mitleid an, später nur mehr hirnlose Entschlossenheit, und vielleicht hätte ich immer noch am Schloß herumgefummelt, wenn Margery am Morgen ins Studio gekommen wäre. Aber um fünf Uhr zwanzig, drei Stunden und sechs Minuten nachdem die Tortur begonnen hatte, genoß ich das süße Schwindelgefühl – meine zitternden Hände öffneten den Mechanismus.

Erschöpft kauerte ich auf den Fersen und strich über meine Stirn. Weder mein Gesicht noch die Finger schienen meinem restlichen Körper anzugehören. Ich zog meine Brille aus der Tasche, setzte sie auf und trug den Inhalt des Safes zum Schreibtisch. Wie sich herausstellte, hatte Margery Childe nicht allzu viele, dafür aber interessante Geheimnisse. Normalerweise besitze ich ein ausgezeichnetes visuelles Gedächtnis. Aber ich durfte meinem Gehirn in seinem gegenwärtigen Zustand nicht trauen. Und so benutzte ich Margerys Feder, um die Einzelheiten ihres verborgenen Lebens zu notieren. Sie lauteten in chronologischer Reihenfolge:

Heirat mit Maj Thomas Silverton, 23. Mai 1915.

Militärverdienstkreuz mit rotweißem Band.

Ein Telegramm, «Wir bedauern, Ihnen mitteilen zu müssen ...», datiert am 3. November 1916.

Eine zweite Heiratsurkunde in Französisch, datiert am 9. Dezember 1920, also vor knapp zwei Monaten. Nur Margerys Mädchenname wurde angegeben, Silverton nicht erwähnt. Ihr zweiter Ehemann hieß Claude de Finetti, mit Londoner Adresse. Als Beruf wurde das französische Äquivalent von *Gentleman* angegeben.

Ein Testament, am 19. Dezember 1920 von Margery unterzeichnet, bezeugt von Marie und einer anderen Frau, deren Name ich nicht kannte, aber die Unterschrift wies auf mangelnde Bildung hin. Margery vermachte die Hälfte ihres Vermögens ihrem Ehemann, die andere dem Neuen Tempel Gottes.

Noch ein Testament in derselben Handschrift, mit der Claude de Finetti die Heiratsurkunde unterzeichnet hatte, genauso datiert und bezeugt wie Margerys Letzter Wille. Er vererbte alles seiner Frau.

Nachdenklich inspizierte ich die Buchstaben des Mannes, der das Dokument mit einem falschen Namen unterzeichnet hatte, die Handschrift eines Opportunisten und Genußmenschen und raffinierten Betrügers, sah die Unmoral in seinem M, die Lüge in dem T, die Grausamkeit und Selbstsucht in einzelnen Schnörkeln. Es gab keinen Zweifel, diese Zeilen stammten von meinem Entführer. Claude, dachte ich, jetzt haben wir dich.

Vier kurze Briefe waren an «Meine liebste Frau» adressiert und nur mit «C» unterzeichnet. Vor dem ersten schreckte ich zurück, als hätte ich mich verbrannt. Erst wollte ich sie ins Feuer werfen, dann ungelesen beiseite legen. Weder das eine noch das andere durfte ich tun. Widerstrebend begann ich zu lesen. Es waren Liebesbriefe, wobei man dem Wort *Liebe* sehr viele Bedeutungen beimessen mochte. Pflichtschuldigst notierte ich die wenigen wichtigen Einzelheiten: «Letzter Donnerstag»; der Name eines Theaterstücks; ein Restaurant. Mit Händen, die sich schmutzig anfühlten, faltete ich die Blätter zusammen. Immerhin erklärten sie Margerys leidenschaftliche Begeisterung für Selbstverleugnung und Disziplin.

Jetzt war es fünf Uhr siebenunddreißig. Hastig brachte ich den Raum in Ordnung, legte die Papiere in den Safe zurück, wischte meine Fingerabdrücke weg, für den unwahrscheinlichen Fall, daß ich irgend etwas versehentlich verändert hatte, was Mißtrauen erregen würde. Dann stellte ich den Stuhl an seinen Platz und steckte Margerys Feder ins Gestell. Nun mußte ich so schnell wie möglich verschwinden. Aber die Öffnung des Safes hatte mein Gehirn auf Touren gebracht, und eine neue Frage tauchte auf: Wie hatte Margery diesen Raum betreten, blutend und derangiert, ohne vorher auf der Straße gesehen zu werden?

Früher hatte ich vermutet, die Bücherregale müßten eine Geheimtür verdecken. Aber ich fand keine, und mein Blick streifte die Schnörkel des Simses, der den Safe verbarg.

Maries Zimmer ... Rasch richtete ich mich auf und starrte die Wand neben dem Kamin an, gegenüber dem Safe. Nur Marie würde schweigen, sollte sie eine seltsame Ritze bemerken.

Neben dem Kamin standen schmale Regale, mit Fotos und Schnickschnack gefüllt. Versuchsweise tastete ich die Schnörkel des Regals ab, die der Kaminverzierung glichen. Es klickte leise, und die Wand bewegte sich.

Während ich meinen Triumph auskostete, hörte ich ein Geräusch im Korridor. Blitzschnell sprang ich zur Tür, schob den Riegel zurück, schaltete das Licht aus, warf den Schal auf die

Sofalehne, riß mein Taschentuch aus dem Schlüsselloch und huschte durch die Geheimtür. In letzter Sekunde erinnerte ich mich an meine Notizen, kehrte um, holte sie vom Schreibtisch, knipste die Taschenlampe aus und tastete mich zum Regal. Sobald ich durch die Öffnung geschlüpft war, verschloß ich sie. Glücklicherweise waren die Angeln gut geölt. Im Studio flammte Licht auf, drang durch ein winziges Guckloch und traf meine Schulter. Atemlos spähte ich hindurch.

Margery durchquerte den Raum, das Haar zerzaust, die Augen vom Schlaf geschwollen, in einem schimmernden, seidenen Morgenmantel. Obwohl die müden Schritte ihre vierzig Jahre verrieten, fand ich sie schöner denn je und fühlte mich wie eine *voyeuse*. Ich sah sie zum Kamin gehen und Kohlen hineinwerfen. Dann kratzte sie sich am Kopf und sank aufs Sofa. Sie zog die Beine an und griff geistesabwesend nach hinten. Zu meiner maßlosen Erleichterung schlang sie den Schal um ihre Schultern, ohne zu merken, wie achtlos er hingeworfen worden war.

Vorerst war ich in Sicherheit. Margery würde mir nicht in den Geheimgang folgen (ein Luftzug an meinen Waden verriet mir, daß dies nicht nur ein Versteck war). Und sie würde sich auch nicht an den Schreibtisch setzen, wo die warme kleine Lampe verkünden würde, daß sie soeben gebrannt hatte.

Blicklos starrte sie ins Feuer. Hinter mir – in Maries Zimmer – bewegte sich etwas: Wasser rauschte, eine Tür fiel ins Schloß. Nach ein paar Minuten betrat die Dienerin das Studio, ordentlich frisiert, in ihrer gestärkten grauen Uniform, ein Tablett in den Händen. Sie begrüßte ihre Herrin förmlich, servierte den Tee und schürte das Feuer. Dann überließ sie Margery ihren Gedanken und mich meinem Dilemma.

Ursprünglich hatte ich geplant, das Erdgeschoß aufzusuchen und am Nachtwächter vorbeizuschleichen, durch die Vordertür auf die Straße. Wenn nichts auf einen Einbruch hinwies, würde man der unverriegelten Tür keine Bedeutung beimessen. Aber nun war ich gefangen.

Es sei denn ...

Nein. Von der Finsternis hatte ich genug. Lieber wollte ich warten. Bis Holmes die Geduld verlor und hereinkam? Oh, zum Teufel mit ihm! Warum verwandelte er sich ausgerechnet jetzt in einen fürsorglichen Mann? Er würde mich retten, ob ich es wünschte oder nicht.

Nein danke. Am anderen Ende des Geheimgangs würden Spinnweben und Stufen und verborgene Schlösser warten, und ich besaß nur ein paar Streichhölzer. Andererseits – ich hatte gelernt, mich im Dunkeln zu bewegen.

Nein, völlig ausgeschlossen. Ich würde hier warten, bis Margery verschwand, um sich anzuziehen, und mich dann hinausstehlen. Am Sonntag morgen würde sich kaum jemand im Haus aufhalten.

Wie lange? Zwei Stunden oder drei? Da ich in der Zufluchtsstätte Tee getrunken hatte, würde meine Blase platzen. Sollte ich hier in diesem schwarzen Korridor etwas dagegen unternehmen? Das würde mich zu lebhaft an meine Gefangenschaft im Keller erinnern und mich in jenes andere Dunkel meiner Seele zurücktreiben.

Es war ein sehr langer Gang, gewunden, ohne einen einzigen Lichtschimmer. Ich umklammerte die Streichholzschachtel, ein Talisman, der mich vor den Gefahren der Nacht schützen sollte. Sorgsam zündete ich eins an und eilte weiter, bis ich mir beinahe die Finger verbrannte. Ein paar Schritte lang tastete ich mich durch das Dunkel und fand mich natürlich schlechter zurecht als vor der kurzen hellen Phase. Wenn ich meinen Sinnen eine Chance gab, würden sie mich leiten. Aber in meiner Feigheit vertraute ich den Streichhölzern. Nur noch drei steckten in der Schachtel – da erreichte ich das Ende des Gangs.

Eine schmale Tür ließ sich öffnen, und ich betrat eine enge Passage, die, dem Himmel sei Dank – ins Freie führte. Nachdem ich zwischen zwei Häusern hindurchgeeilt war, blieb ich auf einer Straße stehen und sog die Luft des frühen Morgens ein.

Glücklich warf ich meinen Kopf in den Nacken. Diese Straße

erschien mir wie das Paradies, der Nebel wie der Atem Gottes, und die wenigen Frühaufsteher kamen mir wie Engel vor.

Die Straße führte an der Rückfront des Tempels vorbei. Wachsam hielt ich nach Polizisten und Margerys Anhängerinnen Ausschau, während ich um zwei Ecken bog und Holmes aufspürte. (Inzwischen hatte sich die Butterblume in einen unscheinbaren Arbeiter verwandelt.) Als ich seine Hand packte, überraschte ich mich selber ebenso wie ihn. Und ich ließ sie nicht los, bis wir in meiner Wohnung eintrafen.

21

Sonntag, 6. Februar

(Der Ehmann) fordert zum Ersatz nicht andern Lohn
Als Liebe, freundlich Blicken und Gehorsam,
Zu kleine Zahlung für so große Schuld . . .
Die ist die Frau auch schuldig ihrem Gatten.
Und ist sie trotzend, launisch, trüb und bitter
Und nicht gehorsam billigem Gebot,
Was ist sie als ein tückischer Rebell,
Sündger Verräter an dem lieben Herrn?

WILLIAM SHAKESPEARE

Diese alberne Demonstration schien Holmes klarzumachen, daß ich am Ende war, körperlich und seelisch. In meiner Wohnung befahl er mir, zu baden und Mrs. Qs Frühstück im Bett einzunehmen. Die Stirn gerunzelt, saß er daneben und beobachtete mich, bis ich den letzten Bissen gegessen hatte. Das verblüffte mich, denn normalerweise behandelte er meine Gebrechen wie seine eigenen – er ignorierte sie. Vielleicht waren die letzten Tage nicht nur für mich, sondern auch für ihn – wie Q angedeutet hatte – schwierig gewesen, wenn auch aus anderen Gründen. Über den Rand meiner Kaffeetasse hinweg schaute ich ihn an und schilderte pflichtbewußt, was ich im Tempel getan und was ich gefunden hatte. Er saß in einem Boudoir-Sessel mit rosa Satinbezug, die Arbeiterstiefel auf dem Fußende meines mondänen Bettes, die Augen geschlossen.

Als ich meinen Bericht beendet hatte, wartete ich, aber er zeigte keine Reaktion, und ich nahm an, er würde schlafen. Lautstark stellte ich meine Tasse aufs Tablett, und da hob er die Lider. «Danach habe ich Sie noch gar nicht gefragt, Holmes. Wie konnten Sie mich in diesem Haus in Essex finden?»

Er befaßte sich mit der Kaffeekanne, und zunächst dachte ich, er würde nicht antworten. Doch dann zog er die Stirn in noch tiefere Falten und starrte in seine Tasse. «Meine Karriere wurde von glanzvollen Beispielen meiner Unfähigkeit überschattet, Russell – großenteils hinter Watsons Wortfülle verborgen, aber meine Dummheit drohte nur selten eine so fatale Katastrophe heraufzubeschwören. Bis zum Freitag morgen merkte ich nicht einmal, daß Sie verschwunden waren.»

«An diesem Tag erschien ich nicht zur Präsentation meines Essays. Vermißte Duncan mich nicht schon früher? Wir wollten den Mittwoch zusammen verbringen ... Holmes! Sind Sie zur Präsentation gefahren?»

«Ja, ich war da, ordentlich gekleidet, in meinen eigenen Sachen, nicht aus dem Kostümfundus. Im Saal empfing mich nackte Panik, in der Oxford-Variante – gepreßte Stimmen, mehrsilbige Wörter, ein paar gerungene Hände. Zufällig tauchte auch Margery Childe auf. Ich ging zu Ihrem Kollegen Duncan, und er beherrschte sich lange genug, um mir mitzuteilen, niemand habe Sie in dieser Woche gesehen. Und Miss Childe erklärte mir, Sie seien tagelang nicht in den Tempel gekommen, obwohl Sie es halb und halb versprochen hatten. Aber sie vermutete, Sie wären beschäftigt gewesen. Nachdem Ihre Vermieterin versichert hatte, Sie würden Ihre Wohnung seit neun Tagen nicht mehr benutzen, brauchte ich den restlichen Freitag, um festzustellen, daß Sie in den späten Samstagzug gestiegen waren, und um daraufhin ein Ermittlungsteam zusammenzutrommeln. Dann verstrich der halbe Samstag, ehe ich einen Stationsvorsteher fand, der sich an eine Gesellschaft betrunkener Londoner mit einer bewußtlosen Frau erinnerte. Von da an verlor sich die Spur. Ihr Kidnapper fuhr in einem Ford über Nebenstraßen, und die Feldarbeiter, die in den frühen Sonntagmorgenstunden an den entgegengesetzten Grenzen des County einen Ford beobachtet hatten, waren unglaubwürdig. Am Montag teilte ich das Gebiet in vier Sektoren und ...»

Er verstummte, als das Telefon läutete. Gehorsam erlaubte ich Q, sich zu melden, und wartete, bis er zu meinem Nachttisch eilte und den Hörer abnahm (zweifellos war der Apparat neben dem Bett installiert worden, damit Ladies, die bis mittags schliefen, den gewünschten Komfort genossen). Aus der Leitung drang lebhaftes männliches Stimmengewirr. «Halt!» befahl ich. «Leider kann ich Sie nicht verstehen. Wer ist da?»

«Miss Russell, o Miss Russell, hier spricht Eddie, da war sie grade, ist Mr. Holmes da, er sagte, ich soll anrufen, wenn sie rauskommt, mein Vetter folgt ihr, aber er will, daß ich's Ihnen und Mr. Holmes erzähle, ist er da ...»

«Wo bist du, Eddie?» unterbrach ich ihn, und Holmes erstarrte.

«An der Ecke gegenüber vom Tempel, Miss, sie geht zum Fluß, und Billy ist ihr auf den Fersen, sie und ihre Dienerin kamen aus dem Haus und stritten heftig, und sie stieß die alte Schachtel weg, dann lief sie davon.»

«Bleib, wo du bist, Eddie. In fünf Minuten sind wir da.» Ich warf den Hörer auf die Gabel, wobei ein Teil des goldenen Lacks absplitterte, und sprang aus dem Bett.

Inzwischen war Holmes zur Tür gerannt. «Russell, Sie sind nicht in der Verfassung ...»

«Ach, halten Sie den Mund, Holmes, und bestellen Sie ein Taxi», fiel ich ihm ins Wort und begann, meine wenigen Kleidungsstücke auszuziehen. Hastig verschwand er.

Statt des Taxis sah ich Q hinter dem Steuer meines Mietwagens sitzen, Holmes neben sich. Ich stieg ein, und das Auto fuhr los, bevor ich die Tür geschlossen hatte. Bald brausten wir am Tempel vorbei, wo sich am Sonntag morgen niemand blikken ließ. Aber an der Ecke stand ein schlaksiger sechzehnjähriger Junge im Eingang eines Zeitungsladens und winkte uns zu. Ich hielt ihm den Wagenschlag auf. Vorsichtig kletterte er herein, nickte mir zu und begrüßte Holmes ebenso aufgeregt, wie er vorhin telefoniert hatte.

«Guten Morgen, Mr. Holmes, Sir. Billy sagte, er macht genau das, was Sie ihm aufgetragen haben. Ein paar von uns stehen an der Strecke, die sie gegangen ist, und er behält sie im Auge.» Dann wiederholte er sich mehrmals, in leicht abgewandeltem Wortlaut.

Da waren tatsächlich einige Personen postiert, die jüngste ein sechsjähriges Mädchen, die älteste ein Greis, über einen Gehstock gebeugt, und alle zwängten sich zu uns ins Auto. Ich schüttelte gerade die Hände von acht Leuten, die Billys zahlreicher Verwandtschaft angehörten, als Holmes' scharfer Befehl ertönte. «Runter!»

Zu zehnt fielen wir auf den Boden und den Sitz, während das Auto langsam an Billy und einem Vetter und dann an Margery Childe vorbeirollte, in eine Seitenstraße bog und an der Bordkante stoppte. Holmes und ich stiegen aus. «Q, bringen Sie meine Freunde nach Hause», sagte ich. «Wenn Sie unterwegs eine geöffnete Teestube finden, laden Sie alle zum Frühstück ein. Später gebe ich Ihnen das Geld.» Trotz vielstimmiger Proteste schlug ich ihnen die Tür vor den Nasen zu, und Q fuhr davon. Holmes und ich drückten uns in einen Eingang und warteten, bis Margery am Ende der Seitenstraße vorbeiging. Dann eilten wir Billy entgegen und befahlen ihm stehenzubleiben.

Offensichtlich steuerte sie den Fluß an. Zweimal schaute sie über die Schulter, aber das ahnten wir irgendwie voraus, und sie entdeckte uns nicht. Abgesehen von diesen Blicken unternahm sie keinen Versuch, etwas zu verheimlichen, verzichtete auf ein Taxi und wanderte schnurstracks nach Süden, zur Tower Bridge. Wir folgten ihr über den schmutzigen, kalten Fluß, wahrten einen gewissen Abstand und beschleunigten unsere Schritte erst, als sie sich nach Osten wandte. Am Südufer durchquerte sie die Werften, ein schäbiges Labyrinth, das kein einziger Sonnenstrahl erhellte. Abwechselnd schlenderten und sprinteten wir hinter ihr her.

Kurz vor Greenwich eilten wir um eine Ecke und sahen ihr Cape verschwinden.

«O Gott, ich dachte, sie würde nach Dover gehen», murmelte Holmes. «Bleiben Sie hier und folgen Sie ihr, wenn sie wieder auftaucht. Lassen Sie Krümel oder sonstwas fallen. Ich postiere Billy an der Ecke da drüben, falls es eine Hintertür gibt.»

Zu den schlimmsten Londoner Ärgernissen gehören gewissenhafte Polizisten. Nach knapp fünf Minuten stöberte mich einer auf, musterte meine Männerkleidung und das hennarote Haar und machte mir das Leben schwer. Ich fixierte ihn mit einem herablassenden Blick und schlug meinen hochmütigsten Ton an. «Guter Mann, vielleicht sollte ich Ihnen mitteilen, daß Sie mit Margaret Farthingale Hall sprechen – Lady Margaret Hall. Was Sie soeben betrachten, ist das Resultat einer langen, nicht sonderlich amüsanten Party, die Jeffie Norton – der amerikanische Filmstar! – gestern abend gab. Wie Sie unschwer feststellen können, war es ein Kostümball. Sicher sollte ich mich geschmeichelt fühlen, weil mein Kostüm Sie dermaßen fasziniert. Aber das Spiel beginnt mich zu langweilen, und ich fürchte, die Verkleidung wirkt nicht so exotisch, wie ich zunächst glaubte. Als ich meinen Begleiter zuletzt sah, trug er ein viel interessanteres Kostüm im Stil der neunziger Jahre, mit Federn und Pailletten – Folies-Bergère, Sie wissen schon. Sie haben ihn nicht zufällig gesehen? Nein, das wäre wohl zu schön, um wahr zu sein. Wie ich ihn kenne, wartet er hinter der Ecke, bis Sie sich entfernen. Ein lieber Junge, aber so konservativ, wenn er seine Nerven nicht mit Champagner beruhigt ... Gehen Sie doch einfach weiter, dann wird's mir gelingen, ihn irgendwie aus der Reserve zu locken.» Gebieterisch kehrte ich ihm den Rücken.

Ein älterer Constable hätte vielleicht die Stellung gehalten. Aber diesen hatte ich so eingeschüchtert, daß er eher meiner Stimme und meiner Attitüde glaubte als der schäbigen Kleidung. Nach einer strengen Ermahnung ließ er mich auf meinem Beobachtungsposten allein.

Zehn Minuten später überlegte ich, wie lange der Rundgang meines Polizisten dauern mochte. Und nach fünfzehn Minuten streckte Holmes völlig unerwartet seinen Kopf aus der Tür, durch die Margery gegangen war. Ich rannte zu ihm und schlüpfte hinein. Im Flur lag eine Gestalt, gefesselt und geknebelt. «Der einzige Wächter?» wisperte ich.

«Beim Hinterausgang habe ich noch einen gefunden. Helfen Sie mir, diesen da aus dem Weg zu räumen.»

Ich hob die Füße hoch und ließ sie beinahe wieder fallen, als ich das Gesicht sah. «Holmes, der war in diesem Haus in Essex.»

«Gut», lautete der einzige Kommentar, aber Holmes behandelte den Mann, den wir in ein angrenzendes Büro warfen, nicht besonders sanft. «Sie ist oben», flüsterte er. «Im zweiten Stock, nach den Geräuschen zu schließen. Ich glaube, sonst ist kaum jemand hier.»

«Vielleicht besuchen sie alle den Gottesdienst.»

Das Gebäude, ein Lagerhaus, enthielt nur ein paar aufgerollte Stricke und Stoffballen. Vor den Eingängen standen zwei Laster, aber das Unternehmen schien nicht zu florieren. Aus den oberen Etagen drangen Stimmen herab, unverständlich und zornig. Vorsichtig stiegen wir die Treppe hinauf, unterschieden eine tiefe Männer- und eine schrille Frauenstimme, und sobald wir näher kamen, erkannte ich alle beide. Die Frau war Margery, die in meiner Gegenwart noch nie so vulgär gesprochen hatte. Und die Männerstimme gehörte ihrem Ehemann, meinem Entführer Claude Franklin.

Plötzlich fühlte ich mich elend und erschöpft. Ich mußte geschwankt haben, denn Holmes hielt meinen Ellbogen fest. «Nehmen Sie den Revolver!» befahl er und reichte mir die Waffe. Automatisch griff ich danach, dann drückte ich sie wieder in seine Hand.

«Behalten Sie das Ding, Holmes», wisperte ich. «Ich würde in meine eigenen Füße schießen.»

Da steckte er den Revolver in seinen Gürtel zurück, und wir schlichen weiter die Stufen hinauf, bis wir auf einer Höhe mit dem streitlustigen Paar waren. Sonst schien sich niemand im Haus aufzuhalten.

«... dachtest du wirklich, ich würde es nicht herausfinden, Claude?» fragte Margery. «Sicher, ich war furchtbar dumm. Aber als ich am Freitag erfuhr, daß Mary gefangengehalten wurde. Und dann ihr Testament ... Deshalb warst du die ganze Zeit weg, nicht wahr? Wolltest du sie tatsächlich umbringen? Wegen ihres *Geldes*?» In ihrer Stimme schwang ein ungläubiger Unterton mit.

«Du blöde Kuh! Was meinst du wohl, warum ich dich geheiratet – und jeden Donnerstagabend in diesem gottverlassenen Höllenloch gewartet habe? Um deine verdammte Konversation zu genießen?»

Hätten wir in dem langen Schweigen, das nun folgte, eine Bewegung wahrgenommen, wären wir in den Raum eingedrungen. Doch wir hörten nur tiefe Stille. Schließlich begann Margery wieder zu sprechen, in jenem ruhigen Ton, den ich kannte. «Hast du den Jungen mit dem Messer auf mich gehetzt? Sekundenlang dachte ich, du hättest entschieden, die Prügel würden nicht genügen. Aber ich konnte es nicht glauben. Und dann starb er. Hast du das auch arrangiert? Vermutlich. Du wolltest mich beseitigen lassen, um an das Vermögen des Tempels heranzukommen. Großer Gott, was für ein Ungeheuer bist du?»

Ich schaute Holmes an und wußte, daß mein Gesicht das gleiche Grauen widerspiegelte wie seines. «Er wird sie ermorden», flüsterte ich.

«Vielleicht legt sie's darauf an.»

«Also wolltest du Mary töten, sobald du von ihrem Testament erfahren hast», fuhr Margery fort. Langsam fügte sie das unbegreifliche Puzzle in ihren Gedanken zusammen. «Warum lachst du?»

«Du meine Güte, du bist wirklich dumm.»

«Warum?»

«Sie hat gar kein Testament verfaßt. Das war mein Werk.»

Jetzt dauerte das Schweigen nicht so lange. Margery schien sich an einen neuen, fremdartigen Mechanismus zu gewöhnen. «Wegen meines Geldes sollte ich sterben. Und sie rettete mir das Leben. Dann hast du sie entführt, ein Testament gefälscht, und du hättest sie ermordet, wäre die Polizei nicht rechtzeitig aufgetaucht. Wahrscheinlich hättest du einen weiteren Mordanschlag auf mich verübt. Claude, was bist du nur für ein Mensch? Deine eigene Frau, um sie zu beerben ...» Sie unterbrach sich, und als sie weitersprach, klang ihre leise Stimme heiser vor Entsetzen. «Iris! Mein Gott, du hast Iris getötet. Weil sie mir ein bißchen Geld vermacht hat? Das brachte dich auf diese Idee?»

«Margery», erwiderte er fast liebevoll, «ich hab's schon im letzten Sommer geplant, lange vor unserer Hochzeit.»

«Delia?» stöhnte sie. «O nein – nein!»

«Nun muß ich gehen», erklärte er, und ich hörte ein Stuhlbein scharren. «Hör mal, ich möchte dir nichts antun, Margery. Ich mochte dich, wirklich. Jetzt ist ohnehin alles beim Teufel. Monatelang habe ich meine Vorbereitungen getroffen – umsonst. Und diese verdammte Russell wird die Polizei auf mich hetzen. Deshalb bleibt mir nichts anderes übrig, als unterzutauchen – mindestens ein paar Jahre. Also könnte ich dein Vermögen gar nicht beanspruchen.»

«Claude, ich lasse dich nicht gehen.»

«Du hast keine Wahl, Margery.»

«Wenn du mich erschießt, wirst du sterben.»

Ihre Stimme verriet keine Angst, nur kühle Entschlossenheit. Einen Sekundenbruchteil bevor der Schuß knallte, warfen wir uns gegen die Tür. Das alte Holz gab krachend nach. Hoch aufgerichtet, die Waffe gezückt, stürmte Holmes ins Zimmer, und ich wälzte mich hinein – ein hübscher Effekt, der beinahe wie einstudiert wirkte. Franklin stand hinter einem massiven Eichenschreibtisch und zielte mit seinem Revolver auf Margery. Blitzschnell fuhr er herum und feuerte zwei Schüsse ab, während hinter mir ein dritter krachte. Ich sprang auf, duckte mich, sah Franklin taumeln und stürzen. Hinter dem Schreibtisch erklang ein dumpfes Geräusch.

Den Revolver immer noch erhoben, rannte Holmes zu dem Schurken hinüber. Dann klappte seine Kinnlade herunter, und er fluchte wütend. Franklin war verschwunden.

Verwundert starrte ich den Boden an, sah aber nur einen Blutfleck. Ich riß mich zusammen und wandte mich Margery zu, während Holmes die Bretter abtastete und nach einer verborgenen Falltür suchte. «Wie geht's ihr?» fragte er.

«Oh, sie wird's überleben. Ein glatter Durchschuß, unter dem Schulterblatt.»

«Hier können wir nichts mehr machen», verkündete er und stand auf. «Leider ist er uns entwischt.»

«Ich hätte mir denken können, daß es hier auch einen Geheimgang gibt.»

«Wäre es anders gekommen, wenn wir's gewußt hätten? Können Sie Miss Childe allein lassen?»

«Ja.»

Wir polterten die Treppe hinab, ließen alle Türen offen und rannten um die Ecke, direkt in die Arme des Constables.

«Was hat das zu bedeuten?» fragte er erwartungsgemäß. Holmes wich ihm aus, lief weiter, und ich sprang aus der Reichweite des Polizisten. «Im zweiten Stock liegt eine verwundete Frau, und sie braucht ärztliche Hilfe. Wir sind hinter dem Mann her, der auf sie geschossen hat. Also müssen wir uns beeilen.» Das gefiel ihm natürlich nicht, und er blieb mir auf den Fersen. Unglücklicherweise wählte Billy, Holmes' Assistent, diesen Augenblick, um sich der Verfolgungsjagd anzuschließen. Er wurde festgehalten, während ich mit bleischweren Beinen weiterrannte und Holmes allmählich einholte. Am Fluß blieb er stehen, unterhalb eines Krans auf einem Landesteg, umgeben von Lastkähnen voller Kohlen. Keuchend und vorerst sprachlos zeigte er aufs Wasser.

Ein leeres kleines Skiff mit eingezogenen Rudern schaukelte auf den Wellen, und die Strömung trieb es von einer schnittigen Barkasse weg, die flußaufwärts vertäut lag. Plötzlich knisterte das Skiff, eine Rauchwolke quoll empor. Ich schaute mich grimmig nach einem Kahn um, den wir stehlen konnten. Aber Holmes schlüpfte entschlossen aus seinem Mantel und beugte sich zu seinen Schnürsenkeln hinab. Unter heftigem Protest folgte ich seinem Beispiel. «Neben dem nächsten Pier liegt ein Boot, Holmes. Die Polizei soll ein Telegramm an den Zoll schicken, dann schnappen wir ihn, bevor er das Meer erreicht. Wenn wir schwimmen, können wir ihn nicht fangen.»

«Moment mal, Russell, *Sie* werden nirgendwohin schwimmen. In Ihrem derzeitigen Zustand würden Sie ertrinken, und was wird dann aus mir?»

«Natürlich begleite ich Sie», entgegnete ich und zog meinen zweiten Stiefel aus. Sekundenlang wurde mir schwarz vor Augen, dann überwand ich den Schwächeanfall.

Holmes stand immer noch neben mir und beobachtete meine Bemühungen. «Nein.» Irgend etwas Hartes traf meinen Kopf, und ich versank in einem dunklen Abgrund.

■

Schrittweise kam ich zu mir, als würde ich eine Klippenwand hinaufklettern, und endlich erreichte ich den Gipfel. Ich hob meinen schwirrenden Kopf von den Brettern hoch, die nach Teer und Pferdemist und verfaultem Fisch stanken. Offenbar war ich nur ein oder zwei Minuten lang bewußtlos gewesen, denn die Barkasse war immer noch da. Nun glitt sie geschmeidig dahin, aus der Vertäuung befreit, und drehte sich flußabwärts. Eine untersetzte, schwarzhaarige Gestalt ging über das Deck zum Ruder. Wie eine Spinne klammerte sich ein großer, schlanker Mann an die Seite des Rumpfs, die untere Körperhälfte im Wasser. Ohne ihn zu bemerken, schlenderte der stämmige Bursche vorbei. Sofort schwang sich Holmes über die Reling und attackierte ihn.

Doch er kam einen Sekundenbruchteil zu spät, oder er war zu langsam und Franklin einfach zu schnell. Holmes packte den Revolver seines Gegners, und die beiden rangen auf dem Deck, während die Barkasse träge weiterfuhr und andere Boote mit nichtsahnenden Besatzungen vorüberzogen.

Als sich der Bug der Barkasse flußabwärts wandte, verlor ich die beiden Männer aus dem Blickfeld. Ein Schuß krachte, dann noch einer. Nun drehte das Boot wieder, und sie kämpften immer noch. Franklin besaß beachtliche Kräfte, aber Holmes war größer, und jetzt zeigte der Revolverlauf auf die Deckplanken. Beim dritten Schuß drehte sich die Barkasse wieder, und dann kam ihr ein Frachtkahn in die Quere, schwerbeladen mit Pferdemist. Warnend schrie die Besatzung – vergeblich. Die Breitseite der Barkasse prallte krachend gegen den Frachter.

Ob die dritte Kugel oder der Zusammenstoß den Benzintank auseinandergerissen hatte, sollte ich niemals erfahren. Jedenfalls verdichtete sich der Rauch, der aus dem Schornstein stieg, Funken flogen heraus, gefolgt von Flammen. In meinen Ohren dröhnte ein gewaltiger Krach. Dreißig Sekunden später brannte die ganze Barkasse. Schreiend stieß die Besatzung des Frachters das Feuerschiff mit langen Pfählen weg. Nur drei Minuten lang loderte die Barkasse auf der Wasserfläche. Dann versank sie in der Tiefe.

Ich merkte nicht, daß ich aufgesprungen und ans Ende des Piers getreten war, bis meine Knie einknickten. Kraftlos ließ ich mich auf zusammengerollte Taue fallen und beobachtete die hektischen Aktivitäten. Von allen Seiten fuhren Schiffe heran, auch ein Polizeiboot. Aufgeregt rannten die Leute über ihre Decks, brüllten und fluchten und gestikulierten. Die Besatzung des Frachters starrte ins Wasser, wie gelähmt vor Entsetzen – Menschen, die den Tod gesehen hatten.

Während ich brennende Planken und undefinierbare schwelende Dinge dahinschwimmen sah, die Wrackteile der schönen, teuren Barkasse, empfand ich nichts. In mir gab es nichts, was ich fühlen konnte. Wie seltsam ... Die Boote versammelten sich, und ich wartete auf das Grauen, das mich überwältigen würde, auf den Impuls, in den Fluß zu springen oder in Wahnsinn zu verfallen. Aber ich spürte nur diese sonderbare Leere.

Nach langer, langer Zeit bewegte sich das Wasser unter meinen Füßen. Ich schaute hinab, in ein weißes Oval mit eisengrauem Haar, voller Schlamm und Abfall. Dann begann es zu sprechen, in gedehntem Cockney-Akzent. «Wollen Sie mir nicht raushelfen, Kleiner?»

«Holmes?» wisperte ich und kniete nieder, streckte eine Hand nach unten und zerrte die triefnasse, versengte Karikatur eines Mannes in Hemdsärmeln auf den Pier – barfuß, mit halber Glatze, mit Öl und Schmutz bedeckt, der Hälfte aller europäischen Krankheiten ausgeliefert. Als er vor mir stand, warf ich beide Arme um seinen Hals und preßte meinen Mund auf seinen. Für eine halbe Ewigkeit waren wir vereint.

Und dann kehrte die Vernunft zurück. Ich riß mich los und schlug ihn – das war keine besonders raffinierte Attacke, nur eine gute, traditionelle Ohrfeige von weiblicher Hand, hinter der die ganze Muskelkraft meines Arms steckte. Zu meiner Genugtuung hörte ich seine Zähne klappern, und beinahe wäre er ins Wasser gestürzt. Wütend starrte ich ihn an. «Tu das nie wieder!»

«Russell! *Ich* habe doch nicht ...»

«Hast du mich etwa nicht bewußtlos geschlagen und zurückgelassen? Holmes, wie konntest du nur!»

«Leider fehlte mir die Zeit für längere Diskussionen.»

«Das ist keine Entschuldigung», erwiderte ich unlogischerweise. «Tu das nie wieder!»

«An meiner Stelle hättest du genauso gehandelt.»

«Nein! Nun, wahrscheinlich nicht.»

«Verzeih mir, daß ich eine Entscheidung für dich getroffen habe, Russell.»

«Versprich mir, daß du so was nie wieder tust.»

«Also gut, ich verspreche es. Nächstes Mal lasse ich den Schurken entkommen, während wir gemeinsam überlegen, wie wir vorgehen sollen.»

«Einverstanden. Danke.» Während er sein Kinn betastete, erforschte ich die Beule auf meinem Kopf. «Mein Schädel brummt. Womit hast du mich niedergeschlagen?»

«Mit der Hand. Ich glaube, ich habe mir was gebrochen», fügte er nachdenklich hinzu und bewegte vorsichtig seine Knochen.

«Geschieht dir ganz recht!» fauchte ich, wischte einen verfaulten Strohhalm von seiner Wange und entfernte ölgetränktes Zeitungspapier vom verkohlten Rest seines Kragens. Er zog ein triefendes Taschentuch aus der Hosentasche, wrang es aus, faltete es auseinander, dann strich er damit über sein Gesicht, die Hände und Haare. Schließlich hielt er es hoch und inspizierte seine Verwandlung in den Lappen eines Automechanikers, warf es in den Fluß und wandte sich wieder mir zu, um mich ausdruckslos anzuschauen.

«Jetzt wären ein Bad und eine Impfung angebracht, Holmes»,

sagte ich oder begann ich zu sagen, denn beim dritten Wort umarmte er mich, und seine Lippen verschlossen mir den Mund, so kraftvoll wie die Hand, die mir die Besinnung geraubt hatte. Auf meine Knie übte der Kuß die gleiche Wirkung aus.

(Wie konnte er's wissen? Wieso kannte er meinen Körper besser als ich selbst? Warum erriet er, daß sein Daumennagel, der über meinen Rücken glitt ...)

«Bei Gott!» flüsterte er heiser in mein Haar. «Das wünsche ich mir, seit ich dich zum erstenmal gesehen habe.»

(... meinen Körper zwingen würde, sich an seinen zu schmiegen, die Augen zu schließen, den Atem anzuhalten? Daß seine Lippen auf der Innenseite meines Handgelenks und an meinem Kinn alle Fasern meines Körpers ...)

«Holmes», protestierte ich, als ich wieder Luft bekam, «damals hast du mich für einen Jungen gehalten.»

(... auf diese Verschmelzung konzentrieren würden? Daß seine Lippen, die meinen Mundwinkel streiften, betörender, noch verführerischer ...)

«Und das hat mich minutenlang geärgert», erwiderte er.

(... als ein richtiger Kuß, die Sehnsucht nach leidenschaftlicheren Liebkosungen weckte?)

Nun schob er mich von sich, hielt aber glücklicherweise meine Schultern fest. Und dann fragte er, im Tonfall einer alltäglichen Diskussion: «Verstehst du, wie katastrophal das ist? Ich bin alt und an einen bestimmten Lebensstil gewöhnt, ich werde dir keine besondere Zuneigung beweisen und dich sehr oft gewaltig irritieren. Aber du weißt ja, wie schwierig ich sein kann.»

«Und du rauchst stinkenden Tabak, verschwindest tagelang in irgendwelchen Drecklöchern und experimentierst mit widerlichen Chemikalien. Das ist mir völlig egal.»

«Was?»

«War das ein Heiratsantrag, Holmes?»

Er blinzelte mich an. «Ist das denn nötig? Würde es irgendeinen obskuren Teil deiner Seele befriedigen, mich auf den

Knien zu sehen? Wenn's sein muß, tu ich's, obwohl mich mein Rheumatismus plagt.»

«Holmes, dein Rheumatismus plagt dich nur, wenn's dir in den Kram paßt. Und du solltest nur dann um meine Hand anhalten, wenn du auf beiden Beinen stehst. Also gut, ich nehme den Antrag an, unter der bereits erwähnten Bedingung, daß du nie wieder versuchst, mich vor Schaden zu bewahren, indem du mich niederschlägst oder sonstwie überlistest. Ich will keinen Mann heiraten, dem ich mißtraue.»

«Hiermit gelobe ich feierlich, meine ritterlichen Impulse zu bezähmen, Russell. Das heißt, falls du dich bereit erklärst, in gewissen Situationen – nur aufgrund meiner größeren Erfahrung, wie ich hastig hinzufügen muß – meine Befehle entgegenzunehmen.»

«Wenn du die Befehle keinem weiblichen Wesen, sondern deiner Assistentin erteilst, werde ich gehorchen.»

Nachdem wir diese komplizierten Verhandlungen über den Ehevertrag beendet hatten, schauten wir uns an, ein frisch verlobtes Paar, und schüttelten uns die Hände.

Postskriptum

... als die Verführer, und doch wahrhaftig; als die Unbekannten und doch bekannt; als die Sterbenden, und siehe, wir leben; als die Gezüchtigten, und doch nicht ertötet; als die Traurigen, aber allezeit fröhlich; als die Armen, aber die doch viele reich machen; als die nichts innehaben, und doch alles haben.

DER ZWEITE BRIEF DES PAULUS
AN DIE KORINTHER, 6,8–10

Eine solche Geschichte hat kein richtiges Ende, und doch muß ein Schlußstrich gezogen werden. Aber für Leser, die über die Grenze hinausschauen möchten, will ich zwei Gespräche wiedergeben, die ich in jenem Frühling führte.

Veronica rief mich in Sussex an, sechs Wochen nach den letzten Ereignissen. Seit einiger Zeit reiste Miles durch Amerika, und sie hatte soeben ein Telegramm aus Washington, D. C., erhalten. «Er kommt früher zurück – zu mir, Mary.»

«Hat er das telegraphiert?»

«Die genauen Worte lauten: ‹Was tue ich hier, wo ich unentwegt auf Grenzen stoße?› Bald kommt er nach Hause.»

«Ronnie, das freut mich, und ich hoffe, du wirst meinem unmanierlichen Beispiel nicht folgen und heimlich durchbrennen.»

«Keine Chance, bei unseren Familien ... Iris' wegen werden sie wahrscheinlich keinen Ball geben, und das ist gut so. Miles tanzt fast genauso miserabel wie ich.»

In einer Wolke aus weißen Rosen heiratete sie ihn. Drei Jahre lang war sie glücklich und bekam ein Kind, bevor er 1924 in Irland von einem Heckenschützen erschossen wurde.

Das zweite Gespräch fand einige Monate später statt. Allmählich näherte sich der erste der vier Gerichtsprozesse, die Claude Franklins / Calvin Franichs / Claude de Finettis verkohlte Leiche ausgelöst hatte, dem Abschluß. Da sich zwei Mitglieder des Inneren Kreises, Susanna Briggs und Francesca Rawley, an seinen Schmuggelgeschäften beteiligt hatten, sollten sie zu Gefängnisstrafen verurteilt werden. Weitere Verfahren drohten den Männern, die man im Londoner Warenhaus und in Essex festgenommen hatte. Aber Margery Childe wurde nicht angeklagt. Ob sie von den Schmuggeleien ihres Mannes oder seinen Mordplänen gewußt hatte, konnte nicht bewiesen werden. Nach dem Streit, den Holmes und ich belauscht hatten, mußte sogar Lestrade zugeben, daß sie wahrscheinlich blind, aber nicht kriminell gewesen war. Und so wurde sie nicht unter Anklage gestellt. Sie selbst litt jedoch an Schuldgefühlen. Um Buße zu tun, schickte sie das ererbte Geld an die Familien der ermordeten Frauen, überließ den Tempel den getreuen Mitgliedern des Inneren Kreises und zog an die afrikanische Westküste. Dort tat diese charismatische, tüchtige Frau viel Gutes und wurde innig geliebt, bis sie 1953 während einer Choleraepidemie den Tod fand.

Am Abend vor ihrer Abreise besuchte ich sie in Portsmouth, wo sie ein Zimmer in einer heruntergekommenen Pension bewohnte. Sie trug einen Tweedrock und eine Strickjacke. Von dieser tristen, uncharakteristischen Kleidung abgesehen, wirkte sie substanzlos, fast ätherisch. Wir saßen im verstaubten Salon ihrer Pensionswirtin, und sie schenkte mir Tee aus einer angeschlagenen Kanne mit Blumenmuster ein. Gegen die Fensterscheiben prasselte grauer, deprimierender Regen.

«Ich dachte, ich würde Gottes Wunsch erfüllen und Seinen Willen kennen», erklärte sie, und ihre Stimme erschien mir leblos wie Asche. «Manchmal gewann ich sogar den Eindruck, Er würde zu mir sprechen. Meine schlimmste Sünde war der Stolz. Wie sich dann herausstellte, hatten Sie – voller Hochmut und eher an psychologischen Dingen als an der göttlichen Person des Allmächtigen interessiert – recht und ich unrecht.»

Bei diesen Worten kam sie mir nur verwirrt vor, nicht vorwurfsvoll oder gekränkt. Mein Herz flog ihr entgegen, denn der Stolz war tatsächlich ihr einziger Fehler gewesen. «Margery, der Rabbi Akiba erzählt eine Geschichte von einem König, der zwei Töchter hatte. Die eine war sanftmütig und schön. Wann immer sie zu ihrem Vater ging und ein Anliegen vorbrachte, nahm er sich Zeit, ehe er die Bitte gewährte, weil er ihre Schönheit genießen, ihre musikalische Stimme hören und sich an ihrem geistreichen Witz erfreuen wollte. Hingegen war ihre unglückliche Schwester häßlich und scharfzüngig, und sobald sie vor den König trat, schrie er seine Minister und Diener an: ‹Gebt ihr, was sie verlangt, und schickt sie weg!›»

Es dauerte eine Weile, bis sie den Sinn der Geschichte verstand, und dann lachte sie. Zum letztenmal hörte ich Margerys mitreißendes tiefes Gelächter, und ich war froh, daß unsere Bekanntschaft ein solches Ende fand. «Reisen Sie morgen ab?»

«Ja, mit dem Schiff, in der Nacht.»

«Ich habe meine Vermögensverwalter beauftragt, jeden Monat zweihundert Pfund auf das Konto der Mission zu überweisen. Wenn Sie mehr brauchen, schreiben Sie ihnen.»

«Mary, das ist zuviel.»

«Aber ich schenke das Geld nicht Ihnen, und Afrika kann wohl kaum genug bekommen.» Nach einer kleinen Weile neigte sie den Kopf, eine vertraute Geste majestätischer Einwilligung. Wir tranken unseren Tee, und ich erlag der Versuchung, ein letztes Mal zu fragen: «Margery, sagen Sie mir doch – habe ich damals wirklich eine wundersame Heilung beobachtet?»

«Natürlich, Mary.»

«Warum wollten Sie's nicht zugeben?»

«Das tat ich doch. Ich betonte, Gott könnte uns erreichen. Und manchmal wird die Gnade auch jenen zuteil, die sie nicht verdienen.»

Wenig später verabschiedete ich mich. Sie stellte sich auf die Zehenspitzen und küßte meine Wange. Ich sah sie nie wieder.

Übrigens, Holmes und ich heirateten, und wenn wir in unserer Ehe auch kein konventionelles Glück fanden – sie war niemals langweilig.

Wähle doch das Weib
Sich einen Ältern stets! So fügt sie sich ihm an,
So herrscht sie dauernd in des Gatten Brust.
Denn, Knabe, wie wir uns auch preisen mögen,
Sind unsere Neigungen doch wankelmütger,
Unsichrer, schwanker, früher hingeschwunden
Als die der Fraun.

WILLIAM SHAKESPEARE